人文叢書 文學類

兄弟行

周南山
周玉山
周陽山 著

三民書局

國家圖書館出版品預行編目資料

兄弟行／周南山,周玉山,周陽山著.－－初版三刷.－
－臺北市：三民，2021
面；　公分－－(人文叢書)

ISBN 978-957-14-6412-1（平裝）

855　　107006518

兄弟行

作　者	周南山　周玉山　周陽山
發行人	劉振強
出版者	三民書局股份有限公司
地　址	臺北市復興北路 386 號 (復北門市) 臺北市重慶南路一段 61 號 (重南門市)
電　話	(02)25006600
網　址	三民網路書店 https://www.sanmin.com.tw
出版日期	初版一刷　2018 年 6 月 初版三刷　2021 年 11 月
書籍編號	S782570
ISBN	978-957-14-6412-1

三民書局

懷念雙親

周世輔先生

闕淑卿女士

序——此行不虛

毛治國

周南山、周玉山、周陽山昆仲三人是前政治大學周世輔教授的哲嗣。周老教授文學底蘊深厚，治學則專攻中國哲學、中國現代史，並且是國父思想研究的巨擘；玉山與陽山兩人的專業，可謂克紹箕裘，踵事增華。在人文氣息濃厚的家風薰陶，以及天生秉賦難自棄下，其實他們兄弟三人個個文采斐然，論說、抒情皆有可觀。這次三人以《兄弟行》為名聯手出書，除知性、理性外，更與讀者分享他們的感性情思，非常難得。

余光中先生說，為人寫序，必須文本（作品）與人本（作者）兼顧。而為《兄弟行》寫序，必須一次推介三位各具風格與特色作者的作品，就比寫一般序文要高出不只三倍的難度。

周家三兄弟，南山是老大，美國科羅拉多大學土木工程博士，也是本人唸成大土木系的同班同學。由於家都在臺北，同樣寄宿臺南，就使大家容易打成一片。南山選擇唸土木工程，我還是這次讀文稿後，才知道他其實也因此完成了周老教授年輕求學時一項未竟之志（雖考上復旦土木，卻因故轉系）。南山兄在大學時代就很活躍，是當年校園名人，編校刊《成大青年》、訪作家、寫新詩，生活多采多姿。那種堪稱「談笑有鴻儒，來往無白丁」的日子，看得我們同班又土又木的同學們，既望塵莫及，又欽羡不已。這段大學生活的精華，南山兄都把它們收錄在本文集內。大學之後的南山，獻身專業職涯，所錄文章有留美求學與工作的感懷，但更多的則是——如同梁實秋先生口中「右手寫詩，左手寫文」左右開弓的余光中先生，身為感性豐沛的工程師，對許多時事以及專業議題，因為難以割捨的人文與生態關懷，忍不住發而為文。這說明南山兄風姿不改，顏色依然。

玉山，兄弟中排行老二，是國家文學博士，也是國家文藝獎得獎人。一生治學徘徊於文史之間，不論是為歷史見證，或為時事作註，乃至對人對事的詩心感懷，無不感性、理性並茂，並不乏傳頌之作。本文集中，玉山所錄或可概分四部分。首先是對父母的深刻感念，其實周氏三兄弟每人都有這方面的文章，分從不同角度表達他們的孺慕之情、風木之思——世輔教授有這一門三博士，「大孝終身慕父母」的傑出子嗣，可含笑矣。玉山的第二部分是民國史的吉光片羽，上及辛亥前後，下談臺灣重要的人與事；以如椽的文學之筆談史，立言存照，不信青史會成灰；其中〈想起林覺民〉，從齊豫〈覺〉的歌詞引領人們進入意映的內心世界，訴說詩人感悟的悲涼，尤其讓人震撼。第三部分是記人敘史與觸景興情之作，其中追蹤國歌譜曲者程懋筠先生的生平；發掘「生命誠寶貴，愛情價更高，若為自由故，二者皆可拋」這首詩作者裴多菲的歷史，並考證它的中文翻譯者，在在展現玉山「熱鬧中著冷眼，冷落處存熱心」的史家個性。另外，對於「我們都是看三民書局教科書長大」，上下重疊幾代的讀者來說，對二十一歲白手創立三民書局的劉振強先生，都不免陌生得有點慚愧；玉山為他寫的兩篇文章，不僅記錄了周、劉兩家長達一甲子的三代真摯情誼，更讓大家認識了這位發行本版書上萬種，出版數千學者、作家著作，為華人世界的高教生根、知識推廣、文化薪傳，以及文學耕耘，默默作出巨大貢獻的出版巨人。玉山的第四部分文章是他個人成長過程的階段性註腳；其中談〈梁祝〉一文，其實是為一九六〇年代發生在臺灣，蔚為奇觀的「梁祝現象」，不論是事件始末或相關人物生平，所作深具知性與文獻價值的一篇完整紀錄。

陽山，是三兄弟的老么，美國哥倫比亞大學政治博士。他的文章，有對父母的深切懷思，也有臨景感懷、談人論事之作。舉例說：〈煙山一日談〉是陽山身為政治學者，對臺灣民主政治的第一線工作者——鄉長所作的田野調查紀錄；〈薩拉耶佛的悲歌〉、〈保加利亞的反思〉以及〈巴碧亞（烏克蘭）〉則是對這幾個國際種族、宗教、政治嚴重衝突的悲劇性案例，第一手觀察後所作的省思；而〈交河故城〉與〈現代文明的隱者〉則都有親身考察多元文化場域的寓意：前者曾是古絲路東西薈萃的繁華重鎮，如今已成廢墟；後者是力行基督教一種特殊教義，堅持農耕生活，目前仍繼續存活於美國現代社會的阿米許人。至於〈哥倫比亞大學的學潮事件〉則是一九六八與一九八五兩年，發生於他母校的兩次歷史性學潮，相關事件始末的記述與比較。

而晏陽初先生與梁漱溟先生的兩篇生平，則是陽山對這兩位以不懈的實踐精神，把畢生分別奉獻給農村平民教育、鄉村建設運動的理想主義前輩，所作的禮讚。不過，不論是論事、歷境、談人，陽山似乎都遵循著一以貫之的兩條軸線，亦即：對人文傳統的執著與緬懷，從衝突巨變事件中理解歷史的常變之道，以及其中寓含的教訓。這是探索「史中之經」的理性精神，也是史識的發揚。

古人說「德不待文而顯，文不待序而傳」，南山、玉山、陽山三兄弟秉承世輔教授言教、身教的家學淵源，加上本身各自的進修與體悟，不論感物、起情，傳統知識分子對國家、社會、生態環境所具有的人本關懷與憂患意識，每人都早已達到「和順積中，英華發外」的地步。相信讀者閱讀《兄弟行》後，也都會有「此行不虛」的讚嘆。

二〇一八年四月二十日

代　序——隱沒的大樹

張　錯

我讀到周世輔先生逝世的消息，應該是在一九八八年十一月間的洛城。洛城入冬仍溫暖如春，但記得當時心中有一陣寒意的黯然，一句老話悠然升自心底——哲人其萎，說得比較明白一點，當時心裏的確這般的想——又弱了一個了。這種心情，亦大概只能用另一句老話來概括——將軍老去，大樹飄零。

世輔先生不是武官，但卻是讀書人中的大將軍，他有一種凜然剛烈的氣度，令人自然敬畏，但是他又有一顆溫煦的心，讓人感到信賴而可以親近。我沒有太多的機會親近周先生，因為那時他是政大的訓導長，我還是未出茅廬的大學生，而我亦非專攻三民主義，但在有限的幾面之緣裏，令我畢生崇敬。我是文人，敬重氣度；我也是武人，崇尚氣節，周先生是我所見到氣度氣節兼容的人。

今年三月，新聞局安排作家往大雪山旅遊，在鞍馬山莊的一個寒夜，我曾和邵玉銘局長把酒圍爐夜談。邵局長出身政大外交系，比我高出兩屆，雖不同系但也是我的學長，而且他對聞一多也素有研究，那晚和他縱論政大英雄，覺得六〇年代的政治大學，可謂臥虎藏龍，隱伏在教授群中的賢能之士，不可勝數，在我而言，亦深具同感。我在西語系受紐李琳、馬國驥、徐可嫖等教授的陶冶，在中文系聽盧元駿先生的宋詞元曲，並與尉天驄相交；雖然沒有選讀世輔先生的課，但是我聽過他談的三民主義，而他說的又是和我在大一時必修的《三民主義》多麼的不一樣，我也曾因辦校內刊物在訓導處和他談話，他率直誠懇的讀書人氣質讓我油生敬佩。

但是我又同時聯想到很多事情。馬國驥老師逝世，孑然一人，還是我在馬偕醫院為他老人家送終；紐李琳老師孤僻獨來獨往的性格，我還記得她家中的大狼狗；孟十還教授跑來西語系開俄國文學的課，結果因為選修人數不夠而被迫取消……而今這些人全都不在了，現在，包括周世輔先生。

及至今年初我在政大客座，與周玉山訂交，玉山兄是世輔先生的公子——玉樹臨風，又治五四新文學，我與他親近，自有將門之後的感覺。人生本來就是後浪推前浪，這種顛撲不破的道理，從周世輔先生的仙逝，以及玉山兄的成長，又一次給我深深的印證。

十二月份的臺北朔寒風澈，使我頭腦格外清醒，而特別鞭策自己書寫此文，雖嫌為時稍晚，但也是我一份誠敬的心意。

一九八八年十二月二十三日

自序

民國七十七年十一月十四日，父親辭世，至今三十年了。民國一百年一月二十二日，母親辭世，至今七年了。

三十年來，我們一直沒有解除心喪，年歲愈長，孺慕愈深。雙親大去，都在一日之間，我們平日奉養不周，臨時搶救不及，罪孽深重，愧為人子。本書收文七十篇，其中十篇為祝福與追思之作，實不足以表達萬般的懷念。

本書以抒情的散文為主，兼及專業的論述，力求親切可讀。我們三兄弟，分別在少年十五二十時，發表第一篇作品，至今已逾四十載，深感人壽有限，往後當獻力於文字。拿破崙強調，三份報紙比十萬把刺刀更可怕，因為筆勝於劍，無遠弗屆。我們無意與任何人比武，但求增進精神的力量，像父親一樣。文字，就是一條延長線。

南山主修工程，玉山主修社會科學，兼顧文學歷史，陽山主修政治，術業各自不同，寫作的興趣則一，人生的理念亦然，凡此皆拜父親之賜。父親身為教育家，其實很少說教，但總在關鍵的時刻，以深厚的學養，豐富的閱歷，拉我們一把，使之轉危為安，才有今天。

父親不言之教，影響我們尤深。從小到大，他對國家的忠愛，對學問的崇敬，對親友的照顧，對學生的提攜，都在我們的眼中，成為最佳的榜樣，永不能及者，則為他的勞苦。白天，極度耗神寫書；半夜，在逃難的惡夢中，被我們搖醒，如釋重負時，可曾留意到人子的熱淚？

父親是思想者，也是人格者，走後三十年，我們仍然遇到許多門生和讀者，表達對他的謝意。劉向的《說苑》指出：「少而好學，如日出之陽；壯而好學，如日中之光；老而好學，如炳燭之明。」父親一生好學，用語言和文字，照亮他們的前路，與我們同行時，一如久別重逢的朋友，回憶他講學的神采，著作的特色，在人文的風景線上，分享人性的光輝。

南山在本書的第一篇文字，是〈父親的教導〉。在父親的鼓勵下，順應時代潮流，往科技之路發展，成為造橋鋪路的實踐者，並且不放棄博士學位。〈母親走過大江大海〉，則為含淚之作，緬懷養育之恩，追思無限。成大四年，是「右手拉計算尺，左手寫文章」的另類，現選刊三篇留念。

南山赴美攻讀碩士時，在《中央副刊》發表〈淺談白馬非馬〉，利用數學的集合概念，指陳公孫龍的謬誤，並提出中文科學化的一些看法，算是將理工應用於哲學的創見。博士論文的題目為「加勁擋土牆研究」，是一種以植生為牆面的擋土工法，返國後以此為重點，發表評介文字，現收錄本書中。近年就四千億前瞻計畫、核四與燃煤的比較、大巨蛋的安全、從源頭救低薪等議題，提出具體的建言，盼有助於國計民生。

玉山在本書的第一篇文字，是〈父親的書桌〉。父親在家沒有專用書桌，卻寫出千萬文字，可謂堅苦卓絕，《聯合副刊》披露後，幸獲不少回響。〈母親的淚〉亦為含悲之作，年逾九十的蕭滬音老師，為此親筆賜函慰勉，我們感念至今。

〈我們國父〉一文，打散〈國父紀念歌〉，加以詮釋與申論，瘂弦先生時為《聯合副刊》主任，接到稿件後鼓勵有加，長者風範，令人深感。這首歌的作詞者，近年有不同之說，此處維持原狀，以待定論。〈想起林覺民〉一文，根據執筆時大陸的資訊，提及覺民的後代，也維持原狀。

〈夢迴輔仁〉、〈家在政大〉、〈人在世新〉、〈世新大學一甲子〉等文，說明玉山的大學情懷。大學 (university) 與宇宙 (universe) 同源，大學生本應有宇宙的精神，但此時此地，談何容易？身為人師，欲培養眼界寬廣的子弟，首先就要自勉自勵，這是我們的家教，不敢或忘，但也不勝慚惶，如何趕上父親的辛勤？

陽山在本書的第一篇文字，是〈父親的啟示〉。父親一貫教導我們，在剛毅的人生歷練之餘，泰然面對自然的安排，培育德行的修養，這樣的啟示，來自他的身體力行。〈懷念母親，無負此生〉，則以晚子的心情，述說童年起所受的呵護，永久感恩。

陽山就讀臺大時，即在臺灣鄉下實地調查，多年後到新疆荒野，探訪交河故城，那是承載無盡歷史傷痕的地方。出國留學時，在紐約哥大的校園，目睹澎湃激揚的學運，後來轉向東歐和俄羅斯，二十多次的親訪，深入探討動盪大地的巨變。這些不同民族與地域的經驗，化為文字，留下人世的無常，悲劇的沉痛，堪稱特殊的履痕。

陽山大學時的主要興趣，在研究近代中國的政治與思想。出國後因環境的變化，世界觀大幅度調整，移向國際共產主義運動史，以及中國大陸等領域，從此開展不同的學術人生。如今回顧軌跡，深感不虛此行，本書所收文字，正是心境的寫照。

本書誕生之際，最要感謝賜序的毛治國院長、代序的張錯教授，以及三民書局的主人劉仲傑兄。毛院長服膺孔子主張的「君子不器」，學生時代即以運籌帷幄，聞名於師友之間，同時兼修運輸、工程、管理、決策與文史，後來果然一展所長，以工程師實幹的精神，發揮行政的才能。他的序言文采斑斕，對父親的推崇，對我們的鼓勵，皆無以回報，只有銘記在心。

張錯教授讀政大時，就以詩文吸引我們的目光。三十年前父親辭世，他在美國寫下這篇〈隱沒的大樹〉，至情至性，觀點獨到，是人子意外之大作。今年接到他的回信：「我們平輩論交，不必客氣。世輔先生是我在政大最景仰前輩之一，當年世道維艱，幸有世輔先生高風亮節，以為我等追隨仿效的模範，至今難忘。起用拙文代序，是我的榮幸，在此謝了。」張教授的文學底蘊深厚，是一部中西合璧的大書，我們會重溫新讀。

二十年來，劉仲傑兄追隨尊翁振強先生，治理三民書局，成為臺灣之最。去年一月二十三日，振強先生辭世，他開始獨當一面，經營這家大書局，照顧五百多位同仁，著實不易。他一如尊翁，一口答應出版本書，使我們再度感受，編輯部的百般認真，以致滿溢幸福。

衷心期待大家的指教。

兄弟行——目次

周玉山作品

周陽山作品

山戒、水戒、路戒，步步為戒！
生活、生產、生態，生生不息！

唯有步步為戒，才能生生不息。這種順天應人的哲學觀，是父親在世時常給我們的指導，也是我多年來從事土木建設服膺的人生觀。

周南山作品

父親的教導

父親已過世三十年了，我猶不能忘記他的教導。

父親從小唸私塾，後來考上復旦大學土木系，又因家中遭土匪打劫而轉學轉系。一九三〇年代政局混亂，顛沛流離，幾經借讀中大等校，終自暨南大學教育系畢業。

父親既是教育系畢業，又是教授，自然從小便重視我們教育，尤其身教重於言教。

父親著作等身，且文筆老到，但記憶中我只在小學和初中時獲得幾次文章的指點。或許是因家中書多，我們兄弟在耳濡目染中自然學會寫作的技巧。

幼時父親在政戰學校教書，家住北投復興岡。我初讀北投國小，但父親聽聞新北投薇閣小學辦學績優，乃毅然令我和中英姊、玉山弟參加轉學考試，進入薇閣。當年的薇閣小學是板橋林家所創辦，仿照蔣夫人的華興育幼院，以收容孤兒為主，兼收一般生。由於是私立學校，學費較貴，以我們當時家境，要負擔我們三位子女的學費，其實甚為吃力，但父親以寫文章的稿費付之。薇閣讓我們一般生和育幼生一齊上學，體會他們的孤苦伶仃，因此在這裏我們學會了同情、包容、互助與體恤。薇閣小學特開一門課：愛的教育，講授國內外愛的教育案例。沒有惡補、沒有體罰，我們姊弟也享受了快樂的童年。

初中時父親轉任教政大，並兼任訓導長（現學務長）。由於初來乍到，還沒有分配宿舍，故全家只有我一人隨父親前來木柵。進入木柵初中半年後，父親鼓勵我參加北區初中聯招插班生考試，運氣很好，倖錄取建中。但其實自己實力不足，開學後英語老師舉辦演講比賽，猶記得參賽同學說：Dear teacher, my fellow students... 其餘一句也聽不懂。數學更是霧煞煞，當我還困於因式分解時，同學已在討論拓樸學，因此成績經常墊底。我因而向父親抱怨，不該轉學建中。父親只說：凡事盡其在我，成事在天，事實上這也是他身為哲學教授的老莊之道。

初中畢業後，我考上當時頗為熱門的臺北工專土木科五專部。後雖然因又考回建中高中部而未就讀，但父親面諭：將在考大學希望能進工學院，尤其是爸未完成的志願：土木工程系。

高中時我進建中國文班，即聯考國文成績最優的學生組成的一班。也因此校刊《建中青年》文章本班甚多，我的文科也較強。但當時建中學生傳統以理工為志願，即使所謂國文班亦不例外。高二分組時我頗為徬徨，文科志在新聞，與理工志在土木之間，甚難抉擇。父親則與我懇談，希望我唸理工，其理由如下：

一、順應時代潮流：時代潮流是往科技發展，且唸理工具邏輯基礎，將來需轉行也常能有所突破。他說國父早年習醫，首創三民主義，成為父親一生研究的鵠的；胡適早年習農，卻在哲學界大放異彩。而嚴家淦、李國鼎、孫運璿、趙耀東等也多是習理工者，父親歷經抗戰，希望我成為造橋鋪路的實踐家。

二、繼承乃父未竟志願：父親原亦有志學土木工程，因值共產黨赤化故鄉，祖父母逃離外縣，家境困難，為打工及節省學費負擔，故轉學文法，但心中不無遺憾，故非常希望長子能完成未竟志願（考慮玉山、陽山兩弟文理科性向與成績相差太大，畢竟勉強不得）。

三、我數理雖在建中只是平平，比起一般學生尚具優勢。以父親謀職之經驗，文科因機會較少，出人頭地更為不易。若對文學有興趣，何妨做為工程師的怡情養性。於是在高二時，本來想偷偷蓋上家長圖章的念頭終於放棄，沒有申請轉組（當時建中規定，填甲組不需申請，其餘皆需家長同意申請轉組）。近日建中同窗聚會，同學也多表示係受父親指示而唸工程，到底一個十七歲高二的孩子，在關鍵時刻需要父親的指導。

成大土木系畢業後，我在赴美求學前先在再興中學任數學老師，並兼住校生晚自習輔導老師。這時發揮了我文理兼顧的優勢，可以擔任國英數理化任何一科的指導老師。

在南卡羅萊納大學攻讀碩士時，我積極參加了許多宣揚中華文化的校園活動，及留學生的愛國活動，並負責主編《美南通訊》、《南卡通訊》等刊物達數年之久。此與父親年輕時參與的抗日學生運動先後呼應，父親的滿腔愛國赤忱也似乎藉由血緣傳給了我。

拿到碩士後，我返國參加十大建設，先後參與中山高、中鋼、桃園機場、高雄過港隧道、蘇澳港、關渡大橋等工程之調查、分析與設計。在十大建設接近尾聲時，父親建議我回美國唸博士學位。他做為一個教授，一直以歷經戰亂而未曾獲博士為憾。而資質平庸的我，在當了幾年工程師之後才覺得自己夠資格去攻博，於是欣然接受父親的建議，再度赴美留學，且拿到科羅拉多大學的獎學金。

可惜赴美後發現指導教授給的論文題目過於理論，又需很強的機電背景才能發展實驗，機電既非所長，也與我過去幾年的工作經驗無法配合，乃放棄了獎學金，進入了丹佛的工程顧問公司，回到了我所熟悉的行業。父親雖不太滿意，卻也奈我何。過了二年父母來美探親，我們赴科大校園巡禮，父親有感而涕下，並以詩嘆之：力足為何中道廢，時乎命也問蒼天。後來玉山和我皆受此詩刺激，而決定完成博士學位。我於是和科大另一位教授接觸，以全工半讀之方式進修。幸而經多年努力，終獲成功。而我完成的論文題目：《加勁擋土牆的力學行為研究》，則與我從事工程的業務相關，符合父親一向學以致用的主張。這時臺灣也正開始發展這種綠色的加勁擋土結構（不用鋼筋混凝土，而是可植生的牆），恰好可派上用場。這時父親已過世了，加以母親年邁，於是我決定放棄科州公路局的穩定且優渥的工作，返臺服務。

父親沒有博士學位，卻因學術成就獲韓國東國大學名譽哲學博士學位。當時我還年輕，心想名譽博士，並非真槍實彈，沒有太了不起。後來才知道，名譽博士屬學術泰斗，遠非傳統博士所能企及，尤其是國外大學所贈予。多年前我赴韓國開會，特地至首爾東國大學尋訪父親的足跡，才知道東國是韓國的哲學大學，以研究東方哲學聞世，而父親以哲學專長被授予名譽哲學博士，真是實至名歸了。

我自一九九二年返國，迄今已二十六年，一直以綠色土木工程為職志。不論教學或參與實際設計，面臨開發與環保孰重的問題，一向以父親的儒家哲學做為指導明燈。孟子曰：「斧斤以時入山林，材木不可勝用也。」斧頭不能常入山林，卻不是永不入山林。儒家的中庸之道，教我們面對環保問題時，要能執兩用中，把困難的地形、地質問題，將工程專業和環境生態景觀的理念相結合，採用最新技術加以克服。中庸之道不是一味反對工程興建，也不是一成不變保守地用了過多的水泥，而是視需要研究綠色科技，進行最環保又生態的規畫。換句話說，就是順天應人的哲學：

山戒、水戒、路戒，步步為戒！
生活、生產、生態，生生不息！

唯有步步為戒，才能生生不息。這種順天應人的哲學觀，是父親在世時常給我們的指導，也是我多年來從事土木建設服膺的人生觀。

自報考臺北工專土木科、成大土木系到身為工程師退而不休的此刻，比對近年來臺灣無恥的政客，終於瞭解父親希望我唸土木的初衷了。而二十多年前返國服務的決定，雖然物質享受不如美國，但我以能實際參與國家建設為榮，也以推廣順天應人的工程哲學為志，應可稍告慰於父親的教導了。

民國一〇七年一月　寫於父親逝世三十週年

母親走過大江大海

去年，當龍應台的《大江大海／一九四九》剛出版，我即迫不及待地漏夜讀完，淚光閃閃不能自已。龍應台，這位當年我在成大唸書一齊編校刊的學妹，描繪的不只是她的母親美君、父親槐生顛沛流離的生離死別，也是六十年前吾家四口（父親、母親、中英姊和在強褓中的我）的身影。

父親與母親於民國三十年在福州結婚，次年生長子榕光。三十六年父親出任湖南一中校長，但不幸榕光因腦膜炎夭折，母親當時肚子裏懷著我，思念亡兒，時常痛哭。我出生於南嶽衡山，故取名南山，正如同玉山生於彰化，陽山生於北投，皆以附近的名山命名。我們三兄弟之身高，恰與這三座山之高度成正比。那時南嶽無普通醫院，僅有肺病療養院一間，內僅醫生護士各一名。母親生我之時，該護士為趕赴男友之約，等得不耐煩，便以催生劑催生，產後不待洗滌即走，謂待次日補洗。未料次日即發高燒達四十度，數分鐘抽筋一次。當地既無良醫可求，亦無良藥可買，母親困坐愁城，終日以淚洗面。

後來父親自同校女教授得知，以蟑螂去殼，用瓦片燒乾，輾成粉末灌我而退燒，母親乃喜出望外，以後每遇高燒，即如法泡製，因此年幼的我，吃了不少蟑螂。蟑螂因有救命之恩，因此，很長一段時間，我家蟑螂特多，不忍除之。

我自出生後，雖體弱多病，醫藥兩缺，照料困難，但母親此時已分身乏術，不再為榕光哭泣。時值長沙棄守，人心惶惶，父親因曾擔任國民黨湖南省黨部委員，共軍大舉南侵，恐遭不測，乃決定逃難，但因旅費無著，躊躇再三。母親這時拿出娘家的珍藏金手鐲出售，可惜一時並無買主。一日母親與某米店老闆談及此事，老闆為取悅情婦，欣然以大洋三十八元購買，乃成為一家四口一路逃難的盤纏。三十八年六月（我才八個月大），全家離開南嶽，趕上唯一的火車經衡陽赴廣州逃難。父親並協助任教的長白師範學院越過瓊州海峽，遷校海南島，前後七次播遷，才在三十九年一月來臺。一九四九，我出生的次年，的確是一個顛沛流離歷經大江大海的苦難時代。

母親成長在戰亂的年代，沒有唸過大學，但在私塾唸了不少古書，〈赤壁賦〉在她晚年都還能以福州腔背誦得一字不差。她對我們兄弟姊妹的教育非常重視，我在成大畢業時，父親因事無法參加畢業典禮，便由母親代表出席。這是母親第一次逛古城臺南，火紅的鳳凰花燃燒了整個校園，榕園巨樹古意盎然，令母親大開眼界。當時我在成大參與不少課外活動，認識不少朋友，沿途頻打招呼，帶著母親驗收四年鳳凰花城的成果，讓她頗覺有子畢業於成大土木系的光榮。父親當年原唸復旦大學土木系，後因家變而轉校轉系，故一直希望我能繼承他未完成的志願。「你老爸若晚生幾十年，也想唸這個大學的土木系。」她說。

父親一介書生學者，理財未免生疏。母親則是很有投資眼光，雖然政大教授的薪水不高，母親硬是與人合建了一間公寓，也成為中英姊、我和陽山弟三人日後留學的後盾。她曾在父親一次生病後許願，接受耶穌基督的感召並受洗，可惜我們子女均與宗教無緣，未常帶她去禮拜堂，是我們的不孝。臨終前，母親接受了王建煊院長（牧師）的禱告，也終於又回歸了主的懷抱。

母親是喜歡交際與熱鬧的，政大教授宿舍無人不認識這位周媽媽。陽山競選立委時，母親雖近八十高齡，仍每天到競選總部幫忙摺傳單、招呼義工，成為最好的公關。新黨的晚會與大大小小的活動也常見母親的身影。即使後來陽山不再競選，母親也熱心地到其他藍軍的競選場子加油打氣，或許也只是湊個熱鬧，「新黨周媽」也成為大家歡迎的對象，直到行動不便為止。母親八十大壽時，父親門生故舊（包括時任行政院長的蕭萬長先生，與時任政大教授的馬英九先生）均曾前來致賀，席開十餘桌，是母親一生榮耀的日子。

最近幾年母親到底年紀大了，齒牙動搖而無法享受美食，以致於終日以稀飯度日，生活較為無趣。由於膝蓋不良於行，需以輪椅代步，過去喜歡打個小牌也自然停止了。但母親最高興的是我帶她去北投復興岡，看看她年輕時的故居，回憶她與父親的甜蜜時光。

母親的身體明顯劣化，原來排斥外傭看護，也許累了，也許她不願見到子女為她再操勞，去年起也接受了外傭的照顧。但因水腦日漸腫大，已呈半失智狀態。當我們還在萬芳醫院討論水腦是否應開刀，及送母親去哪家安養中心時，沒料到她竟感染肺炎且心肺衰竭而離我們遠去了。

去年中興工程顧問公司在福州成立了分公司，承接海西業務，我忝為總經理，在一年內去了四、五趟福州。除了公務，我也試著瞭解這個母親的故鄉，重拾母親的足跡，正如同龍應台重返父親當年的故鄉湖南尋根。榕城、馬尾、三坊七巷，這些從小耳熟的地名，及母親拿手的燕丸、紅糟魚、繼光餅，歷歷呈現，加以濃濃的福州腔，彷彿時光隧道，回到母親曾經歷的世界。三坊七巷裏林覺民的〈與妻訣別書〉，最令人動容。意映卿卿如晤……，母親名字中亦有「卿」字，父親早走近二十年，母親的思念是否一如意映的思念覺民？

走過一九四九，走過大江大海，走過在臺灣困苦及光輝的日子，有她愛且愛她的丈夫與子女，享壽九十三歲的母親，此生無怨無悔付出是值得的！

民國一〇〇年五月　《懷念母親》及《新黨月刊》

初臨成大

伴著勉語，揮別母親臨別的淚痕，登上了南下的汽車。

聽說成大校園很大，不知道有沒有輔仁漂亮？同伴的語氣中充滿著期望。當夜幕低垂時，臺南到了。

搭零路車，巡迴夜市一周，臺南給予我的感覺，較想像中熱鬧得多。進了校門，路旁儘是高大的古樹，咦，怎麼沒看到校舍？在黯淡的燈光下，攤開那張校園平面圖仔細研究，原來左邊才是真正的校區，而我們的土木館好遠呵，非騎單車不可了。當晚校方把我們安置在光復校區，光復校區的夜好靜，在水銀燈孤零零的照射下，仍隱不住那份淒涼的美。

「那一片火紅火紅的是什麼花？」

「真土，那就是鳳凰木啦！」鳳凰開在六月，現在已是涼秋了，仍然是那麼豔麗，是古都的甘霖滋潤了它？順著夾林的大道走去，兩旁的彎枝低垂著，形成一道拱門，穿入裏面，傳來淡淡的香氣。古都的老樹槎枒，濃蔭鋪地，古木參天，有一種為人遺忘的寧謐。

就這樣做了一番夜巡，總算對成大的環境，有了初步的認識。清晨，被光復校區的啾啾鳥鳴喚醒。走，到對面去走走。成功堂外表「既土又木」，花壇倒還不錯，物理館的小橋流水頗富詩意，也許是雨後，洗滌得更加朗潤了。「鳥雀呼晴，侵曉窺簷語，葉上初陽乾宿雨，水面清圓，一一風荷舉。」正是此時此地的寫照。

從小徑穿過去，我們看到了工學院館。成大以工起家，一館一系，一系一館，毫不含糊：機械、電機、化工、礦冶、土木……，各館依次相接，形成中國現代工程建設的搖籃。流連在土木館，從那些斑駁的牆上，可以覓見它悠久的歷史：

看！中國多少的公路和鐵路將要在他們的手中蜿蜒伸展！

多少的水庫、大壩需要他們的努力來建設！

無垠的錦繡河山需要靠他們的設計與開發！

都說唸土木系是又土又木，但是缺乏苦幹實幹的人才，臺灣的建設工作由誰來完成？舍我其誰？懷著這種未知能否實現的抱負，青澀卻充滿期待的我，步出土木系館，而路上註冊的同學已漸漸多了。

新生訓練，雖然有幾堂課在瞌睡中度過，但是多少對成大有了進一步的認識。的確，成大的校風正如羅雲平校長所言，稱得上「古樸」二字。它，沒有輔仁的瑰麗建築，沒有東海的隔絕環境，沒有清華、交大的光榮傳統。但是它有實事求是的校風，有堅毅苦幹的精神，憑著這一點，它所嚴格訓練下的學生，遂成為臺灣工業界的寵兒。

開學了，騎著鐵馬東奔西跑，穿梭在濃蔭的校園裏。物理教得真快，微積分如讀天書，英文要背課文，圖學每週繳一張（甚至二張），從「今天」繪到「明天」，真是「吐血」，此外還要做「理論實驗報告」，還要打鐵翻砂磨剪刀，還要做那永遠做不完的習題，還要在那一串的考場中翻觔斗……。一陣寒慄湧上心頭。走著瞧吧，只有如此自慰著。

住在宿舍裏，都是成功嶺第一團第一營第一連的同學，大家守望相助，倒也其樂融融。凌晨就寢，黎明即起，總算嚐過了「純讀書」的滋味，生活被逼成一條甬道，一條以考試為函數的正弦曲線。雖然不很滿意這種蒼白而帶血絲的日子，但其收穫則遠非終日讀小說所堪比擬的。

飯後漫步於晚風夕陽中，悄悄地擁抱光復校區的寧靜，享受一種神韻悠邈的氣息，小園香徑獨徘徊的樂趣。很喜歡那兩幢文藝復興式的大樓，和百年老幹的榕樹相映，益增其古典的氣息，能夠生活在這種環境的確是一種幸福。

就這樣，在逝去的一百個日子，我已歸屬南方。

民國六十年六月　成大土木系六十級畢業班刊《橋》

給北方的
——致建中同窗

吾友，此際我正在北上的快車中，隆隆的車聲，陣陣的白煙，一站站地把我帶向你們——我的一群真摯朋友天真的笑靨，便忍不住欲飛奔的雙足，無視於窗外的煙嵐飛霞，仍嫌這白色列車速度不夠快——不能快得讓視覺趕上腦海中你們的影子。

一年了，一年的南方，南方的一年，學到了許多，感受了許多，更擁有許多值得懷念的人和事。雖說，懷念是一種癌症，我們不應沉湎於過去，但每當孤寂吞噬著我的心靈，便忍不住地，又易患上這難治的病。我在南方是不時惦記著你們的：接到大安兄那可愛的四字短函：「我戀愛了」，心裏便滿擁著那份摯友幸福的共鳴；聽到中民在師大並不得志，又不覺難過了幾天；聞知振鈺能奮勇地面對現實，堅強地站立起來，真值得我們驕傲——我們以擁有執干戈以衛社稷的朋友為榮。還有，還有友松、億憲、立人、萬里、大川、均子、沙平、建華、迎統、京生、安平、寬智……我北方的朋友們，想你們或處於杜鵑花城，或傲立十八尖山上，雖然大家所讀的學校與科系不同，而埋頭苦讀的精神則一，為中國的科學與工業立深根的抱負則一。

「隆隆，隆隆……」快車正加速。車身左右搖盪，作週期的振動。簡諧運動。週期函數。南方的日子是考試的週期函數，一條永無終止的正弦曲線，最難忘黑色禮拜五的心悸。終日奔波於圖書館與寢室之間，很自然憶起那些曾經屬於我們的日子——屬於十七歲但不寂寞的日子。在初抵南方的數月，在一連串考季煎熬下，幾乎讓鍾愛的文學摒除於殘餘的記憶之中，直到愕然覺醒，才憶起不再摸自己心愛的東西，已許久許久了。

有人說我們是矛盾的一群，所學的不見得是自己喜歡的，所用的又常非自己所學的。我們或不忍負家庭的期望，或不願受朋友同學的歧視，或為了現實與前途——還有不滿於文學院的課程，振鈺、秉常、中民、以德和我，以及許許多多喜愛文學的同道，遂只有在理想與現實的邊緣掙扎著。永難忘懷的是初讀王尚義〈現實的邊緣〉時的心悸，那種孤絕無助的痛苦與空虛予我心靈如何的震撼——不是同情作者不幸的遭遇，只因它太過真實地描繪了我們的影子，使我有一種被挖盡被偷空的感覺。

不過，雖然我們與王君有同樣的境遇，我對王君替我們安排的幾條路卻很不滿意，總覺得他的想法受存在主義的影響太深，導致太偏向自我，太不切實際。因為我們生於這動亂的時代，加諸我們肩頭的，除了個人的得失還有國家的安危，為了苦難的祖國，「痛苦的人沒有悲觀的權利」，尼采已替我們預下按語。想到幾月前《中副》一連串由「覆霄霄」所引起的青年熱血流出來的文字，以及最近幾篇留學生慷慨激昂的愛國序曲，我的脈搏便一時興奮激動得猛烈振盪，血液亦似沸騰起來。除了一部分在物理化學與歷史地理之間捨生忘死，一部分在探戈扭扭與靈魂阿哥哥之間疲於奔命，我們四周還有一些自命不凡的青年，在不滿現狀地怨天尤人，對社會咒詛，向傳統挑戰，而又提不出切中時弊的改革的具體意見，而又不屑於從自己身邊瑣事做起。另有些故學時髦或受「存在主義」之害的青年，在咖啡廳裏借言迷失，窮嘆失落，到彈子房、舞廳去「追求實在感」，這與並無學識但知辛勤耕耘的農夫相較，真是何其強烈的對比！我北方的朋友們，想你們其中幾位也有漸趨走向此途的當兒，我不得不提出這點，做為南方遊子的贈言。

我以為目前已不是高唱「迷失的一代」、「苦悶的一代」、「沒有根的一代」的時候了，我們需要實行，實行我們目前所能辦到的事。記得文天祥說過：「父母之病，縱不可醫，亦無不可用藥之理。」何況我們國家尚未到不可醫的地步！清談誤國，實業興邦，我們國家目前最需要實業，需要科學與工業的結合。一念及此，便又對自己能投身於此一行列，感到一絲興奮與光榮。但我敢堅信，我將永不放棄對文學的熱愛和興趣，事業與嗜好之間雖有差距，卻似乎是不相悖逆的。

吾友，此刻我已坦然，想顧毓琇、想陳之藩、想王尚義、想勞國輝，想在成大一群寫作的朋友，都是學理工而不忘情文學的。我突發現我並不孤寂，至少擁有這許多心靈的見證人。我將抹盡頰上的清淚，再不詛咒這被註定的命運。我堅信：生命的花朵仍能在殘餘的時空裏，受呵護而茁長而盛開。

今夏——工學院學生四年唯一的暑假，我絕不再蹉跎了，除了儘量充實自己知識的行囊，我將有二週值得憧憬的文藝營生活。同學們力勸我這「工人」不必拈這撈什子的文藝。只為了對自己興趣的堅持，只為了享受多認識幾個志同道合朋友的滿足慾，我已無視於周遭的喋喋。

此刻，快車正穿越隧道，四周屬於黝黑漆漆的世界。但我知道，窗外即將呈現光明，將有一片青蔥的田景。

此刻，南方的火鳳凰已散落一地，同學建議且掇拾滿筐鳳凰回去，但我帶來分送給你們的，卻是滿筐暖暖的友誼。

此刻，只要捱過這難捱的此刻，我真摯的朋友們，你我的視覺將不再射向遠方！

民國五十七年十月三十一日　《成大青年》第十一期
本文獲民國五十七年救國團文藝營散文榮譽獎

這一代的理工青年

秉承十八世紀工業革命餘流，二十世紀已成為一個科學的世紀。十九世紀末期，許多人認為科學已發展到一個相當的地步，離極限不遠了，彼時的物理學似乎已十分完美，而化學方面亦已呈「元素發現與年代曲線」的顛峰。但畢竟科學的範圍是無從估量的，而二十世紀更是一個富於創造的世紀，當愛因斯坦提出了相對論之後，終於使物理的發展更邁進一個嶄新的里程，波動力學、量子力學……物理上又呈現一片蓬勃新氣象。我們可清楚看出二十世紀的科學，比任何時代來得重要，我們看人類兩次大戰的空前浩劫，均是由科學發達的國家所挑起的，而其終亦為科學更發達的國家所擊敗，科學已經在國際上造成了強權力量。在今天的世界裏，軍備的核子化、太空的競賽、月球的登陸……已成為最熱門的新聞，人類所有的心思財力泰半都投入科學的潮流裏。歷史上沒有一個時代比目前我們這個時代更需要科學、掌握科學，歷史上也沒有一個時代像今日的時代，瀕於按鈕戰爭的邊緣，人類的存亡將有決於一刻的可能。這是一個空前的時代，這一代的理工青年也因緣際會，成了這個時代焦點所在。

理工青年的心理意識

這一代的理工青年是我們國家未來的建設中堅，但是我們目前所表現的，是否能保證做一個時代的舵手呢？是否能為國家力挽狂瀾，為民族揚眉吐氣呢？我們在這一代理工青年身上普遍的看到某些個性，而這些個性是一個時代青年所不應有的。現在且讓我們追根究柢，探測這些個性的起源——也就是理工青年的心理意識狀態。

一、優越感的存在：由於時代潮流所趨，國家需要理工人才，社會需要理工人才，於是無形中我們或多或少的存在優越感，我們無形中有了傲氣，殊不知這種優越感是毫無理由的。理工青年成為時代的寵兒，只是意味著時代的轉變，並不意味個人價值的肯定。人的價值是許多品質的綜合，如人性、品德、成就等，一個理工青年要為人所尊敬，並不是他「對物質世界所做的貢獻」，而是他「個人價值」的被認可。甚於此，理工青年實沒有理由有優越感存在的。

二、胸襟的狹小：這種胸襟的狹小，是當前一般青年（尤其理工青年）所共有的特性。這一代的中國青年是在海島上長大的，我們所見所聞離不開這島嶼的周遭，我們無法立足於喜馬拉雅山傲視寰宇，也無法對著滾滾長江一抒青年英懷，與別國青年比較，我們的胸懷無形中就顯得不夠寬廣。「振衣千仞崗，濯足萬里流」，這只是我們寫作時用的名詞，我們已習慣於升學的競爭，習慣於分數的追逐，我們動輒為小事而煩憂，動輒為細故而結怨。沒有仰天長嘯的激懷，沒有杯酒高歌的豪情，我們的胸懷不夠寬，不夠廣。

三、冷漠的感情：這一代的理工青年，似乎除了自己以外很少去關心別人、關心國家、關心民族、關心世界。這種冷漠態度的形成可分幾方面來講，一方面是整個大時代的苦悶，和人與人關係的疏遠，使一般青年多少沾染上了世紀末的憂鬱，這種憂鬱感所表現出來的就是一種冷漠的態度。一方面由於功課上的壓力在「人」（物理、化學所討論的都是一些物的觀念，而文學、哲學所討論的則較偏重於人。）由於「重物而不重人」的課程，無形中使理工青年較文法青年缺少一種「人的激越」、「人的氣味」、「人的活性」，而間接的亦使理工青年的感情較為冷漠。

我們有莫名的優越感，我們胸襟不夠開闊，我們的感情冷漠，我們如何能成為時代的主人呢？

理工青年與中國文化

一談起中國文化，一般的理工青年不是「哂而笑之」，便是「干我何事」，這兩種態度都不是一個知識分子應有的（我們對文化根本沒有了解便哂而笑之，這便是對知識的不尊重）。不知是時代的逆流呢？還是人類的不好深思，我們這一代的年輕人，一談起「道德」，一談起「主義」，一談起「文化」就覺得迂，覺得腐。道德太古董了，主義太教條了，文化太枯燥了，這與年輕人的個性似乎不太適合。在中學時代，講臺上的老師們滔滔的講述道德文化，而在臺下的我們卻表示出極不耐煩的樣子。冷靜想想我們這群學理工的青年之中，到底有幾個人真正了解一些「道德」、「文化」。文化的定義是什麼？文化如何形成？文化與生活有何關係？中國文化與西方文化有何異同？這些問題曾幾何時縈懷在我們的腦際？我們回想五四那個時代的青年，是多麼的重視文化，多麼的想批判中外文化，而試圖為中國找出一條新出路。儘管他們的看法或許有了偏差，儘管他們真如胡適之所說，「為了目的熱，導致方法盲」，但是他們那股對中國文化方向的重視，實非今天我們所能相比。一個國家內的子民對自己的文化不能有所認識，這毋寧是可恥的，更何況今日我們這些以天下自重的時代理工青年呢？且讓我們開始在計算尺與工程畫之外，涉獵一些有關文化的書，我們相信這一代理工青年必然會從我們的文化中，培養出剛勁挺拔的精神。

理工青年與政治

如果現在有一個外籍人士問我們：「你們中國政府對越戰所持的態度如何？」或「中國政府對大陸權力鬥爭的看法如何？」或「國軍為什麼不早日打回大陸？」相信我們這群理工青年，很少人能夠洋洋灑灑地申論一番。儘管政治對一個人是如何有切膚關係，儘管一個開明進步國家的子民，應抱有政治主張與理想，儘管二十世紀七〇年代的國際情勢是如何的錯綜複雜，但是我們這一代的理工青年，對政治似乎是抱著敬而遠之的態度。「政治於我何有哉？」「看報紙看國際新聞版？啊！太花時間了，我還有一大堆習題呢。」「我只要唸好我的工程力學和工程數學就好了，我又不是政治系的學生！」——我們對政治的看法大都做如是觀。在此，要加以強調的是我們關心政治，並不見得要投身政治，我們關心時局，也不見得對時局有什麼影響，但是它仍有許多意義存在：國際情勢錯綜複雜，我們平日注意政治，便可養成「政治警覺」，這種政治警覺可以使我們在國家遭到重大事情時，能保持一種冷靜的態度，不致受偏頗的言論所左右。還有一點很重要的意義，現在許多理工青年畢業後到國外留學，如果這批留學生每個人均有政治素養，及保持對時事的關切，便可成為我們國家最好也是最重要的外交使者。因為他們人數最多，也是最不具政治色彩的人，這種外交上的宣傳力量，遠比我們派幾個訪問團、友好團來得深入。只是我們現在國外的留學生，很少能達到這種使命，這並非他們不愛國，而是他們在國內沒有培養關心政治的習慣，自然到國外也無從發揮了。因此，今天我們的理工青年，不應對政治表示冷漠的態度，不應在學校讀「國際現勢」時只是在應付，而不是深切的關懷它、研究它！

理工青年的抉擇

下面讓我們談談與理工青年有關的幾個教育問題。

首先看看高中時代考甲組的原因：「功課好的同學都考甲組」、「文法科沒前途」、「我不喜歡背歷史地理」、「理工出國留學較易」……幾個盲目的「觀念」，充斥在每個嚮往理工世界者的心中。

於是數理化好的自然考甲組，不喜歡背史地的考了甲組，興趣在文學、哲學、藝術的，在大勢所趨下也紛紛填了理工的志願，只要高中時代成績尚不錯的，大家「有志一同」，向幾所著名理工學院的窄門擠進去，尤其愈是熱門的科系擠得愈是頭破血流。第一年擠不進的，第二年再來。即使擠進了理工大門，大家又開始向時髦的科系如電機、化工、機械繼續擠（本校每年申請轉系人數之多可為證明）。

高中時只知道甲組難考，卻不曉得考上了唸起來也不太舒服。高手太多，出頭並不易，一不當心當掉卻極有可能。客觀地分析，本校工學院設備在全省無出其右，師資亦不亞於北部各校，環境清幽，校區遼闊，應是讀書聖地，但何以休學率甚高？這主要的原因有二：「功課跟不上」與「生活空虛」。

本校理工學院有一項傳統——「黑色禮拜五」的集中物理月考，全體新生如臨大敵。此外微積分、英文、化學的考試，和圖學（一般工學院學生稱之「吐血」）的繁雜，遂使生活成為考試的週期函數。加上初脫離家庭的懷抱，生活尚未能適應，娛樂少，同學疏，頗使憧憬於「多彩多姿」大學生活的新鮮人大失所望。尤其英文程度差的，唸起外文書來如蝸牛學步，死吞活啃習題以應付考試，「有背無患」之風氣大為流行，挨宰之呼聲此起彼落……這些都是初踏入理工學院時所遭遇的困擾。

理工學院的考試教學與課程問題

現在讓我們來正視考試問題。考試對學生有益或有害？言人人殊，但有一點可以肯定的，理工學生幾乎沒有人能把考試置之度外，其影響之大，令人咋舌。讀書的目的很單純，變成只有一個——應付考試。但試題往往出得頗不合理——幾乎是清一色的計算題，有時計算之繁雜，拉計算尺還會算錯，嚐過黑色禮拜五滋味的大多曉得。這種被計算弄得焦頭爛額的考試制度，實在是電子計算機發明的一大諷刺。

我們以為，解決目前理工學院考試問題的幾個可行途徑是：

1.以「研究報告」或「讀書心得」代替一部分的考試。2.儘量採用 Open book 形式，至少計算公式應予註出。3.多採用觀念測驗或問答題，減少計算題比例。4.減少考試次數，延長考試時間，增加試題數量（目前考試多為四、五題，甚易大意失荊州），並避免考試重心轉向計算速度之競賽。5.出適合學生程度的考題，勿存心「宰」人。

其次談到教學問題。

有一部分學科學的教授，教起書來卻往往很不科學。上課時幾乎一律口授，遇到口才佳的教授固如沐春風，但拙於表達的也大有人在。而且「抄筆記」之風盛行於理工學院，寶貴的五十分鐘便在沙沙的粉筆聲中消磨掉了，令人納悶的，為什麼不把那些筆記印成講義或書呢？「如此一來將沒有學生聽課了，講的都清清楚楚的寫出來了。」一定有人這麼回答。我們以為說這種話是未能掌握教學方法所致，一個好的教師不僅應傳授知識，而且需解答問題，指導學生讀書與研究的方向。我們以為較佳的教學方法是：指定範圍，由學生預讀課本或講義，上課先抽問一、二位同學，藉明瞭吸收程度，然後提要勾玄，講解本章重點（約三十分鐘），最後由同學提出疑惑，予以解答。當然這種以啟發式為主的教學方法，開始時是很困難的，但習慣以後便能得心應手了。記得大一軍訓課時曾試驗過這種教學法，收效甚宏。這種方法有幾點好處：1.學生上課前必須準備，以避免「不考試便不讀書」之流弊。2.學生對上課的態度轉消極為積極，不再是為應付點名而來。3.即使教師拙於表達，也可由同學提出的報告或問題中吸取一、二，不至於「言者諄諄，聽者藐藐」了。

英國人陶納遠在幾十年前，就指出中國教育最大缺點，在於過分偏重死的知識，缺乏自由討論風氣，以致於學生逐漸麻痺，已經喪失「問」的本能了。這是一個嚴重的問題。我們以為，即使因為教師事忙無法與學生多做接觸，「助教」就應該負起這個責任來。

下面再談談理工學院的課程問題。據聞最近大學新課程標準已重新刪訂，不久即將全盤革新，的確，目前臺灣所行理工課程，實多未能趕上科學的日新月異。但不論如何修訂，必須保持適當的彈性，尤其必修的學分應予減少，以便學生有較多的機會，選擇一些自己喜愛的課程。舉一例來說：大一時化學列為必修，但本校理工學院十二系中，除了化學、化工、礦冶、地科四系和土木系的衛工組外，其餘八系幾乎與化學不發生直接關係，似應列為選修。此外如「工廠實習」訂為工學院必修，亦大有斟酌之餘地（所謂工廠實習只是最單調的磨剪刀、玩泥巴、打鐵、車床而已，與土木科系未來職業無關，卻費了一年的時間）。像這種應列為選修卻因規定而必修的學分，在理工各系中普遍存在，這是目前課程上的一個尚待改進的現象。

部訂工學院大一課程各系完全一致，這也發生一項問題：對本系課程內容毫無認識。因此土木系一年級唸完，什麼是土木，土木工程包括哪幾部門，畢業後做些什麼（常有人誤認土木系只是蓋房子）……都茫茫然，其實如在大一時加開一門「土木工程概論」（機械系加開「機械概論」，礦冶系加開「礦冶概論」，餘類推），不就能使同學及早認識本系課程，進而培養興趣了嗎？

留學浪潮下的理工青年

「成群的孔雀向東北飛，向新大陸。有一種候鳥只去不回。」

「留學」似乎已經成為當今社會的一股潮流，理工科系的青年固然趨之若鶩，而一般學文法的同學，也以「留洋鍍金」相互期許。造成留學問題這一道歷史狂瀾，誠然有其發生的動機和時代背景，可是，就留學本身的意義來說，過分的褒和貶，都有失公允。留學浪潮的掀起，使得國家理工方面的人才外流，形成「楚才晉用」、「為美儲才」的落魄局面，他們的「有去無回」，不僅由於科學人才的散失，使得國家的建設無由推動，直接影響了國力，同時刺激到社會群眾的國家觀念和民族意識，間接地也衰減了國運。世界各國的文化互有優劣，彼此可資為借鏡者眾矣，尤其近代科學的發展極速，新知識的累積和科學儀器的遞新，使得文化交流更屬必要。由電子計算機計算的結果顯示，十九至二十世紀一百年間，新知識的增加，為人類自有文明以來所有知識的總和，而二十世紀後，又逐漸由一百年減至五十年，再減至十年、七年為一週期，逐期倍增。在這百年銳於千載，十年勝於百歲的情況下，理工青年的出國深造，對於新知識、新學問的傳播，實在扮演了一個十分重要的角色。理工青年的出國深造既不可免，可是，出國留學又引起許多問題。是以出國乎？不出國乎？便使得在留學浪潮下的理工青年，有種無所適從的感覺。關於留學的動機和解決留學問題的辦法，近來屢見報章，我們只希望能夠站在一個理工青年的立場，說明一般人的誤解，和理工青年在出國之前所應有的觀念與態度。

一般人以為留學生一到國外，就會把國家棄之如敝屣，事實上，絕大多數的理工留學生，他們離鄉背井，遠渡重洋，在太平洋岸的另一邊，過著浪跡天涯的飄零生活，只是因為有一種認知的態度和求學的熱誠，驅使他們在國內研究所的師資和設備欠缺的情況下，毅然決然到外國去謀求進一步的發展。說到國內設備與師資的缺乏，「就拿目前國內八所設有物理系的大專院校來說：師大物理系目的在訓練良好的中學老師，教學重於理論，理論重於實驗，談不上進一步的研究，其他東海、輔仁、中原、淡江四校物理系，本身儀器應付大學四年的實驗課程已感不足，也沒有更深入研究的能力，真正可以做點研究工作的只有清華、臺大、成大三校」（見《中副》李超〈論留學政策與科學發展〉一文）。臺大物理系的碳十四研究室、同位素館，清華的固態物理和核子物理研究所，都可以做一些基本的研究工作；至於成大物理系雖擁有實驗室達十二個之多，可是也只有原子、分子光譜實驗室、X光實驗室和五一二頻道原子脈波分析儀，可從事一些簡單的分析研究，距離一個理想的研究場所仍然差得很遠。物理科學是一切科學發展的根本，而國內的設備與師資依舊缺乏如是，其他科學和工業技術又豈能不如是？科學的發展有兩個基本的條件：一是人才，一是設備，在國內這種師資與設備同等短少的情況下，理工學院的學生出國深造是不可避免的，因為唯有出國深造，才能將國外的新知識擕返國內，也唯有新知識的擕返，才能激起國內研究風氣的振奮，因此，理工青年的出國留學，實在有其特別意義。

理工學院的師生關係

前面曾經論及，理工青年由於追尋的是「物」的世界，日積月累，便會對「人」的關係漸覺冷漠，這種冷漠感表現得最顯著的，莫過於師生之間的關係過於淡薄。愈是文明的國家，這種危機愈形顯著。下面是美國科羅拉多大學哲學系主任格雷（J. Glenn Gray）教授的一段話：

今日的大學生是跟以往大學生截然不同的傢伙。他比較有錢，學術研究的物質設備也較好。可是他的大學生活缺乏個性，處處競爭，較少人情味，他很難認識教授、學校行政當局，以及太多的同學，學問成了「整批交易」，有時乾脆呼作「知識販賣」。教授們只顧著書立說，跟學校的關係愈來愈淡，給學生的時間愈來愈少，在這種情勢之下，原有的大學精神——無論是啦啦隊吶喊助威的一類，或群集一堂共研學術的社團精神——對當今大學生來說已是時乎不再了。（見施肇錫〈存在主義與當代學生〉）

格雷教授所指的是目前美國一般教育的現象，但我們可以想像，理工學院的情形更為嚴重。臺灣的理工學院幾乎不聞牛津大學的「燻菸」制度（史蒂芬．李柯克在「牛津見聞記」中云：導師讓學生到他的書齋閒聊，他口含菸斗，議論風生，只需受他「燻」四年，就能成為像樣的學者了。）我們通常的情形是：上課時老師唱獨腳戲，下課時學生一哄而散，很少聽說理工學生主動找老師聊天或研究問題的。談到改進之道，首先理工青年在心理上必需祛除「畏師」的觀念，然後下面幾個加強師生關係的方案才能實現：

一、定期由系會舉辦「敬師茶會」或「謝師聚餐」，邀請全體教授參加，師生同樂，無形中打成一片。

二、加強導師活動，舉行個別談話；導師應輔導學生四年，不應調動。

三、學生組隊於過年過節往老師家中拜訪。

四、每月舉辦系內座談會、慶生會一次。

以上都是中國文化學院新聞學系目前已辦到的，加強師生關係的活動，也是值得理工學院借鏡的地方。

理工青年的娛樂與社交活動

理工青年常被誤認為只知埋首實驗室、手執計算尺的「怪物」，或與社會絕緣、唯讀書是樂的「書呆子」。

姑不論這種「典型」能否涵蓋全體理工同學，但無可諱言的，理工青年缺乏正當的娛樂活動。君不見本校成功堂週末電影的洶湧人潮，暖壽晚會的水洩不通，校門口「彈性力學實驗室」（彈子房）的家家客滿，在在皆說明了理工青年的需要娛樂。

每當考試過後，往往使人頓覺空虛與寂寞。這時如果沒有一種藝術的陶冶，將使人身心難以平衡。所以課餘培養一種藝術的興趣，對理工青年而言，是很重要的。參加一兩項有興趣的社團，閱讀一些課外哲學、文學、思考的書籍，參加一些音樂會、文藝之夜、演講會，都可使理工青年擴大視野，接觸到一些「行外」的必備常識，而推展自己的心靈到更高的境界，這些都是解決理工青年娛樂問題的根本之道。

其次談到與異性交往的問題。

有一次《成大青年》做了一項統計，調查成大女同學對理工學院男生的看法。大部分女同學認為：「成大男孩子沒有紳士風度，沒有應具備的禮貌，不懂生活情趣，缺乏藝術修養。」其實，工學院是空學院，一般同學很少有接觸女孩子之機會，難免顯得「矜持」（用矜持形容男孩子絕不過分），這主要還是社交經驗缺乏之故。理工同學由於在校時功課繁、考試多，往往無暇旁顧多參加社團活動，但每年寒暑期的救國團育樂活動卻是極應參加的，一來可增加與異性的社交經驗，一來促使理工青年與其他青年的接觸與認識。

這一代理工青年的責任與方向

有人稱這一代青年為「迷失的一代」、「孤寂的一代」、「沒有根的一代」……更有人把西方存在主義，橫的移植在目前備戰下的臺灣——如陳鼓應、孟祥森、勞思光的介紹「存在哲學」；王尚義、王潤華、七等生的推展「存在文學」；洛夫、張默、羅門的創作「存在詩」；以及《勾魂攝魄》、《誰怕吳爾芙》、《將軍之夜》等具存在主義色彩的「存在電影」等等——存在主義很容易乘虛而入這一代大學生迷失的心靈——尤其是理工青年。我們研究一種學問，抱持著熱烈的態度原是無可厚非的，但重要的是應針對環境而不為其所役。如果硬把自己塑造成「齊克果第二」，把海德格、沙特、卡夫卡、卡繆，硬搬到中國的土壤上，「為服西方的感冒藥，我們先染上了感冒」，那是划不來的。我們理工青年雖然所研究的是較冷漠的「物」界，所接觸的難免孤寂而缺乏生趣，但如前文所述，我們可以充實精神生活，可以培養一種課餘的興趣，一種藝術的修養，即可避免「存在主義」的重感冒在我們之間流行。我們不必服西方的感冒藥，因為我們先天體質（倫理與文化）足夠強健，不需要那些痲醉劑的扶持。

　　這一代的理工青年，許多是在烽火中生出，在國難中成長，當我們在襁褓中，隨著父母背井離鄉而浪跡天涯時，那些濡滿了淚水的故事，是怎樣在哭泣中寫成？但哭泣是無用的，對於一個殘酷的事實，不用對上一代多所責難，他們已經盡了力量。你聽：「一個民族有海哭的時候，必也有海笑的時候。」這一代的中國青年——尤其是理工青年。且收起你沒有根的憤怨吧！「父母之病，縱不可醫，亦無不用藥之道。」何況我們國家正在復甦中。科學救國，實業興邦，我們國家目前最需要實業，最需要科學與工業的結合，這建設的重任，開始在我們的肩頭展放，我們開始走入歷史的軌跡裏。且伸出你的手，理工青年，讓你的緊握著我的，去迎接我們民族之海的微笑吧！

民國五十八年十一月五日　《成大青年》第十五期

後記：

本文寫於一九六九年，作者三人，陳秉常唸物理系、許維德唸化工系，均是成大青年社的前後任主編。原載《成大青年》，後經收錄至《大學／大學》一書，本文亦經節錄刊於《中央日報副刊》。

本文完成於弱冠之年，年少氣盛，不成熟是必然。四十餘年後重讀此文，不禁對當年膽敢面對如此大的議題，指手畫腳的狂狷之氣，嚇出冷汗。不過若干問題目前已改善（如教學考試方式、科研經費、留學熱潮……），且是朝著本文建議方向前進，對自己的四十年前預測能力也佩服了。一笑。

淺談「白馬非馬」

最近《中副》上一系列討論「中文」與「科學化」的文章，使我聯想起「白馬非馬」的故事。「白馬非馬論」是名家公孫龍所提倡的詭辯之術。公孫龍認為「白」是名色的，「馬」是名形的，名色者不含形的概念，名形者不含色的概念，「白馬」是合形色二者為一，與「馬」之名形不同，所以說：「白馬非馬」。

公孫龍的詭辯之術，之所以困惑人，主要的原因在於「非」的界說不清。「非」可以當做「不等於」解，也可以當做「不是」解。如欲使「白馬非馬」解釋得過去，只能解為「白馬不等於馬」，而不能解做「白馬不是馬」。這是「非」的兩種意義相互混淆造成的陷阱。（筆者發現馮友蘭的《中國哲學史》英譯本中，把「白馬非馬」譯為：A white horse "is not" a horse.）春秋戰國時代，雖是百家爭鳴，但古人對於理則學的基礎到底訓練不夠，名家也才能在當時大放異彩，提出所謂「卵有毛」、「雞三足」、「犬可以為羊」、「火不熱」、「目不見」、「丁子有尾」等等

「奇談怪論」，唬得人口服心不服。文言文的好處是精簡，但過分精簡，省去了主詞或受詞，且動詞可能有二種意義，往往造成語意上的含混。再看公孫龍的「指物論」中之一段：「天下無指者，物不可謂無指，不可謂無指者，非有非指也。」「指非非指也，指與物非指也」，簡直把人弄得暈頭轉向，不知究竟其所「指」了。

前述白馬與馬的關係，若以數學中「集合」的觀念來分析，就很清楚了。我們假設世間有各種顏色的馬，那麼「馬」之一詞可說是白馬、黑馬、棕馬、紅馬、黃馬的「集合」，「白馬」便是這「馬集合」的一「元素」，「元素」不等於「集合」本身（集合論之定義），但「白馬」確屬於「馬」之一種（在數學中是「屬於」的關係）。因此，白馬非馬應該這樣解釋：白馬是屬於馬的一種，但白馬不等於馬（或馬不等於白馬）。正如同我是家庭中的一員，但我並不等同家庭。

邏輯語言精確則精確矣，總嫌術語生硬，一般人很難接受。正如同「若且唯若」可以用「當而且只有當……時，則」代替，文言文用於科學及邏輯上，易造成不必要之誤會，應以淺近的白話代之。記得讀中學時，數學課本常喜用文言文來下定義或敘述定理，固然有簡潔、莊嚴之美，但一般同學滿頭霧水，逐字逐句推敲如讀古文，又豈能達到數學教科書之目的？

下面也談談科學名詞之中譯。九月十七日《中央日報》，讀劉厚醇先生之〈科學中文化和中文科學化〉一文。劉先生主張譯名最好能夠「音」「義」兼顧，實深獲我心。

即以土壤力學為例。土壤力學的開山祖師Terzaghi氏，有人譯為「竇碩健」（形如其人），有人譯為「德在基」（有「德」在「基礎」之意），均極傳神。另一位研究斜坡穩定（坍方）馳名於世的Bishop氏，不知有無正式譯名，似可仿之譯為「畢斜坡」氏。土壤力學是土木工程中新興發展的一支，而土木工程卻是世界上最老的學問之一，歷史不止一千年。英文“Civil Engineering”中的“Civil”一詞，原意為民事的、文職的、政府的，蓋有別於軍事工程的一切施工與設計均稱之，中文譯為「土木工程」，尊重我國傳統「大興土木」一辭。「土」代表地面以下的基礎工程，「木」代表地面以上的結構工程，故土木二字即包括了從地下至地上的工程，對土木的範疇描述得頗為貼切（唯一的缺點，是土木系的學生常被灰頭土臉地揶揄既「土」又「木」）。

土木工程中的重要一環交通工程，英文有二個名詞：Traffic Engineering和Transportation Engineering，前者係研究交通量之評估與影響及街道之設計。例如臺北市中小型公車之規畫；後者則範圍較廣，包括陸運、空運、航運之規畫等，十大建設中的臺中港、南北迴鐵路、蘇澳港、桃園機場、鐵路電氣化、南北高速公路均屬之。這兩個名詞，中文一般都稱做「交通工程」，實相混淆，如稱前者為「交通工程」，則後者需改譯為「運輸工程」方妥。

科學著作之中譯所以令大部分人頭痛的原因，其罪不在中文本身——「白馬非馬」到底是特殊的例子。白話文便不會有這個缺陷——而在於譯者的中文程度不夠，或是沒有好好地咀嚼原文的真義、抓到其精髓而以深入淺出的文字表達出來。時人或有加強古文訓練和文史教育之議，筆者不敢完全苟同。現在學生（尤其理工醫）讀書的壓力已經夠大了，本行功課甚重，加強文史，便只有相對削減專門學科的分量。何況多讀一些《史記》、《漢書》，對翻譯、寫作有實際助益嗎？鄙意如能好好把握中學六年、大學一年的國文課程，著重創作、獨立思考、鍛字鍊句的訓練，七年足夠使一個學科學的人，兼具起碼的文學素養。

不過這又牽涉到大專聯考的問題，如果聯考的作文命題不夠「科學化」、「邏輯化」，又如何培養學生獨立思考的能力呢？茲以近幾年來的作文命題為例。前年題目：「曾文正公云：『風俗之厚薄奚自乎？繫乎一二人心之所嚮』，試申其義。」這種命題有點像幾何證明題：已知：風俗有厚薄，一二（居上位者）人心有所嚮；求證：風俗之厚薄繫乎一二人心之所嚮；證明步驟：請考生各盡所能，在兩者之間拉關係，以證明若且唯若一二人心崇儉尚德，則風俗趨厚，若且唯若一二人心奢靡乖戾，則風俗趨薄。然而我們考慮風俗敗壞之原因很多，如工商業者暴利致富、風月場所林立、賭博為害、教育不夠普及、拜拜過分浪費等等（行政院研考會最近曾做過此項調查，列舉十大原因），一二居上位者人心之所嚮與之並無必然之關係，亦無法為社會風氣負完全之責任，所以該項命題本身是站不住腳的。但若有考生不人云亦云的「試申其義」，豈不是有文不對題、吃鴨蛋之危險？這是作文命題不當——不夠邏輯化，造成對學生獨立思考能力傷害的例子。至於今年的聯考作文題：「仁與恕互相為用說」，已有學者專家指出「仁」與

「恕」之間是體、用的關係，換言之，恕是仁的表現方式，仁與恕是不可互相為用的（見《中央日報》胡有瑞的專訪）。難怪九萬多考生都齊聲說難，豈只是難，命題本身不健全如何能下筆？又是中文不夠科學化的例子，但筆者仍然相信，罪不在中文，罪在命題者一廂情願，把自己不一定合邏輯的論點強加諸莘莘學子，也因此更造成了一般人「中文不夠科學化」的印象。

如果不先改善大專聯考的作文命題，單單加強古文訓練，可能對於有志學科學的學生，未見其利，反見其害。中學六年辛辛苦苦培養起的數理邏輯基礎，在遇到作文時，便上下古今、胡亂拼湊地「證明」一番，遇到古文中不合邏輯的地方，也因循苟且地食古不化！這樣下去，中文不但不會科學化，科學也難中文化了。

美國較大的研究及工商機構，常有專人負責專技報告的刪改和寫作，他們稱之Technical Writer，在科學中文化尚未普及的今天，我們也不妨先培養一些類似的專家，透過專業技術和流暢文字雙重的訓練，負起承先啟後的責任來。

結論

本文從「白馬非馬」談起，茲臚列結論如下：

一、科學文字應該以清晰的白話文為主，文言文中一語雙關的辭彙宜儘量避免。

二、科學名詞之中譯以「音」、「義」兼顧為佳，且最好能符合我國傳統。

三、大專聯考作文命題亟應改進，需能有讓學生發揮獨立思考的機會。

科學中文化是極有意義的工作，但先決條件是中文必須科學化。其實從事中文科技寫作的作者，在翻譯或著作的過程中，於科學材料本身意義的重認，每每是一樁樁寶貴的收穫。寄語愛好科學和文學的「兩棲作家」，和逡巡於知識道上、真理山中的播種者，多多灌溉科學中文的園地，以落實我國科學生根的理想，盍乎興來！

民國六十五年九月二十四日於南卡羅萊納州大學土木研究所

原載《中央日報》副刊

從大專聯考作文命題談起

報載今年大專聯考作文題：「言必先信，行必中正說」，表面上看起來四平八穩，題旨清楚，但是如果站在一個啟迪中學生獨立思考習慣，鑑別考生作文能力的立場來看，我毋寧說，這又是一個失敗的命題。

似乎自有大專聯考以來，作文題目便永遠脫離不了論說文的範疇——其實真正值得「論」的地方很少，大部分只是將古人的一句話，請考生再「說」一遍而已。由於這類命題本身擺著一付道貌岸然的說教面孔，考生也只好言不由衷的背些古人的話：「孔子說、孟子說、國父說、胡適說、蘇格拉底說，只有我不說。」這種「述而不作」的積弊日久，終於導致了「大學生國文程度一年不如一年」的評論，孰令致之？大專聯考作文的命題不當是主要原因之一。

即以這兩年大專聯考作文題而論，言必先信，行必中正，在做人做事方面固無所置喙，但應用在當前詭譎的國際局勢上，有時卻顯得不夠靈活（外交上有時需奇正互用）。又如「風俗之厚薄奚自乎？繫乎一二人心之所嚮」（去年作文題），也有值得商榷之餘地。我個人認為目前臺灣社會風氣之日趨奢靡，主要是部分業者不正當的利潤，社會過分安逸，與大眾傳播過分強調靡靡之音所致。一二居上位者（如蔣經國）大力倡導，固能矯風俗於一時，但日久頑生，仍無大效。君不見每年三重大拜拜，雖經政府首長再三疾呼，仍浪費如故。美國也是一樣，福特總統力求國會和人民支持越戰，奈何人心苟安厭戰，高棉、越南終至不起。風俗之厚薄奚自乎？倒真是一個大眾傳播學和社會學的研究課題。但如果真有哪位考生的想法「不幸」和我一樣，不根據題旨發揮，那準不及格無疑。由此可見，這一類「試申論之」的題目（即結論已下好，考生只有照此類推的份），在命題的邏輯上是易遭物議的（有點像幾何證明題：已知、求證都有，但證明過程很勉強）。尤其嚴重的是誤導高中國文教學，束縛學生獨立思考的能力。

大家都知道聯考和中學教育息息相關。聯考英文不考作文和會話，所以我們的中學畢業生雖學了六年英文、大學畢業生學了十年英文，卻不能說，又不能聽，更不能寫，唯一擅長的是選擇填充式的死文法規則。說句實話，大學畢業，托福考六百多分的人，並不能保證下了舊金山機場即可應付裕如，老美對於我們這一套「正統」的英語教學方式即大表不解。幸而國文科還保存了作文，但不幸的是此種作文命題方式，扼殺了不少對文學有興趣且有才氣的青年。筆者所知不少青年優秀作家皆不願投考中文系，除了所謂「出路」問題外，中文系過分注重義理考據的道學面孔，恐怕也是原因之一吧？

初高中的聯考作文由中學教師命題，有時反而不乏佳作。記得筆者投考初中時的作文題：「臺北街頭」，便是一個很能讓小朋友發揮才思的題目，也因此才有當時膾炙人口，傳誦一時的闈場名句：「人有人頭，街有街頭，站在臺北街頭，看到的盡是人頭。」又如去年臺北市高中聯考女生組的命題：「推動搖籃的手」，清新脫俗，尤其適合女生纖細的思考，一時「推動搖籃的手，也是推動世界的手」等等佳作連連，令評閱老師擊節再三。

誰說這一代中學生的國文程度低落？——有時翻開《建中青年》，會覺得他們的涉獵程度高得令人驚訝——從邏輯實證論到實驗電影，從老莊哲學到現代詩，在在都顯示青年狂狷而可愛的一面，只是，他們被大專聯考八股的作文題所束縛，無法發揮所長而已。

那麼到底出怎樣的題目才是良好的命題呢？筆者學理工，又無出題經驗，但根據與不同專業的朋友聊起，咸以為「出一個與學生切身有關的題目」，最能看出一位青年運用文字表達自己思想的能力。下面是筆者一些不成熟的意見：

一、考作文能力而非背書比賽。「古人說、你說、他說」固然有助於文章的氣勢，但沒有作者本身的意見（或不容許考生有發揮自己意見的權力，如去年考題），不可能言之有物。因此與其出些「某某說：「……」試申論之」的八股題，不如出些與學生生活經驗相關的題目。

二、論說文和抒情文、記敘文、應用文之間應有一定的比例。由於大專聯考一向只考論說文，以致高中和補習班也只出論說文，一本《四書》中凡可能被命題的「名句」，幾乎都被猜題過，而抒情文或記敘文卻絕少被國文教師選中，也因此許許多多愛好文藝寫作的未來作家，被沉悶的作文課所抹殺。尤其是女生，一般來說更不喜歡論說文，以張秀亞、張曉風的文筆，硬寫些什麼「論道德之重要」、「行己有恥博學於文說」，而冀佳作，豈非緣木求魚？因此，為多培養幾個未來的作家計，偶而來幾個如〈黑紗〉（曉風）、〈雨中的慈湖〉（洛夫）、〈十月的陽光〉（曉風）、〈湖上〉（張秀亞）、〈聽聽那冷雨〉（余光中）之類的抒情題目，可以端正中學作文教學的偏枯，且閱卷教授也不致於在闈坊中索然無味，而真正功夫下得深，文學底子好的同學也才容易分辨出來。

三、未完成的命題法：

記得筆者就讀高中時，有一次國文老師出了一道：「假如我是……」的題目，可以做「假如我是北一女學生」，也可以做「做如我是國文老師」，結果大家發揮自由聯想，一時瑜亮互起，蔚為大觀。後來校慶時班上還舉辦了一次別開生面的作文特展，選出來的文章，一半是這次的自由命題。

此外如「人生如……」（人生如戲、人生如浮雲、人生如書本，任君挑選），「……的鐘聲」（教堂的鐘聲、校園的鐘聲、指南山的鐘聲皆可）。如能慎選素材，這一類的命題法最能看出考生構思的能力。我常認為讀一篇好的文章不是自第一句話起，自題目即已開始了。讓考生完成題目也是一種很好的訓練，這種訓練正好彌補了一般作文課「老師命題學生寫」的缺點，而有點接近於投稿的藝術了。

四、稀釋法與濃縮法：此二法陳鼎環先生曾在《中副》介紹過，頗適合於考試之公正評分。例如以古詩〈箜篌引〉：「公無渡河，公竟渡河，墮河而死，當奈公何」，寫一段五百字的故事（稀釋法），或者以一段冗長而無重點的新聞報導，請考生改寫成一段四、五十字左右的提要（濃縮法）。不過，筆者認為此二法只是訓練寫作能力而已，尚不足以代替能夠表達思想的正式作文。

以上所提作文命題的改進意見，可能有人認為評分不易，易滋困擾。事實上目前的「論說文」評分標準，也根本無法公平，何謂言論正確？（其實所論的都早被題目釘死了，「言必先信，行必中正」，題目既已說得如此明白，豈能有不正確之論乎？）相信有經驗的老師都知道，反而是抒情文或記敘文（或夾敘夾議），較能分辨出作文能力之高下。為培養中學生的作文興趣，為鼓勵未來的青年作家，為訓練青年學生的獨立思考能力（不少海外左傾的留學生都是「××說」的犧牲品），請自改進聯考的作文命題始！

寫於美國南卡羅萊納州哥城

民國六十六年七月五日　原載《大學雜誌》

後記：近年來不論高中及大專聯考、基測等考試，作文題目已鮮少八股論說文。本文發表於三十四年前，似乎冥冥中已有一隻手，導引作文命題的方向。

西出丹佛

余光中先生曾在一篇散文中，這樣描述丹佛：「城，是一座孤城。山，是萬仞石山。城在新的大陸，新大陸在一九六九的初秋。你問，誰是張騫？所有的白楊都在風中搖頭，蕭蕭。」二十年前，我們成大的文藝社團曾邀余先生蒞校，介紹他的蒲公英歲月，和洛磯山的山盟與雪祭。那也是第一次聽到科羅拉多的景色，令人嚮往。沒想到十年後我也踏著余先生的足跡，來到了這海拔一英哩高的山城，當一名新西域的守關人。

在歡送北美事務協調會歐陽瑞雄處長，調離堪薩斯轄區的晚宴中，方琪女士代表丹佛僑界，以淒美的女高音，唱出陽關三疊：「……勸君更盡一杯酒，西出陽關無故人。」在歐陽處長的強顏歡笑中，我捕捉到閃過的一道淚光。科州人口密度僅及臺灣的五十分之一，西出丹佛，何止無故人，甚至連金髮碧眼的洋人都難得一見呢。

這裏是映著月光的科羅拉多河，赭紅色砂岩與黑灰色頁岩的故鄉，美洲新大陸的分水嶺。

這裏是美國聞名的滑雪城，每屆冬季，滑雪道上飛馳而降的紅男綠女，將皚皚白雪點綴得滿山生輝，煞是生動。這裏有極富文藝氣息的音樂城兼滑雪城艾斯本 (Aspen)，有「美國小瑞士」之稱的尤瑞 (Ouray)，和以環境保護享譽工程界的葛蘭姆峽谷 (Glenwood Canyon) 公路，以及數以百計、爭奇鬥豔的滑雪小城，徜徉在洛磯山眾峰的懷抱裏。洛磯山猶如一條巨龍，龍首在此，昂頭吐納，龍尾一擺，便一躍飛出美加邊界，綿延千里。滑雪道上飛馳的「鷹的傳人」，其實只是在這條巨龍的鱗爪上滑行哩。

那年秋天，我們帶領華視僑胞訪問團，一遊著名的滑雪勝地維爾 (Vail)。踏步在歐洲風味十足的石板道，街頭賣藝人的手風琴聲，透過兩側的露天咖啡座傳來，令眾星不禁聞歌起舞。而滿山白楊，千樹成林，猶如一排受勳檢閱的士兵。秋陽透過白楊樹枝射入眉眼，微風翻動千層的金黃綠黃紅黃，使燦爛的秋色維持著一種動態的平衡。沿著曲折小溪星羅棋布的十八洞高爾夫球場，名聞全美，福特總統每年均在此舉行世界首領邀請賽。小橋流水，錯綜其間，如茵碧草，與山坡的金芒相映，形成一幅五彩的圖畫。眾星皆泫然，紛紛在此拍照。以《星星知我心》享譽海峽兩岸的吳靜嫻說，這是她看過最美麗的秋景。

停車坐愛楓林晚，白楊黃於九月花。訪問團在頻頻催促聲中離開了維爾，也留給丹佛僑胞一個溫馨的記憶。在他們的行囊裏，不僅攜回了洛磯山的絢爛秋色，也滿載著僑胞的濃濃盛情。

幾年來也曾在丹佛，陸陸續續接待過各式各樣的國內訪問團，和路過此地的好友們。人來人往，馬嘶馬啼，客舍青青，朝雨輕塵。而每次西出丹佛，總會帶來沁人的離愁。

民國七十六年　原載《中央日報》副刊

再別丹佛

為了參加科大土木系吳宗欣教授所主辦，加勁土壤結構國際研討會，我與內子秩明，趁春節假期再度回到闊別四載的丹佛。

一九九二年底，我們帶著丹佛朋友的祝福返回臺灣。四年前我應山地工程顧問公司之邀，返國擔任總工程師，對於國內的工程背景及文化，有了初步的認識。二年前，為了將所學的大地工程，及在科州公路局服務的多年實務經驗，進一步的發揮，乃決定在臺灣創業，成立了一家大地 (Geotechnical) 工程顧問公司。公司成立以來，適逢臺灣營建業陷入空前低潮，競爭激烈，但在公司同仁通力合作之下，總算建立了自己的品牌，亦在逆勢中穩健成長，算是臺北工程顧問界的異數。

我們的特色是：以人文關懷和創新科技的角度，解決地工問題，並達到「成本如度 (in cost)」、「品質如式 (with quality)」、「完工如期 (on time)」的要求。公司的主要業務是加勁擋土牆、山崩落石、深基礎等工程之研究、規畫、設計與監造。特別值得一提的是，在科州公路局服務期間，參與 I-70 Glenwood Canyon 計畫所獲得的寶貴經驗，那種在精緻的工程設計中，處處為環境、生態、景觀設想的巧思，及所隱約透露出的人文思想（採用創新科技，甚至寧可犧牲工期、提高成本，而不願破壞峽谷的生態與環境），值得臺灣工程界的反思與借鏡。臺灣去年經歷了數十年來最大的賀伯颱風災變，土石流淹沒了好幾個村莊，造成數十人死亡，也使工程開發如何與環境保護相配合的問題，益發受人重視。

談完了工程，也該談談在臺的生活。在臺灣，交際應酬其實並不多，喝酒的風氣已不如過去盛行，而打高爾夫則因太貴，亦非人人所玩得起。實際的生活則是朝九晚十，每天工作時間甚長，為了趕報告而加班則是家常便飯。我平均每天下班的時間是晚上十一時，日子過得充實緊張且忙碌。為了將自己二十年的實務經驗傳授給下一代，我每學期在家居附近的中華大學（位於新竹，新成立的學校）兼課，講授大地工程實務（大四）、專題討論（研究所）等課程。上課的方式著重個案討論，乃就一個專案計畫從頭到尾加以串連整合，而與一般傳統土木工程分科教學方式有異，也頗能贏得學生的歡迎。

內子返國後，初在科學園區某藥廠擔任行政及財務經理，但因公司財務困難，煩惱不少。後來在新竹大華工商專科學校國貿科擔任教職，並兼科主任。該國貿科曾順利通過教育部評鑑，列為一等，學校對她頗為器重。她在臺灣的頭二年有適應上的困難，教書以後，頗能體會春風化雨之樂，與學生打成一片，成為學生心儀的李老師，其角色才從門檻外抱怨頻頻的海外學人眷屬，轉變為邁入主流社會的一員。這次在丹佛僑界為我們舉辦的晚宴中，眾家姊妹都為她條理生動、滔滔不絕三十分鐘演講而訝異，我笑說她的口才是每週週會及上課訓話的成果，也很高興她重新建立了自信和擁有成就感。

兩個犬子在臺灣的適應能力比媽媽強。老大 Andy 在科學園區實驗中學表現得不錯，畢業時以第一名成績，榮獲教育部長獎。申請學校時也分別獲得西北大學、芝加哥大學、普林斯頓大學的獎學金，最後他決定唸加州大學柏克萊分校的電機及電腦系。目前已是大二的學生，GPA 一直保持 4.0，在眾多優異學生中保持「東方不敗」，相信他必付出了相當的努力。令他媽媽特別高興的是，在實中唸書時，木訥的他居然還交了一個同班的女朋友，現在 Brown 大學唸書。老二 Dennis 則仍在實中讀高三，今年夏天即將來美唸大學。他回臺灣後中文進步不少，也引起將來專攻國貿或財經，進行中美貿易之興趣，這是我們返臺所未能料及的收穫。

承蒙科工會之邀，我在二月八日的晚宴中，曾介紹了臺灣的南北高速鐵路。這項耗資四千四百多億臺幣的巨大工程，乃採民間投資，營運轉移給政府的 BOT (Built, Operate & Transfer) 模式。這項工程目前正在進行 BOT 廠商遴選中，預計在明年開工，二〇〇三年通車，屆時自臺北至高雄只需九十分鐘，將使臺灣交通的生態改變，並可改善汽車帶來的空氣汙染與交通事故。我很榮幸參與了高鐵的細部設計，並主持預算三十萬美元的高鐵加勁路堤的研究計畫。

在丹佛的十三年中，我們曾參與了中華聯誼會、科工學會、雙十國慶晚會、中文學校、青山合唱團的活動。在籌備活動的過程中，結交了許許多多熱心的朋友，也多多少少為這個社區提供了綿薄的貢獻。在四年前雖然我們選擇了返臺，而未能與朋友們繼續攜手共進，但彼此的際遇，正如徐志摩的詩：「你我相逢在黑夜的海上，你有你的，我有我的方向，你記得也好，最好你忘掉，在那交會時互放的光亮！」丹佛的風雪雖大，朋友們的熱情卻若三月融雪的初陽，溫暖如春。勸君更盡一杯酒，西出丹佛無故人。丹佛的朋友們，且待下一次再向您提出 Progress report。願彼此祝福，不會忘記在那交會時互放的光亮。

民國八十五年　原載《丹佛華報》

鮭魚溯溪之旅

——成大土木六十級系友畢業三十週年返校行

古城鳳凰花落花發
工學路上橫行鐵馬
結構土力忙比劃
憶當年滴滴答答
到如今身胖髮華
嘆土木生涯如煙如畫

土木系六十年畢業系友，在睽違母校三十年後，再度回到母系，出席成大七十週年校慶活動。九十年十一月九日，土木系系友一行人十人（阮國棟、葉英蕙、呂福仁、施義錦、丁頌駿、李建中、陳輝雄、林志棟、朱嘉義和筆者），自臺北出發，包了一輛遊覽車，展開鮭魚溯溪之旅。第一站是中央大學土木系，李建中、林志棟兩位同學都曾擔任過中大土木系主任，建中兄目前又擔任工學院院長，吳究同學也在中大太空遙測中心任教。來此拜會，一來是驗收諸同窗的教育成果。二來是志棟兄向以好客聞名，點心、午餐與禮物樣樣不缺，藉「驗收成果」之名，A他一頓，顯得名正言順多了。

下午四時抵達母系，由土木系陳景文主任（六十一年系友）與同窗方一匡副院長，水利系高家俊主任（六十年水利系友）共同接待，並與在校學生座談，題目是：「土木工程師的生涯規畫——六十級系友的經驗傳承」。首先由陳主任就土木系的現況做一簡介，繼而由出席的諸位系友，就其土木生涯的經驗，向莘莘學子傾囊以授。

首先上場的本班「土寶」——葉英蕙同學的經驗就令人好奇。在中鼎工程公司服務了十餘年後，她發覺工程師的法律知識不足，乃投入建中兄父親李模教授的門下，當起東吳大學研究所在職專班（法碩乙）的學生。在李模教授的調教下，土寶深得其中三昧，也服務於中鼎的法務部。這種中途轉行並擴大領域的做法，增添土木與法律雙重背景，也是新鮮人學習的目標。此外，任職環保署科技顧問室主任的阮國棟，則妙語如珠地形容了當公務員的心情。成大水利系主任（當年大家稱他坦克）和中大土木系前主任林志棟（外號小棟），則分享教書的甘苦。現任聯勤工程署總工程師施義錦，則勉勵同學不妨也考慮在軍中發展。從事外國環保產品代理商的丁頌駿，則強調人脈與英文的重要。

現任中國土木水利工程學會總幹事的朱嘉義，鼓勵同學加入中工學會，及早累積工程界的人脈。在北市捷運局擔任高級規畫師的陳輝雄，則以中華工程公司與捷運局的經驗，強調工程師一步一腳印的踏實精神。

最後筆者也以經營顧問公司的經驗，指出欲投入顧問生涯的新鮮人，要把自己先準備好：國文、英文、電腦、專業四者缺一不可。而流利的口才與精確的文字表達能力，更是顧問公司必備的利器。此外，近年來建築業與營建業不景氣，大大影響了土木人——尤其是結構、力學、營管的出路，但只要根基厚實，掌握時代的脈動（如九二一復建、邊坡整治、生態工程等），仍不致於求職無門。筆者今年面試一位剛自替代役退伍下來的大地組碩士，成績優秀的他，在不景氣聲中也有四、五個機會任其選擇，可見事在人為。

比較可惜的是本班毛治國、李建中兩位同學，因公忙無法出席這場與同學的對話。治國兄告知筆者，他因「不務正業」，自土木行業落跑，改行搞起電信，為了怕做「錯誤的示範」，所以不敢出席。其實以治國兄的長才，無論是運研所組長、觀光局長、高鐵籌備處處長、交通部次長、中華電信董事長，均可見其「運籌帷幄賽諸葛」的才華，這也是土木人「君子不器」的充分表現。而建中兄則歷任中大土木系主任，和公共工程委員會副主委，現任中國土木水利工程學會理事長，並擔任我國 WTO 談判代表多年，英文與法律造詣頗深，甚至歌唱得跟他家老弟李建復一樣好，可謂家學淵源。由治國與建中兩位同學成功的個案可以看出，土木人不妨以專業入門，但亦不必自限於土木專業。「由技入道，技以載道」（毛治國的名言），旨哉斯言。

土木系的座談會後，即趕往朝代飯店與母系的昔日師長聚餐。史惠順、周龍章、蘇懇憲、蔡攀鰲、左利時、王櫻茂、顏榮記等多位老師都在座。在南部的幾位同學，如詹益村、張四維、蘇安三，還有甫自臺北飛抵臺南的建中兄，一時師生共話當年的點點滴滴，好不熱鬧。

諸位老師多仍身體康健。史院長仍然談笑風生，愛系之情溢於言表。左利時老師當年是有名的「左大刀」。我的工程力學、材料力學雖然是在剃刀邊緣閃過，但基本的力學根基，還算經得起後來留美唸碩、博士班的幾番考驗，也體會「嚴師把關」的重要。比較遺憾的是當年導師游啟亨教授未能赴宴，最近更傳出不幸身故的噩耗，令人不禁為之嘆息！

次日，在方一匡同學的帶領下，我們一行十人回到母系，再度與大禹像合照，重溫三十年前的舊夢，也參觀了尚未落成的新系館，寬敞的空間令人欣慕。順著工學路參觀新圖書館、舊小禮堂，想當年（大一）在小禮堂接受「黑色星期五」的物理月考，殺得昏天黑地，答得不知所云，也有不少人因此而休學他去，其震撼力可見一斑。轉赴光復校區，榕園樹下，成功湖畔，雜花生樹、群鶯亂飛的美景依舊，只見新娘二、三，白紗點綴著茵茵芳草，而當年意氣風發的少年，已成白髮中廣的中生代了！訪問校史館時，還看見十餘年前我旅居丹佛，擔任成大洛磯山校友會長時，所贈送母校的匾額：

鳳凰花開，工學路上齊送舊

綠樹成蔭，洛磯山下共迎新

在異鄉也曾接待過馬哲儒前校長、史惠順院長、游啟亨教授，和阮國棟、李建中、林志棟、鄭進南等同學。每次相逢，總是有敘不完的新醅舊釀。「情眷眷而懷歸兮，孰憂思之可任？」（王粲〈登樓賦〉）如今返國已十年，期間也曾數度返校，眼見其茁壯成長，較北部諸名校，如臺大、清華、交大等，毫不遜色，但或因地處南部，宣傳不易，七十大壽，臺北的報章仍鮮為報導。建議母校今後增設科系時，應將新聞傳播列為第一順位，相信假以時日，其效果必較顯著。

三十年前在即將畢業之際，我們編了一份畢業班刊〈橋〉，做為四載鳳凰花城的紀念。「心與心的交流，架成感情的橋，堅強如新，永不絕息」。年少輕狂的我們喊出：

今日我以成大土木為榮
他日成大土木以我為榮

又是鮭魚溯溪返鄉的季節，雖然成大土木並未以我為榮，但我們永遠以曾為成大土木的一份子為榮。

民國九十五年六月　《成大校友會刊》

馭夫術三招
——參加好友女兒婚禮致辭

新郎、新娘、雙方父母、親友、各位來賓，大家晚安：

內人是新娘張家菁的媽媽——朱榮芬女士大學同班同學，也是三十多年來最好的朋友。內人有一個終身的遺憾，就是沒有女兒，因此今天是以嫁女兒的心情來參加這場婚禮。

新郎、新娘都是在紐西蘭唸高中和大學，同在異鄉為異客，每逢佳節倍思親，可以說是有緣千里來相會。因此，特別需要相互扶持，這段姻緣，一定長長久久。

我們在這裏，給予衷心的祝福。

今天既然是以嫁女兒的心情參加，就要教新娘一點馭夫術。馭夫術，我不知道兩位小留學生是不是聽得懂，用英文講是"The way to handle your husband."

馭夫術的第一招是：Keep him busy：新郎既然學電腦，就讓他在電腦事業中奔馳，讓電腦成為他的大老婆，自己變成小三也沒關係。讓彼此留一點空間，要成為先生事業的好幫手，他自然會感激妳。

馭夫術的第二招是：Let him go：像是放風箏，讓先生慢慢高飛，但是線永遠掌握在妳手中。當然，妳也要常常關心他，監控他，不要成為斷了線的風箏。

馭夫術的第三招是：Cohesion, not Friction：Cohesion 就是黏性，Friction 是摩擦，這兩項是工程力學上重要的特性。

經營家庭也是一樣，妳要成為家庭的黏著劑，而不要為一些小事發生摩擦。力學的理論告訴我們：兩個物體間的摩擦力，與接觸壓力成正比，當吵架的時候，雙方要分開一下，減少摩擦。家不是一個講道理的地方，家和才能萬事興。

以上三點馭夫術，其實是我太太和她的好同學，也就是新娘的媽媽朱榮芬的共同經驗。而我和張谷森都是共同被馭的對象。被馭了幾十年，都覺得心甘情願，不過張谷森可能是：雖然不滿意，但是可以接受。

最後祝兩位新人早生貴子，雙方父母及在場嘉賓身體健康，萬事如意。

工程師治國是好棋

毛治國副院長接任院長，媒體似不看好，其實就國家而言，不失為一個好棋。自孫運璿以後，很久沒有工程師擔任行政院長了。蔣經國時代，推動國家科技和十大建設的功臣，如李國鼎、孫運璿、李達海、趙耀東、嚴孝章等，無一不是工程師，而近年來表現優異的閣員，如李鴻源、張善政、陳振川等也都是工程師，尤其是土木工程師。

工程師的特色是苦幹實幹、按部就班、分析規畫、條理分明。工程師或許不夠圓滑、不善交際、不會吹噓，甚至不善表達，但只要給予信任，給予時間，一定會使命必達。毛治國這位土木工程師出身的院長，也多具這些特色，但他多了人文素養和管理專長。大陸這二十年來多由工程師治國（江澤民、胡錦濤、溫家寶等），傾全力發展國家建設，不再文攻武鬥，實力大增。而臺灣則相反，律師和媒體治國，為民主搞得天翻地覆，豈是人民之福？

毛治國在高鐵籌備處長任內完善規畫高鐵，觀光局長任內創臺北燈節，中華電信董事長任內轉虧為盈，交通部長任內復建八八水災，均有卓越貢獻。至於網軍攻擊他，在副院長任內擔任食安小組召集人，其實他只是去收一個爛攤子而已。

毛治國著有《決策》一書，對決策管理和變革管理有深入的研究。目前人心思變，希望毛治國能發揮所長，有一番變革的新氣象。既然媒體和網路鄉民能接受柯P這位醫師從政，何不暫拋藍綠，給一點時間，看看這位工程師「治國」的成效吧！

民國一〇三年十二月五日　《中國時報》

從源頭救低薪

蔡英文在就職演說中，特別提到了年輕人的低薪問題。媒體在報導這個問題時，也多從經濟不景氣和企業不願分享的觀點來談，但並未觸及問題核心。筆者願分別從教育和實務兩個層面，探討這個低薪的問題，並提出改善的建議。

在大學裏教書的老師應都會同意，目前學生上課的情形，只能用慘不忍睹來形容（只有大陸學生和外籍學生例外）。出勤率差也就罷了，就算是來上課，也是在心不在焉地玩手機，或是蒙頭大睡，完全不把老師看在眼裏。真正一個班上願意學習的同學不到五分之一，愈是後段的學校，這個問題愈加嚴重。「由你睡四年」的結果，大學生在專業上沒有獲得謀生的技能，態度上更養成了不認真和不在乎的習慣。

許多年輕人從事不太需專門技術的服務業，這些行業的特色是勞動密集，而非技術密集，而且經驗累積並不會讓薪水增加太多。媒體過分強調服務業，常常看到一些報導，高科技工程師放棄高薪，開一家餐廳或咖啡廳，或返鄉從事農業等。小確幸是否值得鼓勵還值得商榷，卻至少浪費了國家辛苦培育科技人才的資源。

目前社會的氛圍鼓勵年輕人創業，臺灣年輕人尤其躍躍欲試，學校裏也開了許多這類創業課程。但是說實話，即便在加州矽谷創業，能成功的僅一二成，十之八九是失敗收場，或僅能勉強維持。我們應該誠實地告訴年輕人，擁有一些實務經驗和積蓄，再考慮創業才比較穩紮穩打。

年輕人如果真學有專長，待人接物態度誠懇，根本不必擔心22K的問題。即使頭兩年吃一點苦，之後技術成熟，應該是大家爭相挖角的對象。老闆不是一直喊缺人才嗎？豈有不願加薪留人之理。政府真正該做的，不是討好年輕人，要求企業主加薪，因為經濟是被一隻看不見的手（供需平衡）所控制。政府真正該做的，是仔細盤點勞力的供需和品質。

首先，大專的科系需要重新檢討，是否傳統服務性的科系畢業生產量過多，而生產性或專技服務性的人力供應不足？該撤銷的科系需逐年淘汰，該增設的科系需立即增添，應以學生和社會的需求，而非教師的飯碗為主要考量。一位教師若自己在業界找不到工作，又如何培養學生找到工作呢？

其次，我們畢業的學生是否眼高手低？例如：還沒有基本謀生技術的時候，反而先學了一堆管理知識。但是你才踏出社會，並無實務經驗，公司怎麼可能讓你管理呢？因此MBA都是大學畢業以後，具多年工作經驗才能報考。在大學部多學些技術，由技入管才比較可靠。

很多年輕人不願意投考比較學得到技術，但較為辛苦的科系。目前技術學院的機械、化工、土木等系乏人問津，但管理、餐飲、遊憩等系門庭若市。在工程科系，學校教育與實務也普遍脫節，即使以實務為導向的科技大學和技術學院亦不例外。學校以理論教學為主，教師升等也以SCI、EI等國際期刊論文發表為最重要指標，教學優劣並無關緊要，因此往往學生畢業後，進入業界需重新學習。但因公司利潤微薄，不願花錢培訓，形成水準日趨低落的困局。如何透過產學合作方式，有效提升學生實務經驗，符合市場就業所需，徹底改善教學品質，並降低教育資源浪費，應是新政府可以施力的重點。

民國一〇五年六月六日　《中國時報》

開放外籍留學生移民　降低老年化衝擊

臺灣人口老化程度嚴重，再加上少子化，成為媒體關注的焦點。政府雖鼓勵生育，但年輕夫妻多無力負擔，興趣不高，且恐緩不濟急。其實解決人口老化問題，最有效率且成本最低的是仿照美國，吸收年輕菁英的移民政策。

培養一個嬰兒至就業，經濟成本至少四、五百萬元以上；時間成本要二十年至二十五年（還不計不願就業的媽寶和宅男女）。另外還要考慮的是：由最近層出不窮的吸毒殺人案件似乎看出，真正具生產能力的可用人才，恐怕只有七八成而已，其餘無工作能力、遊手好閒，甚至作奸犯科、吸毒殺人的人也不少。培養這些人對社會的危害，也需列入益本比考量。

美國的移民政策，除了基於人道主義的夫妻、父母、子女、兄弟等，給予優先永久居留權外，更鼓勵促進經濟的投資移民，和專業人士移民。臺灣過去留學生大量在美國工作，靠的多是這專業人士移民規定。外國學生（多半具有碩士或博士學位）替美國省了二十年的培育成本，也豐富了美國文化。外國學生來美國求學繳高額學費，表現優異的給一點獎學金，就可將全世界優秀的人才網羅，而且大家還感激得很，爭先恐後申請專業移民（第三優先）的名額。加州矽谷數以萬計的資訊軟體人才，約有一半是來自世界各國的移民（包括賈伯斯）。美國大學教授大約三、四成是來自國外，有些科系（尤其是數理工醫）甚至白人老師反而成了少數。這些優秀的移民對美國經濟貢獻卓著，但未聞美國青年常滋生的吸毒、槍殺事件，也替美國節省了大量的前期培育經費，是聰明的移民政策。

或許臺灣的薪資，沒辦法像美國吸引大量的一流移民，但臺灣的治安良好、物價低廉、交通便利、健保優良、氣候溫和及人民友善，被國外雜誌評比為最適合居住的國家，應可吸引許多優秀的移民，目前香港的居民大量湧入臺灣即為明證。但香港移民多係以投資身分進來，年齡偏高，若能開放各地留學生（包括陸生）在畢業之後，給予十八個月的實習簽證（比照美國的做法），或直接給予三年工作簽證，相信各國（尤其東南亞）留學生會有很多人申請。工作簽證期滿後，若經用人單位推薦且經審查，確屬臺灣需求者，即可授予永久居民權。如此一來豈不解決了人口老化、少子化、經濟發展等多方面之問題？這些優秀移民對臺灣國際化（包括新南向政策），都會有很正面的效益。何況若有機會移民，必可吸引更多優秀的外籍學生留學臺灣，解決了目前大學招不到博士班學生的困境，更可提升大學學術水準和國際化程度，可謂一石多鳥。

蘇東坡〈園中草木〉詩有云：「種柏待其成，柏成人亦老。」何況種柏未必能成柏，而移植已成材的龍柏，豈不有效率得多？

民國一〇六年三月十二日　《聯合報》

臺灣地工發展的隱憂與省思

《地工技術》創刊伊始（一九八三年），我正負笈美國科羅拉多州的洛磯山下。建中兄遠自臺灣前來丹佛，並希望我擔任《地工技術》美加代表，負責聯繫美加地區的作者。擔任美加代表多年，只拉到少數幾篇文稿，有虧職守，但《地工技術》雜誌每期寄來丹佛，從未缺席。從其精彩的內容所顯現，臺灣豐富多變的地質與地工特性，都深深吸引著我，也埋下了日後返國服務的種子。

回臺十年，一直從事大地工程的顧問工作，兼在臺北科大與中華大學任教。由於曾在美國的工程顧問公司與政府機構任職多年，難免與臺灣的地工環境做一番比較。

臺灣的地質年輕且變化多端，地震烈，暴雨強，地狹人稠，因此地工災變特多，遠超過美國任何一州的數量。若就地工專業而言，臺灣可說是世界上最佳現地試驗場。因此，稱臺灣是培養地工人才的最佳搖籃，應該毫不誇張。

《地工技術》雜誌在臺灣這樣一個「江山如此多嬌，引無數英雄競折腰」的地工環境中創刊，並成長茁壯，其成功當然不是偶然。《地工技術》的確提供了一個媒介，做為學者與工程師交換資訊與知識的平臺。記得從前在美國當工程師時，大部分的工程師都對世界知名的 ASCE 的 *Geotechnical Engineering Journal* 很不滿意，認為太過學術，常只是學者實驗室數據與方程式的發表園地，對工程師的實際幫助有限，甚至不如海軍所出版的《土壤力學與基礎工程設計手冊》(DM-7) 來得實際。而我們《地工技術》不走 ASCE 純學術路線，改採實務路線，且每期有一個主題，查閱、保管方便，的確頗有遠見。

根據這十年來的觀察，臺灣地工界不僅活躍，也很團結。多年來重大工程的歷練，培養了許多優秀的學者與工程師，成績斐然。然而，土木工程的榮景不再，我們也預見了不少的隱憂，願趁此二十週年承先啟後的檢討機會，就教於地工先進：

一、人才不夠國際化

臺灣雖有世界一流的地工環境，但或因英語非吾人所擅長，或因缺乏實質誘因，我們在國際地工舞臺並不活躍，甚至集集大地震的幾篇重要論文，還是國外學者主編或撰寫（如 ASCE 有關集集大地震維生管線之專集等），令人遺憾。此外，除非留學國外多年，一般工程師因欠缺英文聽說讀寫的紮實訓練，往往畏懼在國際會議發表論文。而且，就算是發表論文，對於職業生涯的助益（如爭取國內案件及升等、加薪），似乎也無絕對的關聯性。教授的升等，著重於EI、SCE期刊論文，對於國際會議的論文發表，也並不重視。近年來留學生人數日趨減少，此種趨勢將日益嚴重，這是我國地工界的一項危機。

幸而，由於高鐵的興建，培養了不少優秀的工程師參與國際合作之機會，也為我國工程人才輸出建立了一個管道。中華民國大地工程學會舉辦的優秀青年大地工程師（Young Geotechnical Engineer）之選拔活動，引起廣大迴響，成效卓著。美國土木工程學會（ASCE）最近也成立了臺灣分會，將培養土木工程師使用英語的環境，這些努力都是土木工程人才國際化的轉機。

二、不重視研發新技術

較諸電子、資訊業的飛速進展，國內土木工程新技術之研發，相對而言甚為緩慢，彷彿蝸牛學步。其實並非土木工程師不長進，問題恐出在法令規章並不鼓勵研發。新技術、新工法放在設計圖中即有綁標之嫌，承辦人員很可能會吃牢飯，縱令最後判決無罪，也已一生名譽毀於一旦。因此，為恐「圖利他人」，只好把「圖利國家」的念頭放棄。套一句毛治國在中華電信的臨別贈言：「創新是偶然，守舊是必然。」不重視研發的結果是觸目所及，皆是水泥森林，既不生態，亦有礙景觀。

三、學術與實務脫節

近年來國內大學院校發展迅速，尤以技術學院與科技大學蓬勃發展，如雨後春筍，然而多缺乏特色，尤其欠缺大地工程實務訓練。或許是教育部的教授升等規定，不論是否技職體系皆一視同仁，只注重在學術期刊發表原創性論文的篇數，而不考慮教授是否具有實務經驗，及開設的課程是否對學生有實際助益。因此，經過地工碩士訓練的莘莘學子，常常是：有理論知識，卻沒地工常識的一群。而且理論往往只學了前半段，卻對這些知識在實務上如何應用毫無概念。其實，知識並非力量，唯有運用融會貫通的知識於工程實務中，才是力量。

俗話說：沒有知識也該有常識，沒有常識也該看電視，家中沒電視也該去過夜市。沒有常識的碩士生，甚至於N值等於三和三十有何區別都不清楚。臺灣如此多地工災變，但因考試不考，居然一次災變現場也沒去看過，但碩士論文卻寫些高深的模糊理論和彈塑性分析。理論與實務脫節，是臺灣大地工程教育的隱憂。

或者有人說，實務可在顧問公司中學習，不必浪費時間在學校教。在理想的狀況下，如此分工固然不錯。但目前情況是粥少僧多，如果太缺乏常識，極有可能在第一輪的面試中即被刷掉。即使倖被錄取，以各顧問公司目前的財力與人力現況，不可能展開完整全套訓練，邊操練邊打仗是最常見的現象，但也可能在第一場戰役中便陣亡了。在學校中雖然無法做到如顧問公司的真槍實彈，但至少可以做到聘請有實戰經驗者指導沙盤推演。軍事學校「教育、下部隊、再教育」的三明治歷練，值得工程教育借鏡，醫學院的住院醫師制，也值得吾人卓參。

四、技師考試制度的不合理

臺灣技師考試的一個奇怪現象是：在學或剛畢業但毫無經驗的學生考得上，但具多年實務經驗的資深工程師卻考不上。一旦這些靠補習班考上的技師進入工作單位，常被發現只是「背多分」的考試機器，並無真才實學，一切從零開始。而他們的長官往往因缺乏一張執照，成為八股考試制度的受害者。在職場上形成「亂倫現象」：究竟是技師該指導非技師，還是長官應指導部屬？

其實這個奇怪的「職場亂倫」現象，皆因不當的考試制度而起。國內技師考試均為清一色的閉書測驗，而與美國職業工程師 (Professional Engineer) 的開書測驗完全不同。記得筆者在美國考 PE 時，正值內子因病進加護病房，本擬放棄考試，但既然是開書測驗，也就不必準備而上陣，僅憑平日的實作功夫而順利考取，這在臺灣可能是天方夜譚。但仔細想想，這種開書測驗不就是我們執業的真實情況嗎？

如何讓一個具有豐富經驗的大地工程師，不靠死背活記而能考得上技師考試？筆者認為美國的 PE 考試方法值得參考：

1. 考試可分為二階段。第一階段為基本學識，土木相關科系畢業即可報名；第二階段為執業所面對的問題，需具有多年實務經驗才能應試。此規定可避免尚未進入職場的研究生，空佔技師名額，且在校學生可以專心向學，不必分心，又可避免「技師考題恰與期末考題雷同」之病。

2. 讓所有的考題都是 Open book，因此記憶的題目少，理解的題目多。

3. 出題者不限於教授，而容許並鼓勵資深技師也能提供考題，成為題庫（當然可由命題委員會加以修改）。如此考題具多樣性，也更能貼切反映工程師職場之所需。

以上僅就多年來實際觀察地工學術界、實務界與技師考試的幾項缺失提出個人淺見。其實，這些問題並不限於地工，所有的土木工程（甚至電機、化工、機械……）領域都有類似的問題。然而，地工界一向團結，且具雅量，乃不自量力，藉《地工技術》二十週年慶之際，提出省思，以就教於先進。

「路漫漫其修遠兮，吾將上下而求索！」（屈原〈離騷〉）地工的路何其長，我們的雜誌已走過了艱辛但精彩的二十年，仍有更長的路等著我們。吾將上下而求索，求索出一條更適合我們的康莊大道。略停一下腳步檢討與反思，是我們地工界向下一步邁進的必要之舉。

民國九十二年三月　《地工技術》雜誌第九十五期

大地工程與環境、生態、景觀的融合

「才不要和那些土木系的男生交朋友，他們土死了！」

土木、土木，既土又木。當年土木系的學生往往因缺乏美學與人文素養，不易交到女朋友。

「土木工程師是大地殺手，停止一切水泥建設，回歸自然與生態！」

如今政府機構與民間環保團體均以生態為時尚，學有專長、但只知苦幹實幹的土木工程師，卻擔心飯碗也不保了！

傳統的土木工程教育，都以力學為主體，工程力學、材料力學、流體力學、土壤力學、岩石力學、結構力學、連體力學……唸不完的力學，養成工程師一切均以安全係數為設計依歸，對於安全係數以外的環境、生態與景觀等問題則甚為忽略，更遑論美學的訓練。

大地工程師曾自許為地球的雕刻師。然而，過度開發引起的後遺症，在近年來接二連三的邊坡破壞、土石流與河川氾濫中，令人對大地工程的研究方向與實際成效產生疑慮。此外，也不得不提出下列課題：純粹以經濟取向、力學穩定為唯一考量的規畫設計，是否需要改弦易轍？力學與美學可否結合？生物穩定技術如何應用於邊坡工程？其成效如何？

最近公共工程委員會等機構，大力倡導「生態工法」，頗引起工程界正反兩面的熱烈討論。姑不論生態工法能否解決所有國土保育防災的問題，但傳統土木工程師（當然也包括大地工程師）用了太多的水泥，較缺乏對於環境、生態、景觀之認知，卻也是不爭的事實。

前交大工學院盛慶琜院長，在二十餘年前即提倡「實而又華」與「通而後專」這兩個概念。過去國內的土木工程建設，厚實有餘，美感不足。君不見公路兩側的邊坡，格框連連，水泥森林不絕，生態破壞，環境汙染。過去或因財力拮据，或因資訊不足，尚情有可原。如今觀念丕變，生態、景觀大受重視，工程會正在研擬的公共工程規畫設計服務廠商評選作業草案中，亦要求工程顧問團隊需有人文、藝術人才的加入。因此，土木工程師能否擴大領域，充實人文藝術修養，才是當務之急。

對一個土木工程師而言，他應當先成為「人」，然後才是「工程師」，此為「通而後專」之第一義。真正的通才教育，應該是在土木工程之外，旁觸文學、哲學、美學、生態、環境等學問，否則難免遭「有專業知識，卻沒常識」之譏。

大地工程應在規畫設計之初，即加入景觀之考量，而非在完工後發現實在太難看，而再進行「替豬擦胭脂」的工作。

我輩工程師應認同一個生態理念：大地工程本身不是目標，只是手段，其目標在於維護生命安全與提高生活品質，故工程之設計，應有景觀保護與環境永續經營的觀念。否則我們只配稱「工程匠」，而非「工程師」！

本期「大地工程與環境、生態與景觀」的適時推出，恰可縮短了大地工程師與環境、生態與景觀間的距離。編者在邀稿時刻意以較為實務的工法與案例，說明地工如何與環境、生態與景觀配合。

實而又華，通而後專

由技入道，技以載道

願以此與讀者先進共勉。

民國九十一年八月　《地工技術》第九十二期

當大巨蛋遇到大地震

日昨一系列規模約六的地震，引起大巨蛋遇到大地震是否安全的疑慮。大巨蛋是鋼結構，重量較混凝土為輕，更具韌性，加上整體結構是封閉的蛋殼，地基也深入地表面下十餘公尺，這些都是對耐震較有利的因素，因此一般在設計時，結構可能是被風力而非地震力所控制。唯一較不利的因素，是在商場的共構部分，因多了個「馬桶蓋旁的水箱」，反而造成不對稱性，需要請土木結構技師好好地計算一下。

然而，令人較為擔心的，恐怕是萬一地震時正好滿場觀眾，屆時應如何處理的問題。其實，無論是二十六分鐘或五十一分鐘，對地震而言，疏散都不可能，只能就地靜坐，避免慌亂奔逃才是最佳策略。故大巨蛋的安全，也需要兼顧三個E：Engineering（工程設計）、Education（教育觀眾）和 Execution（現場執行）。

工程設計方面，比較可行的，是做一些安全上的改善，如將大巨蛋與商場的共構拆除，以避免商場萬一發生火警而遭波及，也可以使巨蛋東西方向更對稱；在外野區可開設一些出口，並留出與商場間足夠之通道，縮小但仍保留臨光復南路的部分商店；減少座位數，以增加逃生空間及座位間距；全館設施採不易燃之材質；地下室以 RC 實牆區隔商業區與巨蛋間的停車位，以免延燒等。這些工程設計之改變，相信對安全性助益頗大，且難度不高，亦可避免拆蛋這種激烈手段而貽笑國際，反令臺灣蒙羞。

在教育方面，在每場活動開始之前，以短片及口頭之方式，加強宣導地震及火災應變之道，正如同在飛機起飛前的行前教育。

在執行方面，徵求大量志工，施以地震、火災等保安訓練。在每場活動安排靠走道的座位予志工，並攜小型滅火器，並由其負責指揮疏散。若每場活動有百分之一的觀眾是防災人員，相信必能防範事故於未然。此外，活動期間可在地下室停車場廣設保安人員，以避免汽車引發的火災。

BOT 中兩造，一個出地，一個出錢，是合夥關係 (partnership)，類似夫妻，而與傳統工程發包的類似父子關係不同。而且 BOT 准予議約，亦與傳統發包完全遵循甲方所訂的合約有異。雙方集體談判的結果，受當時的時空環境限制，不可能盡如己意。以筆者在國內外從事工程顧問三十餘年之經驗，與國際工程聯盟所頒布的標準合約相比，臺灣的工程合約幾乎均偏向甲方，也因此若發生仲裁或訴訟，官方往往輸多贏少。

於今之計，市府與遠雄雙方好好坐下來協商，進行工程變更設計，並找一些公正的第三者（如防災、土木、建築等學會），進行安全評估，庶幾共創市府、遠雄、市民、球迷多贏之契機。

民國一〇四年四月二十三日　《中國時報》

四千億軌道建設　別忘防災

行政院終於端出幾盤牛肉了：將提出前瞻公共建設計畫，鎖定軌道建設、水環境、綠能建設、數位科技和城鄉發展五項，總經費近一兆元。這是繼國民年金、一例一休、同性婚姻、黨產追討等一系列具爭議的政策之後，最具體而能振興經濟的正面新聞。

其中軌道工程佔了四千二百億，以捷運、輕軌、鐵路地下化為主。軌道的確是能大量運輸的交通工具，但其建造和營運成本都相當驚人。高鐵若非由BOT變成國營，勢必無法維持營運；高雄捷運營運迄今大賠；阿里山森林火車面臨破產；甚至臺鐵也經營得非常艱辛（尤其一例一休之後）。美國國鐵公司（AMTRAK）也是一樣，即使是獨佔事業，改組多次仍然經營困難，可見鐵路是一個風險很高的行業，這是它的宿命。即使在發展軌道最積極的大陸，各城市首長均要求有地鐵系統，但中央發現危機，開始嚴加控管，要求做好客觀的可行性評估，精算其益本比。但我們一口氣核定了許多縣市的捷運、輕軌和鐵路地下（或高架）化，有經過專業的可行性評估嗎？

人口密度和總數不及高雄的地區，需以高捷為殷鑑，切莫讓蚊子火車成為政府長年預算的黑洞。臺鐵地下化在人口不稠密的市區，是否有必要也大有商榷的必要。花了幾百億只省了居民幾分鐘，但對產業發展助益不大，反而是中南部居民更在意的空汙，未見列入重點。

廢掉了乾淨且出事率極低的核電，而以造成空汙嚴重的燃煤和昂貴的天然氣發電代替，更投資六百億發展不穩定的風力和太陽能發電，是明智的抉擇嗎？日本核能電廠事故發生的主因是海嘯，而非核電廠結構體耐震性不足。但是，臺灣並沒有像日本海嘯發生的地形條件，根據電腦模擬，即使與日本三一一相同規模和距離的地震發生於東臺灣，也不致造成大海嘯。從風險的角度來看，因空汙得到肺癌死亡的機率，遠比因核災而死亡大得太多，全島每年肺癌死亡約九千人，而幾十年來核災死亡者迄今是零。

此外，政府對造成城市汙染的摩托車排放廢氣毫無作為。機車電動化只聞樓梯聲，不見人下來，是考慮機車族是選票所在而不敢改變嗎？這才應是綠色前瞻施政的主要目標。

提到基礎建設，大家只想到新建，而疏於維護管理和防災。防災產業包括防災型都更、土壤液化、土石流、邊坡滑動及落石、防洪、海綿城市、透水鋪面、水庫淤泥處理等，都與老百姓生命息息相關。中國土木水利工程學會最近發表白皮書，建議政府將防災產業列入刺激經濟的主軸。臺灣是聯合國公布災害最多的地區之一，但過去多只是頭痛醫頭、腳痛醫腳地應付，除了治水花費較多之外，政府並未正視其他防災項目的重要性，亦從未將防災視為內需產業的一部分。前瞻基礎建設若能將防災都更納入重點，將超過三十年屋齡的老舊建物全面體檢，並協助補強或重建，也可讓民間資金活化、都市景觀改善，豈不更有效益？

與其花四千多億在軌道工程，而不知是否有後續的黑洞，不如也撥幾百億給防災產業，解懸岩於既倒，救生命、救地球也救經濟吧！

民國一〇六年三月二十四日　《聯合報》

作者：
周南山：臺大土木系兼任教授，中國土木水利工程學會常務監事
吳淵洵：中華大學土木系教授

棄新用舊　何不重啟核四？

行政院迫於冬季空汙嚴重，燃煤發電廠紛紛被要求降載，導致電力備轉容量不足，而決定重啟核二廠二號機。或許這是迫於選舉將屆所採取的手段，但也突顯了核能沒有不安全的事實。

臺灣廢核之舉，主因是肇始於日本福島核災。但是福島電廠出事，不是因為核能電廠無法承受規模九的強震（福島附近的其他核能電廠即安然無恙），而是因十三公尺高的海嘯入侵（福島核電廠高程僅五點七公尺），造成柴油發電機停止運作，反應爐無法冷卻，而使輻射外洩。

根據中興工程顧問公司以最先進的電腦模擬研究：假設臺灣東側發生與日本規模相同的地震，因琉球之深海溝，由海嘯引起的浪高不超過二公尺（三一一地震時，基隆等地海嘯僅引起十餘公分的浪高而已），而核四等電廠之高程為海拔十二點三公尺。何況臺灣的斷層破裂面最多僅二百公里，與日本三一一地震近五百公里的斷層長度，不可同日而語，所以臺灣的地震規模從未超過八，與日本地震的規模九，能量差了數十倍以上。因此日本地震引發的大海嘯，臺灣從未發生，也不太可能發生。

若考慮非核能源的幾種替代方案：

一、風機：發電成本高（一點八三元／度）且不穩定，夏日缺電，卻往往無風；冬天海上風力強勁，但是較不缺電。陸上風機噪音甚大，且風量小，海上風機其實結構脆弱，風力太強時反而需關機，且需擔心風機被折斷。風機產業僅嘉惠歐洲廠商，對本土產業並無貢獻，而且儲存與運送電力困難。

二、太陽能：成本甚高（八點二三元／度），較缺電的北部經常陰雨綿綿，日照量不足；若在中南部低凹地種電又擔心淹水，若把凹地或沉陷地盤填高，又擔心以鄰為壑。何況太陽能面版本身是汙染產業。

三、天然氣：雖然較為清潔，但需靠海上運輸，易被封鎖。又因儲存設備廠址難覓，氣爆的風險高而有安全之虞，成本亦甚高（發電成本二點一九元／度）。

四、水力發電：應是最安全、乾淨、經濟的能源，但臺灣可利用的水資源已多用罄，水庫淤積嚴重，且新設的小型水力發電廠，又屢遭環評的阻礙，開發困難。

五、其他再生能源：如洋流、潮汐、生質能，甚至玻璃發電等新型發電方式，目前世界各國均在研究階段，尚緩不濟急。

所謂風險，是數學中期望值的概念，即發生事故的機率，乘以事故的損失。一個是發生機率微乎其微的核災潛勢，另一個則是機率頗高的PM 2.5，導致的死亡和健康受損。從風險管理角度，燃煤造成的風險遠大於核能。

無論行政院恢復核二廠二號機是否為爭取選票，都是一項正確的決定。但其實核四才是最新設計，也已幾近完工。核四廠建廠施工品質要求嚴謹，且通過一次次的安全檢查，運轉發生事故的風險極低。若決定重開機組，豈有棄新用舊的道理？

民國一〇七年二月七日　《聯合報》

告別環興

各位同仁，大家好！

明天即將退休，首先感謝各位同仁在過去兩年半的支持與合作。我雖然是當年中興轉投資環興的主要催生者之一，但進入環興畢竟是偶然（很高興有這個機會），而退休離開則是必然。

原意只是做為中興公司的分身，但環興成立四年多來，表現不凡，不讓老大哥專美於前。有些領域甚至青出於藍，令人驚豔，這些都是同仁盡心盡力、團結一致打拚的成果。

我在接掌環興之後，試圖建立制度，包括：各類規定與表格、每月的經管會議、傑出員工選拔、員工考核辦法等，希望能建立可大可久，但又不過分僵化且繁文縟節（如ISO）的制度。

雖然臺灣近年來工程顧問業市場競爭激烈，但環興自成立以來，評比獲勝率都在五成以上，今年甚至達到六成二左右，這是令一般中小型顧問公司欣羨的成績，可見同仁的專業已獲得業主的肯定。所惜者，我們基於任務導向，承接的工業區更新專案管理（PCM）賠了不少，而使得公司的獲利縮水，因此今年起毅然決定不再參與投標。雖然本案今年仍有數百萬元的轉型損失（自一月起無收入，但仍需付十七位同仁數個月的薪資及福利），但長痛不如短痛，希望從此揮別夢魘。建議公司今後不再承接成本加公費法計價，且完全受制於業主和審計部的案件。

臺灣近年來工程預算縮水，顧問市場日益艱困，且業主要求愈來愈多，甚至接近苛求，導致大陸市場成為另一個選擇。

環興公司之呂協理及各部門主管，在各領域均有非常傑出的表現，我也很感謝他們在過去二年半來的支持。不過根據個人的觀察，環興還有一些進步的空間，臨別在即，願向諸位同仁進一言：

一、具備優異的報告寫作及簡報能力。本公司的作業方式是以規畫、調查及研究為主，因此報告寫作及簡報的能力非常重要。如有興趣上《美國土木工程雜誌》(ASCE) 事求人的廣告，就會發現顧問公司都會要求 "excellent oral, written & presentation skills"。臺灣學校只重視專業，因此文字及口語表達普遍訓練不足，這也是許多同仁的弱點。目前最需要的是能與業主溝通，且能鎮得住 Q & A 場面的全方位工程師，而非功力或許不差，但只會埋頭研發或計算的工程師。另外，根據我的經驗，同仁的報告普遍句子太長，可讀性略差，且不太擅長使用標點符號。我曾在同仁慶生會上介紹報告寫作技巧，現檔案留在 O 槽中，新進同仁不妨一閱。

二、具流暢英語的能力。這是職場一大利多，自不待言。雖然以臺灣的環境不太容易，但環興也有幾位同仁英語能力表現頗佳，值得肯定，可見事在人為。

三、多參與實際案例。不論是自己經手的，或只是參訪的案例，多看多學都是在累積經驗。過去二年，公司安排的一些參觀活動，部分同仁不願犧牲假期參與，殊為可惜。雖然平日工作辛苦，但出門旅行及參觀訪問，只要相機不離手，到處都是我們學習的對象。工程師需避免不自覺陷入宅男、宅女，只會在電腦上作業是不足的，如有機會，不妨多去工地監造或觀摩，尤其是破壞案例，一定要找出破壞機制，研究防治之道。

四、具備二種以上的專長。只具備一項專長，很容易因不景氣或行業衰退而被擊倒（I 型人才）。至少要具備二種以上的專長（PI 型人才），如同 PI 的二個支柱，並盡可能找出相聯結之處（PI 的橫梁），才能因應快速變遷的市場。

以上數點建議，是我的肺腑贈言，也是從事工程顧問行業近三十年的小小心得。

細研土木二字，土者工字出頭，木者人才相聚。一路走來，土木生涯雖然辛苦，但於國家社會助益良多，也算不虛此行。江山代有才人出，各領風騷數十年，未來且看新世代土木人才的表現了。

「路漫漫其修遠兮，吾將上下而求索」。土木工程的道路上，只有不斷追求進步，才不至被淘汰出局，願以此與諸君共勉。

最後，希望大家像支持我一樣，支持新任董事長邱琳濱博士。邱董事長曾任國道新建工程局局長和中興社執行長，工程實務經驗豐富。相信在他的領導下，環興公司必能昂首向前，且期待來日的豐收！

民國一〇二年八月三十一日　刊於環興公司網站

我的土木之路

The Road Not Taken〈未踏之路〉

Two roads diverged in a yellow wood,
我矗立金黃落葉滿鋪的樹林中，眼前兩條小徑蜿蜒，
And sorry I could not travel both
可惜我不能同時涉足；
And be one traveler, long I stood
我站立良久，形影孤獨，
And looked down one as far as I could
我將視線順著其中一條，遠遠眺望，

To where it bent in the undergrowth;
直到小徑鑽入灌木叢中。
Then took the other, as just as fair,
然後選了另外一條，它同樣美麗宜人；
And having perhaps the better claim,
因為沿路草長及膝，似乎等待旅人踐踏，
Because it was grassy and wanted wear;
使我的選擇，或許有了更好的理由。
Though as for that the passing there
儘管往來的足跡，
Had worn them really about the same,
其實對兩者的磨損程度相當。
And both that morning equally lay
清晨新落的葉子，覆蓋了小徑，
In leaves no step had trodden black.
腳下不曾被旅人步伐染汙的落葉，我踏上旅途。

Oh, I kept the first for another day!
噢！就把平坦的那條留待下一次吧！
Yet knowing how way leads on to way,
然而一個旅程會導向另一個旅程，這個道理我明白，
I doubted if I should ever come back.
也不禁令我懷疑可有機會舊地重遊。
I shall be telling this with a sigh
多年、多年以後的某個時刻，
Somewhere ages and ages hence:
我將寬慰地吐著氣，述說這段經歷：
Two roads diverged in a wood, and I—
在黃樹林中，眼前兩條小徑蜿蜒，而我……
I took the one less traveled by,
我踏上乏人問津的那條，
And that has made all the difference.
也展開了截然不同的人生。

這是美國二十世紀最有名詩人佛洛斯特 Robert Frost 的〈未踏之路〉，也正好描述了我的職業生涯。博士拿到後，放棄在美國安穩有保障的公務員生活，回臺後也不從事眾所欽羨的教職，創業之後又應聘到中興顧問擔任總經理，甚至兼任教授，開些自己沒學過的課程。踏上了落葉滿地、乏人踏足之路，卻也展開了我不同的職業生涯。

逃難於大江大海

我於一九四八年出生於湖南南嶽衡山，故取名南山。那時南嶽無普通醫院，僅有肺病療養院一間，內僅醫生護士各一名。母親生我之時，該護士為趕赴男友之約，等得不耐煩，便以催生劑催生，產後不待洗滌即走，謂待次日補洗。未料次日即發高燒達四十度，數分鐘抽筋一次。當地既無良醫可求，亦無良藥可買，母親困坐愁城，終日以淚洗面。

父親當時任教湖南大學，自同校女教授得知，以蟑螂去殼，用瓦片烤乾，輾成粉末灌我而退燒。母親乃喜出望外，以後每遇高燒，即如法泡製，因此年幼的我，吃了不少蟑螂。蟑螂因有救命之恩，因此，很長一段時間，我家蟑螂特多，卻不忍除之。

我自出生後，體弱多病，醫藥兩缺，照料困難。時值長沙棄守，人心惶惶，父親因曾擔任國民黨湖南省黨部委員，共軍大舉南侵，恐遭不測，乃決定逃難，但因旅費無著，躊躇再三。母親這時拿出娘家的珍藏金手鐲出售，可惜一時並無買主。一日母親與某米店老闆談及此事，老闆為取悅情婦，欣然以大洋三十八元購買，乃成為一家四口一路逃難的盤纏。三十八年六月（我才八個月大），全家離開南嶽，趕上唯一的火車，經衡陽赴廣州。父親並協助任教的長白師範學院，越過瓊州海峽，遷校海南島，前後七次播遷，才在三十九年一月來臺。

一九四九，的確是龍應台描述的，歷經大江大海、顛沛流離的苦難時代。

為賦新詞強說愁的青少年時代

小學我唸新北投薇閣育幼院，即現今之薇閣小學。這是板橋林家（林薇閣先生）所創辦的，也收一般生，特別重視愛的教育，讓我們一般生和住院生一齊上學，體會他們的孤苦伶仃，因此在這裏我們學會了分享、包容、互助與體恤。當然這裏沒有惡補、沒有體罰，我也享受了快樂的童年。

記得那年初中聯考的作文題目是：「臺北街頭」。有一位考生寫到：人有人頭，街有街頭，站在臺北街頭，看到的都是人頭。的確，那年代臺北街頭的車還不多。

意外考上建中，發現高手雲集，遠非身處在愛的教育溫室下的我所能匹敵。數學考試常吊車尾，英語演講比賽沒聽懂一句，信心打擊不少。初中同學中，包括了後來出任國科會主委的黃鎮台、中研院數學所李國偉所長、哈佛大學生物統計系的魏立人教授等。記得黃鎮台每天哼些 Love you more than I can say 之類的洋歌，而李國偉和魏立人在當時討論的不是代數，而是拓樸學。

初中備受打擊之餘，讓我深刻瞭解人外有人，天外有天。因此畢業乃投考臺北工專土木科。父親原唸復旦土木系，希望實業報國，但因家中遭土匪搶劫，為節省學雜費並利打工而轉唸文科，故一直希望我能繼承他未完成的志願。沒想到高中聯考又考上建中，由於同學皆選擇母校，我也就與臺北工專土木科擦身而過，但也因此對土木科系特別關注。

高中聯考因國文成績尚佳，進了所謂的國文班（當時建中以聯考成績某科最優的五十人匯集一班，故有國文班、英文班、數理班等），而展開了我的文學之旅。同學間人文風氣頗盛，《建中青年》（校刊）發表文章以本班最多，且文字氣派不小，不像中學生的作品。同學中有一位筆名柳青陽，〈虞美人〉、〈如夢令〉、〈菩薩蠻〉等詞，寫來溫柔婉約，彷彿南宋蔣捷餘音重唱。那時建中的作文比賽永遠他拿第一，在高手環伺之下，自慚形穢，而我的文學之夢也戛然破滅。

父親身為文科教授，卻希望我以實務優先，加以當時建中的風氣以理工為尚，唸社會組的人易遭異樣眼光注目（沒想到後來馬總統、江宜樺、朱立倫皆出自建中社會組）。我也在父親的期盼下，進入成大土木系。

榕園樹下

伴著勉語，揮別母親臨別的淚痕，登上了南下的汽車。從濃蔭鋪地的工學路中穿過去，看到了工學院館。成大以工起家，一系一館，毫不含糊：機械、電機、化工、礦冶、土木……，各館依次相接，形成中國現代工程建設的搖籃。流連在土木館，從牆上雄偉的工程照片，我興起了有為者亦若是的豪情壯志：

看！多少的公路和鐵路，將要在我們的手中蜿蜒伸展！
多少的水庫和大壩，需要努力來建設！
無垠的錦繡河山，需要設計與開發！

都說唸土木系是又土又木，但是缺乏苦幹實幹的人才，臺灣的建設工作由誰來完成？捨我其誰？懷著這種未知能否實現的抱負，青澀卻充滿期待的我，步出土木系館，而路上註冊的同學已漸漸多了。

開學了，騎著鐵馬東奔西跑，穿梭在濃蔭的校園裏。住在宿舍裏，都是成功嶺第一團第一營第一連的同學（包括毛治國副院長、臺灣世曦李建中董事長、臺大張陸滿教授、中大林志棟、吳究教授、成大高家俊、方一匡教授、環保署阮國棟所長、工程會朱嘉義處長、聯勤工程署施義錦總工程師、泰興張鴻仁總工程師、吉興張道明副總、迪斯唐繼卓副總、AECOM美國朱敏副總、T.Y.Lin新加坡陳源總經理等，各有一片天），大家守望相助，倒也其樂融融。凌晨就寢，黎明即起，總算嚐過了「純讀書」的滋味，生活被逼成一條甬道，一條以考試為函數的正弦曲線。雖然不很滿意這種蒼白而帶血絲的日子，但其收穫則遠非終日讀小說所堪比擬的。

飯後漫步於晚風夕陽中，悄悄地擁抱光復校區的寧靜，享受一種神韻悠邈的氣息，小園香徑獨徘徊的樂趣。很喜歡那兩幢文藝復興式的大樓，和百年老幹的大榕樹相映，益增其古典的氣息。雖然光復校區的住宿條件彷彿軍營，連洗熱水澡皆不可得，但我們仍覺得能夠生活在這種環境，的確是一種幸福。

成大四年，我成為毛治國所謂「右手拉計算尺，左手寫文章」的另類。其實班上這類怪咖也很多，毛治國本身也是一絕，興趣廣泛，文史哲管理皆通。當時成大青年社和西格瑪社都有很多類似的人物，雖唸理工，但興趣廣泛，人文素養不下於文學院的學生。

在大一時參加寫作協會及成大青年社，並於暑假參加了救國團的復興文藝營和新聞研習會。這個「不務正業」的經驗，其實對我日後的溝通技巧幫助很大，常思自一般人的觀點，而非僅自工程專業的觀點，以全方位的眼光看待事情，不僅利於與普羅大眾溝通，也避免了所謂專業的傲慢和疏離感。寫這篇文字的此刻，兩岸服務貿易的學潮正盛，雖然政府也舉辦了許多說明會，但條例法律文字令人望而生畏，而產生了一些不利政府的懶人包，才讓反對者有機可乘，把明明是一手好牌的條例變成罪大惡極，可見溝通與宣傳技巧之重要，可能大於議題本身。

近年來我在《聯合報》和《中國時報》發表近二十篇投書，且幾乎百分之百刊登，這在每天接獲百篇以上投書的兩大報社並非易事。新聞研習會給我的訓練：如何吸引讀者、如何破題就很有幫助。例如本文以美國詩人 Robert Frost 的 *The Road Not Taken* 做為引言，便是一例。而文化大學新聞系主任鄭貞銘教授，給我的寫作及做人做事指導尤多，迄今仍是亦師亦友地聯繫著。

在成大的四年，嚴格來說，我在課堂中獲得的，還不如在社團活動的收穫來得大。在救國團主辦的復興文藝營，倖獲散文組第二名和新詩組特別獎，大二擔任《成大青年》主編，也倖獲救國團大專期刊競賽冠軍。大四時也負責過成大新聞社，那時外文系一年級的龍應台也跟著我們當編輯。由於編務繁忙，常需跑印刷廠，也多少影響了一些課業，不過都還能順利過關。成大土木系考試既多且難（考試多在晚上），且分數給得很緊，經常班上三分之一以上被當。在六〇年代，一般教師多只有碩士學歷，且乏實務經驗，教書的方式不像現在採用 power point 和投影機，當年只限於抄黑板和導公式，所以上課頗為枯燥。但雖然資源有限，大家都很珍惜學習的機會，尤其是每當有留美學人返校客座或演講的時候。

在畢業之際，我們編了一份班刊〈橋〉，做為紀念。主編林志棟在序言中寫著：「這座橋的結構，不是預力，也不是RC，它是心與心的結合，所築的感情之橋，它將永存於你我之間。當我們年邁髮華的時候，在月明星稀的夜晚，我們將憶起那個在南方，鳳凰城裏的一花一草，那個永不凋零的往事。」這座橋由林志棟規畫，李建中、毛治國、阮國棟和我負責監工，可能是歷年來成大土木畢業生唯一的班刊。

民國六十年由成大土木系畢業，擬往美國深造。先考上自費留學考試，當兵後再一試公費留考。為準備公費考試，還在臺大土木系旁聽了一學期趙國華教授的土壤力學。趙教授鄉音頗重，只有我坐在前排用心聽講。期中考前有不少同學看我很認真，以為我是上一屆被當的學生，紛紛向我打聽考古題，不覺莞爾。後來果真由趙教授出題，而我也以土力、結構、國文、史地三民主義四科皆八十分以上，名列土木學門最高分，但因英文不及門檻六十分而從缺。在成大從未考過第一的我，竟在公費留學考擦肩而過，也增加了不少信心。乃積極參加托福、GRE 考試及申請留學。

有一次在美國在臺基金會查各大學資料時，旁邊一位美麗的女生向我詢問，交談之下，只覺氣質甚佳，談吐大方，當時不好意思向她要地址（那時可能家中還沒電話），只知是政大經濟系應屆畢業生。幸而家父曾任政大訓導長（今學務長），有畢業紀念冊地址可查，乃藉口 GRE 問題去函請教。後來聽說我文情並茂的來函和老氣橫秋的書法，頗受二老讚賞，也是蒙新聞研習會之賜，進而交往，後來在美結婚。

首度留美（南卡羅萊納）

民國六十二年很幸運拿到助教獎學金，前往南卡羅萊納大學進修，跟隨大地組朱定一(T. Y. Chu) 教授。在上課之前，先在南卡的 Charleston 中國餐館打了一個月的工，當 bus boy 賺了四百五十美元。整整三十天沒休過一天假，獲得英語會話的機會，並體會了當勞工的辛勞。

美國大學上課與臺灣很不一樣，因為學費貴且多需貸款，大家較為珍惜，學生都很專注且勇於發問。朱教授每節都出習題，並要求擔任助教的我，習題都先做一遍，確定百分之百瞭解後，才能批改學生的習題。這也養成我徹底瞭解、交任何報告再次複核 (double check) 的習慣，以及自我要求的紮實訓練，使我一生獲益匪淺。在臺灣我參加碩博士口試，發現許多同學交出成果前不事先校核，以致文字錯誤百出，主要的原因是教授未要求 double check，而學生（工程師也一樣）則只求速度快及分量多。其實魔鬼藏在細節裏，若原作者未能仔細校核，只重視表面的三級品管，只徒然浪費大家的資源而已。

來自中國大陸的朱教授雖做事仔細，要求嚴格，但對學生頗為照顧，也願意給華裔學生獎學金。因此前後指導過的臺灣學生頗多，包括：莫若楫、方永壽、林炳森、徐登文、張京生、牟靜華等，可惜朱教授在英年即因患大腸癌早逝。

南卡大的課程多開在晚上，以方便在職的同學，也因為混班教學，得以認識任職顧問公司的同學，深知大地工程實務經驗之重要。於是在獲得碩士學位後，進入南卡哥城的 Law Engineering Testing Company（今 AECOM）工程顧問公司工作，深感與學校所學的理論最貼近，可以學以致用。

那時吾妻常感頭痛，看了幾位醫生均未能確診，只說是偏頭痛。但我不信邪，發揮朱教授傳授的 double check 精神，竟在醫生尚未診斷前，藉由一本本中文的衛教書籍詳加研究，以消去法將所有頭痛的原因一一排除，及早發現了腦瘤。在南卡大全體中國同學到醫院祈禱下，終能得以治療康復。

在南卡的那段日子，我也曾熱衷參與學生運動，故也能體會現在年輕學子的熱血與激情。只不過當時我們參加的是愛國運動，現在學生的訴求是反服貿、反體制的反政府運動。一九七〇年代，由於中日之間對於釣魚臺主權之爭，引發了海內外風起雲湧的保釣運動。一九七一年聖誕節，在華府成立反共愛國聯盟（簡稱愛盟），展開與左派間之鬥爭。我在南卡四年中，與趙少康同為愛盟南卡州代表，並主編《南卡通訊》、《美南通訊》雜誌，與馬英九、毛治國、賴世聲等主編的《波士頓通訊》，並稱當時留學生刊物之佼佼者。由於當時還沒有電腦，且經費拮据，所有的稿件均為手抄本，印刷、裝訂、寄送均需自己處理，其辛苦自不待言。但當時愛國心切，也無怨無悔。

返國參與十大建設

在南卡工作兩年後，我決定回臺參與當時的十大建設，乃進入中華顧問工程司，擔任大地工程師。在中華顧問土壤基礎部（被戲稱土雞部）期間，參加中鋼四萬五千噸原水池的承載力分析和基礎設計。由於土壤屬於軟弱黏土，本需打入數百支基樁，但我提出水池試水預壓的想法，即分階段逐漸灌水，水池的重量漸增，使基礎下的軟弱黏土逐步壓密，增加剪力強度，最後即可達到足夠的承載力。這個稍嫌大膽但卻先進的分析設計，獲得中鋼土木處萬惟俊處長的支持，最後順利完工，省去打樁的高額費用。

另一件比較特殊的案例，是北投淡水間的公路拓寬。在關渡基督書院下方，原採用隧道方式通過，但學校因恐隧道造成沉陷，並不贊成。後來我在中華顧問的圖書館中，發現一篇巴西地錨工法的案例，即自上而下逐階開挖並施作地錨，如此施工即很安全。後來中華顧問長官同意採用此工法，並邀巴西籍作者 Dr. Nunes 來臺指導，順利完工，並省下大量隧道經費，迄今已三十餘年，安然無恙。可見地錨亦可做為永久結構，唯細心規畫設計施工才是關鍵。

二度留美（科羅拉多）

由於父親建議我在學業上更上層樓，在中華顧問做事兩年後，負笈科羅拉多大學進修博士。

初攻土壤動力學及真三軸 (true triaxial) 試驗，但當時設備有限，且我已當了四年工程師，對理首在實驗室摸電子儀器及機械興趣不高，對太理論的論文題目自覺浪費時間，遂大膽放棄獎學金，在丹佛市一家大地工程顧問公司 (Geotek Consultant) 任工程師。由於老闆會仔細修改我的報告，使我體會到工程專技寫作的重要，尤其華人最忽略的冠詞 "the" 和 "a"，何時需用何時可省略，很多經驗只有身歷其境才能體會，可說吃盡了苦頭。因此後來自己寫博士論文時，也都會在每完成一個章節後，付酬聘請一位英文高手，糾正自己寫作中的文法疏漏，和用字中文化的瑕疵。

三年後科羅拉多州公路局的正工程師 (Sr. Engineer) 職位出缺，在多位應徵者中，我幸運地被錄取，負責大地工程科的業務。並應甫到科大任教的吳宗欣教授 (Prof. J. T. H. Wu) 之邀，繼續博士課程，並以科州公路局正在進行的地工合成材料加勁牆，做為論文題目。除了進行二座十四英呎的全尺寸試驗牆（回填土採砂土、黏土各一），並採有限元素法，進行加勁牆的各項變形與應力分析。有趣的是，我們當時還舉辦了加勁牆力學行為預測研討會，廣邀世界各國學者專家，以其所擅長的分析方法在試驗前進行預測，卻發現預測結果南轅北轍。而我們試驗的結果，黏土牆的承載力表現反而比砂土好，令很多人意外。

在那時有限元素分析沒有商業軟體，為了尋找適當的土壤模式 (Soil Model) 及軟體，我在科州公路局服務期間，二度利用休假，自費至麻州州立大學，向張京生教授請教，並遠赴日本遊學，向金澤大學 Dr. Ohta, Dr. Iizuka 和東京大學龍岡教授請教，全工半讀歷時九年，終於完成論文。

在科羅拉多公路局服務期間，學得許多在不同文化環境中的工作經驗。在美國的華裔工程師，技術一般都較白人工程師強，但吃虧的是表達能力與社交能力。但我認為只要誠心待人，且技術底子夠深厚，讓人口服心服後，各種膚色的工程師皆不難管理。當時我負責 I-70 Glenwood Canyon 計畫，這是一條環境敏感的峽谷公路，由於設計時採用了許多創新的工法，兼顧安全、生態、環境、景觀與永續發展，使這段公路計畫榮獲一九九三年全美傑出土木工程獎 (1993 Outstanding Civil Engineering Achievement Award)，個人也獲得了科州運輸部頒發的年度模範員工獎。在科州公路局服務約九年，深深體會了工程與環境融合的重要，也使我後來的設計與研發重點，放在生態工程及如何與環境景觀相融的永續工程。

因科州公路局重視研發，I-70 Glenwood Canyon Project 就有數十項研究計畫（多為 pilot project）在進行，如成果良好即付諸實施，因此頗有成就感。我們也會把成果在全美會議中發表，以廣為分享。一九八八年，尚未滿四十歲的我，竟獲邀在康乃爾大學舉辦的 ASCE 擋土牆會議中，當著四百多位專家（包括 MIT 的 Lambe, Ladd 和 Whiteman，柏克萊的 Duncan，和伊利諾的 Peck 等世界級學者）面前耍大刀，足足講了廿分鐘，也獲得不少掌聲，算是一次難得的經驗。

返臺服務

一九九二年 Glenwood Canyon Project 結束，博士學位也拿到了，加上父親已仙逝，母親也近八十高齡，也是我回饋臺灣的時候。

「歸去來兮，田園將蕪胡不歸？既自以心為形役，奚惆悵而獨悲？悟已往之不諫，知來者之可追；實迷途其未遠，覺今是而昨非。」

陶淵明的〈歸去來辭〉，恰是我當時的心情寫照。於是應邀返回臺灣，先在山地工程顧問公司擔任總工程師，二年後，與山地的黃董事長偉盛創立堅尼士工程顧問公司，開始在臺灣從事工程建設相關的規畫、設計、監造和研究。

在堅尼士的十三年時間，培養了許多大地和公路工程師，特別是在山區公路、邊坡整治、加勁擋土牆、生態工法和永續工程領域，著力甚深，也先後進行了數十件相關的研究。不少業主告訴我，願把研究計畫交給堅尼士的原因，是我們具實務經驗，提出的方案切實可行，且具國際觀與創意。

例如我們在九二一地震所引發的——暨南大學邊坡破壞後建工程，採用土釘、蜂巢格網、加勁擋土牆、植生綠化等地工技術，也配合公路改線、修坡等手段，使近八十公尺的陡坡，不採用混凝土而矗立不搖。又如臺北市危險聚落的遷除後復育，也採用步道與水路相結合的共構系統等。由於這些創新技術，倖獲第一屆大地工程學會的工程技術獎，和中國土木水利工程學會的金質獎章（工程設計類）。在這段時間，也倖獲美國土木工程學會（ASCE）的會士（Fellow），及中國土木水利工程學會的會士。

二〇〇八年七月中興工程顧問改組，由張家祝校長接掌中興社，邱琳濱局長任中興社執行長，臺大土木系曹壽民教授任中興公司董事長，透過邱執行長和張董事長的推薦，我成了中興公司第一位外聘的總經理，也展開了不一樣的「由技入管」的執業生涯。

中興公司那時遭受二個停權的威脅（我們的《採購法》一〇一條很不合理，只要有一位員工犯錯，公司即可能遭數年的停權處分）。後來透過曹董事長和我們的努力，歷經二年，才順利把這二個未爆彈的引信解除。但國家公共工程預算降低，顧問公司也面臨激烈的競爭與生存威脅。

中興公司人才濟濟，尤以地工隧道、環工、水利、軌道、電力、工業區開發等領域獨強。擔任總經理後，我積極拓展大陸業務，先後在重慶、澳門、福州、平潭島成立辦公室，但由於資質（即特許執照）的限制，不容易大力發展。建議服貿既然需逐條重審，工程界應鼓吹把工程顧問及營造業赴陸的資質限制打開，而非只限制大陸營造業來臺發展，到底對岸的市場，可是我們的百倍規模。

另外，我也針對公司的需求，著手下列幾項重點：

一、鼓勵加強與國際顧問公司合作，培養英文人才，我親自主持各項英語訓練課程，並在結業驗收時擔任評審。

二、中興過去多屬工程師文化，多認為「質」較「文」重要，但評審時亦較吃虧。我上任後較重視文宣，並加強簡報能力，除了邀請專業訓練師利用週末開班，並重新製作中興的多媒體簡報及各項文宣。

三、八八風災後，由中興公司和中興社合組災害調查團，由我擔任計畫主持人，分成公路與邊坡、河工及橋梁三組，歷時數月，自費完成數百頁的調查報告。

四、年終獎金改重績效，不強調年資，以提拔技術優異的年輕工程師。我把全公司一千五百位員工的年終獎金一一過濾，並把各部門經理找來，請他們核定考績及績效年終獎金時，不考慮資深，只考慮對公司的貢獻。

在中興擔任總經理近三年後，我改任子公司環興科技公司董事長兼總經理。環興公司原係中興公司為恐遭遇停權所設之備胎，設有土木、水利、防災、水保、大地、環境資源、永續等領域，員工約百人。環興公司同仁除了部分資深幹部係由中興轉任外，餘多為年輕工程師。來到環興，除了建立公司之各項典章制度，我也特別重視簡報及作業品質。環興公司雖小，但在淹水潛勢模擬、河川土砂模擬、氣候變遷調適及 JW 生態工法（硬式透水鋪面）等領域，也能獨步全省，甚至具備向大陸進軍的潛能。

去年八月一日，我自中興集團屆齡退休，由國工局前局長邱琳濱接任。目前除了在臺大土木系所，也在中央大學營管所、中華大學土研所在職專班兼任，主授永續土木工程與專案管理。其實在一九九二年底返國時，也曾考慮到學校教書，經與李建中教授討論，他建議除非在著名大學任教，不如留在顧問公司發展。因那時我已有十餘年的國外實務經驗，而國家並不缺研究理論的教授，加上自己較沒耐性亦較沒興趣，做範圍很窄的實驗室研究，而對跨領域的工程規畫、設計、施工，甚至國家政策研究的興趣都較高，因此決定留在顧問公司發展。雖然在顧問公司，多年來也主持過不少研究案，其數量也不亞於一般專任教授。也許是因緣際會（我的專長在土木與環境生態景觀的配合、生態工法和永續工程），也許某些政府機構比較看重我的實務經驗，認為提出的建議較為可行。下列是我擔任主持人的研究計畫及規範制定：

A. 研究報告：

- □ 引進地工新技術以保護公路之環境生態景觀研究（交通部科技顧問室委託）
- □ 高速鐵路加勁擋土結構之研究（高鐵工程籌備處委託）
- □ 公路分等級開發及復建之評估及建設準則（公路總局委託）
- □ 臺灣山區國道公路規畫原則與環境融合之研究（國道新建工程局委託）
- □ 公路生態工法系統發展架構與評估之研究（公路總局委託）

□落實生態工程於工程建設之制度性作業機制之研究（工程會委託）

□力行產業道路提升為縣道之可行性評估（公路總局委託）

□山區公路建設檢討之研究（公共工程委員會委託）

B.規範、準則及設計施工手冊：

□臺灣地區山區道路規畫設計參考手冊（工程會委託）

□結合生態與景觀之加勁擋土結構設計與施工規範（臺北市土木技師公會出版）

□臺北市邊坡安全技術手冊（臺北市建設局委託）

□地工合成材料應用於加勁擋土結構之相關規範與招標措施（工程會委託）

□加勁擋土結構設計與施工手冊（臺北市土木技師公會出版）

□國道大地工程鑑定準則（國工局委託）

近年來應工程會及各大學之邀，曾就加勁擋土結構、綠色工程、生態工法、職涯準備及土木工程永續發展案例，演講近二百場，對象遍及技師、營造廠、政府單位及學生。能發揮自己的剩餘價值，將所學所思與人分享是一件有意義的事，只要聽者有興趣，我也樂於相互交流。在臺中的盟鑫工業公司（生產、行銷並設計地工合成加勁格網和地工砂腸袋，是亞洲最大的工廠，行銷六十餘國），最近為我舉辦了一場退休餐會，原以為只是簡單的聚會，沒想到同仁卻送了兩大皮箱的禮物，並送上滿滿一冊的感謝與祝福：

「在盟鑫的這幾年，每每都期待周老師來上課，總帶給我們無限的啟發。」

「謝謝老師讓我們受益良多，而且用最簡單易懂的方式，讓我們瞭解工程學理與應用。」

「老師，謝謝您。無論在工程專業、投稿寫作、待人接物，乃至人生經驗，從不吝於分享，讓我們領會工程與人文原來是可以融合的。」

我的教學方式是以案例為主，在案例中尋找原理，並領悟設計者之創意。此外，每學期都會帶學生現地參觀二次，一次在臺北附近，另一次則赴中南部。我自己的設計如暨南大學邊坡、火炎山隧道和土石流加勁導流堤、新竹汀甫圳、臺北雞南山危險聚落拆遷復育等，因能現身說法，也成為參觀及完工多年檢討的對象。

教書，尤其是兼任老師，由於報酬很低，是需要熱忱做為支撐。近年來我在各校演講及與老師交流，也發現學生聽講的興趣日益低落，即使是名校，睡覺者有之、交談者有之、滑手機玩電腦者更大有人在。土木系一般生對本行的興趣與專注力比不上在職班，甚至遠不如我在中華大學教的國小老師學分班。大學生不少兩極化，不是宅男，就是上街示威遊行，似乎有很多怨氣，對前途充滿了不確定感。這固然與社會整體薪資低有關，但似乎頗受到媒體和網路的傳染。其實土木人學有專長，與社會系、政治系畢業生不同，我們的職場不在街頭，出路也很廣闊。熱心公共事物是好事，也不宜人云亦云，過於激情與憤世，認為政府所做所為都是不對。國家建設不是用喊的，還是需要按部就班，經過縝密的規畫、設計、施工及營運管理。

結語：燈火闌珊處

詩人 Robert Frost 在 *The Road Not Taken* 的結尾，我頗能體會：

多年、多年以後的某個時刻，
我將寬慰地吐著氣，述說這段經歷：
在黃樹林中，眼前兩條小徑蜿蜒，而我……
我踏上乏人問津的那條，
也展開了截然不同的人生。

世界上每個人的職業生涯都不相同，都在關鍵時刻，面臨黃樹林中的兩條分歧小徑。我無法預知哪一條更為有利，但只要準備好，不一定要跟別人走相同的路。記得是魯迅說的：路是人走出來的，但走的人太多，也可能沒路了。

自報考臺北工專土木科、成大土木系，到身為工程師退而不休的此刻，比對電視中喊打喊衝的學運領袖，終於瞭解父親希望我唸土木的初衷了。而二十多年前返國服務的決定，雖然物質享受不如美國，但我以能實際參與國家建設為榮。

長路漫漫。土木工程生涯，固然辛苦，亦頗有成就感。驀然回首，燈火闌珊處，工程師的身影，無怨無悔，如煙如畫。

民國一〇三年四月　臺大土木系《杜風電子報》第七十七期

父親以苦修力行治生，以樂天安命養性，進退有節，行己有恥，不愧於《詩經》所說的屋漏，現實生活的驟雨於他何有哉？

父親沒有書桌，卻在不經意中立下一個典範，讓我仰望，如見煦煦的春陽。

周玉山作品

父親的書桌

父親沒有書桌。

胡適紀念館主人使用過的大型書桌，父親從未觸及；許多學童擁有的小型書桌，父親亦付闕如。小時候，我們兄弟姊妹五人每晚各據一方，佔領家中所有的桌子，父親則以幼稚園式的板凳為椅，撥出一角的茶几為桌，伏案和我們比賽做功課。兄姊出國後，家中撤銷若干設備，騰出些許空間，父親仍無一桌可資專用。時至今日，他已不宜彎腰過度，因此在客廳寫作時，茶几上墊厚書以提高坐姿。父親交遊廣闊，我們卻怕客來，迅鈴不及掩耳，兵荒馬亂中，跌落在地的書籍稿紙，紛紛抗議我們的收拾不住。

為此，父親近亦移師飯桌，利用三餐之間的時空，和舉炊的母親競賽，偶有不敵，菜飯就搬到客廳，最後動筷者總是執筆最勤的人，我們的民主到了家。電鈴響時，大家重演措手不及的齊戲，此時抗議不迭的碗盤，擲地作金石聲。飯桌太小，冰箱又不敷使用，父親只得推移剩飯剩菜，與難免的油漬為伍。二十多年的老房子，逢雨即漏，屢修無效，屢試不爽，首當其衝的正是此桌。驟雨來時，搶救稍緩，點點滴滴打在父親的稿紙上，水痕掩擁著油漬，映現了一位老教授的艱辛。

它也打在我心頭，點點滴滴數落一個德薄能鮮的兒子，未盡起碼的孝道。有貝與無貝之才兩缺的我，安得良屋一間，使父親能露齒展顏？島上家家興旺的此刻，父親在寫了四十部書和一千篇文章後，仍停留於一九五〇年代的生活水準，奮筆於接漏的臉盆之側，寸鐵在握，寸陰是競，成為人子愧疚的焦點。

島上的父親大多辛苦，但很少享有盛名的人，年至耄耋還如此自煎。千門萬戶的臺北人家當然不乏重視子女教育者，但為之蕩產而不惜則似屬少見。父親收穫的名與利完全不成正比，所撰大學用書本本暢銷，卻無版稅可領，三十年來的稿費累積，不抵弟弟紐約哥大三年的學費所需。前幾年熬夜趕稿，累到耳鳴，仍不稍歇，以致半聾，至今難癒，這是他把每一個兒子推上博士班的代價！但父親的精神越用越出，三本計畫中的書稿及其餘文字，填滿他的睡前醒後，從清晨到深夜，孜孜矻矻，鮮有例外。「不做無益事，一日當三日」，是父親的最佳寫照。

父親沒有書桌，不自臺灣時期始。二〇年代共產黨上井崗山落草之前，一路燒殺到故鄉茶陵，老家和父親任教的學校均遭火焚，他僅以身免，遑論書桌？毛澤東殺中國人，是從同鄉殺起的，日後我在中共黨史讀到這一頁，長輩則切身痛驗這一點。三〇年代，父親在上海讀大學，時值九一八事變前後，華北沒有一張平靜的書桌，父親的血也在沸騰，他奔走於京滬道上，與薛光前、莫萱元、劉脩如諸先生共同從事抗日學運，席不暇暖，形同無桌。抗戰軍興，他輾轉赴大後方，一路執筆不輟，船經三峽時，臥於甲板上直書，洋洋灑灑數千言，此種環境，豈能有桌？後來寄居友人家，或坐地上以小凳為桌，或坐小凳以床沿為桌，握管有方，友人稱奇。父親的大陸經驗，與逃難生涯密不可分，在那個至苦極痛的時代，物力維艱，心力交瘁，書桌成為奢侈品，他卻寫出不少哲學著作。西方人說哲學起於驚駭，父親則起於憂患。「身無半畝，心憂天下」的句子，似為父親而設。

五〇年代初期，家居大屯山下，與三民主義的筆記人黃昌穀先生為鄰，彼告以胡漢民先生的書桌極亂，外出前且不准其家人代為收拾，以利回家續稿。父親笑謂受此鼓勵，見賢思齊，他的兼用桌子也不必整理。主意既定，天地自寬，他就在沒有專用書桌的情景下，寫出千萬文字，贏得兩袖飄逸。

由於家中苦無新桌立足之地，不孝的我，在父親八十生辰的前夕，仍然無法改寫半個世紀的歷史，送他一張驚喜。其實，這也是我的過慮，父親以苦修力行治生，以樂天安命養性，進退有節，行己有恥，不愧於《詩經》所說的屋漏，現實生活的驟雨於他何有哉？父親沒有書桌，卻在不經意中立下一個典範，讓我仰望，如見煦煦的春陽。

民國七十四年二月二十一日　《聯合副刊》

父親的回憶錄

民國七十七年十一月十四日，父親在撰寫回憶錄時倒下，帶給我此生最大的哀傷，始終不能消散。父親素稱體健，偶有病痛，總可迎刃而解，久之我們也習以為常，不想致命的心臟病一朝襲來，打得我心喪至今。我在追悔莫及中，哭著抹上父親的眼，請他瞑目，莫再凝視我的不孝。三十多年來，我受惠於父親的，豈止是生命與生活？些許的風格與榮譽，亦拜父親所賜。我報答父親的，卻是讓他留下飽滿的智慧，至佳的記憶，以及最後的清淚，絕塵而去！

父親還留下回憶錄，成為畢生唯一未竟之作。我自幼以來，長期目睹父親的勞苦，記憶中的背影，以伏案寫作為大宗。我清晨起身，中午返家，深夜歸來，恆見他與時間競賽，奮力相搏。父親少小離家，在國難中求學與工作，艱辛的歷程非我所能想像，壯歲以後日日與文字纏鬥，我視為勞苦，父親則甘之如飴。他以此延續生命，卻付出燃燒生命的代價。

父親辭世前，我以節勞相勸，他笑謂能思能寫，就能長壽。我想到曾師虛白和胡師秋原的佳例，不無釋懷，二師至今筆力猶健，實大可賀，我卻在瞬間失去了父親！八十三歲算不算長壽？父親何等曠達，最後湧出清淚，除了不捨親友，或亦掛念未竟之作吧。

面對父親的遺篇，思及他布衣粗食，一無所求，只盼借到更多的餘生，完成自己的著作。這麼單純的願望，我卻未助一臂之力，大慟之後，徒擁哀傷，一籌莫展，這樣的人子，還坐享虛名，真不知如何立足於天地之間。我在精神恍惚中度日，想起馬叔禮兄的來信所言：「父喪如天崩。」崩裂的天，怎麼修補呢？

幸而家叔文湘公聞訊，毅然負起續完的重任，了卻大家的心願。文湘公根據父親的散稿，參考相關資料，加上追隨多年的體驗，在數載的努力下，終使本書完整問世，從父親的童年起，寫到退休生活，個中章節皆為原訂，內容則收踵事增華之效。父親的天靈有知，必然欣慰不已，存歿俱感四字，如今應獲最好的印證。

三民書局兼東大圖書公司的主人劉振強先生，是我最敬佩的出版家，也是本書的催生者。三十年來，劉先生眼見父親如此勤奮，力勸退休後撰寫回憶錄，為青年朋友留下一個榜樣。如今，本書正式呈現在讀者面前，我深深感激上述長輩，也確信父親的生命業已延續，連同他的其餘著作，走向二十一世紀。

民國八十二年三月十五日　《中央副刊》

父親的著作

父親辭世五年了，展讀遺著，他依然活著。

我還沒有找齊父親的作品。最近孫起明兄持贈一書，令我喜出望外。這本《三民主義哲學思想之基礎》，成於民國二十九年，是父親的第一本著作。抗戰時的克難紙張，如今早已泛黃，我的眼中卻見鮮亮。那年，父親三十四歲，任教於昆明的同濟大學。

父親在〈自序〉首段中指出：「馬克思主義的洪流，氾濫於世界；法西斯蒂的火燄，照射著全球。前者以新唯物論相標榜，後者以新唯心論作護符。漂蕩在心物兩思潮激湍中的中國人，何去何從，倒是一個值得研究的問題。」友人說我為文喜好對仗，看來得自父親的真傳。此後近五十年，父親寫了四十部書，外加一千篇文章，字字皆辛苦。這樣的成績，我輩窮其一生固不可得，減半也算是異數了。

人壽有限，文章無窮，這是父親寫作的最大動力。因此，他寫到最後一天方休。父親英俊灑脫，晚年方見發福，在他有生之年，家中並無空調，夏日揮汗執筆，背心一日換上半打，為此還和母親搶著洗衣呢。父親的書不乏暢銷者，卻領不到版稅，有限的稿費，都拿來支付我們兄弟姊妹在海內外的學費。母親後來說，我們累死了父親。啊，不孝的人子，但見父親的筆力剛健，誰知瞬間便油盡燈枯！

五年來，我們已逐漸披露父親尚未發表的作品，並整理出版，包括回憶錄與哲學著作等。回憶錄中提及，除了首著的《三民主義哲學思想之基礎》外，另著《總理總裁的哲學思想》、《三民主義哲學》、《革命哲學》、《中國近代哲學史》、《三民主義的哲學體系》、《哲學概論》、《中國哲學史》等書，最後的力著《蔣公哲學思想與中西哲學》，現已排版，就待我校對了。凡此說明父親的主要領域在哲學，世人多知他撰寫的《國父思想》，卻未見背後那個廣闊的天地。哲學，是父親的最愛。

是的，容我在此更動李白的一字：「古來聖賢皆寂寞，唯有作者留其名。」著書立說，苦人做的苦事，享福的人雅不欲為，但不過數十年，身與名往往俱滅，留下了什麼？父親留下了著作，將跨越世紀，活在字裏行間，我心深處！

民國八十二年八月　《國魂月刊》

父親的哲學史

父親的《中國哲學史》，完稿於民國五十九年，次年由三民書局出版後，銷行到二十一世紀而不衰。這部四十萬字的著作，蒙劉振強董事長交代，現在重新排印，以利讀者閱讀。我趁此機會，窮一年之力，仔細修訂了全書，期更完美無誤，以慰父親在天之靈。

父親在世時，家中從未裝設冷氣，他在酷暑中揮汗寫稿，甚至沒有一張專用的書桌，千萬文字積累而生，誠可謂嘔心瀝血。斯情斯景，永存人子的記憶中，愧疚也成為我終生的烙印。

父親是孫中山先生的信徒，本書也就從孔子寫到孫先生，兩千五百年的哲學精華，盡在斯焉。父親一生為人設想，寫作也不例外，不但綱舉目張，而且硬話軟說，唯恐讀者吃力。一部《中國哲學史》何等輝煌，又何等艱深，他時時替讀者打算，讓大家如坐講堂，如沐春風，更以一萬五千字的總結論，兼收導讀的功效，使青年朋友不致望書生畏。因此，有人說本書是最可讀的。

本書雖然可讀，卻完全無損學術價值，言必有據，立論公允，而皆本原典。父親以儒家處世，以墨家律己，又有道家的曠達，他的朋友和學生，都能印證此說。但是，本書析古剖今，對各哲學家該褒則褒，該貶則貶，只是褒多貶少，表現對前賢的尊敬，也寫出父親的忠厚。

父親服膺孫先生的民生史觀，認為中國哲學的起源和演進，都與民生問題有關，個人與群體的生死存亡，都符合此定義。父親自己的一生，就是奮力求生的紀錄，直到去世前夕，仍在讀書寫作，何嘗有一絲倦怠？他的精神生命，亦隨其文字而延長，不但跨世紀，而且跨世代，功不唐捐，此之謂也。

本書成於父親思想圓熟之際，初版那年，他剛好六十五歲，從中年進入老年，別人或已退休，他卻十分忙碌。稍後，政大哲學系由他籌備成立。再後，《蔣公哲學思想與中西哲學》，這部五十多萬字的大書，他終於完成。最後，他在寫回憶錄時倒下，第一位趕到醫院的朋友，就是劉董事長，他們真可謂生死之交了。

本書新版問世前夕，緬懷父親的辛勞，及與劉董事長的情誼，我在心情平靜後，希望自己面對典型，不要落後太多。父親常說「打破難關」，劉董事長常說「不能等死」，凡此皆屬民生史觀，也正好為中國哲學史，畫下一個美好的句點。

收入周世輔先生著《中國哲學史》　民國九十三年三月出版

母親的淚

母親的淚，不再流。

我出生以前，母親的淚，已痛徹心扉。父親在回憶錄中揭痛，我們原本的大哥，出生在福州，所以取名榕光，乳名就叫毛毛。毛毛來不及長大，在可愛的六歲時，因腦炎夭折。母親的淚，因此流了六十年。

我在臺灣出生，從小就聽母親提起毛毛。每隔幾年，母親就感嘆，假如毛毛還在，應該幾歲。她自己八十多歲時，要我換算毛毛的年紀，然後掩面，輕聲哭泣。我終於知曉，失子之痛，是一輩子的事。

中英姊和南山哥相繼出生，母親日夜忙碌，或許減少了哀傷。但是，她從此成為驚弓之鳥，又用一輩子的時間，拚命保護後來的兒女，深恐再遭意外。我們兄弟姊妹五人，就讓她從二十八歲起，操心操勞六十多年，直到辭別了病痛。

南山哥出生時，父親擔任湖南大學等校教授，課業繁重。母親喜獲麟兒不過三天，南山哥就高燒四十度，在母親的懷中抽筋，讓她邊抱邊哭，母子滾燙成一團。父親憂心如焚，幸獲一位女老師的偏方：用瓦片烤蟑螂，除其肢腳，研成粉末，泡在開水中，用紗布過濾，服之可以退燒。父親情急之下，如法炮製，果然奏效，以後又屢試不爽，母親總算喜極而泣了。

我出生前夕，父母為了躲避可能的空襲，從臺北到彰化，在王玉書伯伯家待產。由於頭部碩大，所以極度難產，也使父親流下不安的淚，所幸化險為夷，母親再度喜極而泣。人說難產兒會孝順，我卻自幼忤逆，不知傷了母親多少次的心。少年時代，有一回鬧情緒離家，在政大校園遊蕩，遙聞母親的哭聲，她不顧自己是師母的身分，一路呼喚，尋覓而來。母親的淚，水滴石穿，終使頑固的我，成為今天的樣貌。

明英妹和陽山弟出生時，都是健康寶寶，母親雖更辛勞，理應不再有淚。偏偏，陽山在襁褓中，父親被車撞傷，嚴重到見諸《中央日報》。母親含著淚，奔波於臺大醫院和北投復興岡之間，直到父親康復，她才展露了歡顏。

民國五十年代初期，父親已在政大任教，家中尚無冰箱，母親猶用煤球舉炊。每天至少兩次，她被煙燻到流淚，而且經常燻黑了臉。她本來極美，個性又極強，為了這個家，放下容貌與脾氣，用包覆天地的愛，竭盡一生的力，撐起我們的身子，最後，自己倒了下來。

辜負母親千行淚，今年一月二十二日，她永遠睡了，不再哭泣。稍後，我讀到這一天的《荒漠甘泉》，恰巧這樣說：「在音樂譜中有一種符號，叫做休止符。當音樂奏到休止符時，聲音完全停止，這常是音樂最精彩之處。」母親九十三歲的一生，成就了家人的精彩，自己幾乎無名，而且完全無利，這樣的情懷，何等聖潔，也堪稱精彩絕倫了。

今天，我已無父無母，既孤且哀，才第一次在稿紙上，寫出母親的名字——闞淑卿女士，與父親周世輔先生並列。他們闊別二十三年，現在雙穴相伴，再也不會分開，有人以此安慰我們兄弟姊妹。只是，由於我們的疏失，使母親一日之內，即告遠行，一如當年的父親。這樣的罪孽，要在無數個日思和夜夢中，慢慢償還。

我的淚，開始流。

民國一〇〇年二月十日　《聯合副刊》

永遠的劉振強先生

民國一〇六年一月二十三日，劉振強先生與世長辭，享年八十有五。二月二十四日，他入土為安。

劉先生是三民書局的創辦人，民國四十二年書局成立時，他僅二十一歲。這樣的年齡，大學生或許還在織夢，他則要面對事業的存亡，也就是日後的成敗，沒有任何倚靠。十七歲那年，他隻身來臺，一無所有，但憑「為者常成」的信念，展開奮鬥的一生，終於造就一個出版王國，以及巨人的地位，其中的血汗與智慧，一直沒有詳細的紀錄，只能說明其低調。

今天的讀者，來到臺北市重慶南路和復興北路，仰望三民書局兩高樓，很難想像昔日的微末。或許正因走過貧困，劉先生特別照顧有志青年，似乎從他們身上，看到過去的自己。其實，現在已經沒有流亡學生了，但他仍為四百多位員工，提供免費的伙食，唯恐他們挨餓；資深的員工，更難忘免費的宿舍，甚至結婚的贈房。劉先生成為他們在臺北的慈父，以及此生的恩人，這位恩人不煙不酒不茶，恆飲白開水，做一輩子的苦行僧，善待每一位有緣人。

三民書局的本版書，已經突破一萬種。這個數字的背後，是劉先生的苦心經營，禮遇作者，無求於官方。他集耿介、幹練與熱情於一身，篤信出版自由，但不印聳人聽聞的書，一本也沒有。民國三十八年後，中華民族的哭聲和血痕，讓劉先生一去不回故土，一如我的父親。他旅世八十五載，前十七年在大陸，後六十八年在臺灣，後者恰為前者的四倍，心力盡瘁於斯。眾人皆知，中文書的廣大市場，在彼而不在此，他則不為所動，這樣的堅持，已經絕版了。

三民書局的黃皮書，走向讀者的記憶深處，當年則為信賴的象徵。元朝作家王和卿的詞句，「柳梢淡淡鵝黃染」，浮現在陳長文先生的腦海，因而聯想成篇。黃皮書是大學用書，從法政到財經，加之社會學等，貼近臺灣的地氣，兼具國際的視野，開啟了師生的眼界。劉先生由此轉盈，不能忘情於文學，於是推出三民文庫，後來又有滄海叢刊、三民叢刊、世紀文庫等，合計一千多種，頗收萬花撩亂之趣。這些書高質低價，他又常預付稿費，讓作者備感溫暖，不知吞下多少赤字，卻只見他若無其事。

三民書局的藍皮書，即古籍今注新譯，加排注音符號，解決了古書難讀的問題。從《新譯四書讀本》，到四十卷的《新譯資治通鑑》，透過劉先生的安排，喚醒了千萬個現代的靈魂，直追經典的奧祕，發現是如此便利。新版的中國古典名著、國學大叢書、中國現代史叢書、日本學叢書、文明叢書、國別史等，則讓讀者遍覽古今，神遊中外。三民書局的外牆，曾經高懸十個大字：「打開一本書，看見全世界。」六十四年來，他造就一萬種本版書，中文世界因此更寬闊了。

劉先生走後不久，四卷的《大辭典》增訂出版，似在延續他的生命。這套一千八百多萬字的大書，歷經十年重修，如今置於靈前，足以告慰他的念茲在茲。莊子說：「生為徭役，死為休息。」他有功於文化，無愧於天地，我的哀傷終將平息。

民國一〇六年二月二十四日　《中國時報》

我們的劉振強先生

民國一〇六年二月二十四日，臺北竟日苦雨。

上午八時，我到二殯的懷恩廳，見劉振強先生最後一面，此時門口已排成長龍，安靜中益顯哀戚。靈堂上的照片，劉先生手撫《大辭典》，笑得燦爛開懷，似乎沖淡些許悲傷，但家屬一直哭泣。我最難過的是，劉先生這麼快就走了。

四年前，劉先生邀我主編《三民書局六十年》，那時他非常健康，表現在健談上，往往兩小時不稍休。該書近六百頁，收入一百三十多位作者與編者的佳文，但仍大量遺珠，因為三民的本版書上萬種，作者多達數千位。我原本期待，將來主編《三民書局七十年》，彌補此憾，並祝劉先生更為長壽。想不到，如今要以沉痛的心情，面對他的離去。

劉先生一輩子低調，助人不求回報，生前特別交代，不要勞煩各界，因此不辦公祭。但是，受惠者實在太多，聞訊趕來近千人，送他最後一程，以致上午十時過後，方能啟靈。雨越來越大，三芝山上的風更見強勁，父親和母親走後，我第一次在淒風苦雨中送行，近年擔心的事終於發生，多少的往事，一路湧上心頭。

三民書局成立於民國四十二年，地址在臺北市衡陽路四十六號，規模粗具。劉先生告訴我，民國四十六年，他與父親初次見面，相談甚歡。那一年，父親五十一歲，他只有二十五歲，堪稱忘年之交。劉先生有許多大朋友，讓他如讀大書，欲罷不能，後來大家成為老朋友，甚至是生死之交。

民國五十年，父親轉赴政大任教，至民國七十七年辭世前，已是三民的長期作者，與劉先生的友誼更篤。那時書局已遷至重慶南路一段，先後在七十七號與六十一號，蔚為臺灣出版的重鎮。父親時常從市區返家，告訴我們，到三民書局，和劉先生無所不談，話題當然包括了子女。他們交換喜訊與憂心，以致劉先生和我也成為忘年之交前，已經知我甚深。

民國五十七年，我不顧父親的勸阻，放棄高中最後一年的學業，休學在家，準備以同等學力，參加來年的大學聯考。劉先生知道此事後，笑而不宣，送我一本《新譯四書讀本》。稍早，近在書局咫尺的周夢蝶先生，已送一本王國維的《人間詞話》，還題簽「玉山契弟神會，夢蝶敬貽」。少年時代的贈書，有如盛宴，終身難忘，我與兩位的情誼，分別延續了半個世紀。

當時的高中國文課，包括「中華文化基本教材」，內容就是四書精華。三民的讀本，首推原文加排注音符號，又有章旨、注釋和語譯，頗利於自修，對我這個「失學少年」來說，可謂荒漠甘泉。我報考的社會組，包括國文、英文、數學、歷史、地理、三民主義，除了數學，都是文科。我在極度失控下，完全放棄數學，自修其他五科，深感掛一漏萬，考後自慚不用功，所幸錄取輔仁大學法律學系，父親和劉先生都鬆了一口氣。

當年臺灣的大學生，幾乎都是三民的讀者，鵝黃封面的大學用書，引領了一個世代的思潮。劉先生親口告訴我們，父親的《國父思想》，在三民所有本版書中銷售第一，第二則為陸民仁教授的《經濟學》。那時的大學生必修國父思想，國家考試也必考國父遺教，父親的著作首重學術，言所當言，又不難讀，所以選用者眾。劉先生對父親的感激，報答在我們祖孫三代身上，此情綿延不絕。

民國七十七年十一月十四日，父親心臟病發，彌留之際，第一位趕到三軍總醫院的朋友，就是劉先生。他淚流滿面，不能自已，時距兩人初識，超過三十年。此後將近三十年，我繼承父親，和他無所不談，也因此受惠後半生。

民國七十二年至今，三民為我出版六本書，尚不包括主編和修訂者。每一本書稿，劉先生都一口答應，都免送審，也都先付稿費，這樣的寬厚，必然是獨家。其中《大陸文藝新探》，承蒙羅宗濤教授推薦，幸獲國家文藝獎，讓我這個「業餘文學青年」，得到最大的鼓勵。學生說我寬厚，此語若能成立，無非是見賢思齊，報恩兼及有緣人。劉先生給我的啟示，來自言教與身教。

我們這一代，幾乎無人能及父輩的至苦；我們下一代，更幾乎無人能及祖輩的極痛。劉先生在我面前，則把半個多世紀的辛苦萬狀，化為談笑風生。民國八十二年，三民新增大樓，他改在復興北路三百八十六號上班，空間寬敞，更利會客。此後我們平均一年兩晤，每次兩小時，合計約一百小時，都是珍貴的記憶。

每臨大事，我必請教劉先生。談起工作，他謙稱自己「做小生意」，但最尊敬讀書人，也最感謝學者的支持。我聞此言，從政大提早退休後，決定續謀教職，不作他想，遂在世新大學，度過充實愉快的十一年。談到擇偶，他提出「排除法」，某幾種身分者不宜，某幾種個性者不宜，完全經得起考驗，很多人因此，享有幸福的婚姻生活。

談到子女的教育，他建議儒兒，報考逢甲大學保險學研究所，因為該所的歷史悠久，師資又佳。儒兒就讀後，證實此言不虛，在碩士論文的扉頁上，特別感謝劉爺爺。他收到後，欣慰之情溢於言表，慨贈名筆，這正是後生之所愛。這樣的學歷，使得儒兒找到好工作，恰巧就在三民新大樓的對面，午休時，每為書海的泳者。他走了，儒兒和我一樣掉下淚來。

劉先生為父親和我，以及陽山弟，出了近四十種書，其中包括新版的修訂，同仁都認真至極。他為讀者出版了上萬種書，每一種皆屬正派，卻能暢銷或長銷，證明臺灣高水準的一面，也提升了中文世界的品質。他是我們一家的劉先生、劉伯伯和劉爺爺，從民國四十六年到一〇六年，整整一甲子，非比尋常，再也無雙。

他更是我們大家的劉先生，無論如何低調，各界都因他的離去而震驚，如黃碧端教授所言，感到巨大的哀傷，懷念的文字遂不絕於報刊。他後繼有人，仲傑兄告訴我，將一如乃父，顧好書局，獻身出版，直到生命的最後一天。聽聞此言，我的哀傷漸淡，轉為祝福。

祝劉先生天上平安，也祝大家人間好讀。

民國一〇六年四月　《文訊月刊》

我們國父

戴季陶先生的詞，黎錦暉先生的曲，〈國父紀念歌〉靜靜躺在玻璃墊下，陪我很久了。一紙莊嚴，在晚秋的時節，總會發出音來，一如春三月。

每逢國父的誕辰與忌日，我輕聲唱，給自己聽。我們國父，首倡革命，革命血如花。我在日本山口，看到「明治維新胎動之地」的勒石，友人說，國父曾經在此練兵。推翻了專制，建設了共和，產生了民主中華。我在馬來西亞檳榔嶼，想起國父曾經在此開會，策畫第十次起義。該地舊稱庇能，如今滿城炎黃子孫，相對如見故人。

我輕聲唱，給自己聽。民國新成，國事如麻，國父詳加計畫，重新改造中華。一九一三年討袁之際，國父來到臺北，下榻的梅屋敷，位於中山北路復興橋下，我自幼至今，流連瞻顧，不下百回。班上的學生告訴我，他們自幼至今，從未足履斯地。

我要以何種心情唱下去呢？三民主義，五權憲法，真理細推求。這些真理經過近一個世紀的實驗，在世界各地放出了光亮。印尼的蘇卡諾推崇它，據此寫下建國五原理。建國三程序來到西方，成為政治發展的理論源頭。《大英百科全書》記載它，加州大學柏克萊分校研修它，我們的憲法標榜它，現在我們的官吏漠視它。漠視者可能沒有讀過一篇原文，況論十二巨冊的《國父全集》？

一世的辛勞，半生的奔走，為國家犧牲奮鬥。是誰？是誰在中山陵上，看到「中國國民黨葬總理孫先生於此」，湧出久未謀面的男兒淚！國父靜眠或失眠於此，此地古稱蔣山，中國國民黨的總裁蔣先生，靜眠或失眠於慈湖。同志一度說，總裁一日未奉安南京，我們就一日不解除心喪。現在，同志上下交征利，總理總裁擺在那裏？

國父精神，永垂不朽，如同青天白日，千秋萬世長留。在臺灣，燒青天白日旗獲判無罪，燒青天白日滿地紅旗獲判微罪。燒旗者自稱終結者，狂呼中華民國業已不存，卻還保存自己的中華民國國民身分證，捨不得燒。是的，一證尚存，即可說明國父的不朽。「眼前多少頑無恥，不認梅花是國花」，張大千先生因此喜歡畫梅。大陸近年公開徵求國花，結果選梅者為數最多，暗香浮動兩岸。此間為數甚少的男女，不認國父，也不認國家，無父無國，何以名之？

民生凋敝，國步艱難，禍患猶未已。鄧小平反對三民主義統一中國，質問一九四九年以前的成效。的確，若見成效，北京市民當年不會夾道歡迎共軍入城。可是，以後呢？毛澤東早在詩詞中鼓舞農民，「分田分地真忙」，那是真的嗎？大千畫梅，他畫餅。更有人在九〇年代前夕，慰問屠城的劊子手，說將來還要殺無赦。這樣的統治者，一再充當人民的救星！

莫散了團體，休灰了志氣，大家要互相勉勵。武昌起義，革命軍的口令是「同心協力」，從幾十顆子彈出發，蔚為一夕的驚天巨變，團結奏出了凱歌。國父坐鎮廣州時，令不出大元帥府，舉世更無一國承認，其志仍可摩頂。臺灣的外匯存底世界數一數二，許多條件遠甚於昔，我們可有重返中原的志氣？

國父遺言，不要忘記：「革命尚未成功，同志仍須努力。」西方學者寫《孫逸仙傳》，副題是「壯志未酬的愛國者」。中國太大了，廣土眾民，問題成山。如何讓廣土開遍自由花？如何讓眾民成為資產而非債務？有待一個合情合理的制度，千千萬萬名接力的跑者，在個人利益與國家利益之間，尋找著力點，然後鼓動春風，又綠江南岸。

臺灣的跑者啊，請借力春風，先綠淡水河。明年此刻，或更早的春三月，我們在河畔，合唱〈國父紀念歌〉！

民國八十一年十一月十二日　《聯合副刊》

我們遺忘的國父

我們遺忘國父孫中山先生，已經很久了。

在教室裏，在書本中，在他的生日與忌日，我們年復一年，與國父擦身而過。似乎，他是一頁翻去的歷史，束之大陸的高閣，與我們無關。在臺灣，有人忙著「去中國化」，鼓吹「中華民國消亡論」，自然不稱他為國父，卻仍攜帶中華民國的國民身分證，分裂自己的人格。

在大陸，擁有他的故居，廣東省中山市南朗鎮翠亨村，更存放他的遺靈，南京中山陵，吸引無數的兩岸人民致敬。官員和學者，私底下稱他「國父」，公開則是「革命的先行者」。從過去到現在，中共自認是他的繼承者，卻以愛國主義取代民族主義，並遲遲不向民權主義補課。從鄧小平到習近平，宣傳「一國兩制」，不厭其煩。路人皆知，「一國」是斯大林製造的「中華人民共和國」，請問，國父會同意嗎？

在臺灣，幸有蔣介石先生，以中華民國總統之尊，親自督工，為終身懷念的導師，興建了國父紀念館。從早晨到傍晚，我親眼看到，無數的大陸旅客，在觀賞衛兵交接儀式之餘，向他鞠躬。在我任教的大學，許多大陸學生，表達對中華民國的熱愛，並詢問入籍的機會，與少數欲置中華民國於死地，卻捨不得放棄中華民國國民身分的人士，形成強烈的對比，使我感慨萬千。

在海外，已有「中華民國統一中國聯盟」，盟員來自兩岸，以及世界各地，月有所增。請問，臺北的中華民國政府，可有這樣的志氣？又支持了幾分？早在一九二六年三月，魯迅就如此形容孫中山先生：「只要這先前未曾有的中華民國存在，就是他的豐碑，就是他的紀念。」魯迅還對憎惡中華民國者，嚴加撻伐，不假辭色。看來，大陸當局還該補修魯迅的學分，並後悔當年對斯大林的屈從。

我們遺忘國父的著作，也已經很久了。十二巨冊的《國父全集》，早已絕版，書店全無，圖書館裏或也塵封，很少人看過他的自傳，以及數百萬字的主張。一八九六年十月，倫敦蒙難脫險後，他應翟爾斯教授之請，書面自我介紹：「僕姓孫名文，字載之，號逸仙，籍隸廣東廣州府香山縣，生於一千八百六十六年華曆十月十六日。幼讀儒書，十二歲畢經業。十三歲隨母，往夏威仁島，始見輪舟之奇，滄海之闊，自是有慕西學之心，窮天地之想。」

由此可知，他為自己取字，寓意「文以載道」。生於華曆十月十六日，實係六日，西曆則為十一月十二日。夏威仁島，今譯夏威夷島。後四句雙雙對仗，顯示他重視修辭，後來亦復如此。

他只活了五十八歲四個月，遠不及其父的七十五歲，誠為中華民國的大不幸，卻已經推翻了兩百餘年的清朝，以及兩千餘年的帝制。一九四〇年四月，蔣介石先生的國民政府，通令全國，尊稱他為國父。從此，他成為現代中國之父，受到全體華人的崇敬，實在當之無愧。

今後兩岸的和平發展，有賴國父及其思想的指引，而確保臺灣的不二法門，在堅持他創立的中華民國體制，並永尊其為國父。我們遺忘了他，他卻繼續守護我們，以中華民國國父的身分，自由民主均富的良制，照亮兩岸的未來。

民國一〇三年十一月十二日　《聯合報》

國父一直在臺灣

我告訴學生，國父曾住通稱的西門町，而且超過一個月。他們的眼睛，都亮了起來。

那一年，一九〇〇，歲次庚子，中國亂成一團。九月二十八日，國父由日本神戶抵達臺灣，從基隆到臺北，入住今天的長沙街，近漢中街口。此行是為了惠州起義，尋求日本總督的支持。他在長沙街成立行動指揮所，與大陸的同志緊密聯繫，四十四天後才轉赴東京。其間，他曾抽空探訪北投的溫泉。小時候，父親帶我泡湯，說是國父來過的地方，感覺真奇妙。

一九一三年八月五日，國父又來到臺灣，在臺北梅屋敷，即今天的中山北路與北平西路口，留下了身影。此行是為了討伐袁世凱，借道臺灣，轉渡日本，同行者為胡漢民先生。

光復後，此地成為國父史蹟紀念館，內有蔣介石先生的立碑，曰「匡復中華的起點，重建民國的基地」。後來為了配合鐵路地下化的工程，北移五十公尺，擴為逸仙公園，成了臺北的幽景。

國父早就主張恢復臺灣，一如恢復中華。一九一二年元旦，他就任中華民國臨時大總統，在記者會上，就強調要收復臺灣，無畏日本可能的抗議。後來，蔣介石先生完成了他的心願，光復了臺灣。恢復、收復與光復，三詞同義，俱現民族的情懷。西方人說血濃於水，的確放諸世界而皆準。

正因如此，他在生前與身後，都吸引許多臺灣志士，敬慕追隨，踵事增華。長串的名單中，包括楊心如、翁俊明、吳文秀、許贊元、杜聰明、林祖密，也包括蔣渭水、林獻堂、吳海水、周合源、賴和、張我軍，還有洪炎秋、蘇薌雨、翁澤生、謝春木、王鐘麟等先生，以行動和言論，加入他的行列，宣揚他的思想，讓一部臺灣現代史，多次出現他的名字。

一九四五年十月二十五日，臺灣光復，六百萬同胞，一夕之間成為中華民國國民，他的天靈有知，想必快慰極矣。從此，我們可以公開讀他的書，稱他為國父，不致因此受罰。我們和他同一國，當然也是中國人。

一九四九年十月一日，中共在北京，推出「中華人民共和國」，五億五千萬同胞，一夕之間失去中華民國國籍，他的天靈有知，想必痛苦極矣。那一年，中共在大江南北，狂呼「打倒蔣介石」，結果卻是「懲罰孫中山」，可謂荒謬絕倫。也正因如此，我們成為他的珍貴國民，享有中國歷史上罕見的自由與民主，幸運而且受羨。

我在臺灣出生成長，從小聆聽他的行誼，知道他的血型、身高、體重、生肖與星座，接受他的啟蒙，瞭解三民主義和五權憲法、政黨政治和世界潮流。他是一部大書，我尚未讀完，就獲師友學生的奬飾，能無感於他的淵博？

大哉國父！賜給我們國家，以及建國的藍圖，使我們能在良好的制度下，過合情合理合法的生活。他一直在臺灣，以手創的中華民國，區隔了其餘的品牌，保庇了我們，從過去到未來。

民國一〇三年十一月十二日　《中國時報》

晚晴園裏的國父

我們抵達新加坡的樟宜機場時，由於班機延誤，已近深夜，張大同大使藹然相迎，換來我們的歉謝。這位中華民國的外交官，就像他的前輩與同事一樣，在艱困的國際處境下工作，將來宜有列傳，記錄他們的奮鬥。

第二天，張大使惠賜一冊《南洋與創立民國》，更見他的厚意。此行公務繁忙，無暇再訪晚晴園，有此一書，填補不少遺憾。或許，下次組團來此園，我就可以充當導覽了。

晚晴園是國父孫中山先生的故居，民國成立前，國父多次南來，停留此間，推展革命。故居的主人張永福先生，就是這本書的著者。我從小接觸國父的傳記，拜讀過其中的精華，此次目睹全書，喜不自勝。

國父在晚晴園，成立了同盟會新加坡分會，點燃了南洋地區革命的火種。為了喚起僑民，他創辦《中興日報》，成立「同德書報社」，還安排讀報人，宣講革命的必要。這一切，令人覺得今不如昔，感慨實深。國父當時以文字為介，鼓動風潮；他若生於今世，必定加入電子媒體，為自己發聲，撥亂反正。

國父在晚晴園，設計了中華民國國旗，也就是青天白日滿地紅。他告訴大家，青天白日的旗幟，是經過戰陣，死傷幾百位同志的血徽，從陸皓東烈士到鄭士良烈士，都為這面旗幟而犧牲，因此無可替換。他請張永福先生的妻子陳淑字女士，在一塊布上，照樣刺繡了四種青天白日旗，並列比觀。

右上方的一幅，即今天的國旗。右下方的一幅，即今天的黨旗。左上方的一幅，紅藍相間，中為青天白日。左下方的一幅，紅白相間，左上角為青天白日。後者顯示，國父對美國革命和政體的嚮往，但他最後選定青天白日滿地紅，避免雷同，目光獨到，表現其美學的水準，已載在中華民國憲法第六條，無可變更。

國父在晚晴園，規畫了五權憲法，證明了他的高瞻遠矚。那時的同志，多半只想到發難之務，他卻構思軍法、約法、憲法之治了。後者包括行政、議政、審判、考試、監察五權，其中議政就是立法，審判就是司法。多年後，民主社會黨的領袖張君勱先生，起草中華民國憲法時，大體納入了五權，成為現代中國最好的一部憲法。國父在天之靈，對此當感欣慰。

晚晴園裏的國父，起居有節，恬靜寡言，勝不露喜，敗不言慼，凡事都抱樂觀的態度。同志對他的描述，接近弟子筆下的孔子，恂恂如也，怡怡如也。此時他四十初度，是典型的中年紳士。很少人預知，他四十六歲時，就擔任中華民國臨時大總統了。一腔熱血，滿懷理想，原來成竹在胸，成就了我們的國家。

我們的國家——中華民國，今天怎麼了？國父在天之靈，想必極度關切。我們的國家，有人保衛，有人摧殘，有人利用，卻都宣稱崇敬國父，真偽其實就在眼前。國父生於一八六六年十一月十二日，明年此時，他誕生一百五十周年，尊他為國父的政府，奉他為總理的政黨，要以何種面目和態度，紀念這位人豪？

我在新加坡，錯過晚晴園，一直想這些問題。

民國一〇四年十一月十二日　《聯合報》

中華民國的顏色

有人問起我的顏色，淺藍還是深藍？不藍或者不綠？面對如此的單調，我不禁失笑。

我的顏色是青天白日滿地紅，也就是中華民國的顏色。多年前，一位外國作家指出，世界上最美麗的國旗有二，一面屬於中華民國，一面屬於加拿大。其實，後者的楓葉旗雖佳，仍不如中華民國之精緻，而且絕美。

是的，中華民國雖然多災多難，卻也多彩多姿，敗部復活後，其命惟新，其燦奪目。從袁世凱到毛澤東，都欲置中華民國於死地，結果彼等早已不存，我們卻在臺澎金馬，以及世界各地，為中華民國熱鬧慶生。哪一個叛徒，比它長壽？

我不知道袁世凱的顏色，但已確認，「中華帝國」是一齣非正式的戲碼。毛澤東顯然是紅色的，如果他真的喜愛「中華人民共和國」，為什麼會在晚年，對老友斯諾 (Edgar Snow) 透露，後悔改了國號呢？

「中華人民共和國」推出前後，斯大林在全球，製造了十幾個「人民共和國」，「中華人民共和國」僅為其一，其附庸的地位無可懷疑。毛澤東想要超越秦皇漢武、唐宗宋祖，卻逃不出斯大林的掌心，連國號都不能自定。「臨晚鏡，傷流景」，他想起中華民國，其言也善了。

毛澤東曾經說：「臺灣在蔣介石手上，我比較放心。」蔣先生堅持一個中國，也就是中華民國，外抗帝國主義的干涉，內除分裂主義的謀逆。更重要的是，阻擋馬列主義於境外，為中國保留一片乾淨土，證明三民主義之可行。毛澤東奪之不可得，只好退而自安。

一九四九年九月，中共建立政權前夕，在尚未到手的重慶，不但殺人放火，而且標語滿城，揚言「火燒重慶，血洗臺灣」。火與血是同色，有人見之即樂。稍早的六月，中共據有上海後，就已準備「解放臺灣」，派遣間諜來臺潛伏，甚至內定「臺灣省委書記」，此人名為舒同，副書記則為劉格平。他們永遠沒有到任，我們方能躲過浩劫，享有自由民主與均富，這是誰的功勞？

臺灣從敗部復活，固然肇因於韓戰的爆發，美國改變了態度。但是，臺灣從貧窮落後，走向富庶進步，實有賴於兩位蔣總統的執政。兩位記取大陸失敗的教訓，服膺「建設之首要在民生」，重用財經專家，而非噴口水的政客，造就了世所肯定的臺灣奇蹟。

臺灣奇蹟不僅表現在民生樂利，也在民權普及，民族文化的維護，後者即如馬英九總統所言，是有臺灣特色的中華文化。陸客和陸生來臺，歡喜讚歎之餘，詢問如何取得中華民國國籍，在此終老一生，已經不是個案。

我們的一生一世，和子孫的生生世世，都屬於中華民國。今天，我們迎接它一百年，其實是為自己慶生，人人許願，日有所進，發光發熱，中華民國下一個百年，也就更亮麗了。

民國一〇〇年十月十日　《聯合報》

想起林覺民

齊豫的歌聲，在早春的天空輕繞，飄逸高妙，一如飛鳥。這集新曲的總名，就叫《駱駝・飛鳥・魚》，其中最牽動我的，是一首〈覺〉，副題為「遙寄林覺民」。四分三十六秒的傾訴，引領聽者進入意映的內心世界，久久不能忘卻。

我們這一代，在臺灣受教育，如今步入中年，反芻中學時讀過的好文章，常有人想到林覺民。林懷民與林覺民，僅差一字，自是有緣，記得他曾編一舞，名為〈意映卿卿〉，想必醞釀在心多年了。如今，許常德與齊豫共同作詞的這首歌，試探意映看完覺民的信後，在孤單的心情下，是否有一絲憤怒與埋怨？這不僅是女性觀點，而且集妻子、媳婦和母親於一身，一新我的耳目，只是滿目淒涼。

歌中的意映，讀罷覺民的訣別書，不得不相信，剎那即永恆。她留守著數不完的夜，以及載沉載浮的淩遲，把繾綣了一時，當做被愛了一世。雖然如此，她仍然忍不住要問：「誰給你選擇的權利，讓你就這樣的離去？」是的，烈士宜當無父無母、無妻無子，否則一門孤寡，情何以堪？吾師胡秋原先生，人稱其激烈如大學生，卻再三告誡我們，不要做烈士。或許，意映最能痛感斯言。

意映姓陳，與覺民閨房婉孌，家庭和洽。後者曾經對友人說：「吾妻性癖好尚，與余絕同，天真爛漫女子也。」他們的長子依新，辛亥那年只有五歲，一九八〇年代初期，則為古稀老人矣。我於此時看到他的回憶，不禁想起雨果筆下的《悲慘世界》。覺民走後，留下老父、庶母、幼弟、少婦與稚兒，其中最堪憐的，應該就是意映。她初聞噩耗，數度瀕死，稍後產下遺腹子，是一個男孩。依新後來說，數年之間，他的祖父、母親和弱弟，相繼死於貧病，一家乏人聞問，這就是烈士的代價！

那是一個什麼樣的時代，驅使最優秀的青年，投身於拋頭灑血的革命。覺民是日本慶應大學的高才生，嫻熟日、英、德三國語文，大好前程等著他，高官厚祿，兼可終老，他卻選擇了死亡，當一粒埋在地下的麥子。「生經白刃頭方貴，死葬黃花骨亦香」，這是文學的佳句，付諸實踐誠屬千古艱難。覺民和他的同志，以最純潔的犧牲，為我們打造了嶄新的國民身分證，不但至今有效，而且子孫賴以存活，這是何等恩德！只是，苦了他自己的妻兒。

多年前，我在臺北的陽明書屋，目睹覺民〈與妻訣別書〉的親筆印件，熱血熱淚一時齊湧，湧向我少小即已確知的精神原鄉。母親是福州人，和覺民一樣，住過後街，數年前返鄉探親，歸來後說景物，依稀有舊觀者，但未悉覺民的故居何在。廣州起義前三天，覺民這樣寫給意映：「吾真真不能忘汝也，回憶後街之屋，入門穿廊，過前後廳，又三四折，有小廳，廳旁一屋，為吾與汝雙棲之所。」時隔八十多年，這對恩愛夫妻的小屋還在嗎？我繼而一想，他放下血肉的妻子，還放不下木石的房子？

他終究放不下妻子。「吾今與汝無言矣！吾居九泉之下，遙聞汝哭聲，當哭相和也」。英國的詩人拜倫，與其妻感情不睦，乃遠走高飛，為希臘而戰。覺民則不然，以至高的情操，與至愛死別，可謂人間至痛。我曾寫一首詩，記錄這樣的至痛，而有這樣的結尾：

激昂過最後的演講，東市場
血泊處，摧割一訣成千古
二十四歲的靈魂冉冉向天路
眸光已黯猶回轉
在雲端，最後一聲輕輕喚
意映卿卿……

民國八十七年三月二十九日 《聯合副刊》

來到黃花岡

黃花岡，我遲到了五十年。

五十年，超過許多人的一輩子，例如，七十二烈士。他們的平均生年，也就是死齡，一說是二十七歲，另一說是二十九歲。總之，未到而立之年，他們已化作春泥，護衛中華，現在整整一百年了。

五十年前，我在臺灣當小學生，就像所有小學生一樣，啟蒙的名詞中，有一個叫做黃花岡。父親在國父有生之年，就已加入國民黨，假日不止一次，帶我到臺北市中山北路一段四十六號，參觀國父史蹟紀念館。稚齡的我，印象最深的圖片，就是七十二烈士的遺體，堆積如廢棄物，令人觸目傷心。

及長，我研究民國史，傷心愈甚。他們不僅年輕，而且優秀，為什麼放下父母妻兒，割捨有用之身，投向明知的死亡？他們捐命建立的中華民國，後來失去廣大的國土，包括黃花岡，天靈有知，豈曰無憾？

帶著傷心，加上半個世紀的企盼，我終於來到黃花岡。

二〇一〇年七月，我首赴廣州，出席兩岸經貿文化論壇，人在會場，心在黃花岡。老同學葉景成兄，老朋友阮大方兄，都曾謁黃花岡，見我坐立難安，乃於十日下午，陪我告假，了卻心願。

來到黃花岡，方知不用登山，它原本地處荒郊，現已身列市區。計程車停在紅塵深處，師傅卻說到了，黃花岡到了，我匆匆開門，也打開自己的近鄉情怯。前幾年，在中山陵上，在武昌起義原址，都有相似的懷想。它們，同屬中華民國的故鄉。

是步道，一條兩百三十公尺的墓道，阻隔了正門外的十丈軟紅。正門是一座四柱三間的大牌坊，額坊上四個大字「浩氣長存」，是國父的手書，字如其人，慈悲寬厚。墓道盡頭是月臺，月臺石階兩側，各置一座香爐，上刻「七十二烈士墳」，署名「旅暹中國國民黨同人獻」。暹者，泰國也。國民黨的前身興中會和同盟會，都創自海外，國民黨也就是華僑黨。現在，泰國的國民黨分部何處覓？

月臺之後，就是我渴望拜見的墓冢，林覺民、方聲洞、喻培倫、林尹民、陳更新、李晚、馮超驤、龐雄、饒輔廷、林文等七十二烈士，永眠於此，已經一百年。我的深深三鞠躬，遲到了五十年，心中滿是歉謝。

多謝七十二烈士，賜我中華民國國籍，得享自由民主的生活，並擁有一位光耀史乘的國父，他是孫中山先生。國父對七十二烈士投身的廣州起義，早就稱之頌之：「是役也，碧血橫飛，浩氣四塞，草木為之含悲，風雲因而變色，全國久蟄之人心，乃大興奮。怨憤所積，如怒濤排壑，不可遏抑，不半載而武昌之大革命以成。則斯役之價值，直可驚天地，泣鬼神，與武昌革命之役並壽。」

國父的文優辭美，重視對仗，由此可見。世人所說的辛亥革命，主要有廣州與武昌兩役，二者相隔「不半載」，乃因俗稱的三二九廣州起義是農曆，西曆則為一九一一年四月二十七日。武昌起義農曆是八月十九日，早已換算為西曆的十月十日。所以，國父所言屬實。

墓冢之後是紀功坊，背面刻上「廣州辛亥三月二十九日革命記」，坊上的疊石臺，砌了一百四十四塊青色花崗岩，分為九層，底層單面十四塊，最高層兩塊，立面疊石數為七十二塊，寓意紀念七十二烈士。疊石是雙面的，因此是七十二乘以二。這樣的設計，不但創新，而且永恆。

獻石的單位和個人，共有一百八十名，鐫刻其上，垂諸久遠。我觸摸這些名字，能不感慨？法屬海洋洲大溪地埠中國國民黨分部獻石、美洲沙加免度中國國民黨分部獻石、中國國民黨澳洲庇厘時彬埠分部獻石、菲律賓駕牙鄢埠中國國民黨分部獻石、加拿大波蘭佛中國國民黨分部獻石、駐祕魯國意基度埠中國國民黨分部獻石、駐古巴國灣城中國國民黨總分部獻石、中國國民黨神戶支部獻石、南洋星洲中國國民黨分部獻石、英倫利物浦中國國民黨支部獻石等等。如今，這些分部安在？

一九四九年，大陸赤化。一九五〇年，共產黨就拆毀了疊石臺上的青天白日徽，又鏟除了墓亭上四面同樣的黨徽。文革期間，墓碑和其他碑刻的落款題字，全遭破壞，一百八十個名字中的「國民黨」字樣，全被鑿爛。遲至一九九一年，方見修復，但已無法還原全貌，讓我在瞻仰時，目睹了歷史的仇恨。

這樣的仇恨，又出現在大陸的媒體中。直至二〇一〇年，我在大陸的每一個晚上，都從電視劇等節目裏，輕易看到這樣的仇恨。一面鼓吹兩岸和平發展，一面渲染國共血海深仇，動機是什麼？效果在那裏？又希望收攬多少人心？受播者必須人格分裂，才可能肯定這樣的社會教育，傳播者也必須黨格分裂，才會有這樣的態度與作為。

頂著廣州的七月驕陽，我卻感到歷史的寒意。「成者王，敗者寇，臺灣不要不服氣」，大陸的前任領導人如是說。這樣的直白，兩岸都聽懂了，但要怎樣交朋友？所幸，他已不在其位，我也才會來到廣州。

十二日上午，我陪南山哥，以及呂學錦兄，再謁黃花岡。

黃花岡不是一日造成的，也不是一日可以看盡的。此次我權充導遊，重溫主體建築，也初拜附葬墓等。

首先，向潘達微先生之墓致意。是他的義行，方使七十二烈士的遺體，得葬沙河馬路旁的紅花岡，即他改稱的黃花岡，遂有「碧血黃花」傳世，也使我童年所見的圖片，只是一個過程。

接著，謁史堅如先生祠。他和陸皓東先生，同受國父的高度推崇，死節之烈，也都令人仰止無窮。從小，我記得他的名字，如此堅毅，又如此年輕，就義時只有二十一歲。二十一歲那年，我所為何事？

黃花岡可觀者，還有多塊石碑，包括「黃花岡七十二烈士之碑」、「黃花岡七十二烈士碑記」、「補書辛亥三月二十九廣州革命烈士碑」、「廣州辛亥三月二十九日革命記」、「烈士就義表」等，合計近一萬字，已成珍貴的文物和史料。

第一塊碑，刻了七十二烈士的姓名和籍貫，使大家知曉，林覺民、方聲洞、林尹民、陳更新、林文烈士，都是福建閩侯人；喻培倫烈士，是四川內江人；李晚烈士，是廣東東安人；馮超驤烈士，是福建南平人；龐雄烈士，是廣東吳川人；饒輔廷烈士，是廣東梅縣人。

七十二烈士，來自廣東、廣西、福建、四川、安徽各省，證明廣州起義，非僅是廣東人的「同鄉革命」。「補書」碑列十三位烈士，其中有三位來自江蘇。此外，李祖恩烈士沒有列碑，以上共計八十六位。廣州起義的革命黨一百餘人，泰半捐軀，實在是視死如歸了。

他們有多優秀？「就義表」告訴大家，林覺民烈士，是日本慶應大學學生；方聲洞和喻培倫烈士，是日本千葉醫學院學生；林尹民烈士，是日本第一高校學生；陳與燊烈士，是日本早稻田大學學生；陳可鈞烈士，是日本正則學校學生；林文烈士，是日本大學學生；石德寬烈士，是日本警監學校學生。

明治維新之後，日本以德國為師，所以林覺民等烈士，通曉日、英、德三國語文。他們在文盲遍地的中國，本屬天之驕子，卻懷抱大愛而獻身，化為黃花岡上的一抔土，可惜可痛更可敬。「吾充吾愛汝之心，助天下人愛其所愛」，覺民這樣與妻訣別。我在七十二烈士的墓冢前，手握中華民國國民身分證，感激之餘，凝思良久。

紀功坊背面的「革命記」，長達三千多字，是黃花岡上最大的一塊石碑，結尾這樣說：「嗟乎！諸烈士為三民主義而犧牲，即由諸烈士犧牲之精神，傳播三民主義於民眾，不數月而武漢一呼，全國響應，未及百日，而民國告成，其成功顧不偉哉！」由此可知，廣州起義一時雖敗，卻埋下武昌起義成功的種子。成王敗寇之說，要交給時間定奪，面對歷史的長河，每一個人都要有耐心，看水落石出。

三日之內，兩謁黃花岡，是我廣州行最大的收穫。國民革命之旅，還有許多站，待我走完。但是，我必將三謁黃花岡，銜接生命的血緣，重返精神的故鄉！

民國一〇〇年三月二十二日至二十三日　《中國時報・人間副刊》

來到蘆溝橋

來到蘆溝橋，我的心情沉重如石獅子。

古書《人海記》說，橋柱刻了六百二十七隻獅子。現在，大小獅子還有四百九十八隻。它們的姿態互異，或坐或臥，或昂首或回頭，但怒目疾視則一。我在想，當年的侵略者，如何面對它們的眼睛？

它們張口，卻似乎無聲。六十二年前的七月七日，侵略者在橋頭動粗時，不料聽到了獅子吼。這一聲怒吼，揭開了八年抗戰的序幕。這位揭幕者，正是我同學的父親吉星文將軍。

我在輔仁大學就讀時，與吉民中小姐同窗三載，相處融洽，但是從未詢及她的父親。為了滿足歷史癖，我幾度想開口，總是按捺下來，轉向更多的書籍找答案。民中開朗幹練，當過班代表，理應可以承受相關的問題，我卻怕她不免感傷。因為，她自幼失去了父親。

一九五八年八月二十三日，共軍砲轟金門，時任防衛部副司令的吉將軍，不幸腰部中彈，延至次日不治，得年四十八歲。我後來看過公祭時的照片，哀慟的寡婦孤兒中，有一個可憐的小女孩，就是民中。她比我早了三十年失去父親，從小要以怎樣的心情，唱完那首〈天倫歌〉呢？

吉將軍曾任澎湖防衛部副司令，殉職後葬在該處，繼續守護著這片土地。大二暑假，我參加澎湖戰鬥營，得以拜墓於馬公，深深的三鞠躬，向這位保國護土的英雄。歸來後寫〈澎湖〉一詩，其中有這幾行：

出臺灣還有臺灣
出臺灣更見硬漢
吉星文將軍魂兮歸來
您的蘆溝在此跨海

吉將軍生於一九一〇年，一九三七年時只有二十七歲，任二十九軍三十七師二一九團團長，駐守河北宛平縣。七月七日深夜，他斷然拒絕日軍進入縣城搜查，並在侵略者砲擊之後，開出抗戰的第一槍，堅守蘆溝橋，苦戰二十九晝夜，重傷不退，震動全國。這頁歷史，世人皆知了。

我的沉重，來自橋邊紀念館的不知。

紀念館的全稱，是「中國人民抗日戰爭紀念館」，始建於一九八七年，擴建於一九九七年。這十一個字的鎏金招牌，出自鄧小平的手筆，大門口則掛滿了「愛國主義教育基地」之類。序廳的東西兩側，牆上各鑲一幅金字的歌曲，分別是〈義勇軍進行曲〉和〈八路軍進行曲〉，充分說明了當局建館的目的。

館內的陳列部分有四，一為綜合廳，二為日軍暴行廳，三為人民戰爭廳，四為抗戰英烈廳。其中抗戰英烈廳，高掛毛澤東的紀念文字；人民戰爭廳，則專門宣揚中共的全面抗戰。因此，我不能不特別留意綜合廳，盼能看到吉將軍的事跡。

綜合廳又分為四個單元，一為局部抗戰時期，二為全國抗戰前期，三為全國抗戰中期，四為全國抗戰後期。第二單元是從七七事變起述的，完全不提吉將軍，沒有姓名，更沒有照片，赫然在目者是毛澤東的尊容，理由是中共中央在七月八日發布了通電。毛澤東的一紙電報，勝過了吉將軍的親臨戰場，這是什麼樣的愛國主義教育？

我請教口若懸河的解說小姐，何以有如此重大的遺漏？結果，換來她一臉的迷惑，反問「誰是吉星文？」吉怎麼寫？星怎麼寫？文怎麼寫？這個陌生的名字，彷彿來自另一個星球。蘆溝橋邊的抗戰紀念館，註銷了吉將軍這個人。不，他從未出現。

偌大的紀念館，對共產黨的描繪盡善盡美，既歌頌它的先知先導，又讚美它的堅苦卓絕，所以贏得了勝利。至於國民黨，當省則省，能貶則貶，對吉將軍如此，對蔣委員長亦然，館內反覆申說，共產黨積極倡導了抗日民族統一戰線。此為舊調矣，大家似乎習以為常，我則想起了毛澤東有關蘆溝橋的原音。

一九三八年，毛澤東發表〈論新階段〉，其中有如下的實言：

——去年七月七日蘆溝橋事變發生以後，全中國就在民族領袖與最高統帥蔣委員長的統一領導之下，發出了神聖的正義的炮聲，全中國形成了一個空前的抗日大團結，形成了偉大的抗日民族統一戰線。

——抗日民族統一戰線是以國共兩黨為基礎的，而兩黨中以國民黨為第一大黨，抗戰的發動與堅持，離開國民黨是不能設想的。

毛澤東曾經告訴世人，抗戰的領導與發動，非蔣委員長和國民黨莫屬。後來，共產黨因抗戰而獲利，贏得了裏子，也就要搶面子。紀念館想方設法，讓國民黨離開抗戰，讓吉將軍離開蘆溝橋，然後歡迎大家參觀。江澤民的題詞強調，「高舉愛國主義旗幟，以史育人」。館中高舉的，則是八路軍和新四軍的旗幟，結論是在共產黨的領導下，「為徹底打敗日本侵略者作出重要貢獻」。這樣的愛國主義，與愛共主義何異？

共產黨如此愛自己，國民黨呢？一部國民黨史，最光榮的篇章是抗戰，本為不爭的事實。

偏偏，國民黨對於抗戰的成果，也多採取「不爭」的態度。七七在中華民國的臺灣，始終不是國定紀念日。名義上，當天為陸軍節，但依我在陸軍服預官役的經驗，從無任何紀念活動。近年來，更有「二十二歲以前我也是日本人」之說。對這樣的當局，質之以紀念七七，無異緣木求魚。

一九九四年五月五日，當局告訴日本人，國民黨是「外來政權」。前此，一九九三年十月二日，他就公開表示，「現在已經沒有中國國民黨了」。中華民國尚在，開國的黨已被判死刑，一九四九年以前的歷史，也遭一筆勾銷。千千萬萬位軍民，以血肉不存的代價，趕走了侵略大陸的日本人，也請走了殖民臺灣的日本人，使他有機會當上中華民國總統，他要如何感恩呢？

近年來，當局接受日本媒體訪問時，一再表示，日本就過去對中國的侵略，持續向中共低頭道歉的傾向，「做得太過分」，「會喪失自信」。他還聲言，臺灣也有親大陸的少數派，就南京事件舉行對日抗議的集會，「但是只聚集了特定的極少數人」。所謂南京事件，是日本人的說詞，全球除日本外，通稱南京大屠殺，臺灣也不例外。他的看法，不是臺灣的主張。

南京大屠殺的死者，一如蘆溝橋的烈士，乃至八年抗戰的冤魂，都是中華民國國民。他身為中華民國總統，對於數千萬死於非命的同胞，不但毫不痛惜，反而為昔日的兇手說項，誠令家長據此不知如何教兒女，老師不知如何教學生，國軍不知如何教弟兄。他站在皇民的立場，反對日本的敷衍道歉，實不知今夕是何年，也忘卻自己的身分。

他的理由是日本向中共低頭，卻不去查證，日本口頭道歉的對象，是受害的中國人民。他把中華民國國民死難的果實，送給共產黨，也置國民黨領導抗戰的史實於度外，所以才把愛國志士在臺北，紀念南京大屠殺的集會，指為親大陸的少數派。在他的邏輯中，愛中華民國的完整歷史就是親大陸，親大陸就是親中共。他自己做過共產黨員，現在卻把紅色的帽子，送給愛國的同胞，人世還有公道嗎？

走在蘆溝橋上，我的沉重，又來自臺灣當局的無知。

蘆溝橋動工於一一八九年，完成於一一九二年，至今已有八百年以上的歷史。早在金朝，燕山八景中即有蘆溝橋。及至明朝，王紱也繪此橋，畫作至今可見。清朝的乾隆皇帝頗好風雅，改燕山八景為燕京八景，並題「盧溝曉月」四字，刻石於橋邊。據黃文範先生多方考證，蘆字應有草頭，乾隆皇帝寫錯了。

橋邊的紀念館，也把許多歷史寫錯了。共產黨打死了抗日英雄吉將軍，並在稍早的一九五〇年代初期，先已迫害其母及其次兄星照，這就無法稱為意外了。它不能面對這樣的史實，所以一刪了之，另外添加自己的光榮。例如，它強調共軍的所謂百團大戰，「挽救了國民黨戰場的危機」。其實，所謂百團大戰，只動用二十四個團，與國軍對日軍展開的二十二次大會戰相較，誠屬九牛一毛。這一根牛毛，就充為鎮館的令箭。

我的沉重，也來自血液。

父親是忠誠的國民黨員，他的前半生就是一部抗日史，卻從未接受過共產黨的領導，一天也沒有。父親是文人，吉將軍是武人，志趣有別，但都熱愛中華民國，自然包括臺灣。父親倒在書房，吉將軍倒在戰場，最後皆埋骨於此，為知者所永念。假如他們聽聞，國民黨在中華民國的土地上，被中華民國總統兼國民黨主席，指為「外來政權」，會有多麼痛心！

同樣的痛心，來自參觀過蘆溝橋邊的抗戰紀念館。近在咫尺的現代史，可以如此扭曲增刪，則何事不可為？一部血肉飛迸的抗日史，共產黨奪之唯恐不及，今日國民黨則棄之唯恐不及，差距越來越大，後者也就越來越難爭取人心。

來到蘆溝橋，我又想起老友周安托先生。這位血性男兒，曾以長詩〈哭聲直上蘆溝橋〉，牽動讀者的淚腺。不久以前，傳來他一夕而亡的消息，令我登臨之際，更感歷史的艱難，以及淒清。

群獅張口，業已無聲。

或許，我不該來到蘆溝橋。

或許，下次再來會好些。

民國八十八年七月七日　《聯合副刊》

蔣介石日記裏的早期臺灣

蔣介石先生的日記，置於美國史丹佛大學胡佛研究所，已對外開放，但因蔣家後代一人的反對，至今未能出版原文，各界引以為憾。

一九四五年，抗戰勝利，臺灣光復。一九四九年，大陸淪陷，政府遷臺。這五年，如郝柏村先生形容，蔣先生「從巔峰到谷底」，內心的衝擊可知。這五年，亦可謂光復初期，他在日記中如何描述臺灣，引起我的興趣。

蔣先生篤信三民主義，尤以民族主義，為其徹底服膺。一九〇九年，他就讀於日本振武學校時，寄贈表兄單維則照片，題詩其上：「騰騰殺氣滿全球，力不如人肯且休？光我神州完我責，東來志豈在封侯？」兩年後，他微服返國，投身辛亥革命，率領敢死隊至杭州，進攻浙江撫署，實現了光復神州的宿願。

一九四五年

抗戰時期，蔣先生如毛澤東所說，為全國最高領袖。一九四五年初，他已預為綢繆，為光復臺灣鋪路。二月一日，他的日記有載：「到復興關中訓團之臺灣幹訓班開學典禮訓示。」復興關在重慶，中訓團是中央訓練團，幹訓班是行政幹部訓練班。從光復神州到光復臺灣，他的志業一貫，且皆成功，成為中國現代史上，唯一統領過兩岸的政治人物。

一九四五年四月十四日，蔣先生的日記有「預定」一欄：「黃朝琴、宋瑞華可派臺灣工作。」黃朝琴後來擔任臺灣省議長，一九五〇年在年度行政會議中，表示「臺省民眾一向擁護中央，當一致歡迎中央政府來臺」。蔣先生「從巔峰到谷底」，幸因推恩在先，而有善報在後。

一九四五年八月二十五日，日本業已投降，蔣先生在日記中，提及「本星期預定工作」，包括「接收臺灣與東北部隊之指定」。郝柏村先生概言，接收臺灣的部隊，如指派青年軍，其軍容及水準均高，當不致予臺灣同胞不良印象，甚或不致發生二二八事變的嚴重後果。抗戰勝利後，蔣先生既要規畫全國的復員，又要處理中共的叛亂，無暇計及此事，結果付出沉痛的代價。

一九四五年八月三十一日，蔣先生在日記中，寫下「八月反省錄」，首先就是這一行：「臺灣省行政公署組織與人選已發表。」他任命陳儀為行政長官，乃因後者曾任福建省主席，又畢業於日本陸軍大學，且娶日籍妻子，在地緣和歷史背景上，都與臺灣有關，想不到後仍爆發二二八事變。

一九四五年九月十八日，蔣先生在「上星期反省錄」中，提到「臺灣光復，如果越南能自治，則東南已無被侵之憂，而英法亦不如過去之可慮」。他以東南和西南，皆可安定、統一、自主的建設，實為國家復興的基礎。此時他沒有料到，一九四九年以後，臺灣成為國家復興的基地，而他扶植過的胡志明，則為偽裝的越南民族主義者。

一九四五年十月十日，國慶日下午，他召見北平和臺灣的黨務人員後，往訪來到重慶的毛澤東。十月十三日，他在日記裏兩度寫到臺灣，認為臺灣與海南，實為今後國防資源、軍事工業與海空軍的基地，應積極經營。他並與陳儀談治理臺灣的方針，及開發瓊州的人選，顯示他頗重視兩地的接收。十月二十日，他在「上星期反省錄」中，重申「臺灣與瓊州，我軍已如計畫收復，此為將來國際之一大事也」。臺灣後來出事，是整個中國接收和治邊出了問題，國事如麻，未有甚於此者。

一九四六年

一九四六年，蔣先生來到了臺灣。

早在該年二月一日，他就在「本月大事預定」欄中，寫到「巡閱臺灣」四字，以國事蜩螗，一再延期，終在光復一周年時成行，可謂快慰平生。

一九三六年，兩廣事變後，蔣先生從廣東乘船，途經基隆，本欲登岸遊覽，但臺灣時為日據，不得其門而入，十年後方能如願，他自然記之甚詳。

一九四六年十月二十一日正午，蔣先生偕夫人，從南京飛往臺灣。下午四時，抵達松山機場。下機後，乘車直駛草山溫泉，即今日的草山賓館。十月二十二日，他在日記中補述：「沿途但覺日本風習之深，想見其經營久遠之心意，而今安在哉？余九歲喪父，同年喪失臺灣，至今已五十一年矣。」一八九五年，清朝政府割讓臺灣；一九四五年，蔣先生的國民政府光復臺灣，時隔半個世紀，他不免所懷萬端。這一段補述，即說明他的民族立場。

十月二十二日下午，蔣先生往圓山忠烈祠致祭後，經北投至淡水港，巡視舊砲臺故址。「營舍猶存，榕樹未衰，見劉銘傳手書『北門鎖鑰』額，不勝感慨。即在球場俱樂部左側，與夫人各手植樟樹一棵。回抵草山，已七時」。小時候，我就住在北投，活動的範圍，不出於本日所記，讀之，湧起遙遠的熟悉感。

十月二十三日，上午十時半，蔣先生由臺北起飛，經新竹上空，十一時半，抵達臺中市長官舍。下午一時半，乘車往霧峰、草屯、埔里，沿途受民眾和學生歡迎。「八年抗戰，今得收復臺灣，見到臺胞，私心竊慰」。他以臺胞的祖先多來自閩粵，是不折不扣的中國人，因此力主光復臺灣。至於韓國，則協助其獨立，一如越南，因為彼等為異族。記得當年讀小學，校中有兩行標語，為蔣先生所擬，上句為「做一個活活潑潑的好學生」，下句為「做一個堂堂正正的中國人」。如今，堂堂正正已不復見，舉國上下遂忘其本，而失其志了。

十月二十三日，蔣先生夜宿日月潭涵碧樓。「湖水之綠，山色之秀，風景可謂佳絕，此實余平生所理想之風景也」。二十四日下午二時，循原路回臺中，沿途民眾歡欣熱烈迎送，比昨日更為踴躍。他在草屯下車，巡視區公所，臺中市民與學生，列隊送行者十餘里。「其情不自禁，敬仰之心，流露於行動聲色者，誠不能以筆墨形容也」。他在日記中，寫下了感動，六十多年後，我才有機會，看到這樣的文字，可見他不善於宣傳，輸給共產黨太多。

十月二十五日上午，蔣先生從草山賓館出發，九時半到臺北市，民眾與學生沿馬路兩側，「自中山橋至公會堂廣場，十餘里長徑，接續不斷，狂呼歡躍之情緒，使此心受到無限之激盪。四十年之革命奮鬥，八年之枉屈惡戰，至此方知上帝仍不負苦心矣」。臺胞是中國人，血濃於水，此時歡迎民族英雄，完全是真情流露。此處的圓山中山橋，日據時期稱為明治橋，公會堂後來改稱為中山堂。從中山橋到中山堂，十餘里長徑，指的是華里，除以二則為公里。

蔣先生在中山堂，對民眾代表三千餘人，發表光復節演說後，走向廣場，對十萬臺胞致詞。既畢，再到臺灣大學，主持全臺運動大會開幕典禮，檢閱兩千六百餘位選手，正午回草山旅次。「申刻，到舊總督官舍，招待黨政軍民各界代表。茶會畢，分別垂詢各部門工作與訓示」。申刻，指午後三時到五時；舊總督官舍，即今日的臺北賓館，其庭院遠大於建築物本身，為臺灣少見的招待所。

蔣先生的光復節演說，首段如下：「今天欣逢臺灣光復周年紀念，中正特來參加這次慶祝大會，與我相別五十年的臺省同胞相聚一堂，共同慶祝臺灣的光復，使我五十年的宿志，得如願以償，實在是我平生感到最愉快最光榮的一天。」此處的敘述，乃由衷之言，若與抗戰勝利時比較，即獲證明。

一九四五年八月十二日，星期日，蔣先生的日記有載：「自星期五夕，接得日本投降之報告後，自知困難更多，責任尤重，一切接手與復員工作，雖日夕趕辦，亦不及現實需要之速也。此心但有憂惶與恥辱，毫無快樂之感。」一九四六年十月，他來到臺灣，暫離擾攘的內地，眼見故土的重光，心情的愉悅，可以想見。

十月二十六日，他的日記首先是補述：「昨晚在陳長官公館便飯，吃日本料理，自十六年以後，久未嘗此味矣。十時後回草山。是日事忙，身疲勞而心神欣慰異常，乃嘆八年苦鬥，一生枉屈，至此方知，自有其無窮價值也。」十六年是一九二七年，他有日本之行。八年苦鬥，光復了臺灣，如「黨外人士」郭國基所言，一九四五年，臺灣回到祖國的懷抱；一九四九年，祖國回到臺灣的懷抱。其語雖謔，卻是實情。

十月二十六日上午，他遊覽草山一匝。下午三時，與夫人乘車巡視基隆砲臺，至市政府，對一萬餘群眾講話後，遊覽內港碼頭，「遂十年前的心願，「感想萬千」。當天的日記，寫了「上星期反省錄」，主要的原文有兩段：

——本周巡視臺灣，如願以償。初恐為共黨談判糾纏，不能離京，後竟展期一日，待一般各黨派到京相見，說明余巡臺之意，仍能順利出發，而馬歇爾亦未強留，殊出意外。離京一周，對於軍事、政治之效用甚大，惜各方軍事之進展太緩。

——臺灣尚無中共之細胞，可稱一片乾淨土，應珍重建設，使之成為全國之模範省也。此次巡臺，在政治心理上，對臺灣民眾之影響，必比東北更大也，私心竊慰。

其實，當時的臺灣，已有中共的細胞。早在一九二八年四月十五日，臺灣共產黨已正式成立。一九三二年四月，在日本警方的鎮壓下，臺共的組織瓦解，但黨員猶存。光復後，蔡孝乾奉中共之命，潛返臺灣，成立工作委員會。因此，一九四六年時，臺灣已有中共的組織，只是力量尚弱。以李登輝為例，他加入的，是中國共產黨臺灣省工作委員會，而非已不存在的臺灣共產黨。他的上級領導人，就是毛澤東。

十月二十七日上午十時，蔣先生從草山出發，在長官公署招待記者後，即登機起飛。下午一時半，順經武嶺家鄉，遙望母墓一匝，二時半到上海。二十八日上午十時，起飛回南京。此處日記所提的長官公署，即今日的行政院，而非總統府。後者為舊總督府，遭盟軍炸毀待修。

十月三十一日，是蔣先生的生日，他在日記中說：「虛度六十，馬齒徒增，對國未報作育之恩，對母未盡忠孝之職，民眾痛苦，遺族罔恤，捫心自問，清夜長思，愧惶無地。」同日，他還寫下「十月反省錄」，重申「巡視臺灣，收穫必比東北更大」。他對臺灣的印象，顯然極佳，後來在臺灣、海南和西南三地中，選定前者為復興基地，集中一切資源與力量，在有生之年，雖未能光復大陸，卻確保了臺灣，果然一片乾淨土，建設有成，載在青史。

一九四七年

一九四七年，蔣先生日記中的臺灣，當然以二二八事變為主。

二二八事變，其實爆發於二二七的晚間，因此二二八當天，他已在南京得知消息。晚間寫完日記後，他續寫「二月反省錄」，痛言「臺灣暴民乘國軍離臺、政府武力空虛之機，發動全省暴動，此實不測之禍亂，亦人事不臧、公俠疏忽無智所致也」。四個月前，他才造訪臺灣，深深喜歡上這片土地，尤其感動於土地上的人民，不想局勢丕變，因此譴責行政長官陳儀。在他心目中，臺灣同胞和臺灣暴民，完全是兩種人。

之後的整個三月，他的日記中，都揮不掉二二八的陰影。三月一日，他在「上星期反省錄」記載，「臺灣群眾為反對紙菸專賣，起而仇恨內地各省在臺之同胞，暴動地區不斷擴大，以軍隊調離臺灣，是一重要原因也」。軍隊調離臺灣，主因是中共武裝叛亂，政府必須應對，也因臺灣是一片乾淨土，他的親訪，加深這樣的印象。因此，軍隊調離臺灣，固然出自陳儀的建議，也是他同意的。

三月六日，他在日記中表示，「對戰局、對臺事，憂戚無已」。戰局是指國共內戰，臺事自然是二二八事變。當晚，美國駐華大使司徒雷登，來談其駐臺領事急電，要求派機接其眷屬離臺，表示局勢的嚴重。「美國人員浮躁輕薄，好為反動利用，使中國增加困難與恥辱，悲痛之極」！多年來，他在日記中批判美方，反對彼等的壓迫，更指為帝國主義。中共曾長期說他是「美帝的走狗」，距離事實太遠了。

三月七日，他在日記中，表達了較完整的看法，以及處理的態度：「本日全為臺灣暴動，自上月二十八日起，由臺北延及至全臺各縣市，對中央及外省人員及商民一律毆擊，死傷已知者，達數百人之眾。陳公俠不事先預防，又不實報，及至事態燎原，乃始求援，可嘆！特派陸、海軍赴臺增強兵力。此時中共組織尚未深入，或易為力，惟無精兵可派，甚為顧慮善後方案也。尚未決定，現時只有懷柔。此種臺民初附，久受日寇奴化，遺忘祖國，故皆畏威而不懷德也。」

《國語》一書，提到「民畏其威，而懷其德，莫能勿從」。蔣渭川先生也以「畏威而不懷德」，形容臺灣人民。其實，古今中外的被統治者，絕大多數是畏威的，統治者如能恩威並濟，儒法兼顧，方為施政成功之道。此時他採取懷柔的手段，有其儒家的背景，「遠人不服，則修文德以來之」，加上親訪臺灣的好感，又思及兩岸隔離五十年，他雖派兵赴臺，但旨在除暴而已，明令反對報復。

三月八日起，他連續多個晚上，約見國防部長白崇禧，談臺灣與華北情勢。八日當天，他還寫下「上星期反省錄」：「臺灣暴動形勢，已擴張至全臺各城市，嚴重已極。公俠未能及時報告，粉飾太平，及至禍延燎原，乃方求援，可痛！華北延安共禍正熾，而又加此不測之變，苦心焦慮不知所極，故本周多為處理臺變忙碌也。」他稱二二八事變的後續發展為暴動，是以事實為依據。時至今日，二二八研究已成顯學，但是他在日記中所載，「對中央及外省人員及商民一律毆擊，死傷已知者，達數百人之眾」，政府和民間，現在無人否認此事，但都不願正視，成為重大的缺憾。讀史至此，能不要求完整與公平嗎？

三月九日起，蔣先生因忙於陝北的戰事，對臺灣局勢雖日有所記，但較為簡略。張祖詒先生曾經詳閱「大溪檔案」中，有關二二八事變的全部案卷，還原了重要的內容如下，可為蔣先生日記的補充：

一、三月九日，蔣先生指派白崇禧赴臺宣慰，並指出臺灣行政長官公署，應依照省政府組織法，改組為臺灣省政府，並應儘量容納當地優秀人士。

二、三月十日，蔣先生在中樞國父紀念周集會時宣布：「本人已嚴電留臺軍政人員，靜候中央派員處理，不得採取報復行動，以期全臺同胞親愛團結，互助合作。」

三、三月十三日，蔣先生親自電令陳儀：「請兄負責，嚴禁軍政人員施行報復，否則以抗令論罪。」

四、三月十七日，蔣先生對臺灣同胞廣播，明示四件事：1. 臺灣省行政長官公署，改為臺灣省政府。2.臺灣省各縣市長，提前民選。3.臺灣省政府委員及各廳處局長，以儘量選用本省人士為原則。4.民生事業的公營範圍，應儘量縮小；公民營的劃分辦理，由主管部會迅速審定。

五、三月十七日，廣播中同時強調，應即恢復地方政治的常態，參與此次事變的有關人員，除共產黨煽惑暴動者外，一律從寬免究。

六、三月十九日，因據報國軍二十一師，有一營士兵，追擊共產黨員謝雪紅的「二七部隊」，蔣先生立電白崇禧，囑其轉告，「不可孟浪，尤應特別注意軍紀，萬不可拾取民間一草一木，軍隊補給必須充分周到，勿使官兵藉口破壞紀律」。

七、當不幸事件漸趨平靜時，依戒嚴法規定，全案應歸軍法機關審理。但是，蔣先生特別批示，將非軍人身分的涉案人員，移歸司法機關處理。

三月十七日，白崇禧銜命赴臺，同行者包括冷欣、蔣經國等人。此當為經國先生首次來臺，而蔣先生派其子參加，表明對此事的重視。後來他果然實踐諾言，成立臺灣省政府，提前民選各縣市長，臺灣的民主，因此跨出重要的一步，成為全中國的模範省，也使得我有記憶以來，就生活在選舉的熱烈氣氛裏。

一九四八年

一九四八年，大陸的局勢惡化，蔣先生的憂思更重，日記中的臺灣，字數變少了。

此時他已盤算，以臺灣為復興基地，並著手若干後撤的事宜，但形諸日記者並不多見。一月三日，他在晚課後，「召見魏伯聰，談臺灣經濟與財政問題」。魏伯聰即魏道明，時任臺灣省主席，大陸政治、經濟與軍事惡化之際，蔣先生力求保住一片乾淨土，乃從改善財經著手，避免重蹈內地的覆轍，而為史家所肯定。

一九四八年十一月二十日，蔣先生在「本星期預定工作」中，寫到「臺灣省主席人選」。十二月二十七日，又提「臺灣省主席之更換」。十二月二十九日，行政院會議通過，以陳誠為臺灣省主席。從此，辭修先生得以擺脫內地的亂局，致力臺灣的建設，展現其軍事之外的長才，贏得臺灣同胞的敬愛，稱之為「陳誠伯」。

一九四八年十二月一日，蔣先生寫「本月大事預定表」，包括「陸大移臺灣，機械化部隊遷臺」，以及「中央存款之處理」，後者當與黃金運臺有關。事實證明，軍隊、黃金運往臺灣，加上中華民國憲法、中央政府和各式人才來臺，不但保住了國脈，也挽救了臺灣的民命。否則，大陸後來數十年的血腥鬥爭，包括文化大革命的浩劫，都會出現在臺灣，又何來今日的自由與民主？

一九四八年十二月十八日，蔣先生在日記之後，有「本星期預定工作」：「臺灣省黨部主任委員，決派經兒充任。」十二月二十九日，國民黨中常會通過此人事案，經國先生的臺灣時代，於焉展開。蔣氏父子從此起算，在臺奮鬥四十年，創造了經濟和政治的奇蹟，為大多數的臺灣同胞所肯定。

一九四九年

一九四九年，國民黨在大陸全面潰敗，丟掉政權，西方的傳記作者，遂稱蔣先生為「失去中國的人」。他「極一生無可如何之遇」，最後退守臺灣，卻使得中華民國敗部復活，實為歷史所罕見。該年日記中的臺灣，尤為我所關注。

一九四九年的第一天，他寫下「大事預定」，五月下旬要到臺灣和福建，工作包括：一、臺灣新幣制的督導，與預算的確定。二、臺灣施政方針與社會經濟政策的實施，樹立復興基地的基礎。三、臺灣軍政人事的調處，與陸海空軍額的決定。至此，他在日記中表明，要以臺灣為復興基地。為了確保臺灣，他多管齊下，而以改善財經為首務，重用相關的人才，受惠者則為臺灣同胞。

一九四九年一月十一日，蔣先生提到「派經兒赴滬，慰勉鴻鈞，指示移存現貨要領」。鴻鈞是中央銀行總裁俞鴻鈞，現貨就是黃金，移存現貨就是運送來臺。稍早，孫科在行政院會議，無故將俞鴻鈞撤職，企圖奪取中央銀行，而為蔣先生所阻。黃金來臺，以及故宮文物來臺，大增了臺灣的經濟與文化資源，也展現了蔣先生的遠見。

一九四九年二月十日，蔣先生再記：「宏濤自滬回來，中央銀行存金，已大部如期運廈、臺，存滬者僅二十萬兩黃金而已，此心略慰。以人民脂膏，不能不設法保存，免為若輩浪費爾。」宏濤為周宏濤，時任蔣先生祕書。三月二十一日，蔣先生又記：「擬電稿致禮卿，轉何、顧，以李、白運動立委，欲將所存於臺、廈現金運回，支付政費，期以半年用光了事。此種卑劣陰謀，不惜其斷送國脈民命，貢獻於中共，以為快也，可痛！」禮卿是吳忠信，何是何應欽，顧是顧祝同，李是李宗仁，白是白崇禧。由於蔣先生的堅持，黃金終於不為所動。時至今日，臺北郊區的國庫中，仍存有當年的物品，證明他的謀國之忠。

一九四九年五月，蔣先生果如預定，來到臺灣。五月一日，他在「本星期預定工作」中，再記「臺、廈存儲金銀之處置」，以及「臺幣改制政策計畫之實施」，可謂念茲在茲，勢在必行。五月七日，他由上海到舟山，「在船上甚想專心建設臺灣，為三民主義實現之省區也」。後來，果然天佑中華，留下臺灣，讓他有二十六年的時間，實現這個理想。

五月十七日，他飛抵澎湖。次日，記下了對澎湖的第一印象：「昨晡在賓館附近海濱遊覽，瞭望對岸之漁翁島，面積雖大，標高不過五十公尺，亦一沙灘，樹木極少。以其地鹹質甚大，動植物皆不易生長，且颱風甚多。惟其地位重要，為臺灣、福州、廈門、汕頭之中心點。」澎湖的山都不高，地理學上稱為方山，因此無險可守，但如蔣先生所說，地位重要，於是成立防衛司令部。

五月二十一日，他在「本星期預定工作」中，寫下「進駐臺灣」四字，標誌了他的後半生。

五月二十五日，他飛抵高雄。五月二十八日，他在「本星期預定工作」中，兩度提到臺灣：一、臺灣根據地政治、軍事、經濟等業務機構之組成。二、臺灣、海南、定海、廈門駐軍之指定。最後，他只剩下臺灣，也因此，意志與力量皆更集中。

六月三日，他在高雄，想定兩件事：一、臺幣改革基金已經撥定，今後應以臺灣防務為第一矣。二、立即召集臺灣軍事會議。當日，俞鴻鈞、劉攻芸、嚴家淦來見，報告外匯頭寸，及廈門存金的支配，並指撥臺灣銀行基金，共五千萬美元。「此乃最重要之政策，得以勉強實施，為慰」。《先知》的作者紀伯倫有言：「先祈求你的衣食，再祈求你的天國。」蔣先生有感於貧窮是共產主義的溫床，大陸經濟的崩潰，加速民心和軍心的逆轉，因此心心念念，要確保臺灣的經濟。俞鴻鈞和嚴家淦，後來都當過行政院長，靜波先生更被稱為「新臺幣之父」，一路升為副總統，乃至總統。

六月七日，他思考人才的問題，寫下六點：一、登記來臺人才與分配工作。二、來臺人士財產之登記。三、駐臺人員必須能戰鬥、能生產、有工作。四、生活平等。五、苦幹實幹、快幹硬幹。六、分層負責。他苦於優秀幹部的不足，又深知中興以人才為本，所以成立人才訓練庫，即革命實踐研究院。

一九四九年底，蔣先生痛定思痛，在日記之後，寫了全年反省錄，其中有言：「本年大陸淪陷，革命根基可說蕩然無存。惟經一年之反省苦撐，堅忍自持，自覺從頭做起之初基似已建立，而所可舉者，一為總裁辦公室，二為革命實踐研究院，三為臺灣幣制之改革，皆能如計告成。」培養人才與改善財經，果使一九五〇年以後的臺灣，走向正確的道路，苦幹實幹的結果，臺灣以地球萬分之一的陸地，造就舉世皆知的各項奇蹟，蔣先生實居首功。

一九四九年六月十八日，蔣先生的日記中，有重要的一段話：「臺灣主權與法律地位，英美恐我不能固守臺灣，為中共奪取，而入於俄國勢力範圍，使其南太平洋海島防線發生缺口，急謀由我交還美國管理，而英則在後積極慫恿，以間接加強其香港聲勢。對此一問題，最足顧慮，故對美應有堅決表示，余必死守臺灣，確保領土，盡我國民天職，絕不能交還盟國。如其願助我力量，共同防衛，則不拒絕，並示歡迎之意，料其絕不敢強力收回也。」由此再度證明，蔣先生是堅決的民族主義者。他的反共，在確保中華民國，復興中華民族，而非成全盟國的需要。他的顧慮一針見血，顯示了政治家的智慧。他一如克勞塞維茨，永不放棄絕望中的奮鬥，臺灣方得以在驚濤駭浪中，撥雲見日，留住青天。

一九四九年九月二十四日，蔣先生在日記之後，有「上星期反省錄」：「美、英對臺灣地位，皆已承認其為中國領土之聲明，關於人心之安定，甚有作用也。」其實，在一九五〇年韓戰爆發前，美國對臺灣的態度仍有變化。擴而言之，直到一九七二年，美國與中共簽訂「上海公報」後，才正式放棄「臺灣地位未定論」。美國的態度多變，如蔣先生所言，「恐我不能固守臺灣」，及至一九七〇年代，美國改變外交政策，放棄圍堵中共，乃見更張。

一九四九年十月三十一日，蔣先生在臺北，寫下這樣的日記：「本日，為余六十三歲初度生日。過去之一年，實為平生最黑暗、最悲慘之一年。當幼年時，命相曾稱余之命運，至六十三歲而止，即謂余六十三歲死亡也。惟現在已過今年之生日，而尚生存於世，其或天父憐憫余一片虔誠，對上帝、對國家、對人民之熱情赤忱，始終如一，有增無已，所以增添余之壽命，而留待余救國救民，以完成其所賦之使命乎？」蔣先生出生於一八八七年，安息於一九七五年，中國式的算法，在世八十九年，果使臺灣免於赤化，中華民國轉危為安，人民也從一夕數驚，逐漸高枕無憂了。這鐵一般的事實，是蔣先生和他那一代的仁人志士，由血汗凝成的。

一九四九年十二月十日，蔣先生在成都，文武人員皆請他速回臺灣。他終於決定，回臺處理政府遷移的重要業務。當天的日記有載：「與宗南單獨面商三次，乃於午餐後起行，到鳳凰山上機。二十時半到臺北，與辭修入同車，入草廬。回寓，空氣清淡，環境清靜，與成都晦塞陰天相較，則判若天淵。」此處的宗南是胡宗南，辭修如前所述是陳誠，草廬即草山賓館。當天，是他在大陸的最後一天。

此後，蔣先生沒有離開過臺澎金馬。一九五〇年三月一日，他復行總統職務，臺灣的民心和軍心安定了下來，各項建設推展了上去。一九七五年四月五日，他安息時，臺灣早已不再風雨飄搖。當時如火如荼的十大建設，也是他親手規畫，交由經國先生執行的。

現在，大陸學者楊天石認為，蔣先生在臺灣，從神變成鬼；在大陸，則從鬼變成人。此說如果屬實，臺灣還有公道嗎？

神與鬼都不會讀歷史，也不會寫日記。除非甘為史盲與文盲，我們睜開眼，看蔣先生的日記，就可以感受到，一個活生生的人，對大陸，對臺灣，對中華民國，對中華民族，那沸騰的熱血與熱愛。

至今，猶有餘溫。

民國一〇一年十一月五日至十日　《旺報》

忠烈祠見他

民國七十七年一月二十一日，大寒。夜裏有風，我們開車經過圓山，來到大直，準備見蔣經國先生最後一面。人潮遠遠超過我們的想像，安靜而且有序，大家自動以十人左右為一排，列成一條長龍，從北安路拉到明水路，延伸到內湖區，在無邊的墨色裏。

觸目都是尋常百姓，和我們一樣，緩緩前進。車燈所及，全都是肅穆的照面，人群中的孩子也學會沉默。車子距離忠烈祠越來越遠，巨龍仍不見尾，最後轉到曠野，還有大量的加入者。這是瞻仰的最後一夜，十幾萬同胞不眠不休，終宵站立，進入忠烈祠，看一看他。

早在民國六十七年，我就見過他，拖著蹣跚的步伐，走進一個會場。初次目睹他的腳力，我飽受震撼，不由憂心起來，他的身體，臺灣的前途，國家的命運，似乎都連在一起，要怎麼辦呢？

然後我更關心他的作為，也感嘆人類意志力的偉大。我仔細觀察他的行蹤，一年五十二個星期天，他全部在外奔波，未曾一日稍息，以抱病之軀，搏命工作，絕對認真，也絕對誠懇，久而久之，贏得廣大的人心。十年之後的今天，每一次民意調查都證實，不分黨派、省籍、性別與年齡，他的聲望總是第一，雖已走進歷史，但始終活在同胞心中。

他在三十歲那年當行政專員，近四十年後當總統，固有其父的餘蔭，但在生前身後，都已通過民意的檢驗，而且是永遠的榜首。一步登天是當前政客的想望，他則一步一腳印，踏遍臺澎金馬的城鄉。從十項建設到十四項建設，從解嚴到開放探親，乃至解除黨禁與報禁，皆在其任內為之。「民到於今受其賜」，大多數人感念他，極少數人忘其恩而欲毀其志，果然難逃民意的譴責，歷史和人心都是公道的。

他也曾長夜不寐，感慨千斤重擔壓肩來，並說過下面這句話：「歷史上沒有比我苦的人。」我讀他的書，如《風雨中的寧靜》，多記載挫折，勉勵自己要打開一條血路。事實證明，他選擇的路沒有錯，臺澎金馬今後是福是禍，要看我們能否繼承他的大是了。

那年的冷夜，忠烈祠歸來，我有一首詩獻給他。今日在此鋪陳，但願他的天靈，長佑其熱愛的同胞：

大寒過後
素車離家

門啟處
朵朵黃花
林覺民和方聲洞
伸手迎他

迎民國的英雄
迎民主的總統
迎盡瘁的跑者
迎進了百萬群眾

他們像耶穌一樣
愛莫能助時
唯有痛哭
高高亢亢
低低切切
報答他的大刀闊斧

大口吐血

忠烈祠見他
如見一朵黃花
臘月的冷空下
兀自爭發
靈移處
淚眼送他
經由大溪
回到奉化

民國八十七年一月十七日 《青年副刊》

秦孝儀先生不滅的詩魂

民國九十六年一月十八日，我們送別秦孝儀先生。

一月五日，秦先生因心肌梗塞，走完八十七歲的一生，換來媒體的重視，也喚醒國人對一個時代的記憶。「千金難買心臟病」，老人因此大去，尤可視為不幸之幸。師友都說，這是秦先生的福報。

我卻陷入哀傷的大澤中，久久不能上岸。四十年前的私淑，三十年來的親炙，一一停格在腦際，全是美好的人與事。面對秦先生賜我的墨寶，思及他的教誨與愛護，以及學問與功業，我深深知曉，無數的受惠者，此時都在感念，一位如此可敬可親的長者。

秦先生帶著濃重的鄉音，結交不分省籍的好友，與大家真情相見，顯現其人格的引力。他曾經熱切表示，朱銘先生在臺灣生長，卻發願雕刻三百軀抗戰將士，令他分外感動。不久，我就接到他的詩作，為贈朱先生者：「雄關絕塞骨猶寒，誰記戎衣血不乾；何意先生鑄青史，要留正氣在人間。」

秦先生的詩心史懷，直追杜工部與陸放翁，書法則似無前例可循，精絕美絕，冠冕一代。工部的祖父杜審言，臨終時說，「但恨不見替人」，其自負可知。秦先生是公認的國民黨第一支筆，卻謙沖自牧，善待每一位後生。後生誠然可畏，但有幾人能繼他的絕學？

秦先生以文學侍從先總統蔣公，凡二十五年，留下許多足以傳世的篇章。蔣公既歿，他年年慈湖謁陵，從未解除心喪，從「夢中憂患客中老，抱牘招魂第幾篇」，到「天傾野哭久悽愴，歲歲清明總斷腸」，他像一部文學大辭典，浩如汪洋，情韻悠長，令人一唱三嘆，也看見永恆的忠貞。

有人仇視忠貞，因此說秦先生是「蔣朝家臣」。此語若可成立，則請比較「李朝」和「陳朝」。秦先生光大了國民黨的歷史，擴充了故宮博物院的規模，退休後整理詩文，所到之處一片春風。李陳二朝的家臣，逐利於名位之上，押送於看守所之中，充耳不聞天下笑罵，出庭則如過街碩鼠。秦先生之高，彼等之低，對比太過強烈，我立刻想到了「判若雲泥」。

天上的秦先生，此時是否有憾？他的詩集業已出版，書展業已舉辦，收場如此完美，我卻依依不捨，不忍見其謝幕。他是無可取代的，一旦離去，則成絕響，舞臺從此是空的，留下滿場的失落。

幸而文字不朽，詩魂不滅，得以在此相聚，一如三十年來，我多次的仰望山斗。讀著秦先生的詩集，見一字一句都是活的，作者並未遠行，我始而哀傷，終於恢復了平靜。

民國九十六年一月十八日　《聯合副刊》

郝柏村先生在臺灣的意義

民國八年八月八日，郝柏村先生誕生於江蘇鹽城。今天，他在臺灣臺北，迎接九十歲。九十歲的郝先生，現在已是電腦好手，隨時上網，閱讀蔣公日記等，並勤於筆錄。他自己的日記，已寫就數百萬字，不讓一生敬仰的領袖專美於前。他們留下的文字，都將還原大陸和臺灣的歷史，不讓一面之詞獨佔人間。郝先生本人，也正是創造歷史的人物，以鐵以血，保衛了中華民國，當然包括了臺灣。五十一年前，他剛滿三十九歲，就在金門前線，迎接震天撼地的砲戰，駐守的小金門，平均每一平方公尺，更著彈六十發以上，如蔣公所言，郝師長身處「鼎沸一樣的硝煙彈雨之中」。砲戰爆發後三天，他在指揮所中，以半分鐘之差，免於直接命中，可謂福將。

金門之役，堪稱他一生的轉捩點，不但增添一次精神的鍛鍊，而且誓將「賺來的」後半生，奉獻到淋漓盡致。這樣的表現，似又不讓兩位蔣總統專美於前。臺灣得有今天，多拜國民黨衣冠南渡之賜，南渡諸人，並未相泣於新亭，反而在絕望中奮鬥，結果敗部復活，和對手平起平坐了。

前幾年，郝先生返鄉，接待人員說：「歡迎回到祖國來。」他笑答：「我一向住在祖國。」短短七個字，說明他的機智與堅定。三十歲以前，他在中華民國的大陸，為保衛國家而戰；三十歲以後，他在中華民國的臺灣，歷經軍務、政務和黨務，無不全力以赴，寫下精彩的篇章。如今，「中華民國郝柏村」，不僅出現在他的英文信紙上，而且烙印在多數國人的心中。

是的，郝先生在那裏，中華民國就在那裏，一如托瑪斯曼在那裏，德國就在那裏。十多年來，我在海內外，甚至在大陸，親見中華民國國民，熱情擁抱他，一如擁抱自己的國家。我的學生張蓁予，用「梨花帶淚」一詞，形容我們不幸的國家。人同此心，心在保國，則國民期待英雄，也就分外殷切。

郝先生從戎時，一步一腳印，走遍臺灣環島每一個碉堡，慰問海防的戰士，使他們受寵若驚。在他的建議下，政府補助軍公教子女的教育費，受惠者非僅軍人，也無分省籍。在他的擘畫下，我們有了經國號戰機、虎型戰車、天弓飛彈、雄風飛彈等。他推動了國防現代化，提升了國軍素質，確立了預算制度，貫徹了科學管理，培養了航空人才。這一切，說明他是全方位的軍人，對臺灣的貢獻既深且巨。

郝先生從政時，首重整頓治安，目的在發展經濟。由於劍及履及，三個月內即見成效；不到半年，十大槍擊要犯全部到案，振奮了廣大民心。他衝高了經濟成長率，主催了辜汪會談，安定了股市，加強了文教，督促了法治，伸張了公權力，推出了六年國建，使臺灣的面目一新，也出現了前景，輿論稱之為「蔣經國第二」。他擔任行政院長，共三十三個月，卸任時的滿意度，與就任前夕相較，整整上升了三十三個百分點，屢勝當時的李登輝總統，也迥異後來的政治人物，說明人世的公道，對此他深表感激。在臺灣，「郝伯伯」屬於專有名詞。

郝先生來臺六十年，早已落地生根，成為「一世祖」，返鄉後仍回臺定居，即為明證。他在臺灣最大的意義，就是守護中華民國最後的土地，造福這塊土地上的人民，如施明德先生所形容，以「民主將軍」的身分，崇法務實，保國利民，贏得歷史的地位。「剖雲行白日，翻海洗青天，辦得大事了，胸中方泰然」。郝先生讀此詩，可以微笑以對了。

民國九十八年八月八日　《聯合副刊》

鄭貞銘先生大愛無疆

民國一〇七年二月十四日，鄭貞銘先生在書房倒下，送往醫院急救，我趕到時，他尚能言語，虛弱稱謝，然後疲倦睡去。萬萬沒有料到，十九日下午四時五十六分，他就走了，如此匆促，留下未竟的書稿，以及國內外的震驚。

最震驚的一大群人是學生，他們奔走相告，帶著哭音，像是述說另一位父親。父母原本無可取代，鄭先生則以五十年如一日的大愛，照顧許多學生半輩子，讓他們回到家庭，共享慈暉。慈暉逐漸向晚，從英姿煥發，到形銷骨立，終至遠離，他們頓失所依，如何安放自己的靈魂？

鄭先生獻身新聞教育，傳播真理與知識，只認教室，不認學校，所以桃李繽紛。臺灣稍早的新聞系畢業生，若非他的門人，即為讀者，如杜甫所說，「晚有弟子傳芬芳」，在學界和業界大放異彩，風景壯麗。退休後，他更傾全力於著述，盼能影響下一代，使之眼界開闊，前途寬廣。這樣的立意，造成嚴重的透支，住院前仍奮力執筆，不顧自己即將油盡燈枯。我眼見他的慘烈，內心激盪，莫可名狀。

鄭先生傳播的真理，包括報恩主義，即報親恩、報國恩、報一切恩。張季鸞先生鼓吹，從對父母與子女的感情，擴大為愛眾人的父母與子弟；從報親恩，擴大為報民族祖先之恩。這樣的主張迂腐嗎？為什麼這麼多人懷念鄭先生？因為他窮一生之力，奉行報恩主義，無違於終食之間，早已成為習慣。可惜的是，今天的臺灣，有人棄報恩主義，倡報仇主義，結果誰是贏家？

報恩主義和大愛哲學，其實密不可分。鄭先生的家教和師教，都是有愛無恨，正面看人生，所以他強調，繼承是一種感動，無愛不成師。年輕時，他跑遍臺灣各縣市，拜訪所有家長，使後者受寵若驚。多年後，學生在國內外熱烈接待他，答謝大半生的奉獻，說明真情就是王道。三月十日上午八時半，臺北市民權東路第一殯儀館，大家送他最後一程，也是起碼的報恩。

我並非鄭先生教室裏的學生，只因父親是他的老師，就長期照顧我們三兄弟，不遺在遠，無時或忘。三十年前，父親不幸因心臟病猝逝，他連夜趕來，流淚跪拜，哀痛一如家人。十三年前，他出版回憶錄，深切懷念十位恩師，包括謝然之、王洪鈞、曾虛白、錢震、成舍我、徐佳士、周世輔、陸以正、阮毅成諸先生，以及余夢燕女士，父親是其中唯一的非新聞人，我們能不動容？

筆有千秋業，劍無萬世功。鄭先生大愛無疆，筆下除了專業的嚴謹，還流露無限的溫情，從未劍指何人，正是一代導師的典型。他的五十部著作，有待大家開卷尋路，補救這個社會的缺失，而未竟的書稿，整理的工作，捨我輩其誰！

民國一〇七年三月八日　《中國時報》

尋找裴多菲

尋找一首詩的作者

尋找裴多菲(Petofi Sandor)，是我中學以來的志業。在臺灣，幾乎無所獲。在大陸，買到他的詩集。在匈牙利，重踏他的足跡。年輪如車輪，把我載向中年，裴多菲隨之前行，成為一個漸增的專案，似無了結之日。

不久以前，有一位立法委員，面對成排的攝影機，朗誦裴多菲的詩，說是莎士比亞所作。透過每小時重播的電視新聞，數百萬的觀眾被誤導了。因此，我想要進一步尋找裴多菲，為了自己，也為了大家。

一八二三年一月一日，裴多菲生於匈牙利的凱雷什鎮，其祖為農民，其父為屠夫，後又開小飯館。他自幼生活坎坷，學業不順，但愛寫詩，為同學所傳誦。及長，他遍歷各種行業，但未能忘情於文學，當兵時，演戲時，編輯時，都有詩作產生。在那個大革命的時代，他以詩抒發情感，更鼓吹戰鬥，各種愛都化為文字，振奮了當時與後世，包括了中國的人心，這是他始料未及的。

一八四七年一月一日，裴多菲二十四歲生日那天，寫下《詩歌全集》的自序，並在扉頁題簽一首詩：

生命誠寶貴，
愛情價更高；
若為自由故，
二者皆可拋！

此首本為序詩，因此無題，後人根據內容，冠以「自由與愛情」，我們的立委也有感而誦之。所別者，裴多菲在爭取國家和個人的雙重自由，因此為祖國而戰，立委則顯然只為己謀。

多年前，有人撰文引用此詩，指為羅蘭夫人所作。我明知有誤，但要鋪陳一篇討論文字，只有求助於《大英百科全書》等，也因此知曉，裴多菲以詩人兼革命家，久被匈人奉為自由的象徵，其詩也為該國帶來文學革命。他常從民謠中擷取題材，顯示直接率真的風格，明朗未飾的結構，表現出寫實的特色。這樣的背景，有些接近二十世紀初期的中國，難怪不乏介紹人了。

裴多菲的感情豐富，詩作多產，僅抒情詩就超過五百首，國人耳熟能詳者，大約僅得其一，即〈自由與愛情〉，偏偏還不止一次記錯作者。由此可知，千古留名何其不易。反過來看，一首詩能令萬千讀者，而且是遠在中國的讀者，代代傳誦，似無已時，可謂不朽；裴多菲有知，可以無憾了。

尋找這首詩的譯者

裴多菲的名字初見於中國，是在一九〇八年。魯迅發表〈摩羅詩力說〉，引裴多菲的日記，譯之為文言文：「吾琴一音，吾筆一下，不為利役也。居吾心者，爰有天神，使吾歌且吟。天神非他，即自由爾。」從日記到詩作，裴多菲都鼓吹自由，且高唱為愛而歌，為國而死。最後，他成為匈牙利的自由神。

〈自由與愛情〉這首詩，現今大陸出版的裴多菲詩選中，和其他詩一樣譯成白話文：

自由與愛情，
我都為之傾心！
為了愛情，

我寧願犧牲生命；
為了自由，
我寧願犧牲愛情。

本詩的譯者興萬生指出，翻譯格律詩時，他先逐字逐句譯成散文，然後「詩化」，也就是加工潤色，調整格律、音步與字數。詩行的排列、長短和腳韻，儘量依照原文或接近原文。至於自由體詩，基本上都是直譯，只求字句精鍊，主要在傳達詩的內容和氣質。

準此以觀，這首白話譯詩是稱職的，不失原汁原味。但是，「生命誠寶貴，愛情價更高；若為自由故，二者皆可拋」，更合格律，更見精鍊，所以先聲奪人，無可取代，就像〈結婚進行曲〉，誰能取代華格納的傑作呢？問題是，誰翻譯了這首五言絕句？

我所見過的大陸書籍，都說譯者是殷夫。殷夫原名徐伯庭，又名徐祖華、徐文雄，筆名白莽、徐白等，原籍浙江上虞，生於象山，時為一九〇九年。一九三一年一月被捕，二月七日死於上海龍華，年僅二十二歲。著名的「左聯」五烈士，他即為其一。身為詩人，又是烈士，他的背景與裴多菲相近，似乎無人懷疑他翻譯了此詩。

這首五言絕句排成鉛字，初見於一九三三年四月一日出版的《現代》雜誌。魯迅發表〈為了忘卻的紀念〉，記與殷夫等人相識的經過，提到殷夫交給他的《裴多菲詩集》，在一首格言的旁邊，有鋼筆寫的四行譯文，即「生命誠寶貴，愛情價更高；若為自由故，二者皆可拋」。魯迅特別指出，又在第二頁上，寫著「徐培根」三個字，「我疑心這是他的真姓名」。事實證明，魯迅猜錯了。

徐培根不是殷夫，而是殷夫的哥哥。大陸出版的《魯迅全集》第四卷四九〇頁，在「徐培根」處加了兩句注釋：「白莽的哥哥，曾任國民黨政府的航空署長。」它沒有解答魯迅的「疑心」本意，即這四行譯文出自徐培根。

殷夫有不少名字，以致魯迅也弄不清，這不能怪魯迅。令人遺憾的是，大陸後來的文學史家，對魯迅此處的原文視而不見，略而不提，一律堅稱譯者是殷夫，只因他的哥哥是國民黨員。按人之常情，鋼筆題記後，簽上自己的名字，本不足為奇。若非魯迅眼尖，翻到這兩頁，這件私事就永不見天日了。既見天日，何以欠缺公正完整的解說？真正的譯者為什麼不能露面？

我自幼就聽過徐培根先生的大名，他是國軍的上將，生於一八九五年，畢業於德國參謀大學。辛亥革命時，他和蔣介石先生一樣，參加光復杭州之役。來臺後，做過副參謀總長和國防大學校長。一九九一年二月八日，以九十六高齡病逝。二十世紀三〇年代，兄弟二人分屬國共兩黨，徐家並非特例。培根先生既通德文，從德文本的《裴多菲詩集》上選譯一首，是很合理的事。令人惋惜的是，大陸的史家既稱培根先生「反革命」，又極力推崇其弟，但無法消滅魯迅的原文，只有儘量淡化，留下一個公案，何時方能大白於世？

尋找裴多菲的最後行蹤

一九九六年八月二十二日，我陪同郝柏村先生，抵達匈牙利的首都布達佩斯。次日，即金門砲戰三十八周年紀念日，我們來到民族宮，懷想裴多菲當年的起義，並在他的銅像前留影。我買到他的畫像和紀念幣，連同古今交疊的足跡，稍解多年的懸想。可惜的是，當時不知還有一座裴多菲文學博物館，可以滿足我的諸多願望。同時，關於裴多菲之死的爭議已經爆發，我身在匈牙利，卻無由知曉，可謂孤陋寡聞。

一八四八年，歐洲各國先後爆發革命，匈牙利也不例外。三月十五日，裴多菲在民族宮前舉事，成為領導人。同年秋天，奧地利進攻獨立未久的匈牙利，裴多菲自然繼續戰鬥。一八四九年初，他擔任貝姆將軍的副官。該年夏天，俄國和奧地利的聯軍來犯。七月三十一日，他投身瑟什堡戰役，從此沒有回來，時年二十六歲。

裴多菲究竟死於沙場，還是淪為俘虜，爭議始終不斷。一百多年來，大部分的文字都說他為國捐軀，匈牙利更早已奉他為民族英雄，但質疑的聲音亦不絕如縷。畢竟，烈士之死與未死差別太大，牽動太廣，要為歷史翻案，就必須提出有力的證據。

一九八九年八月三日，也就是裴多菲上戰場後一百四十年，《路透社》報導，由匈牙利企業家莫瓦伊資助的考察團，上個月在蘇聯西伯利亞的巴爾古津公墓裏，找到裴多菲的遺骨。消息一出，不但匈牙利舉國譁然，而且全歐震動。這個由美國、蘇聯、匈牙利人類學家組成的二十人考察團指出，裴多菲在一八四九年被沙俄俘虜，解送西伯利亞，在那裏定居，娶妻生子。一八五六年，他死於血毒症，得年三十三歲。

一九九一年六月一日至三十日，前述裴多菲詩選的譯者興萬生，專程來到匈牙利，造訪裴多菲文學博物館，請教許多專家。彼等表示，這純粹是一場鬧劇，經人類學家和生物學家共同鑑定，挖掘出來的骸骨，從骨盆判斷，不是男性，而是女性。「一場鬧劇終於落下了幕」，興萬生如是說。這不但是他的願望，全世界億萬個裴多菲的讀者，想必人同此心。

不過，即使是歷史的塵埃，多年後仍然尚未落定。不久以前，文壇前輩張放先生，賜我一份資料，題為〈裴多菲之謎〉，載於一九九九年二月八日的《人民日報》，作者為黃尚英。該文進一步說明，一九八九年七月十七日，國際考察團宣布，不但找到裴多菲之墓，並確認墓中有骨灰盒。從骸骨到骨灰盒，一樣的挖掘，兩樣的說法，何者才是定論？

這篇後出的報導，謂裴多菲被俘到西伯利亞，隨遇而安，後來與當地郵局局長的女兒結婚，並當上赤塔的警長，其孫為沙俄的騎兵隊中校。裴多菲死後，墓上的十字架刻有 ASP 字樣，即亞歷山大・山道爾・彼得羅維奇的縮寫。一九九六年四月六日，斯洛伐克的《共和國報》指出，裴多菲其實是斯洛伐克人，其祖父和父母皆然，姓彼得羅維奇，一八二〇年前後南遷匈牙利。裴多菲出道後，遵照官方的民族同化政策，將姓名亞歷山大・彼得羅維奇，改為山道爾・裴多菲。被俘後，他重新起用原名，直到死去。

這是真的嗎？歷史學家強調「孤證不舉」，而此處的證據似乎不止一端，令人難以否認，卻又寧信非真。尋找裴多菲，最後獲得這樣的答案，教我數夜不得成眠。從少年到壯歲，我在裴多菲的詩歌中前行，並與岳飛的〈滿江紅〉輪流吟唱。裴多菲是不是岳飛？當然也很重要，但無論如何，這首〈自由與愛情〉，我會詠嘆到老。是的，生命誠寶貴，愛情價更高；若為自由故，二者皆可拋！

民國九十一年十二月三日　《聯合副刊》

看見程懋筠

看見程懋筠，何其曲折。

曲折起自筆劃，以及讀音。

一九五七年，臺北縣北投鎮，薇閣小學。我，一年級，初見他的名字，難寫難唸，三分之二是陌生的。很久以後才知曉，就在那一年，他走了，投向大荒，游入太虛，沒有音樂相伴，只剩萬籟俱寂。

他是音樂人，一去不回時，兩岸同時靜音，沒有一首輓歌。那一年，臺灣依然戒嚴，大陸正在反右鬥爭。他留在大陸，內心的想法，很少人收聽。

我們在臺灣，則每天唱他的歌。學校裏，部隊中，會場上，四字一句，莊嚴和平：三民主義，吾黨所宗。以建民國，以進大同。咨爾多士，為民前鋒。夙夜匪懈，主義是從。矢勤矢勇，必信必忠。一心一德，貫徹始終。是的，貫徹始終。一九四五年開始，臺灣的天空，隨時飄揚他的音符，今後還會傳唱下去。

記得那時，小學一年級的音樂課本，第一首就是〈中華民國國歌〉。孫中山作詞，程懋筠作曲，與國父並列的人，老師無一語介紹。此後的每一位音樂老師，都重複這樣的空白，直到我重逢了李中和老師，以及蕭滬音老師。

兩位老師是神仙眷屬，也是聖賢夫婦，對臺灣音樂教育的貢獻，無可磨滅。早在一九五六年，我就是蕭老師的學生，她是復興岡幼稚園的主任，我是小毛頭，當然不識程懋筠。半個世紀後，兩位老師告訴我，程先生不但是他們的證婚人，還是義父。

二〇〇五年十一月九日，李老師撰文追念義父，稱頌他性情瀟灑，個性剛直，為人風趣，處事果斷，能唱能彈，能詩能文，國學基礎深厚，日文英文俱佳，作曲填詞尤其高明。換言之，他是誠摯有情的才子，後來碰上嚴酷無情的政治，如何安頓自己的一切？

一九四六年五月，李老師和蕭老師在上海結婚，程懋筠福證時，高歌一曲〈茶花女中的飲酒歌〉，贏得滿堂喝采。這首趙元任的曲子，我小時候的主唱者是斯義桂，程懋筠未能來臺定居，遂使上海的歌聲，從未聽聞，已成絕響。

其實，程懋筠曾經一度來臺，時為一九四六年初，短期授課之餘，接回當時在臺的妻子張咏真，兩人一道返滬。一九四九年，李老師從上海到臺灣，行前數月，和程懋筠討論去留。起初，他有意赴臺，並囑李老師代為安排，後來說，任教的國立幼教專校擬遷廣州，他還是隨校為宜。從此，海峽隔開了兩人，那是永別。

然後，程懋筠不見了。

對臺灣而言，許多人不見了，而且高達五億五千萬。一九四九年悲壯渡海的軍民，不過一百餘萬，未來臺者所在多有，其中一位程懋筠，卻非同小可。

因為，他是〈中華民國國歌〉的作曲者。

〈中華民國國歌〉的作曲者，留在「中華人民共和國」，是何種光景？事實證明，臺灣對他諱莫如深，大陸則視他如燙手山芋，強行打入冷宮。生前如此，身後亦然。

直到二〇〇七年，也就是他辭世五十周年，才成為出土文物，重返人間。該年六月，北京中央音樂學院，出版了《程懋筠的音樂人生》，還原了他的作品，包括文論與歌曲，前加紀念和研究的文字，誠屬難能可貴。我在大陸買到本書時，不禁容動心顫。

收入書中的第一首曲子，就是〈中華民國國歌〉。

程懋筠正巧生於一九〇〇年，時為八月二十五日，地為江西南昌。一九一八年，他隨兄赴日求學，後入東洋音樂學校，也就是現在的東京音樂大學，主修聲樂，兼習作曲。一九二六年，他返回故鄉，任教於江西省師範學校。一九二八年，他任教於南京中央大學時，正式發表了第一首作品，得以和孫中山先生齊名。那年，他只有二十八歲，不但一曲成名，而且成為國歌，是何等榮耀！

一九二四年六月，孫先生親書陸軍官校開學典禮訓詞，即前述的「三民主義，吾黨所宗」，凡十二句，四十八字。一九二八年十月，國民黨決定以此為黨歌，公開徵求曲譜，得一百餘首，結果程懋筠脫穎而出。一九三〇年三月，國民政府明令，以黨歌暫代國歌。一九三七年六月，國民黨決定，「即以現行黨歌為國歌」。一九四七年四月，決議沿用為國歌。

凡此經過，程懋筠最為熟悉。直到一九四九年，「中華人民共和國」成立前夕，仍有億萬人民唱他的歌，他豈不知？然而，該年的進退去留，何以如此曲折？對國民黨的絕望？對共產黨的嚮往？他的一念之差，使自己的音樂生命和形體生命，都提早告終。

《程懋筠的音樂人生》一書，生平簡介中提及，一九四九年五月，他與上海市民一起冒雨上街，歡迎共軍入城。一九五一年三月，他更在《上海音樂》創刊號上，發表自己作詞譜曲的〈新中國頌〉。上述如果皆屬事實，不能改變另一事實：從此以後，他再也沒有公開發表的作品了。那一年，他春秋正盛，卻像沈從文一樣，創作永遠停擺，停留在「舊中國」。

〈新中國頌〉又如何？中央音樂學院的賀曉東指出，「令人遺憾的是，由於歷史的原因，樂曲雖然公開發表了，但目前還未見有資料表明，曾有機會演出過，更談不上傳唱，而是僅僅停留在譜面，塵封在圖書館的刊物裏，達半個多世紀」。程懋筠代表中華民國，共產黨不准他愛「中華人民共和國」，在諸多限制之下，他從此病倒。一九五七年七月三十一日，他死於腦溢血，只有五十七歲。

假如他長壽，留在大陸，能夠安度「文化大革命」嗎？在那一場浩劫中，連〈中華人民共和國國歌〉的作詞者田漢，都死於非命，豈容〈中華民國國歌〉的作曲者存活？假如他來臺定居，日日聽聞自己的歌曲，處處受到歡迎，身心愉快，創作不輟，是否會提早倒下？

悲劇業已鑄成，悔恨早已無補，他的滿腔熱血，一派天真，都已化為歷史。偏偏，大陸和海外，過去出版的《中國新音樂史》，和《新中國音樂史》，大多省略他的名字，遑論專章評介？他連「反面教材」都不入列，彷彿從未出現，成為徹底的幽靈，直到死後五十年。

死後五十年，他的六十首歌曲，首度鋪陳在我面前，跳躍在我心中。原來，裴多菲的名詩「生命誠寶貴，愛情價更高；若為自由故，二者皆可拋」，他早已譜曲。原來，范仲淹的「碧雲天，黃葉地，秋色連波，波上寒煙翠」，他早已化為音符，化作相思淚。原來，南京中央大學、江西中正大學的校歌，都是他的傑作。原來，這麼多的抗戰歌曲，出自他的手筆。

歌曲重現了，他也就復活了。蕭友梅音樂教育促進會，編了這本《程懋筠的音樂人生》，讓我能看見他，一如看見黃自先生。放下一九四九年以後的悲歡離合，我們展卷，他即出現，只要中華民國永存於世，他就必然不朽，聽世世代代的國民，傳唱他一生最大的榮耀：矢勤矢勇，必信必忠。一心一德，貫徹始終！

民國一〇一年九月十八日　《聯合副刊》

馬關與廣島之間

一八九四年七月二十五日，日本聯合艦隊在朝鮮牙山灣的豐島海面，突襲中國的運兵船，造成近千人傷亡，也揭開甲午戰爭的序幕。如今，整整一百年了。

甲午戰敗，中國被迫簽訂《馬關條約》，割讓臺灣，引來四百萬人的同聲一哭。五十年後，擴大侵略的日本，既遭中國軍民的浴血抵抗，且受美國的原子彈轟炸於廣島與長崎，終於舉起雙手，交出臺灣。這頁歷史，誰不知道？

我先不知道，自己會來到馬關，又來到廣島。

我只知道要去宇部，參加「浩然營」。臨行匆促，翻閱簡略的日本地圖，沒有這個名字。書上說，它屬於日本本州的山口縣。一九九一年七月二十六日，我在雨中抵達宇部，才曉得它位於下關與廣島之間，而下關就是馬關。於是，決定增添行程，分訪兩地。宇部的第一夜，為了想像中的馬關與廣島，我不能寐，坐聽如泣的雨聲。

「浩然營」的男主人是殷之浩先生，女主人是張蘭熙女士，這一對可敬的長者，全程參加研習會，也帶領我們遊學各方。離開宇部的首站，即為馬關。

馬關古有臨海館，近有春帆樓，同為接待遠客之所。一八九五年三月十九日，一群痛苦的客人抵達馬關。次日，為首的李鴻章進入紅石山下的春帆樓，與伊藤博文展開談判，結果呢？「宰相有權能割地」！春帆樓入口處，掛的牌子是「日清講和紀念館」，其實是「日勝清敗說明室」，一幅「媾和談判之圖」最足以證此說，伊藤博文和陸奧宗光高大挺立，李鴻章和伍廷芳則打躬作揖，對比強烈。館內通風不甚良好，我聞到歷史的霉味，有些微窒息之感。同行的祝偉中兄，平日談笑風生，此時已淚流滿面。我如何安慰這位香港同胞？馬關所割是臺灣！

館內有幅書法，出自中田敬義，也引我凝神。此人時任日本外務大臣祕書官，以七言絕句表達彼等的心情：「和平耀世國輝揚，恢廓宏圖自是張，樽俎當年折衝處，迺存舊蹟永斯彰。」分明是武力進犯，此處卻奢言和平，歷史的霉味越來越重了。我留意到，該館現歸下關市教育委員會管理，日本人接受這樣的教育，如何分辨戰爭與和平？

館外的講和紀念碑，為伊東己代治所撰，此人時任日本內閣書記官長，簽約快慰之餘，所述倒是實情：「甲午之役，六師連勝，清廷震駭，急遽請弭兵。翌年三月，遣李鴻章至馬關，伯爵伊藤博文奉命樽俎折衝，以此樓為會見所。予亦從伯參機務，四月講和條約初成，而樓名喧傳於世。」是的，日本國威之隆，實濫觴於此役，中華國力之衰，也大白於此役。然而，此役百害，卻有始料未及的一利：它催生了興中會。

一八九四年六月下旬，二十八歲的孫中山先生，由廣東香山的同鄉陸皓東先生陪同，經上海抵天津，求晤李鴻章，欲面陳八千餘字的改良書，後者以軍務繁忙，拒絕延見。稍後，甲午戰爭爆發，敗訊頻傳國內，孫先生由此確認清廷無救，乃盡棄改良思想，致全力於革命工作。

一八九四年十一月二十四日，孫先生在檀香山，組建了百年來的第一個革命團體興中會。從二十多位立黨同志的星火開始，歷經十八年的宣傳和起義，終於燎出一個亞洲最大民主國的場面。試想，若無日本當年的侵略，孫先生或許見用於李鴻章，則中華民國誕生何日？當然，李鴻章割地賠款之事如果發生在先，以孫先生的痛恨不平等條約，也就不可能上書了。歷史有時在陰錯陽差中寫成，民智未開的時代，往往又由少數人執筆，這該是一個不爭的事實。

我懷著複雜的心情離開馬關，來到廣島。

廣島是日天氣晴和，走出火車站，但見街景繁華，兩公里外的和平公園，成為唯一的戰爭遺跡。時值原子彈爆炸紀念日，兒童和平紀念碑前，悼念的紙鶴上萬，白淨肅穆，廣場上的鴿群也成千，一派祥和。幼兒園的學生結隊來此參觀，接受終生難忘的教育，他們將來會崇尚和平？還是覺得日本受害？許倬雲教授告訴我，日本侵華八年，中國人死了兩千萬，其中五百萬是孩子。啊，中國的亡靈誰紀念？

真的沒有人紀念。此時正逢日本首相海部俊樹訪問大陸，當局就勒令取消南京大屠殺受害者的悼念大會，以免刺激貴客。臺灣呢？胡秋原先生在立法委員任內，不斷呼籲政府，明定七七為紀念日，結果不斷受拒。大陸和臺灣都是嚴重失憶的地區，兩岸的政府都不紀念抗戰，死者不得安息，生者也就不會効命了。不知敬重先烈的政府，自然無法贏得國民的敬重，子子孫孫失去追遠的能力，歷史將吞噬我們的未來！

日本政府在廣島，不但教育自己的國民，也教育全世界，正視它的苦難與重生。和平公園內的紀念資料館，以十四種語文介紹昔日的浩劫，其中當然包括中文。聲光化電，圖片道具，重現人間地獄的景象。斷垣頹壁，血肉殘骸，爆風與放射線的迫害，黑雨和高熱火災的損傷，一一還原在世人眼前。我在黑暗中筆記，又有些微窒息之感，一如置身於馬關。這是一個凡事認真的國度，尊重生命到無以復加，但是，為什麼有人否認南京大屠殺？如此厚己而薄人，歷史的教訓能謂完整嗎？

一九四五年八月六日上午八時十五分，世界第一顆原子彈投入廣島，造成十七萬人死亡。次日，以受創較輕的陸軍船舶司令部所屬部隊為重心，成立廣島警備司令部，擬訂援救計畫，展開軍官民三位一體的行動。廣島復興，一如舉國的復興，事上磨鍊，迅速確實，成為達爾文主義的最佳實驗室。當中國人還在忙著「脫貧」時，日本人已經高倡「脫亞」了。偏偏，日本的勝利，常常就是中國的失敗，中日同種之說，至少在日本是無人置信的。

中國的有志之士，何嘗不服膺達爾文學說？物競天擇，最適者存，胡適先生因此改名。秋瑾女士字競雄，欲與男兒爭短長。謝東閔先生字求生，飄洋過海打天下。孫中山先生後來鼓吹互助論，早年則雅癖達爾文之道。一度投身革命陣營的陳炯明，其字也正是競存。上述種種，不能改變中國積弱的事實，人民教育的不足，總是一個原因。

馬關的春帆樓，廣島的資料館，皆見父母為子女解說，愛國思想自然傳承。日本人的愛國主義，尤其表現在中日關係史上。不稱庚子賠款，而稱義和團賠款；不稱九一八事件，而稱滿洲事件；不稱七七事件，而稱支那事件；不稱侵略中國，而稱進出中國。字字句句，毫不相讓。相形之下，鄭學稼先生以中國人觀點寫的《日本史》，又有多少讀者？日本人的嗜書如命，中國人的廢書不觀，也是兩國興衰的一個原因。

一八九五年的馬關，李鴻章苦苦相求，伊藤博文步步相逼，從此中國更弱，日本更強。一九四五年的廣島，說明侵略者的失敗，必以人民為代價。然而日本從慘敗中躍升，中國在慘勝裏不振，遂讓「和魂洋材」的表現，超過了「中體西用」。凡我國人，嚥不下這口氣的，宜一吐為快，積健為雄，認真做事，努力研修，團結對外。唯有如此，方能無懼為日本的鄰居，也方能無愧迎接二十一世紀。

馬關與廣島之間，一部近代中日關係史的縮影，我在半個月內得窺其要，堪稱此生獲益最多的一段時光。飲水思源，實深感懷最近辭世的殷之浩先生。先生創辦「浩然營」，納兩岸的青壯年於一堂，為明日的中國找出路，精神留在馬關與廣島之間，影響將擴及臺灣與大陸之上，證明教育的恆久價值，能不永念？

民國八十三年七月二十四日　《聯合副刊》

漢江畔的凝思

漢江的水，依舊在流。

蔣經國先生年輕時，在江西南部服務，寫過一篇感人的散文，題為〈贛江的水，依舊在流〉。我援此例，是有感於久不見漢江，而且它未改名。

一九八三年，初抵漢城，震懾於這座城市的規模。它有世界最大單一城市之稱，人口、面積和建築物等，都是臺北的四倍以上，早已不是臺灣中學地理課本所載，韓戰前後的殘破景象了。由於反差太大，我的心情沉重起來，想到井底之蛙、夜郎自大之類熟透的成語，竟然就是我們的自況，實在始料未及。

此時的漢江畔，遊人或垂釣，或散步，一派悠閒，很難想像四十多公里外，一如臺北與中壢的距離，就是前線板門店。此時的淡水河，號稱黑龍江，異味撲鼻，乏人問津，對比太過強烈。我的首度韓國行，如遇風雨的衝擊。

一九八九年，再訪漢城，前一年，韓國已舉辦過奧運，高聳的選手村，成為國民住宅，這座城市的場面更大了。再度進入中華民國大使館，大使從薛毓麒先生，換成鄒堅先生，不變者，俱為謙謙君子。大廳的牆上，鐫刻了蔣介石總統的題詞，首句說：「韓國古稱君子之國。」君子派駐君子國，誰曰不宜？我卻在偌大的使館中，想到韓國遲早會和我們斷交。這樣的悲觀，不僅來自「勿友不如己者」，韓國不會這樣想嗎？更重要的是，大陸太大又太近，影響朝鮮半島至巨，中華民國政府離開大陸太久，與大韓民國的歷史情誼，能拉多長？

一九九一年，南北韓同時加入聯合國。

一九九二年，韓國與我國斷交。

斷交是必然的，沒有中共的加持，韓國就進不了聯合國，它必須回報；甚至，它主動投懷。當時的韓國外長即稱，假如不與大陸建交，到了二十一世紀，亞洲四小龍，第一個除名的就是韓國。現在，韓國是世界第十大經濟體，最大的貿易對象是大陸，猶勝美國與日本。因此，犧牲與中華民國的邦交，算什麼呢？

同時，犧牲在臺北的韓國大使館，算什麼呢？那棟別緻的建築物，位於臺北市忠孝東路，後來成為觀光局的辦公室，最終夷為平地，如今即將蛻變，化為大巨蛋的一部分了。倒是漢城鬧區的中國大使館，歷經大清帝國、中華民國、「中華人民共和國」，依然為外交官所用，只是館內蔣總統的題詞，必已無存。對中共來說，這又算什麼呢？

斷交那一幕，依然深印心頭。夏廣輝先生曾在館內，熱情招呼我們，如同家人。這位山東華僑，在降旗那天，和數以百計的館員與僑胞，揮淚痛哭，是如此無助。我在臺北的電視機前，想到他們的無辜，以及國家的無力，失去亞洲最後一個邦交國，一切源於一九四九年失去大陸，就要承受百般的炎涼。「所謂國際，這樣的氣候便是」，余光中先生的開示，還是卸不下我心中的巨石。

以後可有韓國行？此念一轉二十五年。

二〇一四年，三探漢城，它已經改名首爾，漢江則未改稱首爾江；有人建議改為近音的韓江，也未成案。流動的水，仍是漢江。

瘂弦先生告訴我，韓國政府改得了文字，卻改不了語言，首爾 (Seoul) 仍是中國話「首都爾」的簡稱。韓國者，異國也，想要「去中國化」，似屬理所當然，但要完全「去中國話」，實不可能，首爾只是一個顯例。至於「去漢字」，朴正熙總統即已推動，至今的確少見。我們在堂皇的國會裏，看到早期議員的簽名，完全是漢字，現在則少得可憐。若與日本相較，我不禁想問：有此必要嗎？

日本不廢漢字，無損其獨立，反而豐富其國力。古今中外的文化，總見磁吸作用，強勢勝過劣勢，最後如海納百川，有容乃大。滿人入關，努力學習漢文，乾隆皇帝的漢詩，數量冠古今，未聞其強迫漢人學習滿文。漢人來臺，繼續使用中原古音，包括閩南語和客家語，少有學習原住民語言者。我自己總是同情弱者，但不能不面對強勢的文化。

韓國現在面對中國的崛起，中文已成為顯學，僅次於英文，中學列為課程，這是識時務的表現。至於街頭少見漢字，就像少見英文一樣，我必須提醒自己，不要耿耿於懷。可喜的是，韓國的小學課本，特別寫到蔣介石總統，支持韓國獨立，貢獻良多。看來，韓國固然有「恨」的文化，並未完全失去感恩的能力。

我們抵韓的第一天，臺北代表部的石定大使，就陪訪了國會議員朴明在先生，更以人蔘雞湯的晚宴，驅散零下三度的寒意。此時重逢夏廣輝先生，他已是代表部的顧問，以一貫的忠誠，協助大使，開拓館務。走過二十二年前的斷交，臺北與首爾之間，似已柳暗花明。

第二天早晨，石大使在代表部門口，熱烈歡迎我們。「駐韓國臺北代表部」的銅牌上，鑲有中華民國國旗，進門處和會議室，各有兩面大型國旗，在異國一分鐘內，看到五面國旗，感動莫名。一九四九年以後，中華民國的邦交國，從最高時期的六十九國，減為現在的二十二國，處境實在艱困。外交官在非邦交國的工作，更是難上加難，其中的汗淚，宜有一部「中華民國外交史」，以及另冊「中華民國外交官」，完整記錄，垂諸青史。

代表部在世宗大路，佔地六百餘坪，同仁五十餘位，堪稱大館了。青瓦臺總統府在附近，清溪川在眼下，地理位置甚佳，雖無昔日大使館的廣闊庭院，但也寬敞明亮，是現代化的辦公室。國父遺像和馬英九總統肖像，在會議室對望，我不禁默禱：天佑中華民國！

世宗是朝鮮王朝的明君，一四四三年，他和幕僚創造了韓文，稱為訓民正音，但是遲至五百年後，才被廣泛使用。我在政大服務時，曾在典麗的世宗研究所，和韓國智庫的學者座談。正因明君不可多得，所以世宗無所不在，這也道出後代的想望，各國皆然。

石大使為我們簡報，提到旅韓的華僑，持中華民國護照者，現約一萬八千三百人。他們的祖籍多為山東，未必來過臺灣，仍奉中華民國正朔，和我們同一國，其中二十餘位在代表部服務，視我們如親人，照顧有加。至於來自國內的同仁，因有相近的生活經驗，所以一見如故，甚至本是老友，就有勞接待了。首爾三日，最堪記取的，是血濃於水的同胞愛。

韓國與我國的學術交流，未因斷交而中止，現有九十八所臺灣的大學，與一百八十五所韓國的大學締結姊妹校，往來密切。此行匆忙，未及聯絡我的韓國老同學，他們已執中國學的牛耳，昔日在臺北，慷慨高歌，甚至以閩南語交談，完全推心置腹，是我回憶錄預定的一章，誠盼他們健康。

孫中山先生早就指出，朝鮮半島是東方的巴爾幹，也就是火藥庫。他似乎料到，南北韓會分裂，而且背後各有強權。韓國現在必須緊靠大陸，用以牽制北韓，駐韓國的臺北代表部，也因此特重安全與應變，保護我國人士和我方權益，此時工作的重點，在啟動與韓國的經濟合作協議。看來，這個世界上唯二的民國，今後會正面相處。

久別重逢的漢江，第一眼是深藍色，一如我見過的地中海，值得裝在瓶中，帶回臺灣，用來寫鋼筆字。隔日再望，則已恢復常況，或是不同的天光雲影所致。日本作家筆下的聖城首爾，既熟悉又陌生，既東方又西洋，既古典又現代，等候我第四次的到來。

民國一〇四年一月二十八日　《中國時報・人間副刊》

西安會議記

二〇一二年二月，西安。

長相思，在長安。任人皆知，西安就是長安。我來到西安，距李白之出生，已經超過一千三百年，因此抵達咸陽機場時，分外感受古今之變。「咸陽古道音塵絕」，相傳是李白的句子，但眼前陸空交通繁忙，〈憶秦娥〉的景觀，只有詩詞裏尋了。

我參加西安事變研討會，發表論文〈西安事變和平解決的研究〉，會後置身歷史的現場，在零度的氣溫下，寒意十足。硬體的建物，大致保存良好，泰半屬實；軟體的思維，透過語文的表達，詮釋不一，真相猶待檢驗。

二月八日，研討會開幕，行禮如儀。大陸以黨領政，也以黨領學，因此大學內外的各種會議，總是冠蓋雲集，本次自不例外，黨政軍要人發表了他們的看法，內容可以想見。不過，大會也邀請了臺灣的學者講話，張力、陳曉林兩兄，果然善盡平衡的角色。

下午發表論文時，我先向楊瀚先生致意。他是西安事變研究會會長，也是本次研討會的負責人，祖父就是楊虎城將軍。他可謂西安事變後的受害者，但尊重作者，並未更動我的論文，一字不易印發給與會者。二〇一一年九月，我在武漢，參加辛亥革命一百周年研討會，臨場收到裝訂成冊的論文集，其中拙作已無法辨認。

我首先指出，多年前，大陸的影片《西安事變》，突出周恩來的角色，強調他對和平解決的貢獻，其實，這是戲劇，而非歷史。周恩來對張學良的評價，大陸的媒介也失去了原貌。

根據《第八路軍行軍日記》，周恩來表示，張學良非常聰明與勇敢，政治感覺異常敏捷，「可是經驗不夠，才弄出『雙十二』這樣大亂事來」。周恩來後來改口，說「雙十二」事變本身的意義，是在它成為當時停止內戰、發動抗戰，「一個歷史上的轉變關鍵」，張學良和楊虎城，也就成為他口中的「千古功臣」。

張學良自己，則在一九三六年十二月十五日晚間，入見蔣介石委員長，報告日本關東軍進兵綏遠的消息，並謂「此次事變，楊虎城早欲發動，己則猶豫，唯十日在臨潼受斥，遂同意發難，今追悔莫及」。從「大亂事」的製造者，到「追悔莫及」，再變成「千古功臣」，張學良的歷史評價，過程是曲折的，從黑暗轉為光明。

一九三六年十二月十二日，張學良和楊虎城，在西安劫持蔣委員長，震驚中外，後來和平收場，史稱「西安事變」。

事變期間，中共中央還在保安，而非延安。十二日晚間，消息傳來，毛澤東等人欣喜若狂。十三日下午四時，中共中央在紅軍大學附近，小溪旁草地上，召開三百餘人的會議。我在政大東亞研究所的老師郭華倫先生，也就是郭乾輝先生，當時任教於紅軍大學，因此也在現場。

郭老師告訴我們，毛澤東此時高呼，一九二七年四一二事件以來，蔣介石所欠共產黨人的血債如山，現在是清償的時候了。毛澤東接著表示，必須把蔣介石解送保安，交由人民公審，給予應得的制裁。換言之，他主張殺蔣。

不過，十二月十四日深夜，莫斯科共產國際的電令到達，讓毛澤東只高興了兩天。共產國際批評中共，所持的是報復主義，內戰方針也是錯誤的。這樣的方針，正符合日本軍閥和中國親日派的願望，對蘇聯和中共都是不利的，而且違背國際反法西斯統一戰線，以及中國抗日民族統一戰線的政策。因此，共產國際要求中共中央，立即改採和平解決事變的方針。

共產國際的訓令，當然來自斯大林的深謀遠慮。誠如世伯王健民教授，在所著《中國共產黨史稿》中指出，無論中共如何宣傳，蔣委員長「不抗日」、「向日本屈辱投降」，斯大林非常明白，蔣委員長必能領導中國抗日，斷不能容其犧牲於張、楊和中共之手，否則日俄之間無緩衝國，受害的將是蘇聯。

斯大林的立場，表現於莫斯科的《真理報》和《消息報》。《真理報》的社論強調，日本軍部正確計算到：中國以蔣介石政府為中心的團結進展，實為日本淪中國為殖民地計畫的致命危機。「這便是他們慫恿中國將領，反對南京政府的理由，必要時並且不惜使用抗日的口號」。斯大林的觀點，中共後來絕口不提，因為與它的宣傳出入太大了。

《消息報》的社論更表示，「西安叛亂」不論以何種口號為藉口，這一行動實代表一項危機，不僅危害南京政府，而且危害整個中國。「張學良雖然高舉抗日的旗幟，其行動顯然只對日本帝國主義有利」。斯大林對張學良的不悅，非自西安事變始，在此之前，他已否決了張學良的加入中共；「西安叛亂」益使斯大林深信，張學良是麻煩的製造者。

中共是共產國際的產兒，當時仍須聽命於莫斯科，毛澤東因此只有屈從。不過，他仍然認為，南京政府在軍事上已積極部署，準備進攻張、楊，和平解決恐不可能，必須採取兩套辦法，一面執行國際指示，一面在軍事上支援張、楊。稍後的事實證明，西安事變和平收場，中共的軍事行動，以及「討論蔣介石先生的處置問題」，都未派上用場，毛澤東的願望落空。

由此可知，西安事變和平解決的關鍵人物，是斯大林，而非毛澤東，或周恩來，或其他人。一九三七年七七事變後，抗戰全面爆發，蔣委員長果然成為最高領袖，中國果然牽制日軍，蘇聯果然免於日本和德國的東西夾攻，成為第二次世界大戰後的獲益者。戰後的世界政治地圖，可說是斯大林畫出的，他在西安事變時，就已畫出第一筆。

我在會場指出，西安事變至今，已經七十六年，但真相尚未全面浮現。法國的一位少女，死後五百年才封聖，成為「聖女貞德」。在清朝政府的筆下，鄭成功從「海賊」到「完人」，而且是「創格完人」，也經歷了兩百年。因此，我期待西安事變一百年時，會有更公正、更翔實的史書出現。

西安五日，領受氣候的乾冷，以及主人的熱情，凡此都銘記在心。楊瀚先生邀請十五位臺灣人士到會，而且讓我們暢所欲言，也可旁證大陸的另面。我盼望，西安事變八十年時，能由臺灣主辦會議，邀請大陸學者參加。屆時，朱文原、簡笙簧、張力、劉維開、王震邦、陳曉林、習賢德、楊雨亭、姚開陽、黃銘俊、郭冠英、倪孟安諸先生，以及夏瀛洲、李貴發兩將軍和我，當可一盡地主之誼，一敘別後的光景。

民國一〇一年五月十二日　《聯合副刊》

夢迴輔仁

去年歲暮，母校輔仁大學創立七十年。

從小學到博士班，我讀過七所學校，歷時二十四載，其中以輔仁四年，最為牽動記憶。夢境有時是真實的告白，我夢中的母校則恆為輔仁。「過去你時常航到我的夢中來，現在你又航到我的醒中來，我的醒是我更深的夢」。這樣濃烈的戀校情結，走入我忙碌的中年生命裏，多年來沒有鬆綁，不能，也不願。

大學是我童年的嚮往，幾乎成為唯一的目的。自幼跟著父親，住在政大宿舍，出沒在大人的校園裏，借用超齡的圖書館，我似乎分外早熟。實小畢業後，巴望就此進入大學，免去無限的煩惱。中學時代果然狂風暴雨，我勉強撐到高二，狠下心來，不理會父親的老淚，堅持休學在家，度過一年廢書不觀的日子，時常想到自絕。我以同等學力的資格報名聯考時，甚至還沒有買高三的數學課本，只帶著文科的底子進場，結果名列輔仁法律系，實在是喜出望外了。

高一暑假，我參加文藝營，結識就讀輔仁的蕭蕭、陳芳明兩兄。稍後，兩兄邀我到校一遊，乃初見輔園之美，猶勝國立大學。聯考放榜後，我在上成功嶺集訓的前夕，再度來到學校，細看千姿百態，想像今後的四年，心中有無限的棲止之感。正是輔仁，使我免除海軍陸戰隊的兵役，轉泳於自由的學海；也正是輔仁，撫平我叛逆的情緒，學做一個真正的大人。

法律是枯燥的，法律系卻是活潑的。本班六十多位同學，男生約佔五分之四，陽剛之氣沛然，連同五分之一的女生，後來完全是一家人，情同兄弟姊妹。大二時，我聽從中英姊之命，轉到社會系，則見陰盛陽衰。因此，至今兩個系友會，以前者的活動居多，大家也忘了我的出走。中英姊畢業於臺大法律系，飽受條文的折磨，力勸我轉系。她任翻一頁《六法全書》，任選一條朗讀，斷句時已長達二十三字，便問我這個業餘文學青年，能否終身忍耐這樣的句子？於是，律師成為我未竟之夢。

我最想轉讀英文系。當年大學聯考，文學院和法學院分屬兩組，不可得兼。我臨時報考後者，英文系又不招轉系生，遂與之絕緣，這才是最大的遺憾。後來勉力自修，報考碩士班與博士班時，英文成績都優於國文，心理方較平衡。就讀社會系，倒是吻合我的人生觀，立誓一生行仁，做一個有求必應者。當然，我必須己立己達，才能夠立人達人，所以一定要深造。輔仁沒有相關的研究所，我再不捨，四年後只有離去。

不捨精美的校園，更不捨親愛的師友。于斌校長字野聲，有人以「曠野的呼聲」，形容這位教育界的巨人，允稱恰當。在校期間，我擔任《輔大新聞》總主筆，經常撰寫社論，大膽建言。時值一九七〇年代初期，國家多難，學子沸騰，我對退出聯合國、保釣運動、中日斷交等事件多所著墨，自不免批評當道。于校長因此接見，多所慰勉，而無一句干涉，令我懷念至今。後來他因心臟病倒下，堪稱完整的殞落，我已離校多載，聞之依然感傷。

教務長林棟老師，曾授我們政治學，談到抗戰時期穿草鞋，「腳踏實地」，備極艱辛。林老師時兼夜間部主任，日夜操勞。有時我留校自習，和夜間部同學一道返家，恆見他護送每一班車離校，慈父的身影一如于校長。去年，林老師以高齡辭世，現在必也安居天堂。

民法教授楊敦和老師，當時非常年輕，現已榮任校長了。楊老師旁徵博引，詩詞琅琅上口，開我們的茅塞，也帶來課堂的歡笑。法學緒論教授李學燈老師，國學修養極佳，一日以杜詩相詰，同學急急尋我，可惜人在圖書館，不然總分加五。憲法教授金世鼎老師，上課累到昏厥，所幸送醫後無礙，得享天年。二師俱為大法官，使我飽覽前輩的風範，後來雖然改行，仍有不勝孺慕之感。

印象最深的恩師，就是國文教授王建秋老師了。王老師的認真，為我生平所僅見，上課鐘聲一響，他就步入教室，分秒不誤。後來遇到車禍，由擔架抬進教室，繼續講課，保全了畢生不缺課的紀錄，其擇善固執者如此。因為王老師，我們有交不完的作業，也看到他密密麻麻的批語，著實可敬。王老師隻身來臺，獨居至今，近年與我重逢，又繼續開課，從中午講到黃昏，五個小時不稍息，這位八十歲的長者，似未察覺我眼角的淚光。我何其幸運，遇此經師與人師；又何其憂心，他不要人陪的起居。

「所謂故國者，非謂有喬木之謂也，有世臣之謂也」。當年的輔仁，無一處不美，但是在臺復校未久，因此獨缺大樹，所幸名師層出，與校同休戚，一如故國的重臣，使學子皆蒙其惠，我的感念尤深。在輔仁，我享有十六倍於高中的校園，以及最早開架的法學院圖書館。我在社團中磨鍊文筆，更在師友間窺見真情，造就一個永世難忘的大學時代。七十年校慶已過，聖樂般的校歌依然響起，在我心頭，容我高唱：

輔仁以友，
會友以文；
吾校之魂，
聖美善真！

民國八十八年一月八日　《聯合副刊》

家在政大

家在政大，過去、現在與未來。

過去，是指十歲以後。十歲以前，家在復興岡，朝見觀音，暮見觀音，自朝至暮，觀音如故，我凝望遠山的結果，是從未配戴近視眼鏡。搬到政大後，又與群山為伍，銜接如此自然，沒有一天空檔，當初以為尋常事，後來方知是福分。

不過，初見政大的後山，直覺矮了半截，似乎還在發育。我生於玉山之下，長於大屯山邊，第一階段的童年，耳聞目睹都是崇高，因此一度小看了指南山系。稍後，就喜歡上它的不高可攀，成為同學口中的穿山甲。

當時的政大，在臺復校未久，也還在發育中。記憶裏的校舍，最體面的就是四維堂，其餘都是矮房子。多年後考大學，因故放棄高三，休學在家，幾無準備，所幸考上輔仁。週末返家，走在自幼出沒的校園中，深感私立大學還比國立大學漂亮。政大的蛻變，是後來的事。

後來仍然與山有關。拜山之賜，政大校本部從十六公頃，擴充為一百二十八公頃，放大成昔日的八倍，這是平地的臺大，不能想像的一聲雷。後山化為校園，新樓矗立其上，四維堂就變小許多。但是，我仍然感懷無數的夜晚，四維堂的電影、國劇和音樂會，豐潤了一個少年的心靈。我曾在此間，初聆范宇文老師的天籟，那時她非常年輕，多年後，仍是我心目中的絕佳女高音。

父親由盧元駿教授推薦，從復興岡系主任，轉任政大訓導長，也就是現在的學務長。最初半年，他帶著南山哥，借住在指南新村的梅汝璇教授家，稍後全家團聚，在同一新村自立門戶，是我在政大的第一個家。為此，我們始終感謝梅伯伯和梅媽媽。他們的兒子長錕，從小活潑好動，後來成為導演，現在是我年資最長的好友。女兒長錡，從小就是最優秀的，現在改行當立委，則非我始料所及。

指南新村是平房，但有小閣樓，是捉迷藏的好地方，我也存放若干故事書於此，布置了生平第一個書架。鄰居呂俊甫教授，課餘成立威廉補習班，一展他英語的長才，中英姊和南山哥都是班上的學生。那時小學生尚未讀英語，高瘦的呂老師，就成為我的籃球教練。

每天晚上，指南新村的家中，都有學生進出。父親約見他們，母親則忙著招待，我們樂得分食剩下的點心。前幾年，母親歡度八十大壽，蕭萬長先生來賀，朗誦了一首自己寫的詩，並說師母和四十年前一樣年輕。蕭先生告訴大家：「我是世輔老師的學生，因此也是三民主義的信徒。」我們忝為人子，聞此能夠無感？

父親在政大創立新導師制，為其他各校所無，一如我現在任教的世新大學，首創守護神制。記憶中的每一個除夕，父親都不在家，原來到校陪僑生過年了。父親辭世後，我們收到的輓聯中，有一句「永遠的訓導長」，正可說明他的愛心，長留天地之間。

政大的第二個家，在禮賢新村，距離指南新村步程十分鐘，位於政大實小旁邊，我上學更方便了。指南新村後來改建為女研究生宿舍，禮賢新村後來改建為實小活動中心，它們皆已不存，卻永難磨滅。

禮賢新村的家，左鄰是魯傳鼎教授，右舍是王先漢教授，前居鄭震宇教授，後住林烋生教授。魯媽媽即作家趙淑敏女士，多年後我才懂得請教她。王伯伯在世新兼課時，教過古道熱腸的丘秀芷大姊。鄭伯伯曾任駐外使節，有說不完的掌故。林伯伯是德國留學生，也是母親的福州同鄉，林媽媽的雍容華貴，為我童年所罕見，他們曾以無比的仁慈待我，能不懷念？

政大實小力行愛的教育，我置身其間，如置身大學，可惜沒有銜接的中學，以致畢業後無法適應，痛苦了六年。祁致賢校長是誠懇的老好人，同時在教育系授課，教過遠流出版社的王榮文先生，王先生後來為他出書，可謂善善相報。

政大實小一如政大，培養了許多傑士，證明愛的教育收效。後來我追隨父親，盡力照顧學生，相信教育就是鼓勵，老師有別於警察、法官和典獄長，大家各司其職，而我不輕言放棄任何一個學生。今試為世新大學的守護神制度作註：「愛自己的孩子是人，愛別人的孩子是神，所以我們是守護神。」這樣的心情來自遺傳，也來自經驗，政大實小居首功。

政大的第三個家，在化南新村。一部化南新村的歷史，可以寫成一本厚書，我長居三、四十年，從青澀到初老，歷經人世之變，此心終於悠然。前幾年看到附近的房屋廣告，配上化南新村的照片，主打「孟母三遷，教授為鄰」，方知在別人眼中，我是很幸福的。看來，政大對我之賜，是一種殊榮。

化南新村的家，曾經長期與王健民教授為鄰。王伯伯是父親的老友，從上海到臺北，相遇相知半個世紀，他的巨著《中國共產黨史稿》，出版時由卡車運送回府，我們兄弟還幫忙搬書，不亦樂乎。這套巨著極耗他的心血，至今仍少見超越者，可惜當時雖由陳誠先生題簽書名，仍不免於查禁的命運，王伯伯心情之壞，可以想見，但是看到我時，總是藹然微笑，直到最後一面，學者的風範，也由此可見。

這套《中國共產黨史稿》，影響了我的一生。正因此書，從中學起，我就立志研究大陸，後來如願考上東亞研究所，成為名副其實的政大人，最要感謝王伯伯的啟發。他的女兒王蝶，和中英姊年齡相仿，畢業於臺大中文系，卻以英文之佳，聞名同儕。近年見她出版多本中文作品，深慶王伯伯後繼有人。

化南新村百餘戶，其中不少名人家。李元簇校長時常牽著大狗散步，增添村中一景。張京育校長接到父親的噩耗，立即趕來致唁，推崇父親是偉大的愛國者，令我感念至今。施啟揚教授和李鍾桂教授，忙碌中從未失去笑容，不過一位笑得含蓄，一位笑得燦爛。盧元駿教授是詞曲專家，也是我們的恩人，病逝時未享高壽，換來父親的痛惜熱淚。羅宗濤教授以最大的熱情，提筆推薦拙著，使我幸獲國家文藝獎，感恩，是一輩子的事。

家在政大，也延為一輩子的事。父親退休之年，我剛好進入國際關係研究中心服務，陽山弟自美學成歸國後，則在俄羅斯研究所兼課，兩代三人先後握有政大的聘書，或已告慰辛苦的父親。二十多年來，我親見山城的巨變，從面積到體積，從人物到景物，都以恢宏之姿，蔚為社會科學的重鎮。在政大，可逛臺灣最大的校園書店，可查最多的博士和碩士論文，內外的一百多家商店，加上實小與附中，也引來更大的人潮，包括現代的孟母。

今年五月二十日，政大迎接八十周年校慶。南京紅紙廊，重慶小溫泉，這些美麗的名字，遺址是否尚存？我曾經分訪南京和重慶，卻無暇探究政大的源頭，只能透過圖文，追看前輩先生的身影，不勝孺慕與欽遲。返臺俯視景美溪，水已清秀，不再氾災，木柵校園走過風雨，留下我大半生的記憶，也向大家宣示，此乃久留之地。

是的，家在政大，不會遷離。

民國九十六年五月十七日　《聯合副刊》

人在世新

我與世新結緣，起於一塊牌子。

民國五十年，父親應劉季洪校長之邀，轉任政大教授，全家從北投搬到木柵，稚齡的我，覺得從鄉下搬到更鄉下了。

那時從臺北到政大，必經世新。我坐在跳動的貨車上，一面擔心自己掉落在地，一面又貪看風景。車過景美，轉入木柵路一段，現今的考試院對面，一塊牌子閃過，白底黑字，分外醒目——「世界新聞專科學校」。這所學校在巷子裏，我的第一印象，只是一塊牌子。十分鐘後，「國立政治大學」的字樣，也出現在眼前。兩所大專院校的牌子，連續和我照面，是一個小學生厚重的經驗，只是當時年少，沒有料到，我這大半生，先後只有兩個專職，就在政大與世新。十分鐘的車程，何其長遠，又何其便捷，現在，我只有感恩。

就讀中學時，奔波於木柵路上，世新的牌子，不能一日或忘，世新的學生，更吸引我的視聽。記得籃球國手陳金郎先生，也是世新的一員，時常現身於同一班公車上，贏得我的注目。其餘龐大的學生群，擠上公車後，瞬間就爆發了歡笑，喚醒了所有的乘客。那時我忙著課業，迎接嚴峻的聯考，卻見有人逍遙法外，只能稱羨。

後來我才知曉，世新的畢業生繼續升學者，如校前的景美溪水不絕。張曼娟老師告訴我，她就讀五專時，沒有想到自己會是博士，現在為了鼓勵學弟妹，時常公布第一筆學歷，盼能帶動大家更上層樓。我來校三年，每舉張老師的佳例，請同學見賢思齊，結果目睹系上四十多位畢業生，考上各研究所，也分享他們最大的喜悅。

在大專聯招的時代，世新吃虧是專校，往往吊在文科的車尾。多年後升格為獨立學院，然後改制大學，排名節節攀升，成為私立大學中的佼佼者，翻身如此成功，原因耐人探索。我身歷其境後，逐漸感覺出答案。

世新的校本部很小，上下課時，無數青春的身影擦肩而過，場景略似捷運站。牟宗燦校長曾經不止一次，夢到東華大學的野兔子。從東華到世新，校園大幅緊縮，但他辦學的熱忱，顯然並未打折，接下成嘉玲校長亮麗的棒子後，讓這所大學更吸引人，「小而美」成為事實。

世新善待老師，研究室較政大不遑多讓，而兩校的面積相去甚遠。從早到晚，我在校教學、備課，遊走於教室與研究室之間，深感學校雖小，卻別有洞天。我在此間，與濟濟多士傾談，希望能當一個稱職的老師，無愧於「守護者」之名。如今，豐收的是自己。

在世新，老師接到不少通知，內容都是獎勵。例如，為了準備升等，可以休假一學期，留職而且留薪。老師領薪水，學生付學費，兩者的心情互異，各校莫不如此。世新正視學生的需要，每學期的註冊、選課手冊，詳列各式減免與優惠，兼及食衣住行的備忘，盼能減輕他們的負擔。在世新，學生幾乎全都恭敬有禮，校園直如君子國，君子國不在小說中，而是我安身立命之所。讓學生也安身立命，在高學費與高物價之下，能有更多的收穫，是我應有的回饋。

今年暑假，有幸重溫創辦人成舍我先生的文章，更加明白他的人格與風格，以及世新的傳統與傳承。成先生的既勤又儉，早已膾炙人口，尤為校友所樂道。試想私人興學，在那個貧乏的年代，買下大型的防空洞，一切空空洞洞，若不勤儉，豈有今日？成先生強調，「學校為學生而辦，學生為讀書而來」，經費要用在土地、建築、師資、設備上，不能奢侈浪擲，更不許進入私囊。這樣的立意與執行，造就了一個「小而富」的世界，令我想起孔子對子產的追懷：「古之遺愛也。」成先生遺愛在世新，宜乎有一棟大樓，以他為名了。

世新創立於民國四十五年十月十五日，此時迎接五十周年的校慶，喜見管理學院的新廈落成，我也盼望一座全新的圖書館，將來能矗立於舍我樓與大禮堂之間，目前八風舞臺的地基上。大約，這是校本部唯一的空間了。數位的時代，多功能的圖書館，仍有推出的必要，世新學風的踵事增華，或亦有賴於此。

七萬多位校友，一萬多位學生，前後數以千計的教職員工，共同擦亮了世新的牌子。今後，這塊牌子只會更現光芒吧。

民國九十五年十月十一日　《聯合副刊》

世新大學一甲子

我在考試院，凝望世新大學，如見故園。

故園明亮，而非幽深。靠近考試院的鳳凰樹，堪稱世新的校樹，花期不止於夏天，火紅耀眼到現在。兩年前，口語傳播系的師生，為我緩緩送行，只消一分鐘，就走到考試院側門，大家都笑了。很少人換工作，換到隔壁，這是何等福分，可以隨時返校，重溫無窮的暖意。

世新十一年，是我人生意外之旅，一如考試院。二十六歲，服務政大的前夕，父親勉以固守城池三年，卻不知我嚮往一職終身。二十年後，母親垂問久任斯職，「不煩嗎」？我則告訴學生，敬業有兩種，先是敬學業，然後敬事業，何妨一以貫之。五十歲後，果如母親所說，頗感重複之苦，乃思另闢蹊徑。再兩年，得有機緣來到世新，開不一樣的課，看不一樣的書，樂在求新求變，廣義的教職則一。這樣的想法，能否自圓敬業之說？

從小就路過世新，第一次正式拜訪，則在三十年前，代表兼課的大學，來校擔任評鑑委員。

那時我還年輕，跟在資深委員後面，聽到指點議論，設備不足之類，頗感物力的艱難。我經過辦公室，看見同仁桌上的電話，和公共電話一樣，必須投幣，方能使用。那一年，成舍我先生八十八歲，父親八十歲，他們共同走過抗戰歲月，想必刻骨銘心。父親穿補丁褲，省下所有錢，供應兒女的深造；成先生設投幣孔，省下所有錢，造就今天的世新。

二十三年前，再度來到世新，就金鼎獎的共同評審事宜，拜訪成嘉玲校長，深感她處事明快，言簡意賅。此時校園變美，校舍變高，不復克難的景象，令人耳目一新。我後來知曉，成校長為了永續經營，提出十年計畫，總體的目標，是打造一所精緻的綜合大學，擁有一萬名學生。具體的策略，首重提升師資水準，擴充校舍和教學設備，改善教職員的待遇，再以辦學績效，增設系所和學院，加速與國外學術機構的合作等。事實證明，她都做到了。

十三年前，我成為世新的老師，開始與它同時呼吸，同步向前，同享榮耀。民國四十五年十月十五日，世新創立時，還只是職業學校，四年後升格為專科，再經漫長的三十一年，才升格為獨立學院，不因成先生是立法委員而享特權。成校長十年計畫，六年有成，民國八十六年，世新終於改制為大學，業已奮鬥四十一年，從此展翅高飛，讓人仰望，而非指點的對象。

世新的辦學績效，可從兩方面觀之，一為大學新生註冊率，一為大學聲望調查。前者根據教育部公布的統計，一〇三學年，世新為百分之九十七點五九，居全國私立大學之冠。一〇四和一〇五學年，世新的新生註冊率仍高，但教育部已不再公布。後者根據《遠見雜誌》和東方線上的調查，一〇四年企業最滿意的大學生，世新在媒體、傳播科系類，居全國各大學之冠。另據人力銀行和《時報周刊》的調查，一〇五年企業最滿意的大學，世新在媒體、設計、藝文類，居全國私立大學之冠，僅次於我的母校國立政治大學。「周雖舊邦，其命惟新」，世新在文山區的舊址上翻身立命，六十年前誰能預料？

我從政大來到世新，特別感受公私立大學的差異，僅就資源而論，即可謂天壤之別，私立大學的委屈，與何人說？我在學生的課桌上，看到粗筆寫的八個字：「校園太小，學費太高。」的確，私立大學的資源，可能不及公立的一半，學費卻是結實的兩倍，讓我身歷其境，分外疼惜學生。來校不久就發現，幾乎全體老師都愛護學生，成為一個延續中的傳統。「師生感情之佳，為他校所罕見」，這是外校評鑑委員的報告。古人以三十年為一世，世新在一個世代之後，評鑑的重點大不相同，我心深悅。

世新的校本部太小，卻容納了一萬多名學生，從成校長、牟宗燦校長、賴鼎銘校長到吳永乾校長，大約都為此事操煩，所幸出現轉機。牟校長任內，在校本部之外的木柵路上，新建了管理學院大樓，疏散不少人口，贏得師生交讚。吳校長最近告訴我，管院大樓背後，全媒體大樓業已施工，將於一〇七年落成啟用，將可再度疏散人口。到那時，我相信學生會更滿意，課桌上的八個字可能減半。

學費太高，則是難解的問題。學生何其單純，不會比較國外的私立大學，只會對照國內的公立大學，以致心懷不平。一位來自香港的女生，因為無法申請就學貸款，在景美一家加油站打工到天亮，仍無力支付學費而放棄，雖非就讀口傳系，我還是內疚不已。私立大學的校長，最好是募款者，但在不景氣的時代，談何容易。世新校友十萬人，陣容浩大，愛校者眾，不過其中多為媒體人，少為企業家，歷屆校長都很難開口。鄙意以為，校友人人涓滴之助，勝過調漲學費，在校生畢業後，感念不拔鵝毛之恩，至少會報以涓滴的。人人涓滴，即成湧泉，獎學金的名額就可大增。

世新最美麗的風景，當然是師生。周夢蝶先生說，人有兩種，一種是佔用空間的，一種是不佔空間的，他屬於後者。成先生是中國新聞史上的巨擘，也是世新的創辦人，生前以儉約著稱，身後仍不佔空間，一如夢蝶先生。舍我紀念館是如此樸素，一如校園的坐姿銅像，很難彰顯一位巨人的身影。不過，成先生留給世新的遺產，有形加上無形，深厚而且悠遠，雙甲子之後仍將存在，勝卻一時的豪傑。

我來世新應徵試教，揭曉在新聞系，卻在當天轉調口傳系，不勝惶恐。口傳系為臺灣唯一，十分專業，成露茜院長則交代，提升學生的寫作能力，讓我得以自渡渡人，久而心安。口傳系的老師優秀和善，視學生如兒女或弟妹，我加入團隊，眼見後者活潑有禮，能不疼愛有加？友人說我寵學生，殊不知他們因讀書而負債，苦於當年的我。善待青年，不求回報，自有善報，友人以此勉勵，可知我感恩滿懷？

世新十一年，每個學期超鐘點，加上短期課程班，與我教室相見的學生，合計約八千人，無論本地生、僑生、陸生及外籍生，皆有可觀之處，也都結下善緣。我在大一的班上，持贈「新鮮人備忘」，提醒小朋友，大學有四要：一張如期的畢業證書，一份漂亮的成績單，一袋用功的報告，一本青春的相簿。還有一句話：中文英文加專業。這是同輩朋友的共同經驗，強調語文的重要，這句話，後來就成為學生與我的通關密語。

我在大四的班上，則贈「畢業備忘」，提醒大朋友，何以解憂？唯有考試。考試有深造和就業兩類，前者包括國內研究所與出國考試，後者包括國家考試與民間招考，如果躲掉所有的考試，可能前途不明。「有之不必然，無之必不然」，荀子若生當今世，不但勸學，也勸考試。考試辛勞一陣子，受惠一輩子，請以三年為期，準備國家考試。我有感於世新與考試院為鄰，學生棄權何等可惜，不料自己進入考試院服務，眼見應考人苦苦爭分，於是更倡此說。

世新一甲子，走過烈日風雨，其中多少汗淚飛迸！我置身其間，已在日麗風和之時，仍感學校在有限資源下，照顧學生的不易。它從昔日的榜尾，追越諸子百家，登上私立大學群峰之頂，更勇奪傳播第一名，看似一則傳奇，實為絕對的努力所致。我在考試院，凝望今天的世新，回想過去的自己，幸與八千師生結緣，不禁思及《詩經》之祝，那就是：報以介福，萬壽無疆！

民國一〇五年十月四日至五日　《旺報》

再一次叮嚀

——給畢業的您

人說北不見鳳凰，南不見杜鵑，我卻在校園裏，看到幾樹鳳凰，以火紅的花色，在最高處，迎向豔陽，與您一同參加畢業典禮。學校雖小，也有可觀之景，值得抬望與低徊。

每一隻蝴蝶，都是花的鬼魂，回來尋找它自己。張愛玲的朋友炎櫻，早就想到這樣的哲理。春天來時，學校也有滿地杜鵑，與鳳凰花輪流爭勝。明年，歡迎您來重溫。

我們的友誼，在與日俱增之際，看似突然中斷，令人感傷。我擔任畢業班的導師，接收您和大家的成熟與智慧，在課堂的「各言爾志」中，在研究室的深度交談後，在讀書報告的仔細閱讀下，我每每打破中年的無情，讚嘆進化的心靈。

今後，請隨時聯絡，繼續切磋學問，商量前途，分享喜悅，分擔煩惱。煩惱是必然的，學校是集善閣，職場是梁山泊，您若不適應，歡迎回來避風。

老師不比父母，與您無血緣，沒有生養之恩，但我此時的心情，更接近貴家長了。您和許多同學一樣，靠就學貸款，讀完四年書，因此畢業即舉債，而且達半百萬元，我無力為您償還，挫折感可以想見。來校以後，我最大的憂愁，竟是您的缺錢。

因此，請多讀中文和英文，多參加考試，多留意安全。趁著年輕記性好，多取得資格，今後七十年，才沒有遠憂。我在第一節課，即以「富貴長壽」，為您畢業之祝，看似俗氣，卻也無比真實。

富的第一步是語文，語文就是您的衣食。貴的第一步是深造，請不要躲掉所有的考試。壽的第一步是避凶，能否像戒煙戒酒一樣，戒掉您代步的機車？年輕難免氣盛，但不宜輕易決鬥，我是您的出口。

就像在校一樣，我是您傾吐的對象，畢業後，我們更是朋友。「亦師亦友，如父如兄」，多謝您的對聯，我欲受之無愧，只有終身服務了。

千萬個祝福。

民國九十四年六月二十二日　《聯合副刊》

四十年後說《梁祝》

今年，我看了三遍《梁山伯與祝英台》。

每次都是不小心，電視轉臺時重逢此片，驚喜之餘，便放縱自己，回到那個至情唯美的時代。一九六三年，《梁祝》首映時，我還是小學生，情感教育因此啟蒙，一再重溫之後，更已內化為人生觀。「人生朝露，藝術千秋」，電影也是藝術，但觀者多視為消遣而已，我卻奉為圭臬，受教了大半生，《梁祝》堪稱中外電影裏，影響我最深的一部。

一九七三年，我成為研究生，從此服膺兩句話：「追根究柢就是學問，推陳出新就是發明。」《梁祝》的故事何其古老，電影也早已開拍。一九五四年，大陸即製成越劇版的《梁祝》，且在香港上演，但必待黃梅調的劇本，以「周雖舊邦，其命惟新」的姿態，在每一方面求好求勝，方能修成經典。經典是傳世之作，其內容並非來自空穴，而成就則源於出新，黃梅調版的《梁祝》即如此。現在，我試著追根究柢，探詢它的種切，關鍵詞除了「梁祝」本身外，還有李翰祥、周藍萍、凌波、樂蒂等。

一九六三年，李翰祥三十七歲，是《梁祝》的導演與編劇。周藍萍三十九歲，是作曲者，男性。凌波二十三歲，樂蒂二十六歲。他們的共同處，在年輕、聰敏和敬業，所以投入兩個月，就換來不朽。至於「梁祝」的故事，則有一千多歲了。

故事發生在東晉，本為人所共知。但是，大陸近年出現翻案文章，說祝英台是晉朝的女盜，被官府處死。一千年後，明朝有一名小吏梁山伯，死後家人重修其墓，發現石碑與祝英台並列，或因地層變動所致，地方傳為奇事，因此有了附會的說詞，編為哀麗的戲曲。

這種看法誠然新鮮，卻是可議的。早在唐朝初年，梁載言的《十道四蕃志》，就提及「義婦祝英台與梁山伯同冢」。到了唐朝末年，張讀的《宣室志》，更以「義婦冢」為名，完整敘述了這個故事，最後指出，「晉丞相謝安表奏其墓」，說明翻案文章不成立。中外都有傳說，也都有所本，不能輕率變更，這是基本常識。

晉代衣冠成古丘，晉代傳說卻不朽，除了仰賴文字，以及口語傳播，還有待藝術的發揚。元代的雜劇中，有《祝英台》這劇目。《錄鬼簿》中，有「祝英台死嫁梁山伯」的全題。明代有戲曲《同窗記》，和《英台相別回家》、《山伯千里赴約》、《樓臺會》、《祝莊訪友》等劇目，都以此為題材。現代戲曲《柳蔭記》，演的也正是「柳蔭之下作大媒」。從越劇、川劇到京劇，梁祝的故事從浙江一省，傳唱到全國各地。

黃梅調本為長江中游的歌曲，電影則用國語唱出，加以主調反覆，平易近人，符合「重複就是強調」的宣傳道理，因此一經提倡，海內風行。李翰祥編導的《梁祝》，故事大致來自明朝，馮夢龍所輯的《古今小說》，並參考越劇的情節等。其實，一九五四年的越劇電影《梁祝》，本亦有可觀之處，主要導演為桑弧，主要演員為袁雪芬，均為一時之選，也曾獲國外的獎勵，但畢竟以方言唱出，所以未能普及。由此可知，國語是多麼重要。

李翰祥是遼寧人，曾就讀於北平國立藝專，二十二歲赴港從影，二十七歲擔任《翠翠》的助理導演。小時候，我常唱這部電影的主題曲：「熱烘烘的太陽往上爬呀，往上爬，爬上了白塔，照進我們的家。我們家裏，人兩個喲，爺爺愛我，我愛他呀！」母親總是說，全家只有兩人，多麼可憐，比不上我們一家七口，多麼熱鬧！這部電影改編自沈從文的《邊城》，沈老晚年受訪時表示，他未看過影片，也未聽過主題曲，說明隔絕時代的悲哀。

李翰祥從三十歲起，獲聘為邵氏公司導演，我猶有記憶的《貂蟬》、《江山美人》、《楊貴妃》、《倩女幽魂》、《武則天》等，都是他的作品。當時年少，以為他很老了，其實在一九六六年，他還當選中華民國十大傑出青年，時為四十歲，獲此殊榮，必與《梁祝》有關。李安小時候，看了十幾遍的這部電影，成為兩位李導演之間最大的傳承。

《梁祝》予我最深的編導印象，就是完美無缺點，考究不馬虎，以致挑剔了幾十年，仍覺得無懈可擊。李翰祥是千里馬，邵逸夫則為伯樂，只有他才能下令，空出所有的攝影棚，只拍

《梁祝》一戲。《梁祝》的成功，把李翰祥推上了頂峰，至一九九六年逝世止，他活了七十歲，執導、監製和策畫的影片，超過一百部，不虛此生。

周藍萍是湖南人，與我同宗又同鄉，但我留意到這位前輩，純因他的才華。他畢業於重慶中央音樂幹部訓練班，隨軍來臺後不久，進入中國廣播公司，擔任作曲專員，並為指揮與男高音。一九五四年，他三十歲，譜出〈綠島小夜曲〉，不但傳唱到今天，而且勢將延續到下個世紀，證明藝術的雋永。

〈綠島小夜曲〉的作詞者，是周藍萍的同事潘英傑。當時大陸人士來臺，眼見樹木冬季猶綠，印象深刻，因此稱臺灣為綠島，並未想到火燒島。周藍萍的其他作品，包括〈美麗的寶島〉、〈願嫁漢家郎〉、〈山前山後百花開〉、〈一朵小花〉、〈昨夜你對我一笑〉等，也都迴繞在我的耳際。〈昨夜你對我一笑〉的作詞者，就是余光中教授，他最近告訴我，和譜曲者始終緣慳一面。

一九六二年，周藍萍赴港，服務於邵氏公司，次年躬逢其盛，為《梁祝》譜曲，也譜出一生最大的成就。黃梅調古已有之，《梁祝》的主題曲則為創作，他加入京劇、越劇，梆子、山歌和小調等，更見充實而有光輝，比我聽過的安徽黃梅戲豐富多了。作詞者李雋青，略似現代的白居易，展現雅俗共賞的文采，當然也功不可沒。一九七一年，周藍萍逝世於香港，只有四十七歲，多麼可惜！

凌波出生於廣東，成長於福建。一九六三年，母親四十四歲，操勞於家務，抽空看了幾遍《梁祝》，為之著迷不已，父親因此代為寫信，果然收到凌波的玉照，欣喜異常。時至今日，母親高壽八十又八，對凌波的記憶一清二楚，毫無退化，我們能不感謝梁兄哥？

二〇〇五年一月二十三日，凌波在深圳，與失散半個多世紀的胞弟相見，方知自己原名黃裕君。不幸的童年，帶給她許多名字，養父稱她君海棠，演閩南戲時是小娟，初入邵氏時為沈雁，直到李翰祥改為凌波，她才綻放芬芳。小娟時期，她拍過近百部電影，連自己都無從回憶，成名後也很難帶動，再度證明方言的艱困，直到演了國語片，她才走了出去。

凌波正式演出的第一部國語片，就是《梁祝》。一九六一年，她進入邵氏，擔任幕後代唱，包括在《紅樓夢》中，代任潔唱賈寶玉。有趣的是，任潔在《梁祝》中，改演配角銀心，則其雖非大丈夫，也能伸能屈。

凌波本非預定的梁山伯，原來反串的女演員，因故得罪李翰祥，乃由凌波取而代之，結果改變她的一生。一九六三年的臺北，人口不到一百萬，在六十二天中，《梁祝》賣出七十二萬張票。那年十月三十日，凌波應邀來臺，松山機場及沿途，出現二十萬個影迷，凡此皆前所未有。「今宵由我演出，要使掌聲如雷」，這樣的掌聲，延續到二〇〇五年，在臺灣的《梁祝》演唱會上。凌波至此，當然可以告慰自己。

樂蒂是上海人，本名奚重儀，出生前六天，父親死於日軍的砲火，她是遺腹女。十一歲時，母親病逝，她成為最堪憐的孤兒。這樣的背景，使她日後演出悲劇時，總是真情流露，換來觀眾的同聲一哭。她的哥哥雷震，也難怪是憂鬱小生。

我在小時候，可不知道樂蒂的童年，只覺得她氣質出眾，容貌和演技俱屬一流，勝過所有的同業。如今，我多看了四十年的電影，仍以為在綜合的表現上，樂蒂是排名第一的中國女演員。至於外國女演員，奧黛麗赫本最為我所欣賞。可痛惜者，赫本只活了六十四歲，樂蒂更只有三十一歲，連赫本的一半都不到，這是何等損失！

我對樂蒂的敬愛，還與中英姊有關。中英姊的氣質與容貌，都神似樂蒂，雖然小了十歲，仍引人聯想。她用功讀書，又照顧弟妹，識者無不讚美。她多才多藝，素描樂蒂時，簡直就像畫自己。大家都說樂蒂是古典美人，中英姊年輕時亦然。臺大畢業後，她赴美求學，早期的家書中，時與母親回味《梁祝》，也感慨樂蒂的不幸。多年來，凌波與樂蒂如同親友一般，常與我們同在。如今凌波老了，依然可愛；樂蒂走了，不再回來。我希望凌波健康長壽，更祈禱樂蒂天國平安，揮別哀傷。

近讀香港黃玥琴女士的專書，名為《古典美人樂蒂》，方知華人世界，還有那麼多人懷念她，不但成立了樂蒂網站，更有樂蒂國際影友會，每月出版會訊，並舉辦各項活動。樂蒂生於一九三七年，卒於一九六八年，今朝適逢誕生七十年，明載則為逝世四十年。我看到書中的樂蒂遺容，就像睡美人一樣，她燦如春花，生前如此，身後亦然，藝術生命是永恆的。

樂蒂十六歲從影，十五年間，演過四十四部戲，其中《倩女幽魂》，入選法國的坎城影展，她也贏得「東方最美麗明星」的稱號。主演《梁祝》時，她已為人母，氣質依然不減分毫。黃女士指出，她在〈樓臺會〉中，哭得梨花帶雨，工作人員無不動容，連掌鏡的李翰祥，也看得淚眼迷濛。這樣的演出，已臻化境。

正因如此，四十年後，我還熱情說《梁祝》。

民國九十六年九月九日　《聯合副刊》

父親所延續的人文傳統，是我在知識領域上學習的對象，他更以具體的身教，散發了有情世界的祥光，使我在多年的西方學涯中，仍不時探討自己在傳統與現代、西方與中國之間的定位問題。

周陽山作品

父親的啟示

民國七十年夏，我從嘉義解甲，四天後，離開臺北，負笈紐約，在哈林區邊的哥倫比亞大學安頓下來。五年海天遙隔，臺北的風物常入夢境，而雙親的慈容，最是夜思中牽引感懷的。

去年春夏之交，父母來美探親，幾個月的陪侍，覺得臺北近如咫尺，也使得我多年來的思索，因父母身上具現的人文精神而更清晰。對我而言，父親兼負的儒、墨傳統，正是中國文化剛健肅毅精神的典範，而他教誨我們的樂天知命，則代表著道家休休有容的境界。

父親所延續的人文傳統，是我在知識領域上學習的對象，他更以具體的身教，散發了有情世界的祥光，使我在多年的西方學涯中，仍不時探討自己在傳統與現代、西方與中國之間的定位問題。因此，在轉化的知識與價值上，我一直強調傳統與現代間的互動關係。傳統文化必須與時推移，但如果全然拋棄自己的根柢，貿然追逐西方資本主義體系中「最適者存」、「戡天役物」的規則，則非智慧的抉擇。

因為，任何人都無法與過去割絕，民族生命也必然是一連續體，拋棄了中國傳統對人性的尊重，對人生意義的追求，而選擇一條西方資產階級之路，最後勢將發生疏離者與邊際人的問題。究其本源，西方資本主義價值觀的基礎在基督教文明。我們若缺乏這樣的信仰體系，徒然追撲浮面的「優勝劣敗」價值觀，則難免人性的扭曲。在美華人不斷發生的家庭問題，與第二代文化適應問題，除了社會性的因素外，中西價值的失調，與傳統中國人文精神的淪喪，迨為主因。

就在這樣的時空變換下，我於離家數載的獨思過程中，深感父親所代表的人文精神，實有其永恆意義。父親生我時已逾五十歲，但我跨越這歷史長廊，參考父親的人生態度，獲得了真正安身立命之所。

兩年前父親來信，透露他耳鳴幾至失聰的消息，事實上他已隱瞞了半年之久，惟恐我們在海外操心。他對於失去聽覺一事坦然處之，不以為苦，而且工作如恆，新的著作計畫仍然如期進行。

後來從母親口中，我才知道父親失聰前半年間，鎮日耳鳴大作，擾至不能動筆，也難以成眠，但仍未見愁容，生活如常。在父親看來，這是天意的安排，也是他面臨自然考驗的時候了。這種逆境若發生在我們這一代身上，可能只有求諸心理治療或宗教慰藉，但父親則以幾十年的修養而自尋轉圜。

這也使我憶起自啟蒙以來，每天目睹父親努力工作，旅美探親期間，這種墨家精神未嘗稍歇。雖然他的年事已高，但只要一醒來，總是忙著提筆。秉持著對宇宙人生的敬意與大地蒼生的關懷，他總想為子女、親朋、周遭可見與不可見的人群和事物，貢獻最大的力量。父親一貫教導我們順天知命，也就是強調在剛毅的人生歷練之餘，泰然面對自然的安排。換言之，在人世的奮鬥上，應該「知其不可為而為之」，但在人力終未能及的範圍內，則應培育德行修養，泰然處之。

在上述價值觀的導引下，父親對於子女的教誨，也採取了「勉力為之，因才施教」的原則。父親早年習土木工程，因家變而轉修教育。他初望子女能繼其未竟的學業，但我們多未能遂其所願，只有大哥勉力有成，是他理想中的土木工程師。二哥文采洋溢，在大陸研究的領域裏頗有收穫。大姊個性溫婉，一向最聽父親的安排指導，她最早赴美留學，和父親一樣轉習教育，也為我們弟妹立一榜樣。二姊個性耿直，父親因勢利導，果然使她通過現代科技的洗禮，得到專業的電腦知識。

父親對於年幼的我，費心一向最多，從學商而轉習政治，父親亦順我性向所趨，只有出國深造一事，父親稍加鞭策，因此未多延擱。雖然我的興趣較廣，且與父親的研究領域多所重疊，但父親從未規範我的學思。反之，他還希望我能精益求精，從中西學術上雙重入手，以奠定兼顧的工夫。

或許可以說，父親對我的影響最為深遠。因為我不僅是在生活上學習他，而且在價值上也時常追隨他判斷。或許正因如此，我一直不以流行的計量途徑研究政治，反以觀念的變動與文化的發展入手。這種選擇雖非父親的安排，卻間接受到他的影響。

我的婚姻觀也受到父親的啟發。由於雙親一再強調「和為貴」，我與良瑩自始就身體力行。良瑩從小深受傳統家族觀念的影響，對長輩一向事之以禮，對公婆更是出之以誠，既孝且順，與友妻輩中事事爭勝的態度不同，普遍存在於華人社會中的婆媳問題，完全不存於良瑩與母親之間。其因無他，在體驗傳統倫常的價值後，對公婆的態度，就不可能是虛情假意或視之為敵了。我對婆媳關係的觀點，曾受部分現代女性主義者的攻擊，但從他們本身所面臨的各種困擾看來，重新檢證傳統的價值觀，也許仍是必要的。

良瑩與我在美國相識，婚後一年多才單獨返臺。雙親對她的溫婉有了基本認識，半年前兩老在美居留時，對她的勤勉更是印象深刻。我雖學業未成、事業未就，但仍感到人生充實溫暖，實因雙親的倫常觀有以致之。

近年來，我目睹了西方老人的悲楚艱辛，也看到「優勝劣敗」價值觀，應用到人生周期上的殘酷無情。這時反見傳統敬老文化的溫煦祥和，乃重思父親的人生態度，深深體會數千年中華文化的寬容。也許，如何使這一傳統在歷經挑戰與劫難後，展現出新的規範，就是我們這一代的努力目標吧。

在父親八十生辰之際，我記錄這段心路歷程，印證父親人文精神的日久彌新，也感銘他人格的光風霽月，孺慕之情，不能自已。謹祝父親松柏長青，康樂年年！

民國七十三年十二月

父親的畫像

民國七十七年十一月十四日，父親告別塵世，為八十三年的人生旅程，寫下了最後的句點。父親離開的那個下午，二哥玉山和我在三軍總醫院加護病房的窗臺旁，緊握著手，焦心如焚，注視父親最後的呼息。在父親安詳告別的那一刻，我默默的告訴自己：一個偉大的時代過去了。一個歷經動盪時代煎熬，卻堅持「知其不可為而為之」的仁者與勇者，就要羽化登仙了！

當天晚上，強拭著悲慟的淚水，二哥和我草就訃聞稿，文中指出：父親一生以儒家治生，以道家待人，以墨家束己，堅毅自持，著述不輟，直至辭世的前夕，仍伏案振書。在他等身的著述中，我們看到了經國濟世的光輝，在親承的庭訓中，更感受到溫暖和煦的春陽，照拂著後進，導引著門生，也為子孫勾勒出一幅平凡中偉人的不朽楷模。

在日後報刊的追悼文中，鄭貞銘、張放、廖立宇等先生，分別悼念了一位當世師表的離塵。張錯先生更以〈隱沒的大樹〉，描述父親這樣一位學界巨匠的故去。二哥也早以〈父親的書桌〉一文，表達對父親清儉一生的深摯感動。但是，四年多來，我振筆疾書逾百萬言，卻始終不敢，也不能寫就一篇短短的感懷，感懷內心深處的靈明，那股支撐著我奮力向前的道德泉源。

我始終猶豫的是，緬懷父親所經歷的動盪大時代時，究竟該如何為他勾勒出一幅真實的畫像？而那幅畫像，究竟是彼世的真切寫照，還只是我自己跳不出時空，一廂情願的此世嚮往？更重要的是，人子的追懷，乃是一生一世的牽掛，而如何面對父親，讓自己不汗顏的走完此生，恐怕是我在此世遙望彼世的父親時，最大的試煉吧？

為了讓父親安息，也為了使自己心安，過去四年多來，我繼承父親的遺志，將其遺著逐冊改訂擴增，預計以十年為期，完成各書的新編計畫。目前已出版民族、民權二冊，並開始著手第三冊民生與哲學的撰寫。而最後的著述——回憶錄，由父親起草，在文湘叔接力後完成，再由二哥擔任逐字逐句的校勘，於今終於面世，似乎告示著後人，父親的自畫像終於出現了。

面對父親的畫像，這部八十多年的人生奮鬥史，卻沒有絲毫高不可攀的距離，我只感到，父親和悅的臉龐，微駝的身軀，又在春陽下和我們見面了。每一次，當我提筆接續父親的遺著時，都會清楚感受這股春陽的和暖，和其中洋溢的道德感召。於今，父親的回憶錄正式出版，我們身為人子，除了感懷與慰藉，只有以更大的毅力與堅持，為父親一生努力的文字工作，做更現代的詮釋吧！

面對父親，面對自己，面對人文的傳統，面對那幅自畫像，我似乎看到，那個悲戚的午後，二哥與我緊握著手，目睹一個偉大心靈的昇華！

收入民國八十二年四月　《周世輔回憶錄》

懷念母親　無負此生

二十三年前的初冬，我剛從紐約學成返國不久，父親就與世長辭了，享年八十三歲，留給家人的，是無盡的哀痛與深沉的憂思。而今，當我們這些子女都已步入中年，又是另一個寒冷的冬天，母親告別了塵世，離開了她的子子孫孫，以及，那個歷經苦難與憂患的時代。她已經在天父的召喚下，回到天家去了。

母親生我的時候已經三十八歲，父親那時也已五十一。父親對母親說：「這個最小的孩子，是讓你老年享福的，就叫他精精吧！」

從小精明早熟的我，沒有讓父母太過操心。幼年時的臺灣社會，已經漸漸步上正軌，生活還算小康。和兄姊們相比，我最屬幸運。母親常跟我提起，那個離亂中原的苦難時代——北伐，抗戰，躲土匪，逃難，逃難，終究還是逃難。小孩生病，發高燒，只有向一家又一家借錢治病，要養活這一家子人，委實艱辛不易。父親長年著書立說，靠杏壇筆耕，維繫著全家人的生活，而母親勤儉持家，善待每一個孩子，好讓我們五個子女，在健康和樂的環境中茁壯成長。

小時候，母親和我關係最親。小學四年級以前，我常常只上半天課，中午以後，我從政大實小步行返家，母親陪我午睡，直到傍晚，等父親和哥哥姊姊回到家裏，一起吃母親準備的豐盛晚餐。我和哥哥姊姊唸書差上七、八年，他們唸大學，我還在唸實小。整個童年，我是媽媽一手特別帶大的孩子，從小就壯碩，是媽媽賜與我這一生奮鬥的根柢。可以說，沒有父親的堅定導引，就沒有我迄今奮進的標的；而沒有母親的細心呵護，也就沒有我持續不懈的毅力與耐性。

唸初中時，每天晚上，我攤開書包，總要花一兩個小時先整理資料，母親在一旁默默的看著，一段時日後，告訴我說：「如果你一直在做整理工作，卻不能真正讀進去，就永遠開展不了！」聽了母親的教誨，我再也不輕易的浪費時間了。現在我做事、寫文章，幾乎都不待多準備，就即席開始，這都是母親的言教身教所致。

母親出身世家，七世書香無白丁。她常用福州話，背誦全篇的〈赤壁賦〉給我們聽，還曾多次幫內人良瑩磨墨，陪她寫書法大字。年邁以後，她不良於行，我常在午後陪侍時，聽到她在夢境中，依然用福州話背頌古詩，她和成長的那個時代，現在，都已一去不復返了。

母親的意志力一向堅強，意識也甚為清晰。一個多月前，耘兒自香港唸書休假，返回木柵家中，她還能清楚叫出他的名字，一個多禮拜後，當他離臺辭行前，母親的精神與體力卻再也撐不住了。

母親走得很匆促，九十三年的人生是一幅幅艱辛、悲苦與喜樂交織而成的畫卷。我有幸受她一生的呵護與扶持，卻不能讓她享有更寫意與優渥的晚年，實有愧於父親在五十四年前的那段預言。這是人子的罪愆，也是我至深的遺憾。

四十多年前，母親受洗信奉耶穌，平時雖然很少上教堂，但一言一行，常奉行基督的訓誡。當她在彌留之際，我敦請監察院王院長趕到醫院來，為她禱告，我們兄弟一起緊握著母親的手，讓天父接引她走向天國。第二天下午，當牧師來家中禱告時，清楚的告訴我們：母親早先已經隨天父而去了！

父親一生奮進不懈，為主義而獻身；母親一生慈愛光照，為全家祈福。現在，他們都已羽化而登仙，只留下我們這些人子，要在人世間持續完成未竟的使命。

魂兮歸來，我的至親！願來生天國相會時，我們都能勇敢而無愧，向雙親告白：我們已盡心盡力，無負此生！

民國一〇〇年二月　《懷念母親》

煙山一日談

前言

最近兩年，全島各地的偏遠地區，掀起了一股新生的浪潮，地方基層建設重受人們的矚目。這裏要述說一個不為人熟知的故事，介紹這股浪潮前的一些背景。

一、楔子

民國六十七年深冬，天寒時分，山區的雨季未歇，沉甸甸的天地間，灰茫一片。蜿蜒的山道上，一輛灰褐的吉普車踽踽獨行，路上稀見人煙。淒寒的歲末，山色冷暗，晨霧尚未盡消，溼氣夾雜著濃重的石灰煙硝味，彷彿有一種鬱結聚積於胸域之間。透過車窗，但見雨霧連綿，大地蒼茫，倒是從窗隙吹進的絲絲涼風，還有幾分清爽。

經過近兩小時的顛簸，悠悠忽忽間，吉普車終於在山麓的小村落腳了。這是我們南北尋訪之行的第九站——煙山。

煙山和臺灣三百一十三個鄉鎮中的大多數一樣，只是地圖上不起眼的一小點罷了。它的居民不足三萬，無名勝觀光區，非交通要衝，也沒有知名的特產。如果說它有什麼貢獻，那也不過和沉默的大多數一樣，以遼闊的農業區，供養著都市的廣大人口，另外，也就是它沉鬱而獨特的故事了。

煙山是臺灣有數的重要石灰產地，巨大的煙囪代表著東亞重要的水泥廠。近三十年來，它提供了無數的建材和灰石，為全島各地的工業化和都市化，奠定了穩定的基石，但是，它的貢獻卻難期相應的回報，煙山灰茫的天際，顯示著可怖的空氣汙染，當灰沙沉落，大地淒迷，君臨的塵埃，蔽塞了萬物的生機，造成了農作的歉收，以及對居民健康的嚴重威脅。然而煙山的犧牲不止於此，由於法規上的種種限制，造成了地方自治經費的不足，也使煙山面臨了全省偏遠地區的共同困境——地方建設難以推展。

在「加速地方基層建設」的政策指引下，我們這一行研究人員，經由中央及地方政府的協助，在陳教授和朱教授的領導下，從全省選取了三十個鄉鎮，進行實地的探訪，以便搜集資料，針對當前地方自治面臨困境的癥結，提出因解之道。近閱月的奔波，我們已採訪了南北各地的基層，煙山則是我們所欲尋訪的另一類典型。

二、把煙囪堵上嘴

上午十時十五分，我們在公所禮堂，會晤了地方的主管人員。

「黃鄉長，以你在貴地從事公職多年的經驗，感到有什麼基本的施政困難？困難的原因在那裏？」

「困難實在太多了。在過去老百姓的眼裏，縣市長、鄉鎮長，都是所謂的父母官，現在這個觀念已有所改善，取而代之的就是公僕的觀念，但是往往有人誤解了它，而把公僕當做可以隨意使喚或指責的對象，常常不明瞭情況就胡亂罵人，使得鄉鎮長只有吃力不討好。另外鄉鎮經費非常有限，建設項目又多，一般人不明狀況，也常生誤解。總之，甘苦辛酸，真是一時說不完。」

「不過，歸結起來說，我以為當前地方基層自治工作，有幾點重大困難：

第一，是上級委辦的事情太多。相形之下，本身自治事項所佔的比重就減輕許多，人力自然也分去不少。另外上級單位也太多，往往彼此不協調，但有事同樣都交辦給公所，造成時間和人力的浪費，也影響了行政效率。

第二，是經費的短絀。目前財政收支劃分法裏，鄉鎮的經費來源主要是契稅、娛樂稅、及部分的遺產稅、房屋稅和田賦等，但由於近年來農村的不景氣，人口大量外移，地方不易繁榮，這些稅源都很有限，而且甚至有減少的趨勢。所以目前鄉鎮公所的經費，主要都仰賴上級政府的補助，形成地方自治與基層建設上的一個瓶頸。

第三，是鄉鎮長人事職權太小。這是杜絕過去濫用私人、排除異己的缺失所採取的措施，立意當然很好，但也因此失去了人事運用的活力和彈性。目前許多地方基層人事是有缺無人補，有人才而無任用資格。往往一個有十年二十年經驗的行政人員，因任用資格不符職位分類標準而無法任用，但有資格的年輕人卻又不願留在基層工作，結果職位就虛懸下來了。」

黃鄉長年約四十，世代居於煙山，他自稱是個莊稼漢，黝黑壯碩的身材、飽滿的天庭、沉著的舉止和肯定有力的言談，給人一種篤實誠懇的信心。他是本地的大戶人家，高中畢業後就留在鄉裏工作，除了種田之外，還經營一些畜產和果樹。由於他的幹練和熱心，頗受地方父老的愛戴，目前已是他的第二度任期。

坐在黃鄉長左邊的是公所祕書劉先生，在公所工作已有三十多年，他的身軀發福久矣，鼻上低低地架副老花鏡，一直在旁忙著整理資料，準備隨時遞給鄉長好提供數據，偶爾也掠過鏡架看看我們，剛剛談到財政劃分法時，他不時指著各項賦稅所佔比重給我們看，這也是我們歷次尋訪各鄉鎮都要提出的問題。

「黃鄉長，我們也知道目前大多數鄉鎮自治經費，多半仰賴上級補助，甚至有的鄉鎮補助高達百分之八十以上，而鄉鎮本身分配到的稅收，甚至連公所本身的人事經費都無力負擔，但是財政收支劃分法有它的政策考慮，也是依據賦稅的特性而訂定，基於此，你覺得是不是有什麼根本解決的方法呢？」

「目前全省各鄉鎮經費來源，都根據此一劃分法，好處是全省統一，一條鞭到底，但缺點是忽略了地方的特性，以及近年來農業發展的困境，結果反成為地方自治與基層建設的一項限制。

我想你們在來的路上，都注意到了我們西邊水泥廠造成的空氣汙染，這已是一個長期的問題了。我手邊沒有具體的數字，說明我們鄉民呼吸器官的病變比例，要比一般人高，但你們只要出去看看灰塵，就可以瞭解一個大概了。而且我們這邊的農作收成，確實要比別的地方低。因此，雖然水泥工廠帶來了一些就業機會，對地方繁榮也不無貢獻，但相對的，我們付出了太多，也實在太多。

最不公平的，就是工廠所在地是在我們鄉下，公司所在地則在臺北，根據稅制和財政劃分法，公司所在的大都市可以分享到營業稅、公司所得稅等，而我們只能分到為數很有限的房屋稅。這造成了一個現象，就是我們鄉下提供了勞力、場地，犧牲了民眾的健康和農作的收成，卻換不到應享有的地方建設經費。相對的，大都市只提供狹小的辦公場地，卻坐享其成，這個現象不僅發生在本地，全省有工廠或工業區的鄉鎮，也面臨了類似的困境。」

黃鄉長在侃侃而談，我的視線漸移至窗外，霏霏的細雨仍零零落落地下著，雨水的滋潤，照理說，該使空氣潔淨多了。但濛濛遠處，灰沙卻噴泉似地從煙囪中滾湧而下，只是泉霧昏灰，塵埃蔽天，濃密的灰沙，帶不來一絲清新的喜悅。

這也許就是所有開發中國家，都將共同面臨的困局了。在工業化和外貿競爭力的雙重要求下，加速工業產品的數量和規模，以及抑低生產的成本，已是無可爭的必然前提了。因而，降低公害與汙染的種種預防和補救的措施，往往會因妨礙生產規模與增高生產成本而被忽視。權宜的措施，遂使得汙染性工業集中在偏遠地區駐足下來，而這些地區居民的福祉，自然也多少要受到戕害了。

但是工業化的腳步不斷加速，都市化和人口膨脹率亦與日俱增，偏遠地區逐漸有繁榮的一日，人口的增加，生活的富足，帶來了新的力量，也帶來了更多的關心。於是，要求維護生態環境、要求提高生活素質的呼聲，也就甚囂塵上了。人們開始質疑：為什麼要讓我們呼吸汙濁的空氣？難道別人可享受現代化的甘泉，我們卻要苦嚐它後遺的煙塵？當經濟加速進展，民主化與政治發展亦步亦趨之際，民意代表和各種團體的代言人，越來越努力於民意的探索了，政策規畫者愈感受到民意的壓力，問題就更趨嚴重。然而，以持續的經濟發展維繫安定的民生重要呢？還是維護生態以提高環境品質更具意義呢？這兩難之間又究竟如何尋求解決？也許，這就是所謂的現代化的困境了。如果鄉野間矗立的巨型煙囪，代表著五〇年代的現代化遠景，那麼如何把煙囪堵上嘴，或許就是八〇年代的現代化課題吧？

煙山的沙塵正啟示著這一層的反省，但是，我們如何面對它呢？

「水泥工廠是否考慮過設立灰沙回收設備？」

「有的，他們投資了不少錢去做，但效果一直不好。」劉祕書在一旁代為回答。

「那麼，你們希望如何補救？」

「剛才我說過，」鄉長又接上談話：「工廠對地方發展多少有一些貢獻，但相形之下，我們付出的代價太高了。平心說來，我覺得有三方面，是上級政府和工廠資方應該做的：

首先，為本地設置一所設備比較完善的醫院，免費或平價提供醫療服務——尤其是有關呼吸器官上的病痛。這樣可以使受公害的地方民眾，得到較大的健康保障。

其次，對工廠附近農作予以合理的補償，補償標準可依據每年同質田地的平均農產量來設定。

第三，針對工廠與公司所在地點的不同，分別制訂合理的賦稅劃分標準，使工廠的建設成果，也能應用到地方建設上，也就是取之於地方，用之於地方。雖然這一點要牽涉到法令的修改，問題可能比較複雜，但它勢必將為全省鄉民環境的改善，帶來深遠的影響，這也就不是一時一地的改革所可企及的了。」

三、從便民中心到公共造產

望穿禮堂的門口，走廊的另一側，正是公所的辦公廳，約莫四十坪大小。櫃臺外只有稀疏的兩三個阿公阿婆在問事情，清清冷冷的。臨近大門的過道旁，掛著一幅「便民服務中心」的牌子，後邊坐著兩位年輕的小姐，靠右的在埋頭振筆疾書，另一位手裏持著報紙，很閒適的斜坐著。

服務中心的兩側，錯落著幾排桌椅，職員們有的忙著辦公務，有的到處走走，碰上談興好的，便坐下聊聊。靠東邊面向禮堂的是民政課，課長瘦瘦小小的，五十來歲，戴了副黑框的眼鏡，他身旁擺著一部複印機，灰褐的蓋子壓著，上面好像有一層厚厚的灰。課長忙碌的翻著積壓的公文堆，好厚好厚，大概有一尺多高吧，在他身前一位年輕的職員，時而將一些資料轉身交遞過去，有的就放在公文堆上，從禮堂看去，課長矮小的個子幾乎要見不著了。

「劉祕書，你幾十年來在公所服務，覺得目前人手方面夠不夠？」

「你是講那方面的人手？」

「我先補充一下，我們根據採訪各地所得資料，覺得目前各公所員額編配的劃分辦法很不得當。像是臺北地區的三重、板橋等縣轄市，人口都在三十萬左右，比省轄的基隆市還多，但由於法規限制，無法多任用人，結果幾乎要雇用編制員額一倍以上的臨時人員，對於市政推動自然有不便之處。而另一方面，一些五千人甚至一兩千人的小鄉，也還維持著二三十個員額，又造成了人事上的浪費。以貴鄉的情形看來，是屬於中間型的鄉鎮，但是在總員額和各課、室的人事編配方面，是不是合乎實際需要呢？」

「在總員額方面應該是夠的。但是各課、室之間就顯得比重不同了。譬如民政課，要承辦縣府好幾個單位的交辦業務，又要監督各村幹事的工作，加上村民大會也都要在場，工作就顯得相當吃重了。至於像財政課，每年忙著編一次預算計畫，其他的時間就比較空閒。另外農林、建設方面的人員，往往需要專門技術，有時待不了多久就走了，剩下的工作，會辦的人任用資格不符，只能兼代的做，但薪俸無法隨著調整，工作意願自然受到影響了。我想如果鄉鎮長有機動調配人事的職權，根據事實需要做合理的安排，這個問題應該可以改善的。」

「你還有沒有其他意見？」

「另外我覺得有一點應該提出來的。過去戶政事務所是歸公所的，後來劃分到警察局下面，行政上就發生很多麻煩。由於戶政業務相關性大，我們這邊常需要到那裏查資料，但因為互不從屬，他們常常會拖延，有時等個大半天還拿不到一份戶籍資料。還有就是在薪俸方面，過去兩邊的待遇是一樣的，自從他們劃歸警政系統後，有了警察方面的加給，就比公所這邊要多四分之一左右。目前與鄉鎮公所同一級的單位，像戶政事務所、地政事務所、農會、衛生局等，就屬公所裏的待遇最差了。」

「有些專家提議，既然目前鄉鎮的自治業務，已被劃分給不同單位辦理，剩餘的民政、兵役、社區發展、公產管理等等，不如再獨立為各種事務所，像是民政事務所、兵役事務所等，分別地各司其職，黃鄉長，你覺得這樣構想怎麼樣？」

「獨立有獨立的好處，職權專一，效率自然可以提高，但是目前鄉鎮的發展事實上很不平均，大的市鎮已成了大都市的衛星城，社會發展趨於多元化，業務劃分開來當然很好。但很多的農業鄉，目前反而在萎縮當中，人口每年遞減，如果再劃分出各個事務所，辦的事就更少了，這樣只會構成人事上的浪費。所以目前鄉鎮自治工作，實在應注意到地方上的特性，各地差異很大，有時強制應用統一的標準，反而不切實際。」

「請談談你們這邊公共造產的成績好不好？」

「我們鄉裏沒有觀光區，而且居民不多，沒辦法像大市鎮，建游泳池一類的遊樂設施，公共造產只有種一些水果，但績效並不太好。」

「我們來的路上兩旁種的芒果樹就是了？」

「是的，另外在山邊大鵬村也有兩甲地在種桔子和蓮霧，但因公所經費有限，沒法多僱人照料，常常被偷摘，收成也不好，還不至於虧錢就是了。

我總覺得公共造產這項目立意雖然很好，但不宜強求，有些地方實在沒什麼特產，一定要種些東西的話，遇個颱風往往就賠個精光。而且有時農產滯銷，反而形成與民爭利，更失去原來的美意。另外有些鄉鎮的風景區，交由公所來經營，但因為資金和人力的不足，又形成髒亂，這實在很不值得。」

「但是，我們這一趟訪問，也看到一些鄉鎮公共造產的成績很不錯，的確為地方建設開闢不少財源。」

「當然，我只講到了缺失的一面，有些地方可能的確辦得很好，但我仍然要強調一點，就是不宜強求一致。畢竟，各地的條件相差很多。像是中部地區，風災影響不大，若是辦理農作，收成通常就很不錯的，但我們這邊就不一樣了。」

四、傳統的式微

俄頃之間，小雨漸停，午時將至，公所的大廳早不見人影。鄉長款待我們，和公所幾位課長同仁，在公所前馬路邊的食堂便餐，兩百圓一桌八人份，在本地已算不錯的了。一位年輕的人事管理員胡先生，在旁邊負責為我挾菜，送往迎來，我真要吃得撐住了，他自己卻沒用上兩口。我聽說他是臺北一所五專畢業的，在公所已任職三年多了。

「胡先生，你怎麼想到留在公所服務呢？」

「說起來也很偶然，畢業後服完兵役那年，家裏的田需要人照料，就留在鄉下，後來種田實在不賺錢，就租給別人耕，剛好那時公所缺人，鄉長要我兼代一下，大家反正都是熟人嘛，代替久了也習慣了，覺得蠻適合的，後來去參加考試，改為正式職，就這樣留下來了。」

「既然種田不賺錢，別人租了幹什麼？」

「平常種稻是不賺錢，但如果種些蔬菜，收成好時，還挺划算的。」

「你留在基層工作，會不會有什麼委屈的感覺？」

「那倒不會，反正吃公家飯嘛，都差不多。不過以前像我這樣的年輕人，留在公所只是為了取得資歷，一年期滿就趕緊離開了。我自己則是覺得生在鄉下，長在鄉下，後來在臺北讀書多年，一直沒有為地方服務過，現在留下來的確也可以做點事。而且鄉下人情味濃，大家都熟，生活安定，生活費用也便宜，如果拿同樣的薪水在臺北過活，可就差多了。」

「但是在公所工作，往往一留就是二、三十年，終老於此，你不覺得可惜嗎？」

「我自己倒不這樣想。我希望在地方上服務，為父老建立個好印象，以後有機會可以參加公職競選。不過在公所任職缺少晉陞機會，一幹就是幾十年，的確使好條件的年輕人裹足不前。」

「你想有什麼辦法好解決這問題嗎？」

「也不是沒有。我想可以採取上級選用下級優秀幹部的方式，譬如公所裏表現績優的人員，就可以往上提派到縣府甚至省府去，只要任用資格符合，業務很快就會接得來的。而且這些從下面上來的人，對基層事情比較清楚，可以使上級政府在對下級單位的措施上，考慮得更周延一些。美國總統卡特不也是從州長登上來的？臺灣的例子更多了，我想上達的管道一旦建立，一定可以使公所裏的有志之士工作更熱心些。事實上，基層工作沒有什麼大學問，只看你做不做，像現在，不管做得好壞，都是那個職位、那份薪水，加上鄉鎮長無法動得了人，行政績效那自然談不上了，便民措施等等這些成效當然也不會好。」

「我們打個比方，如果你以後當了縣議員或鄉鎮長，你最想做那些事呢？」

「我們這邊醫生太少了，全鄉就只有三、五個，又會敲竹槓，而且設備也不足。尤其是山裏幾個偏遠村落，離鄉公所這邊差不多有三、四十公里，山路又不好走，如果發生急難，那可真不得了，所以我想最先要向政府爭取設立一所醫院，尤其在偏遠山區要設個衛生站，有一兩位醫師長駐在那裏。」

偏遠地區的交通和醫療問題，的確是當前地方基層建設的一大困難。幾年前，花蓮一所偏遠國校兩位老師，在赴校渡河途中葬身洪流，政府為紀念他們的殉職，籌建一座大橋以資紀念，這的確顯示了交通不便的嚴重性。這次我們在臺東就看到了幾處類似的情形，有的山區裏，小學生上學途中必須跋涉過河，如果河水上漲太高，這一天的課就上不成了。據說在偏遠地區的一些代用國小或國小分部，常有學生一天來一天不來的情形，就義務教育的強制性和完整性而言，這不啻是一大死角。

從現代的福利觀念看來，偏遠地區建設經費雖然高昂，而且缺乏眼前的經濟效益，卻是一項無可旁貸的職責。近年來，偏遠鄉鎮及山地鄉的人口外移情形十分嚴重，除了就業機會少之外，交通不便和醫療、保健的不足也是重要的因素，它造成的影響非常深遠。目前山地鄉的年輕男子就因女孩子大量往外地跑，而形成缺乏對象成婚的景況，另外，原住民大量外移也造成了當地社會、文化的急速變遷，代溝與價值失落問題就頗為嚴重。今天，我們在山地民俗村，已不容易看到一場純淨的表演了，取而代之的則是俗豔、公式而「現代」的歌舞團，反映在背後的，是年輕人的追逐聲色近利、傳統價值觀念的墜失，以及老年人對於古老文化失落的徬徨，最近有關山地文化的研究，也指陳了此一隱憂，但是，難道這就是一個獨特的文化型態，在現代化社會裏的最終命運嗎？難道，這也就是所謂傳統社會的消逝嗎？

回顧煙山，這個沙塵瀰漫的山村，是否也面臨了相同的命運呢？

「胡先生，你成家了吧？」

「還沒有。」

「有沒有適合的對象？」

「嗯，也還沒有。不急嘛！」

「煙山這邊年輕人遷到外地的情形怎麼樣？」

「鄉下地方嘛，受教育機會少，就業機會也不多，再加上農業蕭條，所以有點發展前途的，往往都集中到大都市去了。比如說，要唸高中的話就一定要到外地去，如果程度好可以唸大專的，畢業後往往就留在當地做事了。只有在每年過節時候回來看看老家，有的嫌來往麻煩，乾脆就把兩老接到外地住去了。至於女孩子，那更不願待在鄉下了，大家多半喜歡都市繁華的生活。聰明點的，當然出去唸書了，其他有的長得漂亮的，想辦法參加歌星、影星甄選，一炮而紅，我們鄉裏就出了兩個名歌星，都賺大錢了。另外，有許多人在工業區做女工，賺了錢除了自己花，還可留給家裏一些。總之，願意待在家裏真是越來越少了。」

「她們在外面容易找對象嗎？」

「條件好的當然不成問題，其餘的就很難說了。有些工廠工人很複雜，做工的女孩子就很容易上當受騙，甚至有時候就這樣墮落下去。我自己有個小學時要好的女同學，到臺北後沒多久就變了，最後，唉！竟淪落風塵。真是可惜得很。」

我停了半晌。

「你自己是不是因為這問題而猶疑不決呢？」

「嗯，嗯，可以說是吧！」

五、白描

餐後，眾人皆回公所休息，我則信步朝東走去。據鄉長說，煙山就只有這條主街，放眼看去，只有百來公尺的光景，路不太寬，剛好可容納兩部大客車交會，地上溼漉漉的，和著一層厚厚的黏灰，一腳踩下去，灰泥就氾濫開來，然後像龍鬚般地爬佔在鞋的兩側。路面不太平整，凹洞處處，不小心，鞋身陷了下去，整隻就都染灰了。

一腳的灰。

馬路兩旁有各色各樣的商店，騎樓下，看不到老式的紅磚房子，一幢幢都是水泥店舖公寓，正面鑲滿了碎細的馬賽克磁磚，花綠花綠的。側面是光禿禿的一整塊水泥牆壁，著鏽的鋼骨露出頭來，點綴在四角。有的人家在牆上打個洞，配上豔鮮色的窗子，還有的在上面掛了塊市招，都是冰箱、汽水之類的廣告牌子，其他未遮到的地方則任它空閒著，白灰灰的一大片。

騎樓下有些許行人，幾個小孩子在打打玩玩。還有幾家麵食攤，四面圍坐著竹凳，攤子主人在吆喝叫賣。再下去十來公尺，一幅俗豔的巨幅彩圖板擱在過道旁，蘋果綠配上鮮紅，再用螢光漆描上了邊，好像布袋戲臺上那種襯底的圖景，耀眼極了。定神看去，赫然四個朱紅的大字：美春茶室。我趕緊走到對街，才瞧見那門口坐著一個冶豔的婦人，懶洋洋的左右望望，茶室裏一團漆黑，只見斑駁的木門半掩在外。

順著路下去，前面開始臨彎道了，視線在此打住，轉身朝北，擡頭望去，一巨幅裸女圖橫臥在前，下面一行斗大的紅字：「包君滿意，保證癢眼，雪峯歌舞團」。廣告牌底下，陰暗的售票口前，排了三四個蓬髮的年輕人，襯衣露在外面，搭著兩三顆扣子，手上油黑油黑的，口裏嚼著檳榔。正待離開，才驚見售票窗口上四個暗金的銅字：文化戲院，然金漆已殘褪了。

六、民選呢？還是官派呢？

下午二時三十分，我們會晤了村長代表和鄉民代表，首先請問了大龍村游村長。

「我們這一行曾訪問各種不同類型的鄉鎮市，關於村里這一級，各地的意見相差很大。在都市地區，大部分意見都認為村里可以廢除，而偏遠鄉鎮則因幅員遼闊，交通不便，都主張村里這一層的功能有待加強。游村長，你的看法怎樣？」

「我想先說一點，就是我們大龍村是鄉公所所在地，大家有事都直接到公所去辦了，所以設村辦公室沒有什麼意思。但是對於本鄉其他各村來講，村這一層還是很重要的。譬如上個月我們東邊山裏的大坑村，有一家大人發生車禍，他的妻子小孩都不識字，也沒能力謀生，結果村長發動村民募捐，又幫忙他們到公所辦急難救助，終於度過難關。類似這種情形，我想各地都會發生的，如果沒有村里這最基層來反映和幫忙解決問題，那麼我們鄉下老百姓的福祉就要打折扣了。」

大坑村的村幹事林先生也在場，他去年才從軍中退役，經過考試後，也加入了基層工作。

「林先生，有些地方的村里長和幹事建議，在鄉鎮裏的偏遠地區，聯合幾個村里設置一個辦公室，村里幹事則定期輪流返公所辦公，也把代辦的事帶回公所，這樣可以便利偏遠地區的民眾，你覺得這種構想怎麼樣？」

「這的確是挺好的想法。對我們山區的民眾來講，交通實在是個大問題。像我的摩托車最近壞了，今天一大早從村裏過這兒來，走了將近三個鐘點才到。如果聯合一兩個或者三四個村建個辦公室，形同一個小型的公所，可以把一些簡單的事，就近為民眾解決了，這樣可以增加很大的方便。但問題在怎樣設置，設置在那裏，我想各村之間可就有的爭議了。」

「我補充一點，」鄉長又加入了：「這種聯合辦公室，主要還是做為一個層轉單位，由村長、村幹事多提供一些服務，像是填寫表格、轉送資料之類的，它主要好處就是便民，但目前鄉鎮公所的經費，並沒有能力建個辦公室，要找個合適的辦公場所也很不容易。而且，各村之間的距離有時還很遠，選擇一個大家都方便的地點，實在相當困難，所以這個構想要實際做得好，還是頗有困難的。」

鄉民代表會來了三位老先生，枯坐一旁，我轉身過去問他們。

「各位鄉民代表有沒有什麼意見？請主席先發表一些意見吧！」

鄉長盯著代表會張主席看。張先生已滿頭白髮，講國語有些困難，回看著鄉長，好像有點疑惑。

「我也沒有什麼特別看法，就是請你們去告訴中央，鄉公所太窮了，建設經費實在不夠，我們代表會每年提的案，一牽涉到用錢的，大部分都沒有消息。」

「我們會把你們的困難向中央建議改進的，這次我們來，就是希望把地方基層中，大大小小的困難通通發掘出來，然後建議，希望你們有什麼話不要藏著不說，任何問題講出來，對大家只有好處。」

「剛才主席說到，代表會的議案提出後就沒有消息了，那麼公所有沒有提請代表會覆議呢？」

「有啦，很少就是了。」張先生的眼睛仍然盯著鄉長，神情有點緊張。

「公所有沒有把代表會的決議案，列入下年度預算的重點呢？」

「很少，花錢太多的，也實在沒辦法就是了。」

「代表會對這種情形怎麼處理呢？」

「處理？沒錢還談什麼？還不算了？」

「那怎麼跟民眾交代呢？」

「大家都知道困難很多啦，村民大會裏的提案也一樣，大都做不到，大家都習慣了。」

張先生說話時神情不太自然，眼睛一直徘徊在我和鄉長之間。我乃轉向鄉長。

「鄉長，公所對於一般代表會和村民大會提案，都怎樣處理呢？」

「這些提案絕大多數都是屬於經建事項，譬如產業道路的改善、橋梁的修建等等，多半都不是鄉公所的經費能力範圍內做得到的，所以也就沒法執行了。本來對代表會的決議案，要是做不到的話，是應該送請他們覆議的，但提案太多了，大都做不到，也就很少有送請覆議的。其實這也沒什麼，代表會也很清楚，我們的預算、財經，一切公開，有多少錢，辦多少事，覆議與否都一樣的。」

「那麼一般提案中做不到的，大概有多少的比例？」

「六、七成左右。」

「六、七成？」

「對，這是沒辦法的事，我們已經盡力在做了。」

「游村長，那一般村民大會有多少人來參加呢？」

「很少，有的時候還是千拜託萬拜託，拉人來湊足數才開成的。通常住在附近的老百姓還願意來坐坐，見見面聽聽報告聊聊天，遠些的、忙的，從來就不來囉。」

「偏遠的村子比較好，」林幹事補充道：「因為半年才開一次會，平常見面少，大家可以藉聚會聯絡感情，所以到會人數比較多，不過，村里民大會召開的問題實在多得很，像是決議案無法執行，政令宣導佔去太多時間，開會流於形式、枯燥等，都是會開不好的原因。所以一般而言，開會情形都不理想。」

「張主席，在縣府以上機關的府會關係裏，議會的決議案都具有強制的效力，如果無法達成，行政首長必須有充分的說明，否則也要提請覆議，在鄉鎮民代表會方面，也有類似的規定。在這裏，我先說明一點，今天我們來這裏，並不是持著上級監督者的立場，而只是希望以客觀的身分，儘量瞭解到問題的全貌，藉以作一個整體性的建議。

我想黃鄉長也願意把實際工作的困難告訴我們，只要大家開誠布公的講，問題都好解決的。現在，讓我們回到剛才的問題，你覺得代表會的職權是否受到尊重，是否充分發揮了呢？」

張主席的眼神仍然閃閃爍爍的，停了一會兒，做了個深呼吸，像是鼓足了氣。

「憑良心講，今天代表會太不被重視了，我們的決議案，對公所一點約束力也沒有，當然公所的困難我們也清楚，他們每天精力都花在處理上級交辦的事情上，自治事項，相形之下，比重太輕了。你想，經費完全受限於上級，辦的業務又多半是上級交下來的，這樣的自治，怎麼做得好呢？」

「謝謝主席，我想順便談到一點，就是鑑於當前鄉鎮市沒有能力發揮自治功能，而且有日漸流為行政官署的趨勢，所以有人建議乾脆將鄉鎮市改為虛級，成為縣的派出機構，這樣的話，鄉鎮長也就改為官派了。當然這個議案牽動的幅度很大，也不可能短期內改變，不過我們希望聽聽大家的意見，是不是先請鄉長談談。」

「好的，這個問題事實上過去就討論過了。我的意見可能跟代表會和村長們的意見不太一樣，不過大家談談，溝通溝通也好。

根據我多年服務公職的經驗，感覺當前鄉鎮的財源枯竭，所以推動地方建設很困難，而且鄉鎮的自治事權很小，只有自治團體之名，而無其實，如果能改名就實，將鄉鎮改為虛級，由縣考慮全盤，作統籌的規畫，這樣才能使鄉鎮的建設比較落實。而且講良心話，我們做鄉鎮長的，很多都沒有行政經驗，加上任期只有兩次，到了第二任的時候，往往會考慮到自己將來的出路這些問題，很難全心全力顧到公事，所以會發生很多行政上的問題。如果改由縣府遴報民政廳核派，能夠派由行政專才來擔任鄉鎮長，這樣地方基層建設就可以做得更好一些。當然，這只是我個人的意見。」

「張主席，你的看法怎麼樣呢？」

「我想還是民選比較好，民主時代嘛，有選總比沒選好，對不對？至於錢的問題，可以向上級多建議，還有請縣議員多幫忙講講嘛，總可以解決的。」

「游村長，你的意見呢？」

「我跟主席的意見一樣，有選還是比較好啦！」

「我想提一個綜合的意見，給大家參考參考，美國有些城鎮實行一種市經理制，就是聘請一位行政專家擔任市經理，而另外還是有民選的市長，市長仍然要對議會負責，有的地方，市長本身就等於是議長，至於市經理就只負責行政事務，不牽涉到決策工作，他也不受市長任期的影響。這樣一方面可顧及到民意，也不會妨礙到行政事務的推動，你們覺得怎樣？」

「好是很好，但市長和市經理如果合不來怎麼辦？還有，如果市經理是上級派下來的，誰有權任免他？」

「還是由上級任免的，不過代表會如果不滿意他的行政績效，可以建議上級調換。當然，這樣民政監督工作就相當重要了。」

不過這只是一個初步的構想，實際還有許多細節問題要考慮。時間也不早了，不知大家還有沒有什麼意見？」

「有啦，有啦。」主席急切的接腔了：「拜託你們回去告訴上面，我們這邊石灰廠的汙染太嚴重了，幾十年來一直沒改善，每天大家一出來臉都是灰灰的，滿街也都是灰灰的啦。噢，拜託拜託，請他們快點解決這個問題。」

「好的，我們早上跟鄉長都談過了，回去一定會建議，一定會反映的。」

「今天晚上各位要不要留在煙山休息，我們代表會已準備好酒席，晚上如果願意留在我們小地方住，這裏還有一家旅館，不是很好的，但什麼都有，還勉強啦！」

「不，謝謝謝謝，我們還要趕回去，已經四點多了，我們一定要回去晚餐的。對不起，謝謝大家好意，一定要告辭了，有機會再來。」

「不留下晚餐啦？」

「對不起，謝謝……。」

「下次來一定要留下噢！」

「一定，一定。謝謝各位！」

七、招別的手

離開公所前，鄉長悄悄跟我們說，代表會主席跟他是兩派的，所以意見不太一樣，我們告訴他，煙山的派系關係如此和諧，已經是很難得的。大家肯開誠的談，證明鄉長負責盡職，人緣也很不錯了。他聽了甚為感動，緊握著我們的手，良久，良久才鬆開。上車前，他要我們一定再來煙山，不是以考察研究的身分，而是抱著關懷煙山的心來，他要做東道主，好好款待我們。

車子又發動了，鄉長招別的手也越來越小了，整個身影漸漸地在煙塵中消逝。我望著西邊初露的晚霞，天際已不再那樣沉鬱，而回首煙山的沙塵，只覺它已不像早上來時那樣的淒迷，而大地，也不再、不再蒼茫了。

尾　語（民國六十九年）

去年中秋，我離開臺北，再度南下，距前次的南北訪行，時隔一年。重逢的偏遠小鎮，已展露了新生的契機和希望的遠景。

今年仲夏，全國行政會議召開，地方自治的主要困境，都得到了充分的認知與瞭解，加速基層建設方案，也在積極著手進行。或許，煙山的鬱抑消沉將就此成為歷史，「煙山一日談」也終將留為臺灣現代化發展經驗中的一點註腳，徒堪憑弔罷了！

現代化的歷程是痛楚和欣喜的交織。煙山，這個歷盡風霜的澀果，或許就要在人們的希冀中，成果而甘了。

讓我們引頸企望！

民國六十九年十二月十二日至十四日　《中國時報》

第三屆時報文學獎報導文學優等獎作品

野草莓的聯想

1

一九七八年二月，一個霧色蒼茫的傍晚，我佇立在松山機場，等待著遠方一架靈柩的歸來。在臨時搭建的迎靈臺前，一位心懷故國的長者，回到了終身寄思的家園。往後的幾天，在悼別會上，我默默的想：長者在悠悠的歲月和苦難的煎熬之餘，究竟如何看待那最終的命運呢？當海天遼闊，面對著無盡的宇宙穹蒼，思索著無窮的國族遠景，又如何不感嘆花果飄零，斯人憔悴？

那一年，唐君毅先生仙逝於香港。

四年後，徐復觀先生在臺灣溘逝。

2

《野草莓》的作者，瑞典導演英瑪・柏格曼 (Ingmar Bergman) 曾說：

「我極想說出來，每一個人的內心深處，那份完整的人性面貌。」

薄格 (Borg) 老醫生，《野草莓》的主角，正是柏格曼細緻筆觸下精微的人性寫照。一九八一年深冬，我觀賞了這部巨構。當時，沉暗的天際，像是染上了《野草莓》裏的陰灰色調，濃鬱得化不開。然而，步出放映場時，我卻覺得天空中似乎還透露著絲絲的光芒，照耀著戲裏的老醫生，和所有屬於暮靄的人生。

於是，我想起了一些舊事。

3

一九七九年中秋，臺北盆地仍在炙熱的氣息裏蒸薰，一個明亮的清晨，我拜別雙親，懷著征集令和親情的殷殷切望，遠赴南方軍營的召喚。

一九八一年仲夏，南臺灣的火鳳凰猶在烈陽下照耀，一個餘暉斜映的暮色裏，我準備好歸鄉的行裝，趕搭上往縣城的末班公路車，在沉睡中返抵臺北。

四天後，一張往東飛，再往東飛的機票，讓我在紐約的哈林區邊落腳了下來。於是，數年之間，命運迭轉；親情的照拂，成為匆匆間深遠且持久的記憶了。

離開臺北的每個黃昏，我都要向雙親告辭，而換來的，總是父親的諄諄叮嚀和母親的依依不捨。猶記那年中秋夜，我方整理好成堆的書冊，打點第二天的入伍行囊，清晨三時，雙親夜起，在燈下勸我放寬點、看開點，一切擔待些，再苦的日子很快就會過去的。半年後，我受完軍官訓練，父母親更時而在嘴邊掛記著：帶兵忍耐些、仁慈些，一切拿出良心來。

父親年邁，有時每天小睡多次。北返的日子裏，我常在他床邊駐足良久。有幾回，我把他從驚夢中搖醒，看到了一幅幅回憶過往時的敏銳心境。於是，在同情的瞭解中，在父親深刻的眼角紋和慈藹的笑容間，我漸漸體悟了人生的悲喜，也親見了中國傳統下延衍未絕的人文精神。

4

同樣的精神，類似的夢境，在徐復觀先生給子女的最後話語裏出現了：

「大伯大概大我四、五歲，我上學，他挑柴挑米送到學校時，大概是十四、五歲；每次壓得他肩頭都是紅色帶紫，汗透了破布衫。這情形，我總樣也不能忘記。」

「小時候，你祖母放聲尖喊的兩句話，早上好像又聽見了：『給我點亮兒吧！給我條路吧！』」

徐先生彌留的最後幾天裏，總是神情淒迷，連聲呼喚著母親。是否，每一個念舊的長者，都要回顧那父母之恩呢？是否，他們少年時代的理想夢境，又要剎復再現呢？是否，那大地之母所孕育的子民，才是他們一生奮力不懈的最後標的呢？

在這樣的回顧中，我看到了上一代的執著，看到了異文化的奇幻，也看到了一個可能屬於自己的、親切的將來。

5

陰暗的景觸裏，薄格老醫生又睡了。

這天早上，他在媳婦的陪伴下，開車赴遠方的城裏，接受對他一生行醫致敬的榮譽勳章。但，七十八歲的老先生實在太倦了。接連著幾場瞌睡，不斷帶他回到童年、童年的家和家旁的那叢野草莓。他見到當年困擾他的女友——被他兄弟橫刀奪走的女孩，以及那個背叛他的妻子——她已故去了三十多年。

間歇的睡夢，讓薄格重溫了純稚的歡笑和親情的溫馨，像豐潤的野草莓般，帶給他新生的喜悅，同時卻也殘酷地指斥他長期以來性格裏的冰霜，逼使他重臨那些深埋在潛意識裏，不願再提了的故事。一個個變了形的、扭曲了的故事。

夢中，薄格醫生受到醫事審查會的裁判。

詭譎的是，審查委員居然都是薄格這幾天才剛認識的年輕人，他們帶著冷酷的眼光，毫不留情的執行著三項測驗，看他到底夠不夠醫生的資格。

首先，主審者命令他觀察顯微鏡裏的細菌，意外的是，無論薄格怎樣仔細看，在鏡中卻見到了自己的眼睛，那鏡子是不反射的，老醫生始終只看到他自己。

第一項測驗，薄格失敗了。對第二天就要去領獎的老醫生，這是多大的打擊！接著的項目，是要薄格解釋寫在黑板上的字跡，然而他也沒有成功。老醫生無法辨認出那些信筆塗鴉的符號，他啞然了。裁判席中，一個與薄格昔日女友同名的年輕女子，強烈責備他無法使用與人溝通的語言，還說，就由於這樣，女友才無法忍受他的隔閡與冰冷，後來她終於離開了薄格，因為薄格從來就不瞭解自己的心聲。

主審者告訴老醫生，寫在黑板上的是：「一個醫生的首要責任是要求寬恕。」主審者指責薄格的罪孽深重，暗示他對妻子的冰冷無情，是日後寂寞淒涼的根因，這使得老醫生的挫折感越來越深了。然後，他面臨了第三項考驗：病情研判。薄格以他多年的經驗，胸有成竹，判定床上的女病患——已經死去了。

但是！剎那間，一切俱變。

女病患，俄——然——坐——起，譏笑他人老眼花，糊塗昏庸。狂暴的笑聲驚嚇了老醫生，薄格茫然了。他望著審判席，企求一絲同情的回報，但是，他再度失望了。審判員個個冷眼相視，裁定他不符醫生資格。薄格懇求他們，憐憫他的心臟機能不佳，無法承受打擊，主審者卻絕情的回答：你心裏什麼也沒有，你妻子指控你無情、自私、魯莽，根本沒有良心可言！

鏡頭，漸漸轉向了。

薄格和主審者離開了審查會，走過一個幽光反照的池塘，當黑影迭現，危機四伏的樂音漸起，老醫生步入了陰森的樹林。惡兆將臨，等待他的，是另一次殘酷的試煉。

6

「我幾乎要完全被社會遺棄了。」

薄格如是說。

死亡的陰影和無能的恐懼，纏繞著薄格的暮年。他想起九十六高齡，尚健在的、冷冰冰的母親，想起他家族裏遺傳的冷酷性格，想起遺傳了這種性格的兒子，那個拒絕讓後代再承受這家族個性的兒子。他還想起了車裏陪著他的媳婦，為了想把懷孕的胎兒留下來，跟兒子鬧翻天了的可憐女人。

薄格渴望早點結束長期以來這荒原般的冷漠，他實在懼怕，一個個陰寒凍餒的夢魘，久久盤旋未去，久久困擾不絕⋯⋯。

在半途上，老醫生巧遇了一對加油站的老闆夫婦，他們彼此已相識多年。在陽光的照耀下，薄格知道老闆娘和他媳婦一樣，懷孕了。從側身看去，在她紅色的衣衫上，好像挺立了一顆碩大的野草莓，逐漸凸顯著生命的契機。老醫生似乎在暗想，不知自己這把年紀了，是否還有重生的機會，像是陽光下的野草莓，給他帶來一些溫情和喜悅，好袪除這大半輩子的冰雪風霜。

轉機乍現了，薄格深盼著暮年裏的新生。

7

兩年前，在南臺灣鄉下服役的日子裏，每天晨昏之際，我常在營舍內外，和那些轉戰沙場，榮退、未退的老士官話家常，傾聽他們回憶起的長城黃河、大江南北，以及這座島嶼上的點點滴滴。從一幕幕傾巢而出的記憶裏，我看到了那個無月無風的血戰夜，那位臨危赴難的老戰友，那隻通靈救命的土黃狗，和那些流傳久矣，輾轉曲折的村野奇譚。在他們隱隱含憂的目光中，我也試圖揣想著他們三十年不見，生死未卜的妻子兒女。還有，那些屬於大地兒女永難忘懷的故土情懷。

從他們的回憶中，從坦然的傾訴裏，我看到了和薄格老醫生一樣的，對死亡的複雜心緒，對冷漠無情的徹骨寒心，和對少年溫馨的眷懷依戀。我也常在一對對平靜謙遜的眼神裏，看到了屬於中國傳統的虔誠與安祥，那是六十年前英哲羅素東來時所看到的眼神，蘊藏著這個古老民族特有的深邃、和諧與智慧，但這也是羅素當時憂懷預言即將逝去的傳統，一個就要臨去不返的、最後的先人遺緒。

那個支離破碎、苟延殘喘的古老傳統，就要煙消雲散了。然而，在那些被遺忘的角落裏，黃土大地所滋育的人文襟懷，還在努力的掙扎，想要在世俗化的功利思潮間，嘗試最後的靈光返照。

那是和薄格先生不同的一群人，他們沒有廣博的學識，沒有良好的成長環境，也沒有承平安逸的少年時代，甚至，他們可能一輩子裏從沒有享受過權力、宴樂和富足。不過幸運的是，他們也沒有像薄格一樣的冷酷性格，不會也不願沾染上薄格一樣冷酷的家庭傳統。在垂垂漸老、油燈將盡的歲月裏，他們也許不再有絢爛的希望，然而，在僻靜的山村、遙遠的海濱，和都市裏被遺忘的角隅，他們仍持續的勞動、再勞動，想為自己的晚年，和這座海島給他的年輕妻兒，多掙再多的一塊錢。

這些被許多人遺忘了的老人，也正是中華故土千百年來農民性格的最後結晶！當新文化已成舊傳統，新青年已成老青年，當五四人物已凋零殆盡，而這歷盡摧殘的農民性格與人文傳統，卻仍然在慈祥的眉宇與謙和的應對間，展現一個人情社會特有的溫馨與寬宏，這也正是薄格老先生在人生盡頭的最深期盼。

這，不也正是那顆豐碩紅潤的野草莓嗎？

8

薄格醫生又在沉沉自語了。

「我到處尋訪的朋友在那裏呵？黎明是孤獨和關懷的時刻，當黃昏將臨，當黃昏將臨……下一句，是什麼呀？」

兒媳回答道：

「當黃昏將臨，我仍然思念著。」

「教授，你是不是信教的呀？」一個年輕的女孩問。

「我看到了祂榮耀的權柄，在稻穗和花香之間。」薄格回答道。他的媳婦接著說：

「在萬事萬物和空氣的呼吸裏，祂的愛總是無所不在。祂的聲音也在夏日微風間呢喃……。」

薄格在一個濃厚的宗教氛圍裏長成，人神二元的宗教觀塑定了他的思維，在永恆的期待中，基督上帝的權柄，成了他一生的主宰。黃昏將至，人生的旅途臨尾，天國的召喚和神祇的旨意君臨其身，薄格對那宇宙主宰者的思慕之情，也就與日俱增了。當黑暗的夢境與死亡的恐懼糾纏不清時，上帝的榮耀與恩祉，遂成為解脫苦難煎熬的希望之源了。野草莓，它所象徵的新生與溫煦，也自然隱喻著福祉的臨照啊！

9

一九六九年夏天，我剛結束小學生活，傍晚，父親常帶著我在屋後的池旁散步。那時，都市化的腳步還未跨入家居的鄉野，在一畦畦的田畝間，父親不時與農友招呼問好，在綠色大地裏，父親望著和風吹拂的稻浪，彷彿回到了五十年前勤耕稼作的家鄉，那片在洞庭之南、五嶺之北、「兩湖熟，天下足」的中土大地。以後每年夏秋的黃昏，我總要攙扶著父親回到那金黃、碧綠的記憶裏。在片片段段的成長歷程間，綠色大地的嚮往與依戀，也就成為我自己生命的一部分了。

離開屋後的池塘，父親總要我練毛筆字，讀宋詞，唸詩書典故、中西名著。有一回，在但丁《神曲》的節本中，我愕然發現，西方神學的天地裏，那些不幸在耶穌啟示前誕生的哲人聖賢，紛紛被打入了沉暗的煉獄，緣由只是他們生錯了時代，他們先生了千百年。

以後的幾年，我潛沉於新儒家的仁者情懷和憂患意識裏，體會了中華傳統的人文精神，和經由現代意義的轉化，所展現的涵容、開闊與睿智。在時空意識和歷史使命的交溶下，先賢先民持續不絕，以慎終追遠、慎獨反思和尊德敬老的修養規範，成就了和諧的道德理念和恕道傳承。當西方史中一次次的宗教戰爭與迫害在肆虐之際，這片中土大地的真儒高士，卻免於陷入天人兩橛、怪力亂神的窠臼。當成千成萬的戰場英靈高呼著我主榮耀、上帝佑我時，世界的另一角，神州豪傑卻在農民飢饉、生靈凋蔽之餘，只求如何息爭止亂、樂天安命，守護著現世裏的一片淨土。

這塊淨土，並不是薄格醫生想望的天國，甚至也不是埋藏在野草莓裏的上蒼恩賜，它只是那黃土平原賦予的一點生機，一個源遠流長、萬世不絕的大地之母！

10

我永遠不會忘記四年前深冬的午後，朋友傳來的哀訊：「唐君毅先生今天過世了！」

那天，在松山機場外迎接唐先生的靈櫬，我思念著多年來的成長歷程，思念著每一片段，綠色大地和飄零花果交織的心路軌跡。我清楚地瞭解：那份對逝去長者的哀傷，不止是對真儒的崇仰而已，也不止是對仁者情操的衷心哀悼，而且，也是一份對人文傳統的執著與緬懷。

這些年來，經歷了西方現代思潮的洗禮，對於那古老的傳統，我已不會無所反省。但是，在面對那逐漸淡逝的人文襟懷，和那些背負著人文傳承的長者時，我仍然會由衷懷抱著深摯的敬意和無限的憂思。只是，我不知，對所有稟賦著純儒傳統的人文心靈而言，他們的內心底處，是否也有另一個野草莓似的希冀，企盼著那個親和、深邃、涵容的文化重建與新生呢？

民國七十二年二月　《中外文學》一二九期

現代文明的隱者

一九八二年春夏之交，我初訪賓州名景長木公園 (Longwood Garden)，在園中巧遇一群穿著古式素服的青年男女。他們的臉上，有著在西方社會青少年中難見的清純樸質，衣服清一色是黑、灰或淡彩的淨色系列，女孩的頭上別著白色的布帽，男孩則一律著黑帽或草帽，其中較年長者則去鬍留鬚。在眾多的遊客中，這支清純的隊伍特別引人注目。一經探問之下，才知他們正是多年來我一直想探訪的阿米許 (Amish) 人。此後的五年間，我多次尋訪賓州各地的阿米許社區及其族人資料，也逐漸的從一個異文化的探尋者，轉而以同情瞭解的角度，做知識性的探討了。

探訪阿米許的經驗是特殊的。凡是看過《證人》(*Witness*) 這部電影的觀眾都會有這份好奇，但唯有親訪阿米許社區及其史料，才能撥開自己先入為主的成見，開始與阿米許文化進行真正的對話。在我自己的生活範圍內，最方便的，就莫過於造訪賓州東南的阿米許社區了。

從賓州東南角的費城啟程，阿米許社區只有百哩之遙。一出費城，綠色的賓州大地就在公路旁蜿蜒起伏。往蘭卡斯特 (Lancaster) 的三十號與三四〇號公路旁，夾雜著老式的農莊和新式的郊區化聚落，環境頗見幽致。一兩小時之後，一連串新奇的地名，開始吸引著過路的客旅：春園 (Spring Garden)、白馬 (White Horse)、鳥在手中 (Bird-in-Hand)、煙城 (Smoke Town) 和天堂 (Paradise) 等。接著，一輛輛黑色的馬車出現了。如果你停下車來，往路邊的農莊市集走去，一幅幅夢幻般的場景，就在你的眼前如實開展。

一群群穿著十八世紀裝束的黑衣婦人，圍著白色、黑色的頭紗，伴隨著蓄鬚（但不留髭）、著黑帽和吊褲的中年男子，在你的周圍緩緩出現，當你正以新奇疑惑的心情走過街頭，踏入農市時，夾著濃重德國腔的英語又在耳邊揚起。靦覥、清純而樸質的少女，穿著和他們祖先相同的服飾，守著桌上的燻肉、乳酪、果醬、雙黃蛋和水果酒，微笑等待二十世紀文明客旅的造訪。

這裏是賓州阿米許人的天堂，蘭卡斯特也是全球阿米許人的首府。在這裏，你將體會到北美阿米許文化的真髓，看到一個三百年來，始終堅持農耕文化，棄絕現代文明，過著和耶穌基督當年一樣，清淡生活的樸實族群真貌。

阿米許人又被稱做平實人 (Plain People)。從嚴格的分析角度看來，他們卻不能被稱為一個獨立的民族。阿米許人乃是來自歐洲（尤其是瑞士）德語區，一群特殊信仰的基督新教徒。我們可將其視為一宗教社群，只是由於宗教信持的差異，他們的生活方式與一般的新教徒相當不同，貌似另一獨特之民族。但是他們畢竟不同於猶太人在西方的處境，因為阿米許非但是基督文化中的一支（猶太教卻不同於基督教），而且可說是其中最嚴格力行基督遺訓的純真教派。

阿米許是十六世紀興起的，基督教新教再洗禮派 (Anabaptism) 的一支後裔，當時這一教派主要以歐洲中部德、荷語區為範圍，持續至今一共有三個重要分支，即荷蘭裔與普魯士裔的曼那耐教徒 (Mennonite)、奧地利的賀特立兄弟會徒 (Hutterian Brethren) 與瑞士兄弟會徒，阿米許則是瑞士這一支系統的一脈後裔。但由於他們與曼那耐人聚居在一起，生活方式相近，而且祖先係經德、荷等地遷來美國，因此很多人將他們誤認為荷蘭後裔，賓州蘭卡斯特郡就曾以荷蘭郡 (Dutch County) 的俗稱出現。

由於阿米許人是主張基督徒成年後，才應接受洗禮的再洗禮派後裔，而再洗禮派在當年是反文化的異端，宗教信持與羅馬公教及各國國教系統迥異。再洗禮派認為，原罪乃是伴隨善惡的知識而來，由於嬰兒並不具備這種知識，也即無所謂原罪 (Sin) 可言，因此嬰兒並不需要接受洗禮 (baptism)，以袪除原罪。這種在宗教改革下重新解釋《聖經》的思潮，無法見容於當時的教皇權威與各國的政府當局，乃對之施以各種壓迫。阿米許被視為邪魔鼓動下的反社會異端，面臨了長期受逮捕、囚禁、驅逐和處死的噩運，其中許多人更慘遭火刑處決。由於這一原因，阿米許人為了紀念先人，後來不再穿染紅的衣服，而多以黑色、藏青和素樸的淡色系為限。

除了對洗禮的宗教解釋不同於基督教正統外，阿米許人對基督徒的生活方式，也有特殊的解釋。他們認為，耶穌基督當年過的是清苦、寡慾、簡單、合群與奉獻的宗教家生活，身為真誠的基督徒，也應返本溯源，過著同樣刻苦簡樸的生活。因此，他們在過去三個多世紀以來，一直堅持著昔日的生活方式，摒棄科技文明的洗禮。他們拒用電器、拒乘汽車、拒絕現代化的教育系統，甚至拒用耕耘機犂田。他們堅持以舊式的馬車代步、用馬耕田、用手織衣（有的甚至不用鈕釦）、以人力手工建築農莊屋舍（通常是由整個社區的男人，一齊合作建造完成），甚至用自製的洗衣機洗滌衣物。

阿米許人可說是當代最能幹的農夫，他們出售的各種農產品（包括各種食品、家具），以品質純正、絕不含人工作料或合成品而享譽遐邇。阿米許人以家庭與社區為生活中心，協作農耕，充分享受到平等主義的社區和諧精蘊。近年來賓州與紐約州等地曾發生過龍捲風災害，各地受害農夫正等著保險公司派員調查賠償，以便僱人重整家園時，從不參加保險的阿米許農莊，卻已在災後一兩天內，通過群策群力的協作方式，在社區整體努力下復建了受損的田舍。這種傳統社區集體主義的效率，終究是現代企業官僚體系下的分工原則，無法比擬的，也是機械文明薰陶下的現代人，不易體會的。

阿米許人不實施節育，每家通常有八、九個小孩，人丁旺盛，這在農業社會自是好事，也是阿米許人所以能在現代文明威脅下，人口不減反增的主要原因。

依據研究阿米許的學者統計，在賓州、印地安那州和俄亥俄州，三個主要的阿米許聚居區裏，一八九〇年代的總人口約為三、七〇〇人，以後每一個十年裏，人口約成長百分之三十到四十八之間，到了一九七〇年，人數已有五七、六〇〇人，一九七九年，更到達八五、七八三人。八萬五千人這樣一個數字，在美國二億多總人口裏當然微不足道，但它所顯示的文化意義，卻非同小可。

這一方面固要歸功於阿米許人拒絕節育的宗教信持，使其人口成長驚人。另一方面，阿米許社區的強固凝聚力，以及自給自足、自力更生的經濟條件，都足使這個特殊的宗教社群，得以綿延不輟。

目前阿米許在北美洲的分布，除了賓州的蘭卡斯特郡外，俄亥俄州的赫姆斯（Holmes）郡，和印地安那州的俄科哈特（Elkhart）郡，是兩個最大的聚居區，阿米許人口均達到兩萬以上。另外密蘇里、伊利諾、愛奧華、威斯康辛和加拿大的安大略省等地，也各有兩千左右的人口。再者，紐約、馬里蘭、密西根等地，也各有一千多位阿米許人。

在職業分配方面，阿米許人中有一半以上務農，其餘三、四成左右則以工匠、建築工、鐵匠和買賣等為業，服務對象則多以阿米許社區為主。另外，近年來到阿米許社區參觀的觀光客日多，社區外圍乃設立許多以阿米許農莊為模型的遊樂場及農市，售賣各種農業品和工藝品。由於參觀者日眾，他們的生計也日有改善。生活型態雖仍維持舊觀，但新舊文化間的衝突，卻也日益明顯。

最具表象的文化衝突，就是在公路上相映成趣的馬車與汽車了。過去由於阿米許田莊偏處山野之中，與外界少有接觸，一般美國人多只聞其名而少見蹤影，但近年來由於美國各地郊區化趨勢日速，許多外地的建築商，開始將觸角伸入了阿米許的社區，日益增多的汽車，也開始威脅到阿米許人的安全。由於車禍日多，駕著黑色馬車（carriage）的阿米許人，乃在車後掛上了螢光的「△」三角讓行標誌，提醒著汽車文化的駕駛人，儘可超越他們，但也請注意到馬車文化的脆弱，不要輕易讓機械文明威脅了他們的安全。

雖然馬車文化相對於機械文明而言是脆弱的，但阿米許文化能堅持兩三百年，畢竟有其特長。究其因，和諧的親子關係、協同的社群意識、簡單的物質慾望、純樸的世界觀與宗教信仰，都讓阿米許的下一代，生活在一個安定而溫馨的社會與人倫關係中，使他們能持續傳遞先人的宗教規誡和倫理典範。這樣的倫理秩序與生活方式，是長期在電視文化、科技文明和消費主義環境裏成長的當代人，不易接納的。當然，也有一部分（約百分之二十）阿米許人敵不過現代文明的誘引，而終於離開了阿米許社區，或遭到社區的驅逐，並同化於現代化社會之中。但一般而言，阿米許文化的傳遞與維持，還是相當有效的，在現代化巨人的陰影下，一個完全棄絕燈光電化利便的宗教社群，能繼續著兩三百年的人口成長，與社區的穩定和諧，畢竟說明了現代化的科技文明，並不是所有人類的理想所在。

阿米許家庭由於以農耕文化為核心，再加上不使用暖器設備，除了廚房以外，冬天室內多寒冷，因此他們培養了早睡早起（八點睡、四點起）的習慣。再加上他們的一切生活設施，包括播種、耕作、農田引水等，都採用傳統手工設備，也必須經由教育方式傳遞給下一代，因此，阿米許人不但特別勤勞，對下一代的訓練也特別重視，但這種訓練卻又完全不同於現代化教育。基本上，他們並不主張讓孩童學太多的書本知識，相反的，生活化的教育、合群的意識和堅定的宗教信持，才是最重要的。

阿米許人口操賓州式德語，但也學習英文，他們實施獨特的八年制教育，八個年級的孩子同處一間教室，由一位老師同時施教。教師是終生以教書為業的，他們要孩子瞭解到謙遜的美德、簡單化的生活和對神的信仰，這些基本價值觀念的重要性，同時也要使其瞭解，權威與責任之間的關係。由於一間教室裏有各種不同年紀的孩子在一起上課，他們乃能在以長攜幼的互助基礎上，體會到社群生活的價值。這種教育方式，與現代化的學校教育系統完全不同，因為後者是以學術成績為主要取向的。雖然差異頗巨，但美國的社會體制終究還是尊重阿米許人的價值觀。一九七二年，最高法院正式承認了阿米許獨特的教育制度，乃是合法而正當的。

除了家庭和學校之外，教會也是阿米許人的生活凝聚中心。不同於其他基督教派的教堂制度，阿米許人省略了許多教會的繁複規制，他們不用樂器伴奏唱詩，不設單獨的教堂，每隔一週的星期日早上，他們都會在同一教區的教友家中，舉行傳道儀式（Preaching Service），儀式從早上九點到下午，包括午餐和互訪活動，時間雖然很長，但由於阿米許人的社區生活與宗教生活，本來就不易劃分，這樣的宗教儀式自然更增長了社區的凝聚力。

阿米許社區的形成，正是以這種教區為中心。教區少則包括個位數的幾個家庭，多則上百成千。過去三百年來，阿米許人不斷從蘭卡斯特遷出，現在幾乎已遍至北美各地，正是藉著這種由教區為中心的聚落，維繫著社區的發展。如果缺乏這樣的宗教社群中心，一個孤處在現代化社會裏的阿米許家庭，當然不易擺脫最後由同化而消失的命運。阿米許之所以應該被定義為「宗教社群」，其中最重要的歸因正在這裏。

阿米許文化對於知識界的最大吸引力，乃是它在強勢文化包夾下，不絕如縷的頑強生命力。費城天普大學的人類學者荷斯特德勒 (John Hostetler)，過去三十年間一直研究阿米許社會的變遷，並在一九八〇年出版《阿米許社會》(Amish Society, Johns Hopkins University Press) 一書的第三版。這本書早在一九六三和一九六八年就出過早先的版本。依據當時社會科學界當道的現代化理論，許多現代化派的論者認為，阿米許的拒斥現代科技文明，只是一種暫時的現象，這種文化很快的，就會淪為歷史與考古的遺產。許多社會科學家甚至斷言，阿米許社區在二、三十年間就會被主體文化所吸納，終至消失殆盡。

但是過去幾十年，甚至幾個世紀的歷史證明，阿米許社區及其文化非但未式微，而且人數不減反增。無怪乎荷斯特德勒這位研究者，仍要一版接一版，重新修訂他的著作。這不但說明了部分現代化論者的獨斷偏頗，而且也清楚的告訴我們：傳統文化向現代文明對抗，並不一定是一敗塗地的。基於對文化傳統的主觀信心，再加上合適的經濟、社會與教育條件，仍可讓一支反現代物質文明的傳統文化，綿延不輟。

當然，阿米許文化畢竟是在這場抗爭中少見的倖存者，在過去數百年西方主體文化的侵凌之下，世界各主要非西方文化多已宣告戰敗。北美各地的印地安文化幾乎要滅絕了，非洲各地也早在殖民文化的陰影下，不得不走上西化的道路。在亞洲，西化也早已是既成的潮流，五四的反傳統及全盤西化論，正可做為此一潮流的標誌，而在五四已逾半個世紀之後的今天，仍是塵埃未定。中國大陸最近重又掀起全盤西化的論爭，這一方面說明了西化論本身的困境，同時也說明了各種不同文化之間的衝激，目前還難一決優劣勝負，持續的論爭也不會與時稍歇。

當然，阿米許文化給我們的最大啟示，並不止於一種返本的主觀嚮往而已。在現代化潮流的激盪下，許多揚棄工業化與都市文明的傳統主義者與保守主義者，都曾提出過「以農立國」、「回歸自然」或「反都市文明」論之類的觀點。一九六〇、七〇年代以後的西方，由於對過度工業化、人工化的反動，也曾掀起各種自然主義、綠色運動與生態主義的政治與社會浪潮，其中綠黨的崛起尤其引人入勝。但是，從我個人角度看來，阿米許文化應該還有超越這一層的深刻反省意義。

阿米許是西方社會中反現代文明的成功生存者，這一方面說明了現代化與西化（或反現代化與反西化）乃是兩件不同的事情，不應混同；它也說明了在現代科技文明之外，還有許多屬於西方卻反主流的歷史與文化經驗，亟待我們發掘深思。這也明白的告訴我們：各種不同文化之間的對話，本來就應是雙向、多面向與辯證發展的。整體的反傳統與單純的全盤西化論，這種單向的思維理念，非但不必要，而且是極不可能成功的。因為無論我們如何痛惡自己的傳統文化根柢，或者一心一意要泯除傳統的「封建餘孽」，卻永遠無法把自己跟傳統隔成兩橛。事實上，就在我們批判自己的過去這一刻時，情感、知識經驗與思維模式，還是受到自己的歷史與傳統所制約。

過去幾年裏，我曾在北美許多地區，看到一些第一代的華人移民，由於對傳統中國文化與既成政治權勢的痛惡，拒絕讓自己的子女接受華文與國語教育，以期與自己的過去一刀兩斷。但是，即使第二代華裔，失去了由語言入手而接受文化傳承的機會，但家庭中的親子關係、教養方式與各種社會化媒體途徑的洗禮，仍會將華人的文化習性，傳遞給不通華文的第二代。舉例而言，華人家庭對子女教育的高度重視，家庭中的傳統式人倫關係（無法真正做到西方式的平等，以及父母對子女的多方管束，此均與一般白人家庭相當不同）等，亦顯示了傳統習性實在是很難真正割絕的。

從這樣的觀點看來，主張反傳統及全盤西化的中國人，與珍視傳統的阿米許人之間，的確是大異其趣的。但在主張反傳統論的中國人中，對阿米許這樣樸質簡單的農業文明，卻可能不會有太高的興趣。反而是，對許多懷舊的中國人與廣眾的中國農民而言，阿米許文化的執著堅毅，卻彌足珍攝。它使我們瞭解，簡單的物質慾望、和諧的人倫關係與自足協作的社區倫理，可能還要比消費主義、商業競爭和拜物教所主導下的科技文明，更能使人們獲得安身立命之所。

但是，不管阿米許文化對現代文明有多大的抗拒力，我們不應該忽略阿米許人，還是有許多自己的問題。在拒斥強勢文化衝激的過程中，阿米許人中仍然有許多人選擇了聲光化電，最後並離開自己從小長大的社區，開始面臨現代化社會的人間冷暖。這不由得也使我們想起長居臺灣山區的原住民，他們今天所面臨的文化崩潰、社群解組，不正也是強勢文化衝激下的無情結局嗎？而從一個更廣的角度看來，傳統儒家文化在西方現代文明的衝擊下，呈現的花果飄零，豈不也是類似命運的不同寫照？

但是，阿米許文化畢竟還是不同的。它告訴我們，依賴起碼的經濟與物質條件，一個民族或社群，畢竟可以主觀的堅持自己的理念與信守，對客觀的外在世界做一調適與反省。在這一調適的過程中，它可以全然捐棄自己的傳統根柢，可以有條件的修正自己過去的文化習俗，也可以堅持自己的文化方式，繼續活在古老而新生的傳統裏。在當今世界中，日本文化就是成功的修正圖存範例，它在兼顧傳統與現代文明的努力中，已獲得了舉世矚目的成就。在堅守傳統的範例裏，阿米許則是少見的成功者。至於全然主張反傳統與西化而成功的事例，則至今罕見。中國近代史上歷次的文化論爭，以及因文化理念差距所導致的革命風潮，均說明了全然拒斥自己文化傳統根柢的思維模式與革命宏圖，畢竟是得不償失的。今天，中國人在百年劇變之後，仍然在為如何走出自己的現代化道路而掙扎奮鬥，無論其成敗如何，但有兩點可以肯定：文化是無法全盤移植的，人與傳統乃是無法割離的。近代中國人已為此一教訓，付出了太多的精力與血汗，誠不知，此一困境是否會繼續桎梏著另一代的中國心靈？

下一次，如果你有機會經過賓州，或俄亥俄等地的阿米許社區，請不要忘了，那些乘著馬車的黑衣人，他們所堅持的農業文明，也是我們祖先幾千年來曾經固守過的傳統。今天我們或許已無法再像他們一樣，繼續固守著自己的傳統和大地，但是，請向他們致敬，請不要投以輕忽的眼神，他們不是博物館裏的化石，更不是現代動物園中的異類——他們是現代社會中罕見的堅毅卓絕之士，所代表的乃是：我們的近代祖先，和我們自己曾經嚮往過，卻未能實踐的傳統與理想。

民國七十六年十一月十六日　《中國時報》

晏陽初先生和他的時代

一九九〇年一月中旬，臺北各報刊載，晏陽初先生在美終老辭世的消息。他臨終的醫院和我在紐約的舊居，不過是數步之遙。閱報當時我心中為之一震，稍待片刻，心緒漸定，默默告訴自己：老成凋謝，一個人文的時代終究是要過去了！

●

在過去許多年間，除了十餘年前唐君毅先生辭世時，曾讓我有同樣的悸動感受外，只有一年多前父親的倏然仙逝，使我在徬徨無告、親情無依的錐心傷痛外，也落寞感到如斯的人文傷懷。但是，親情的照拂和倫常之愛的親炙，卻是無需言詮，也無可移轉的。人文的傷懷，卻是長年知識耕耘的智慧累積，即使撇開了親情與感性的籠罩，卻不會因為時間的隔閡而逐漸消散。

但是，在這三種不同的人文傷懷中，晏先生的人格感召卻是相當獨特的。我對唐君毅先生的懷念，主要的經驗是幼年以來，閱讀他一系列人文著述的深刻感動，至今仍受其潛移默化的影響，其中卻是言教多於身教。而在對父親的感懷中，則兼具了言教、身教、人倫大愛和人格光輝的照拂，正有如和暖的春陽，溫煦自然，無可替代，影響也最為深刻而持久。晏先生對我的影響，卻是極其特殊的，因為除了透過文字記述的認識外，我和晏先生不過是一面之緣，幾小時的會談經驗罷了。但是，這樣短暫的交往經驗，竟是感動深刻而且持久的，這就不得不從晏先生深摯的人文襟懷談起了。

一九八三年十月間，我在紐約上西城晏先生的簡樸寓所，向他道賀，那一年美國各界為了慶祝他的九十誕辰，準備在聯合國，以盛大的集會，表彰他推動平民教育六十年的卓越貢獻。但是我心知肚明，雖然許許多多的文獻記載，均強調平教運動的精心籌備、努力不懈、切合時弊等成就，但平教運動終究是時運不濟，功敗垂成。即以中國為例，毛澤東的紅色革命，不但為中土大地帶來了腥風血雨，也使平教會在定縣和華北、湖南、四川等地的實踐經驗全盤摧毀。而在一九五〇年代後，即使晏先生仍然奮力不懈，繼續將平教會工作移往菲律賓等地，而且得到了一部分的成果。但是，如果這些成果真是普遍而有效的話，那麼在菲律賓的左派人民軍，可就無擅場了，日後馬可仕政權也就不會在「人民的力量」推動下，一夕間土崩瓦解，至於柯拉蓉政府，以後也就不會因土改和財富再分配的不成功，招致民怨和軍變的威脅。因此，我真正想瞭解的並非他何以成功，而是究竟因為什麼樣的力量，能使晏先生越挫越勇，在一連串的失敗後，仍一再堅持他六十年來始終不變的理想和志業，並且得到世人的支持和最後的肯定？

●

因此，我並不在乎晏先生曾經被推舉為「世界十大偉人」的名銜，和過去四十年間，被《讀者文摘》前後報導多達七次的空前紀錄，以及，其他的各種榮耀和光環。但是，當我和他面對面，促膝而談時，卻發覺連他自己也真的不在乎這些外在的名望和頭銜。而且，從他平易、親切而堅執的言談中，我看到了一股在時賢之中所難以見到的人格特質，那就是：一種真正為平民說話、下鄉向平民學習，並體恤民瘼民苦的平民風範。這種風範，是今天所有我接觸過和聽聞過的政府官員、民意代表、地方領袖、知識分子與學人俊彥中，從來也未曾見過的。

更明白的說，晏先生對中國人民——尤其是中下層人民的關懷，是發自內衷，不假外求，無需言詮，但卻學也學不來的。更直接的講，那就是一種真實的民族之愛與人文關懷。但是，我卻不願簡單的將它描繪為一種自由主義的人道襟懷。因為，在許多當代的人道主義者和自由主義者的身上和著述中，我卻感受不到同樣的真摯氣息。我想其間的主要差別是：許多人將「人道襟懷」與「對人的尊重」這些觀念特質，過度的口號化與工具化了。而晏先生卻在他六十餘年的親身實踐中，真正的將這樣的精神內化於衷。因此，在許許多多人忙於做秀、出風頭且洋洋自得之際，我們卻親切的感知到，晏先生是真正與眾不同的。即使他在事業上功敗垂成，即使他一生努力，也搞不過那些權謀家、野心家和政客，但他才是真正的清流、真正的人民的聲音。他並不「代表」人民，也不想代表民意搞政治，但他卻願意真正下鄉長居，向農民學習請益，並且幫農民解決問題。他是在中國近代史上，很少見的、真正能體會苦力的「苦」和「力」，瞭解農民對知識迫切需要的知識分子。這種人，即使是在今天的中國——海峽兩岸的中國，各種民主運動者以及各類代表「社會良心」的人士之中，也還是少見的。因為，在後者之中，大多數人不是精英主義者，就是瞧不起農民和勞工的，他們和晏先生絕非同道。

由於晏先生極特殊而真摯的人格特質，與奮鬥不懈的毅力和智慧，使他在當代中國眾多的鄉村運動者與民主人士中，獨樹一幟。雖然他不贊成共產黨，與國民黨亦不同道，但是他卻能超脫政治的包袱，真正的為生民立命，為勞苦貧弱的大眾請命。由於他的努力，為中國人民向美國請來了為數龐大的經濟援助。一九四七年，美國眾議院通過了「晏陽初條款」(Jimmy Yen Provision)，支持以專款設立「中國農村復興聯合委員會」。雖然晏先生本人日後並未能在臺灣，為農復會貢獻更大的心力，甚至因為人事扞格而不得不將事業移往海外，但他努力於「除天下文盲，作世界新民」的寬宏胸襟，卻是當代中國所罕見的。如果要在當代中國名人中，找一位對世界有真正積極貢獻的人物，晏先生可能是最少爭議的一位至佳人選。雖然他個人的事功，並不如其他政治人物或文化明星一樣豐偉燦爛，但當蓋棺論定、塵埃漸落之際，晏先生的人格光輝卻逐漸彰顯出來。他人格的平易特質在此，而其中不尋常的現世意義也正在此。

但是，晏陽初人格特質的根源卻是特殊的。和唐君毅、徐復觀等新儒家相同的是，晏陽初的人文關懷是源自中土大地之母，是來自人文傳統的潛移默化，因此，致良知教、作育新民這些傳統士人的尋常觀念，也就一而再出現在晏陽初的言談之中。但是，和新儒家不同的是，晏陽初並非研習傳統學問的思想家和學者，相反的，他卻是一個長期接受西方教育、篤信基督教的知識分子。但是，和絕大多數中西湊合、半中半西，或不中不西的近代中國知識分子相異，晏陽初卻在中西兩種文化傳統間做了極佳的整合。在中國，他是真正深入民間、體會人民疾苦的平教運動領導人，和窩居在城市，自以為高高在上的西化知識分子全不相類。在西方，他卻又是真正瞭解社會權力運作，並打入上層精英階層，且倍受其尊重的中國社會代言人。這又與對西方一知半解，且處於邊緣地位的假洋鬼子，相距不可以道里計。因此，晏陽初的中西整合，是近代中國罕見的成功例子。一方面，他懷抱著基督徒的淑世精神，為中國人，也為全球的貧苦大眾請命。另一方面，他胸懷天下而立足中國，他的最終關懷仍是華北、華南、華中、華西的鄉村社會和同胞子民。神州故土，才是他最深的關切和期待。在臨終前幾年，終於返回定縣參觀，闊別近四十年的中土大地，雖已面目全非，但仍是他縈懷依戀之所。

現在，晏陽初先生告別塵寰，魂歸故國了。但是，當我們讀到晏先生的訃聞時，且不要抱著尋常的態度，輕率的以為，這不過是另一位流落他鄉的前賢遺老的仙逝，我們也不要誤以為，這是另一位西化的知識分子的殞落消亡。面對晏先生這樣一位罕見的長者和智者，我們必須以敬肅的心情，澄清心田裏的一點靈明，敬謹的哀悼一個人文心靈的辭世。雖然從外在事功上判斷，晏先生並不是一位完全成功者，但是，在他一生體現基督博愛精神，和儒家仁愛襟懷的具體努力中，我們卻看到了人文精神的高度展現。因此，在晏先生有限的形體生命告別之際，我們必須期待——即使是悲願式的期許，許許多多晏陽初式的人文心靈能在歷經劫難的中國重生。因為，那才是中國的真正希望，也才是一個人文時代得以再生的契機。

民國七十九年二月十日　《中國論壇》第三四四期

附錄

晏陽初先生與現代中國

在中國現代史上，晏陽初先生是一個特殊的典範。在晏先生領導逾六十年的鄉村運動裏，中國知識分子首次打破了傳統士大夫的虛矯格局，親自下鄉，發掘民隱，以實驗與奉獻的精神，試圖為中國億萬的勞苦大眾，開啟一條自力更生之路。河北定縣的十年經驗，不僅結合了晏先生與許多高級知識分子的精力與心血，而且更為知識分子參與社會的門徑，開創了足供式範的典型。這項鄉村建設的實驗成果，不僅為一九二〇與一九三〇年代華北、華東、華中等地的鄉建運動開啟了先聲，而且更為一九五〇年代以後亞、非、拉丁美洲各地的鄉村改造運動，提供了珍貴的範例。在中國知識界的時賢之中，以著書立說而馳名天下者不在少數，以濟世參政而名震當代者亦所在多有，但以犧牲奉獻精神，為勞苦大眾而奮鬥一生，並直接影響到歐美輿論與非西方世界農民生計的知識分子，則非晏先生莫屬。他的不朽貢獻，於此可見。

晏先生今年已九十高齡，從傳統中國人的觀念看來，含飴弄孫，頤養天年，乃當然之想。卻仍孜孜不倦的在菲律賓的鄉村改造學院，繼續教育與諮詢的工作。這不僅是因他對自己所開創與奉獻的鄉建運動關愛有加，而且也是因為對全球農民的疾苦未嘗旦夕忘懷。六十三年前，他以這樣的精神在華北開始了平教運動與鄉建計畫；一個甲子之後，他仍秉持著同樣的精神，繼續的在海外為第三世界的勞苦大眾而効命。如果說晏先生在六十歲以前，為中國人樹立了可貴的榜樣，那麼他最近三十年的努力，更可說是為「世界公民」奠立了不朽的形象。從此點觀之，晏先生無疑是現代中國知識分子中罕見的典型。因為他不僅是為中國的農民與平民請命，而且更推而廣之，從全球的層次上，為天下的貧苦民眾開啟了一線生機。

這線生機的可貴處，不僅在於救濟與賑助苦難中的農民，而更值得珍視的是，由於晏先生的堅執與啟發，使得鄉建運動的著眼點，不在救急解困，而在啟發農民的潛伏力，使其獲得教育知識與科學方法，以改善農民的體魄、農業的技術與農村的組織，從而達成自力提攜、自我鍛鍊的標的。因此，晏先生與一般所謂的「慈善家」絕不相同，他既非豪富，也無資財可供任意恣用，卻在有限的資源與特定的時空條件中，為全球的鄉村改造提供了一條根本之途。這不僅是中國知識分子在當今世界的罕有成就，而且更為全球的農民改革運動，描繪了一幅革命性的藍圖。晏先生在思想上與實踐上的雙重貢獻，可說是不朽的。

若從比較的眼光作進一步的觀察，晏先生的鄉村建設運動，與孫中山先生的實業建設計畫，可說是一脈相承而異曲同工。近七十年前，孫先生在國內動盪的政局中提出實業計畫，希望藉助於外資的力量，為中國的民生福祉與國家建設帶來實際的成果。因此，孫先生不斷在歐美運用其影響力，以圖在列強的資助下，改善淪為次殖民地的中國經濟與國家地位。六十餘年前，晏先生撇開了政治的干擾，一心一意推動平民教育與鄉建計畫，亦是同樣運用西方世界的資助，開啟民眾知與行的途徑，從而改善生計，達到民富國強的目的。雖然孫先生因軍閥的亂政與列強的師心自用，未能竟其功，但他企圖在政治的爭鬥之外，開啟民生建設與經建救國的想法，卻無疑是當時的一股清流。同樣的，晏先生以一介書生的泱志泱心，撇開政治的干涉，從根本的平民教育問題入手，以期達成開啟民智、改善民生的理想，亦未始不是一種眾醉我獨醒的做法。然而，更重要的是，晏先生雖然在歐美的財力資助之下，卻能一直超越政治因素的干擾，將其理想付諸實現，並在第三世界建立了鄉建運動的據點。就此而言，晏先生可說是承繼了孫先生的奮鬥精神，完成了一個中國現代革命實行者的偉大使命。從廣義的社會革命的角度看來，晏先生的確已為全球的鄉建工作與農民運動，奠定了穩定的基石。

從晏先生數十年的奮鬥歷程中，我們深深感覺，「言必信，行必果」，應該是中國知識分子未來努力的一個重要方向。在晏先生九十壽辰之際，我們除了表示深摯的賀忱與敬意外，也想問新一代的中國知識分子：

接棒者何在？

繼起者何人？

民國七十二年十月　《美洲中國時報》

梁漱溟先生和他的時代

梁漱溟先生誕生於一八九〇年代的中國，歷經晚清、民國與中共三代統治，周旋於軍閥、國民黨和中共領導人之間，經歷了坎坷的一生，最後以九五高齡告別他一生鍾愛的故國。在當代新儒家之中，學問工夫超過梁氏者所在多有；但一生以行動者自任，並在政治改革與社會實踐上躬行不懈的儒者當中，卻以漱溟最為表率。多年前，以研究梁漱溟名世的芝加哥大學中國思想史家艾愷 (Guy Alitto) 曾以「最後的大儒」(The Last Confucian) 稱述梁氏，若從預言的角度觀察，「最後的大儒」或許言之過早，也難下判斷。但從兼顧尊德性、道問學與言行如一的儒家標準看來，稱梁漱溟為當代最重要的大儒，恐不為過。

從外表看來，梁漱溟一身傳統長衫，貌似老儒，又言必稱儒學道統，某些人不免視之為守舊的冬烘先生。若從梁漱溟個人的學知歷程看來，他卻是自小入洋學堂，廣習世界知識（他自承一生從未誦讀四書、五經，雖然曾看過），並以梁啟超為摩習對象的現代化洗禮者。後來他又視革命為正途，以立憲改良主義為無用。革命成功後，又因目睹民國亂局而生倦意，面臨生命意義的危機，並試圖自殺，最後終而歸依佛門。這段由西學而佛門的掙扎歷程，一直到一九二〇年以後才平穩下來，梁氏逐漸肯定中國文化與儒學的價值，以後一生中，也一直以實踐與弘揚儒學自任。梁漱溟曾在山東鄒平論甘地精神時自敘，他和甘地一樣，都曾入出西方文化，以為治民族之病非仿效西學不可，最後卻發覺與東方全不接近，終而一點點地回到自己的傳統文化中去。

在《桂林梁先生遺書》卷首，梁氏自敘：

> 漱溟自（民國）元年以來，謬慕釋氏，語及人生大道必歸宗天竺，策數世間治理則矜尚遠西；於祖國風教大原，先民德禮之化，頗不知留意，尤大傷公之心。

後來，在一九七四年寫就的〈我的自學小史〉一文中，他更指出其實非始自民國元年，而早在辛亥革命時，他父親梁濟（字巨川）就已明示，對他支持革命的不同意態度了。辛亥革命成功後，黨爭激烈，丑劇頻仍，巨川深為不滿，但漱溟仍嚮往西方政制，以此為勢所難免，並因此與巨川激烈爭論。由此可知，漱溟並非一流俗所謂的保守派或守舊派，相反的，他是在真正瞭解當時西方文化與中國情勢的扞格不入，以及親嚐佛家遁世經驗後，才重新肯定儒家文化的價值，並且嘗試以傳統的方式，實踐改革的理想（如鄉村建設運動）。由此觀之，漱溟乃是以文化傳承為主要歸趨的傳統主義者，我們或可稱其為文化守成主義者，卻不應將其簡單的視為守舊派或食古不化者。

漱溟常謂他「不談學問而卒不免於談學問」。他一生以實踐自任，與一般的學問家與事業家均不相同。從他一生的際遇與出處看來，後人實在很難以一個固定的身分、稱號來界定他。事實上，漱溟正是一個不願將自己拘限在一特定格局中的行動者。我們從他一生的經歷中，可以獲得證實。

漱溟是元朝宗室之後，雖有蒙古族血統，但家族經歷數百年與漢族通婚，早已不似蒙人。漱溟雖出生於北京，先祖卻是廣西桂林人，自認兼具南北兩地氣質。他生於一八九三年，翌年中日甲午之戰爆發。五歲時，光緒變法維新，有著維新思想的梁父巨川先生，送他進兼修英文的「中西小學堂」，以後他一直就在洋學堂中唸書，習西式的小學課本而不懂四書五經。

一九一一年，漱溟年十八歲，讀日人幸德秋水著（張繼譯）《社會主義神髓》，有感而作〈社會主義粹言〉（後無留存稿），激烈反對私有財產制。一九一二年，他參加革命，加入同盟會京津支部，並任革命報刊《民國報》編輯及記者。一九一六年，袁世凱帝制失敗，漱溟出任南北統一內閣司法部祕書，同年，撰著發揮佛家出世思想的〈究元決疑論〉，為北大校長蔡元培所賞識，應邀至北大教授「印度哲學」。第二年，漱溟以二十五歲英年，學歷僅中學畢業的身分，正式出任北大教授，同時並因目睹南北軍閥戰禍，撰寫〈吾曹不出如蒼生何〉，呼籲制止軍閥內戰。

一九一九年，五四運動發生，漱溟開始與另一位新儒家代表人物熊十力交往，同年出版《印度哲學概論》。次年又開始「東西文化及其哲學」演講，後結集成冊，重新肯定儒家的價值，及孔子的生命與智慧，他通過宋明儒學的進路以彰顯儒學，為日後新儒家闡揚宋明儒學的道德理想，開拓了先機。漱溟反對當時五四所主張的全盤西化與反傳統思想，更反對以摧毀民族傳統文化，換取國族生存的五四思維路徑。他從比較文化的角度出發，認為西方文化的特色在意欲向前，以直接改造局面為旨。印度文化以意欲反身而向後要求為其根本精神，而由於欲望出於眾生的迷妄，因而要否定欲望，否定眾生生活，亦即否定人生。至於中國文化，則肯定人類不同於其他動物，嚴天理、人欲之辨，亦即肯定人生而節制欲望，亦即以持中的精神調和意欲。這三大文化的基本異同，因梁氏的分析而彰顯，雖然這種分法粗枝大葉，久已為當代學界所非議，而且也常為後人所批評。但在五四當時，提出上述的觀點，以顯揚中國文化的獨特價值，對於當時以反傳統與全盤西化為職志的五四青年而言，卻有積極的警策意義。可惜的是，在當時的氛圍之下，西化派青年對傳統文化棄之而不覺非，因而漱溟當時的睿見，並未引起積極的反響。一直到六〇年代後，當新儒家在港臺與海外重受矚目之際，梁氏的文化觀才再受時人的重視。

漱溟認為，儒家為早熟的文化結晶，雖頓挫於現代，卻終將復興於未來世界。他的基本論點與學思進路，頗似於後期的新儒家，但他與後者最大的不同，是後者多駐足於學界之內，影響力僅及於知識圈，而漱溟卻不斷在外在事功方面力圖建樹，他的鄉村建設運動，以及鄉建派政治行動，正是在這方面的努力嘗試。而此二者與他的文化理論建構，鼎足而立構成了一生努力的主要內涵。時人談論梁氏，多僅及其一而未及其他二者，無論其中對梁氏評價如何，這種偏向總是有所缺憾，因而在以下的討論中，將就他在社會運動與政治行動上的努力，多做析論。

一九一八年一月，漱溟的父親巨川自沉於北京城北積水潭，他在留給家人的遺書中，自言乃為「殉清而死」，但他進一步解釋，他的身殉，並非以清朝為本位，而係以幼年所學為本位，而「幼年所聞以對於世道有責任為主義，此主義深印於吾腦中，即以此主義為本位，故不容不殉」。當時社會學家陶孟和認為，巨川的自殺係因自己思想不清，與對現代政治無知所致，但是另一些受西化派影響的知識分子，包括陳獨秀和徐志摩等，卻能從同情瞭解的立場看待此一事件。志摩認為，巨川的自殺，乃是由於精神層次上的某種感召或呼喚（或稱之天理，或稱之義，或道德範疇等），而激發的自覺行動。獨秀則認為，巨川總算是為救濟社會而犧牲了自己的生命，在舊歷史上真是有數人物，言行一致的身殉了他的主義。

當時漱溟對此事雖極為悲慟，並崇敬他父親卓然獨立的道德精神，但也認為巨川的自殺，乃因精神耗弱與缺乏新知所致。（關於巨川的自沉，請參見林毓生先生的精闢分析——〈論梁巨川先生的自殺〉一文。）此一自沉事件，對漱溟的影響自然是深重的，許多人認為它對於一九二〇年漱溟皈依儒家，亦有深遠影響（至於影響到底多大，則有不同看法〔注〕），其中最顯著的一點，則是漱溟日後一生言行一致的實踐態度。只是，和巨川不同的，漱溟是身「獻」而非身「殉」了他的主義，但他和巨川所秉持的儒家思想卻是相似的，亦即以道德教化來保存中國的價值。而且漱溟最後也獻身於巨川所曾小規模嘗試的一項努力——將教育理論應用到鄉村建設中去。梁氏父子對儒學教化的堅持，在近代中國確是少見的。

一九二二年，漱溟開始試驗他的教育理論，他組織一小群學生為讀書會，希望結合師生，以實現儒家傳統師生結社的親密做法，但終而厭倦了西化教育下只圖功利的教學環境。一九二四年，他辭去北大教席，到山東主持曹州高中和重華書院，並籌辦曲阜大學。第二年，因時局變化，漱溟回到北京，與熊十力等做私人講學。北伐成功後，他應李濟琛等邀請赴廣州。他認為，孫中山先生的憲政理想，應以地方自治為基礎，而地方自治又應從鄉村建設入手，進而籌辦鄉治講習所。一九二九年，漱溟離廣州，赴江蘇崑山、南京曉莊、河北定縣等地考察鄉村建設工作，並籌辦河南村治學院，也接辦了北京《村治》月刊。但不足一年，村治學院即因蔣、閻、馮的中原大戰而結束。

一九三一年，漱溟應山東省主席韓復榘之邀，在山東鄒平創辦鄉村建設研究院，並以鄒平為鄉建實驗區。一九三三年，第一次全國鄉村工作討論會在鄒平召開，漱溟強調，當今中國之亂，係由於外來文化所侵，引發了中國傳統文化激變，使往昔之社會組織構造，節節崩潰。若要求治圖安，則非從鄉村建設以奠立其根基入手不可。這次會後，山東省又劃菏澤縣為實驗區，第二年，再劃山東濟寧專區十四縣為實驗區，以推動漱溟的文化與教育理想。

漱溟將鄉村建設視為帶有宗教意味的群眾運動，他希望從教育途徑著手，恢復民眾的道德共識與精神能力，但是他的教育改革與鄉村建設的共同對象，並非群眾本身，而係青年知識分子。他們扮演著儒者與專家的雙重角色，一方面擔任學校教師，另一方面又兼為地方幹部。這些幹部和當地的德行之士結合，辦理學校、改良風俗、組織合作社與地方自衛隊，並推廣識字運動。因此，梁氏的鄉村建設乃是結合著教育、經濟和政治等多重功能的，一方面它以復興儒家禮俗為目的，另一方面也兼負著現代化的社區組織功能。

漱溟的鄉建運動，雖以改革鄉村社會結構為目的，實以振興傳統文化為主旨。與當時的另一些鄉村改造運動，如晏陽初的平民教育運動相較，鄉建運動顯然擔負著較多的傳統使命，也特別強調復興儒家的文化理想。相反的，陽初的平教運動雖然同樣以教育及識字途徑入手，卻是以平民大眾為對象，並藉教育手段啟蒙大眾、引進現代化的農業技術與經理知識為主旨。換言之，漱溟乃是以「作之師」的態度推動鄉建運動，而陽初卻以「向平民求教」的態度，試圖真實瞭解農村困境的癥結。兩人改造鄉村的企圖相似，但手段各異。相較起來，受西化與現代化影響較深的晏陽初，顯然更能掌握農村問題的脈絡，而且對農民生計及農村秩序的改善，提供了更直接的助益。而漱溟雖以行動人自任，但由於他對自己信仰體系的堅持，使得在農村困境的因解上，反不如另一些更受西化影響的知識分子來得真切。

但是漱溟的用心，無疑是令人感佩的。雖然漱溟的鄉建運動終因抗戰爆發、北方離亂而告失敗，但以平民教育與農村現代化為宗旨的平教運動，也因同樣的時代環境因素而未竟其功。此一無奈，或可視為漱溟一代真知卓見知識分子的共同悲哀吧！

多年前，我在紐約拜訪年邁的晏陽初先生，提起半世紀前的平教會的努力，晏先生猶握緊著拳，堅持著他當年「除文盲，作新民」的理想。同時他對當年與他同道而平行的漱溟先生，也表達了深摯的敬意。於今，梁漱溟已告別了故國大地，晏陽初亦已仙逝他鄉。兩人生於同代、理想相近而命運各殊，除了際遇相異、背景多歧等因素外，兩人對政治問題的看法，恐為其中最主要的成因吧！

基本上，晏陽初是一位非政治人物，他堅持將平教運動限制在社會運動的範疇裏。但梁漱溟則因亟於改造外在環境，知其不可而為之的態度，而一直涉身於政治之中。雖然漱溟一直是以拯救國族危難，復興傳統文化為其從政的原則，而與一般政治人物大相逕庭，但也正因他本非政客，故而在政治問題的因解上終未蒙其功。

關於漱溟及其鄉建派的政治努力，一向最為世人爭議，且同為國共兩黨所批評。許多人至今還以為漱溟調和兩黨的作為，不過是想在夾縫中討政治利害罷了。的確，如果不瞭解漱溟深邃的文化理想，以及鄉建運動的人文與文化背景，而僅僅從黨派利害的立場，看待漱溟的政治行動，很可能會將其視為一個行徑特異、自視過高的政客。過去某些保守的右翼人士，即曾錯視漱溟為共黨同路人。但如果瞭解到漱溟一生嘗試文化建設與社會改造而終不可行，乃轉而圖謀政治改革，以調停敵異雙方的立場後，總應抱著一絲同情瞭解的立場，評斷梁氏的努力。從這樣的立場出發，簡單地從黨同伐異的角度來稱許或批評漱溟，都是失之輕忽的。

至於有關批評漱溟的說法，最常見的是關於漱溟和軍閥韓復榘的關係。關於韓復榘的不抗日，漱溟在〈七七事變前後的韓復榘〉一文中多所記載，對韓指責頗多，此不必論。至於他結合韓氏以試驗鄉建運動的做法，則無可多責。事實上，在當時中國的環境裏，許多傑出的知識分子（包括丁文江等），都無可避免的寄厚望於軍閥政客，但與其指責他們為依附軍閥，無寧說他們想運用一切可能的契機，為百姓多謀福利罷了，這種努力，自是無可深責的。

至於漱溟與黃炎培、左舜生、張君勱等人籌組「中國民主政團同盟」一事，同樣的是感於政治情勢惡劣，政治鬥爭兩極化，亟思調停緩衝而努力。我們如果堅持從特定黨派的立場，批評這樣的努力，甚至將一切居中協調的人物，簡單的化約為「同路人」、「騎牆派」，那就無異於否定民主常規，否定一切調和折衷的價值了。當然，民盟及其他民主黨派的終歸失敗，無異於揭示中國當時民主運作條件的不成熟，而溫和的民主運動推動者，在當時政局下的無奈與艱辛，更可讓今日民主運動的後來者深思不已。

四十餘年後的今天，我們欣見民主的種子終於因政治環境的變遷、社會經濟條件的成熟而展露新生的契機，也益發為漱溟一代有心之士，在當時未竟的努力而慨嘆。畢竟，民主不是光憑一群知識分子的努力就可達成的。在一個政治環境日趨兩極化的時代裏，有心而真誠的知識分子的努力，很可能是終歸惘然。漱溟一生在政治社會範疇上，亟思有所作為而終不可為的無奈，於此益可見之。

綜而言之，漱溟一生在學術文化、社會運動與政治改造上的努力，都可以稱之為「知其不可為而為之」。我們或可從外在的冷觀角度，稱之為唐吉柯德式的悲劇；或可從同情瞭解的立場，稱許其為篤行實踐的大儒表彰。但我們必須切記：漱溟的一生努力，乃是針對時代的脈絡，與民族的苦難出發，他的知識、道德、人格與風範，都應透過這樣的瞭解來分析或批判。誠如艾愷所言，一個脫離制度與傳統的儒家，或僅抽離出其精神層面、坐而論道的儒家，都不是完整意義的儒家。然而，漱溟在他一生結合知識建構、德行修養與外緣事功的努力上，卻為儒家內聖外王的理想，提供了一個活生生的實例。他的功功與否，見仁見智，無需多論，但這項努力本身，就是令人嘆佩的。

最後，我願就漱溟寓文化理想於政治改造的想法，做一些現實上的引申。近年來臺灣的政治轉型，的確印證了社會經濟發展有助於民主成長的理論。但是所有的民主運動者與民主志士都必須瞭解：民主雖是一項必備的政治條件，卻不應視為唯一的訴求，因為民主並不能解決當前我們面臨的所有問題。其中主要的關鍵是：民主、自由與平等，原是三件相關而殊異的價值。

一個民主的社會，並不一定是人人自由的社會，更不一定是（而且往往不是）一個平等的社會。當然在民主、自由與平等這三項價值中，我們必須強調民主，以維繫政治決策上的公正與安定，但是如果我們以為只要民主條件具備，自由與平等之間的緊張，也隨之因解的話，那就大謬不然了。

事實上，即使是在後工業化的歐美各國，民主體制雖已確保，但是在精神生活上享受自由，以及在經濟生活上獲得平等制度保障的人們，卻並不一定佔大多數。舉例言之，當今福利國家經濟平等體制已獲得相當保障的瑞典，也是西方國家中自殺率最高者之一。這說明了精神自由並不一定伴隨政治民主與經濟平等而來，而精神與文化價值的獨立意義，也就在此顯得切要了。

依照漱溟的想法，在推動民主政制（亦即西方民主憲政體制）的同時，必須同時顯揚傳統儒家文化，使百姓獲得起碼的經濟平等制度的保障，並提升精神生活，從而獲得真正的自由。這樣兼具平等、自由與民主的想法，終究如何實踐，因為漱溟本人未竟其功而未可得知。但他的嘗試與努力，卻是饒富啟迪意義的。尤其，在臺灣社會日趨物欲化的今天，一個以資產階級利害為主導的市民社會 (civil society) 的出現，雖然伴隨著民主化與政權轉型的契機，卻未必能使平等與自由之間的緊張隨之因解。相反的，我們很可能被迫要走上西方資本社會發展史的老路，由於貧富差距的日益擴大，利益團體的爭權奪利，以及資本主義化而引致的浮華虛矯，終而導致階級對立與利益傾軋，進而面臨馬克斯當年所預言的種種病徵。因此，在民主轉型期的此刻，重新回顧漱溟當年的學思路徑，就不是沒有時代意義的了。故而，對於所有自由主義者與民主運動者而言，不管對傳統文化的看法如何，卻都應該瞭解到：漱溟當年所執著的文化傳統、精神自由與社會平等這些複雜問題，還有待我們這一代親身解決。

梁漱溟的時代意義，於此可以見之。

〔注〕許多學者（如郭湛波）認為漱溟的轉奉儒家，係受巨川自殺影響所致，艾愷不同意這種解釋。他認為在巨川自殺以前，漱溟的思想裏，已蘊藏日後建構文化理論的所有種子，而他在一九二一年三、四月間，才正式決定過儒家的生活，此時已距巨川之死有兩年半之久了。

據漱溟在一九七〇年代以後的自敘，他放棄出家，係因一九二〇年春初的一次機會而起。當時他應少年中國學會演講宗教問題，演講後在家補寫講詞，下筆總不如意，一再刪改，思路窘澀。擲筆太息，靜心休息後，取閱《明儒學案》，看到「百慮交錮，血氣靡寧」八字，驀地心驚，冒汗默然自省，乃決然放棄出家一念，當年暑假起即講「東西文化及其哲學」，並於是年冬結婚，從此決意皈宗儒家。

民國七十七年七月　《歷史月刊》第七期

（民國八十三年四月修訂）

交河故城

活著的人好好地活著吧，別指望大地會留下記憶。

這是詩人艾青在〈交河故城廢墟〉中留下的詩句。二〇〇三年初秋，經歷了長程的跋涉，頂著近四十度的高溫，我終於來到了多年來一直神往的交河故城——雅爾城（厓兒城）。交河故城在新疆吐魯番市西十公里，一片高聳的臺地峭壁之上。《漢書・西域傳》中寫到：「車師前國，王治交河，河水分流而下，故號交河。」過去我讀到這段文字，總想像這應是一座兩河相交的中心島，賴護城河的屏障而位居險要。到了現場查看，才發現這真是一塊詭異的地理奇蹟。眼前是一座高約三十米、長達約一千七百米、寬約三百米，呈柳葉狀的乾枯臺地，四周有寬達百米的河流屏障著。由於長年乾旱的關係，河水已呈涓涓細流，長滿著小樹和綠草，中間的交河故城則呈現出乾黃色；黃綠相間，綠色的生機和土黃的故城交相對映，特別凸顯歷史的蒼涼和大地的無情。詩人艾青在文革時遭逢牢獄之災，幸賴當時新疆的軍政領導人王震照顧，遠徙北疆的石河子市落腳，始得保全身家性命。他在交河廢墟前留下的嘆息，或許正是這種歷史蒼涼感的無奈寫照吧！

但是，交河的詭奇卻不止於此。古代中原的城池多係從平地築牆圍屋，逐漸形成壁壘。而交河故城卻是從高聳的土崖上往下挖掘，採取的是一種稱之「減地法」的建築工法，也就是從原生土中往裏掏挖，然後留出牆來，再用木材搭蓋出屋頂，形成屋宇，其他的街道建築亦然。在交河故城中軸的中央大道兩旁，矗立著高聳的巨牆，牆上不置門窗，以維安全，這些牆體都是臺地上的原生土殘跡，街道則是向下挖掘出來的空地。由於「減地法」的先天限制，交河的建築，雖然經歷了一千多年不斷的整修與改建，基本結構卻仍維持原始的面貌。換言之，交河是一座從上往下挖掘出來的古城，是一座憑藉著天險，聳立在兩河之間，長達兩千多年的土堡。

雖然已是初秋時節了，但是吐魯番窪地卻仍在火盆的炙熱之中。下午四時許，我們在交河故城的中央大道上慢步掙扎，三十八、九度的烈日下，儘管頭戴著草帽，卻仍是汗流如雨下。不過，乾熱的天氣，汗水隨即蒸發，並沒有溼熱環境下的焦燥和黏膩。天特別的藍，白雲也不帶一絲灰褐，清朗的空氣，彷彿揭露著歷史的透明。這裏是一個曾經延續十五個世紀之久的古文明。從二千三百年前的戰國時代開始，居住在交河的姑師人，就已建立起自己的王國。姑師在被漢朝征服後改稱車師（音「居」師），係古代的西域民族，形貌似白人，但兼有蒙古人種的成分，在交河地區曾持續了七、八個世紀的統治。一直到了西元四五〇年，才敗於北涼之手，西遷焉耆，在當今南疆巴音郭楞蒙古自治州北部。

西元前一〇八年（漢武帝元封三年），漢朝攻破了車師國，從此分裂為車師前國（即交河）、車師後國和北山六國，均降服於漢。依據《史記》所載，當時的交河有「戶七百，口六千五十，勝兵八百六十五人」。此後，漢朝的駐軍留在交河屯田，以保障絲路的通暢。但是，夾在匈奴與漢王朝之間的車師，卻往往身不由己，有時候向漢朝稱臣，過些年卻又歸匈奴節制，交河地區也因此長期成為兩軍相爭的戰場。直到漢宣帝元康二年（西元前六十四年），才因匈奴的內訌，由朝廷任命鄭吉為西域都護府，並在交河設置了都尉府，主管屯田事務，其實則是代表中央寄居於此。

南北朝之後，交河成為高昌國的一部分（高昌故城在吐魯番東四十餘公里處）。唐朝滅高昌國，設置西州，交河也成為西州的屬縣，並曾一度為安西都護府之所在，成了重要的邊關，邊塞詩人岑參即曾留下如此的詩句：

曾到交河城，風土斷人腸。
塞驛遠如真，邊峰互相望。
赤亭多飄風，鼓怒不可當。
有時無人行，沙石亂飄揚。

葉靜天蕭條，鬼器夾道旁。
地上多髑髏，皆是古戰場。
置酒高館夕，邊城月蒼蒼。

現在，我站在交河的故道上，儘管風和日麗，不見塵土飛揚，卻不難想像當大風起兮，沙石蔽天，飛灰掩日，晴空蒙塵的場景。不過，當時岑參所見的髑髏和鬼器，卻早已化為塵土。而從邊城遠望，舉目所見，是許許多多維吾爾族人民新建的葡萄房，一棟棟用來陰乾葡萄的鏤空土樓房。這些葡萄房就地取材，用土磚建造，平頂，多係兩層樓左右的高度。遠遠望去，與吐魯番窪地上的黃土帶倒是頗為和諧；交河故城的周遭，似乎還透露著絲絲的生機。

但在唐代時的交河，恐怕就沒有這麼幸運了。李白的詩作中就留下如此的感傷：「玉手開緘長嘆息，征夫猶戍交河北。萬里交河水北流，原當雙燕泛中州。」的確，對中原士人而言，交河實在是太過遙遠了。即使是在高速公路四通八達的今天，「距長安八千一百五十里」的交河，從西安西行恐怕也還要費上兩天的竟日行程吧。兩年前，我曾花上整整七個晝日，自蘭州出發，一站又一站，經過河西走廊到達嘉峪關、敦煌和玉門關，最後在甘肅極西的陽關故址落腳。當時最為深切的感覺，是彷彿已走到大地的盡頭與文明的終點，西出陽關，再無故人了。現在到了交河，卻赫然驚覺，原來通稱「火州」的吐魯番，離敦煌（瓜州）竟然還有六、七百公里之遙。想當年，騎駱駝、冒著酷暑，在路上艱辛跋涉的商旅，又怎能不慨嘆天地之大，道途艱辛，造化無情呢？

只是，交河故城卻似乎對這一切都毫不在意。歷史在這裏彷彿是透明的、靜止的。隨手拿起一塊磚、一封泥，恐怕就是魏晉南北朝、唐宋元明清，隨你亂猜了。但，可別猜錯了，交河的歷史只到元代為止，大概沒有留下多少明清以後的東西呢。

唐朝亡了之後，由回鶻人（即當今維吾爾人的祖先）統治了高昌王國，國勢如日中天，成為佛教聖地。宋朝建立後，回鶻國王曾於太平興國六年（九八一年）派遣使團向北宋朝貢，自稱「西州外甥阿斯蘭汗（獅子王）」，與北宋交好。北宋勢衰後，高昌歸屬於西遼。蒙古崛起後，成吉思汗於一二一〇年遣使到達高昌，高昌表示歸順，後來更有上萬名的回鶻部隊，加入成吉思汗的西征軍，最後征服了中亞與伊朗。

但是，好景不常，宋代以後的新疆，卻分裂為三個回鶻王國，分別是以喀什噶爾為中心的喀拉汗王朝，于闐為中心的李氏王朝和吐魯番的高昌王國，其中喀拉汗王朝奉伊斯蘭教為國教，對西域的其他王國發動了宗教聖戰。十一世紀六〇年代，喀拉汗王朝攻佔于闐，使得此一西域的佛教重鎮，終被伊斯蘭教所取代。至此，只剩下堅信佛教的高昌，成為喀拉汗王朝的眼中釘了。

十三世紀末，元朝的蒙古貴族海都、都哇（音「希」）等人發動叛亂，為了取得喀拉汗王朝的支持，海都與都畦等貴族紛紛改信伊斯蘭教，並對効忠於元朝的高昌發動了戰爭。一二七五年，都畦率軍十二萬人，包圍高昌及交河等地，經過長達六個月的圍攻，彈盡援絕，最後，高昌的領袖「亦都護」火赤哈爾寧被迫將女兒交出，都畦等才揚長而去。從此以後，高昌王國的盛世逐漸走向終結。高昌「亦都護」先是被迫遷往東部的哈密，最後，殘餘的部隊只有逃到甘肅的嘉峪關避難去了。

至於留在吐魯番的交河與高昌等故城，則在十四世紀中葉以後，淪入新興的察合臺王國之手，這是第一個信奉伊斯蘭教的蒙古汗國。從此之後，新疆地區的佛教文明，正式讓位於伊斯蘭文化，交河與高昌也就淡出了歷史，成為乾熱的吐魯番盆地上，兩座「文明終結」的故城。

在交河人最後敗亡的前夕，他們選擇了寧死不屈。從後人挖掘出的青冢裏，赫然發覺一處兒童的集體墳場。經判斷，這應該是交河人在糧盡援絕之際，惟恐家中的年幼子弟落入敵軍之手，被迫採取的自戕行動。陪同我們的導遊小姐說，這恐怕就是外界一直傳說「交河鬧鬼」的根由了。我們在墳場邊駐足良久，除了遙遠的想像與悲憫的低迴外，其實已分不清什麼是塵，什麼是土，什麼是生命的最後殘餘了。或許，這也正是詩人艾青的慨嘆吧！

在離開交河的前一刻，我們回首遙望那座原來聳立在城中央，卻逐漸傾頹的大佛寺，那座曾經照拂、保佑萬千子民的宗教聖殿。歷史彷彿早在烈日的蒸發中停滯了，我們逐漸明白，歷經戰火與劫難的交河，正是亡於它的利基與始點。它正處在東亞文明與西域文化的交會之地，依據天險而繁榮昌盛，成為絲路上的千年明珠，卻也因為多元文化間的衝突而終歸消亡，最後則因宗教的排他與互斥而宣告終結。這正像今天的中亞、南亞與東歐一樣，同樣處在地理的十字路口，但也因此而在宗教與文明的衝突中，不斷地重複著「有你無我」、「你死我活」的人間悲劇。

這就是交河故城，一座矗立在兩河之間的巨大堡壘，一座承載著戰爭、血淚與宗教光輝的奇幻之城。它也是當今世界上最大、最古老，保存最完整的土生建築與城市遺跡。過去，它只存在我們的想像之中，現在，卻已成為人類文明衝突史上的一塊豐碑，當然，也是遙遠的殘跡。

民國九十二年十一月十五至十六日　《聯合報》

文革後的詠嘆調

一九八五年二月二十二日下午，來自中國大陸的青年歌唱家詹曼華、張建一和高曼華三人，在紐約市卡內基室內音樂廳 (Carnegie Recital Hall) 舉辦了一次成功的音樂會，其中詹曼華女士與張建一先生兩人，表現的音樂天賦與歌唱水準，令人激賞。這象徵著文革之後的新一代中國青年，在音樂壇上已經嶄露頭角了。

這場音樂會的曲目雖然是中西並顧，前半場包括了西洋歌劇的詠嘆調十首，後半場則是九首大陸民歌，但實際在時間的安排上則是前者較重。而且從歌唱家們所受的訓練看來，更是以前者為重心。他們在西洋歌劇上所表現的高度造詣，遠遠超過了在中國民歌上所顯示的突創性。

這次音樂會是詹曼華開場，也以她為大軸。詹曼華生於一九六〇年，十九歲時入上海音樂學院聲樂系，四年後畢業。一九八四年七月，她在維也納的一項國際歌劇音樂獎 (The Belvedere Competition for Opera Singers) 中獲得首獎，同時也獲得《歌劇世界雜誌》的特別獎。

詹曼華演唱的最大特色，是音質清新甜美，控制自如，歌唱技巧圓熟，在含蓄沉穩中透露深刻的情感訊息。

詹曼華在音域上屬於「次女高音」，但她對「女高音」的掌握毫不勉強，表現得光彩華麗，「女中音」上她所表達的柔潤自然，正像是她的臺風一樣，至於低音部分的沉穩有力，更象徵了她特殊的內斂性格。

在這場音樂會中，她表演了四首歌劇詠嘆調，包括羅西尼《塞蜜拉米德》中的〈我終於來到了巴比倫〉，和《阿爾及爾的義大利姑娘》中的〈殘酷的命運〉、托瑪斯《迷娘》中的〈你可知那裏桔子花盛開了〉，以及比才《卡門》中的〈來到這美麗的賽爾維亞〉，這四首曲子都是她常在練習的名曲，也都曾選入她出版的獨唱唱片中。

她在現場的表現從容不迫，咬字清晰，從頭到尾都是怡然自得。即使是演唱《卡門》時，態度也毫不誇張，與西洋歌者的豐富表情相比，或許顯得戲劇張力不夠，但我覺得詹曼華的特殊成就正在此，她深知自己的音域特色與局限，憑藉著個人細心的琢磨與訓練，培養了一種冷靜沉穩的處理音樂的態度。在這點上，她頗像來自紐西蘭的名聲樂家卡娜瓦，不勉強自己去拉高高音部分（雖然卡娜瓦的音色更美，技巧也更圓熟），相反的，一種沉穩自然的大家風範，卻在這位含蓄的東方音樂家身上映現出來了。

西洋歌劇雖是詹曼華主要用心所在，而中國民歌則可能仍是她日常接觸的曲目。她在演唱會中選擇了〈陽婆裏抱柴瞭哥哥〉、〈大河漲水沙浪沙〉和〈苗嶺飛歌〉等三首民歌，其中對第二首的處理，表現了她一貫的風格，沉穩自然而大方有致，在第三首苗族民歌的表現上，則顯示了獨特的魅力，將花腔技巧處理得相當平和，毫不勉強，極為難得。

對於現場聽眾而言，詹曼華寬廣的音量，幾乎和她纖細的身材不成比例，在西方觀眾眼中，她的內斂沉穩，是在同年輩的西方歌者中罕見的。

但對我而言，覺得她的最大成就還是在歌劇、藝術上表現出的高度，是中國音樂界裏少有的，而且她的音樂修養和情感處理，均到達了從容自得、怡然大度的境界。在近年來訪美的大陸聲樂家中，就個人接觸所及，詹曼華與男低音溫可錚的沉穩風範，最為接近。他們同樣在嚴謹的表演布局中，表現了音樂色彩的變化，和豐富的藝術感染力。只是溫可錚已步入中年，五十六歲，而詹曼華卻是年僅二十五的新生代呢！

如果說詹曼華是天資秉賦、音樂造詣交相輝映的聲樂家，那麼另一位歌唱家張建一，無疑是天才洋溢的自然瑰寶。張建一接受歌唱訓練僅有五年的時間，目前還在「上海音樂學院」進修，但他所表現的聲樂成績，卻幾乎是難得匹敵的。

張建一的表現，一開始就震撼了全場，他處理普契尼《杜蘭多公主》和《波西米亞人》的詠嘆調，唱作自然，音域高亢寬廣，而且熱情洋溢、表情豐富，似乎告示著全場華人聽眾：一位罕見的中國音樂明星已經誕生了！

張建一的天賦，是中國男高音中極少有的。他表現高音的能力，頗有聲樂家帕弗若第的風範，輕啟著齒唇，悠悠間玄妙的樂音即已揚起，那麼輕鬆自在，似乎得來全不費工夫。觀賞這種表演，是觀眾難得的愉悅經驗，尤其對於體型聲量均有相當局限的東方民族而言，這種罕見的天才，幾乎可以說是不世出的。

張建一在一九八四年維也納國際歌劇大賽(Third International Opera Singers Competition)中一鳴驚人，震驚全場，榮獲第一，證明了他的天賦是罕有的，難怪奧地利的報刊稱讚他是一個難得的男高音，兼具義大利的激情和中國的詩意。和詹曼華的沉穩內斂相較，張建一的熱情外向顯露了極大的舞臺魅力，這可從觀眾持續不絕的掌聲中看出來。

但張建一畢竟只是一個才華洋溢而有待繼續磨鍊的歌者。除了他細心準備的四首西洋歌劇和一首男女重唱〈安可曲〉外，他在三首中國歌曲的表現上並不理想，而且態度上顯得輕浮，音樂素養也不夠深湛。其中〈想親娘〉這首民歌，本應深情感人，但他唱來卻顯得氣蘊與情感均嫌不足。另一首齊爾品改編的〈馬車夫之戀〉，饒富興味，但失之過短，瞬間即逝，使聽者深覺意猶未盡。最失敗的，則是革命愛國歌曲〈這就是我的祖國〉，詞曲水準均差，卻硬排在藝術曲目上，使聽眾倒盡胃口。

除了詹曼華和張建一外，另一位歌者高曼華在演唱中國歌曲時表現得宜，但由於對高音的掌握不佳，失之過尖，音色亦不夠圓潤成熟，在西洋歌劇的表現上可說是並不成功，不過她在與張建一搭配的重唱曲中，卻有較佳的表現。

近年來，華人音樂家在國際樂壇中出眾者頗多，馬友友的大提琴，林昭亮、胡乃元的小提琴等均是顯例，但他們多係在西方接受主要訓練，才逐漸崛起。這次來美的詹曼華與張建一，卻是完全由中國人培養訓練出的，而且也已有國際級的水準表現，實在深為難得。這一方面說明了中國人中天才輩出，另一方面也深深啟示，惟有拋開政治的迷障，鼓勵人才培養，使才智之士及早受到琢磨鍛鍊，日後華人社會中才會有宗師級的大家出現。

以張建一為例，若是處於文革時代，在藝術必須全力為政治服務的前提下，他至多只能成為一位歌舞團裏稱職的歌唱演員，或是像當年的胡松華一樣，在樣板歌曲〈東方紅〉的〈讚歌〉中嶄露頭角，成為通俗的民歌表演者。他可能錯失良機，無法通過進一層藝術的考驗，正式進入西方正統音樂的殿堂。另以詹曼華為例，如果在文革式的反西方氣氛下，她也可能無法接受正統藝術的陶冶，在音樂造詣上日益精進。相反的，卻很可能一直停留在民歌、小調的層次上，成為通俗的歌者。

我在此處提出正統與通俗藝術的分野，並不在頌揚前者而貶抑後者。相反的，我相信兩者各有其不同的價值，應彼此尊重。但是問題在於，傑出的中國通俗音樂家從來就不缺乏，但能在國際樂壇上，以西方正統音樂而出眾者卻屬罕見，其中尤以聲樂與作曲兩項為甚。因之，鼓勵傑出的音樂人才，及早接受正統音樂教育的磨鍊，是不可稍忽的。張建一的天才和詹曼華的修養，均可說是這種磨鍊下的傑出成果，雖然已見諸國際的樂壇，卻還只是中國音樂振興上的第一步，若要真正展現出中國音樂家的特色，還有許多進一步的工作待努力展開。

首先，是音樂訓練的問題。誠然以西洋歌劇訓練做為必經階段，是當前無可避免的，但是中國正統聲樂人才的培養，卻不能以此自限。中國音樂界必須仔細做好聲樂的分析工作，對於每一位聲樂人才，必須要求因才施教，不可勉強以歌劇訓練、美聲唱法做為齊一要求的標準。譬如以這場音樂會上第三位歌者高曼華的表現為例，她在西洋歌劇詮釋上，委實太過勉強，無論音高掌握、音色處理都不相稱，反倒是在中國民謠方面表現十分特出。因此加強她在民謠方面的訓練，反而更為適宜，而且日後可能會有更佳水準的表現。

另外，許多歌者的才華較適合於抒情藝術歌曲，加強舒伯特、馬勒等方面的歌曲訓練，可能較之義大利歌劇更為適切。事實上，無論港臺、大陸或海外的華人聲樂家，都應瞭解自己性之所近，不管民謠、藝術歌曲或歌劇，均應以平等地位視之，切勿以歌劇為唯一正途，勉強選擇走上了錯誤的方向。

再者，是聲樂創作與作曲的問題。相對於西方而言，中國近代作曲家傑出者並不多，名揚國際的聲樂創作亦鮮，但中國民族音樂和民間曲藝中一直保持著豐富的創作題材，如何發揮中西音樂不同的特長，創作出更多傑出的作品，迫為當今中國作曲家的重任。

當然，在外在環境上，政治勢力必須儘量減低對藝術創作的干涉，同時作曲家與音樂家也必須得到私人、財團或政府的財力支持，使其能專心致志於創作。在創作方面，作曲家必須對自己做多方面的要求。一方面要培養深厚的文化歷史觀，對中國文化的音樂傳承，及其中的民間聲樂素材深刻的掌握；另一方面也要有寬廣的世界觀，對世界上不同文化系統中的音樂素材建立廣泛的瞭解，以利不同音樂文化間的溝通與掌握。

譬如說，在聲樂素材的採擇上，本世紀匈牙利最偉大的作曲家之一柯達伊與巴托克兩人，均對民謠傳統都做過仔細的發掘工作，並在他們的創作中賦與了不同的現代面貌。其中許多五聲音階作品，就很值得中國聲樂家學習和嘗試，進而廣泛的演練。中國作曲家若能參酌他們的創作經驗，利用民間音樂的素材，作藝術的提攜與現代的處理，日後也勢將有更多出眾的作品問世，更多中國作曲界的大師，也才會在「巨人的肩膀」上逐日出現。

民國七十四年二月　《時報周刊》

《亞歷山大．那夫斯基》與《黃河大合唱》

提起現代俄國作曲家普羅科菲也夫（S. S. Prokofiev, 1891～1953），人們總不禁想起他的交響樂童話《彼德與狼》和舞劇《羅密歐與茱麗葉》、《灰姑娘》等名作。熟悉交響曲的聽眾，也會想起他的短小精緻的《第一交響曲——古典》和第五、第七等交響名曲。另外他的歌劇《三隻橘子之戀》、《戰爭與和平》等也是傳世之作。

有關他的身世，頗為傳奇與波折。三歲起，就受母親的啟迪學鋼琴，到九歲時竟然創作起歌劇來（劇名是*Maddalena*，但全劇並未完成）。十三歲起，師事林姆斯基、科薩可夫等人學習作曲。俄國革命（一九一七）後他來到美國，在紐約以鋼琴演奏自己的作品，四年後旅居法國，間或住在德國，一九三二年，由於思鄉心切，普氏終於返抵俄國，從此開始了人生的另一階段。

雖然他小心翼翼，創作了許多「愛國」的成功作品，但在一九四八年，終於遭到俄共當局的批判，在「社會主義的現實主義」政策綱領下，他的作品《第六號交響曲》、《終戰贊歌》等，被指斥為「形式主義」(formalism) 作品，這與悲觀主義一樣，在俄共眼中都是反人民、墮落與頹廢的代名詞。「文藝掌璽大臣」日丹諾夫 (A. Zhdanov) 甚至對他公開抨擊，普羅科菲也夫不得已向蘇聯作曲家聯盟寫公開信，被迫自我譴責，五年後即鬱鬱以終。

一九三八年，為了名導演艾森斯坦的電影《亞歷山大・那夫斯基》，普氏和詩人（負責譜詞）羅戈夫斯基 (V. Logovsky) 合作，創作了 *Alexander Nevsky* op. 78 這部康塔塔 (Cantata) 聲樂套曲。康塔塔是一種與清唱劇類似的大型聲樂曲，包含獨唱、重唱、合唱等多重形式，與中國的大合唱頗為近似。

這部康塔塔的主題，是敘述十三世紀俄羅斯民族英雄亞歷山大（人們尊稱「那夫斯基」）的英雄事跡。在敘事上，則從當時蒙古與韃靼人盤據下的俄羅斯開始，經歷後來十字軍（由瑞典人與日耳曼人組成）侵略，到最後由亞歷山大號召人民，趕走十字軍的整段歷史。全曲計分七個樂章，形式包羅多端。分別為：

一、〈蒙古人統治下的俄羅斯〉：管弦樂前奏曲。一開始就是淡淡的哀愁，描繪俄羅斯草原的寂靜，和蒙古人統治下的哀痛。

二、〈亞歷山大・那夫斯基之歌〉：女低音、男聲合唱團及管弦樂。敘述俄羅斯人戰勝瑞典人的事跡。

三、〈在普斯科夫的十字軍〉：仍然是合唱，描繪十字軍在普斯科夫 (Pskov) 城燒殺劫掠的暴行。

四、〈起來，俄羅斯人民！〉：合唱曲。洋溢著愛國主義的熱情，象徵俄國人民的反抗先聲。

五、〈冰上戰鬥〉：是全曲的重心，以描繪性的交響音樂，顯示嚴寒的冬天，俄國人民擊退日耳曼侵略者的激戰場面。全曲由幽暗中開始，以明朗的氣氛告終。

六、〈死寂的原野〉：女聲獨唱，管弦樂配樂。將一個俄國婦女哀悼未婚夫為國捐軀的悲情，用低沉的獨唱表達出來。在演唱時，有些樂團是請女中音出任，有的則由女低音擔綱。

七、〈亞歷山大進入普斯科夫〉：管弦樂與合唱。一開始即是雄偉的合唱，中間夾雜著教堂的鐘聲和歡樂的進行風舞曲，描繪俄軍凱歌與民眾夾道歡迎的勝景。

根據傳記作家舍若夫(Victor Seroff)在《普羅科菲也夫——蘇維埃的悲劇》(一九六八)一書中的記載，《亞歷山大．那夫斯基》這部套曲雖係為電影配樂而作，但第五與第七兩部分卻經過很大的重組工夫，全曲第一次在音樂會上演出，則是在一九三九年三月十七日，由普氏本人指揮莫斯科愛樂交響樂團擔任。由於當時演出甚為成功，使得普氏有進一步以俄國民族素材為主題，創作歌劇的想法。普氏後期音樂創作中的民族色彩，也因而更為強烈。

如果將普氏的音樂與中國近代作品加以比較，讀者可能就會立即聯想到《黃河大合唱》了。事實上，這兩部作品的確有許多類似之處。《黃河》創作的年代是一九三九年春天，在三月底完成，四月十三日首次演出，可說與《亞歷山大》幾乎完全是同一時段。《黃河》全曲分為八段，但其中第三段〈黃河之水天上來〉係朗誦部分，一般演唱時多略去，故此七段的結構亦與《亞歷山大》類似。

此外，《黃河》與《亞歷山大》均包括合唱與獨唱，也都包含了一段低幽沉痛的女聲獨唱，哀悼戰死的親人（即〈黃河怨〉與〈死寂的原野〉）。另外，這兩首曲子均是以民族情感、愛國主義和深厚的歷史意識為主題，也都有慷慨激昂的愛國歌曲合唱。再者，這兩者都包含了豐富的民族音樂素材，甚至均包括一些粗獷純樸的民歌曲調，民族風格洋溢。

除上列各項之外，就作曲者而言，普羅科菲也夫與《黃河》的作曲者冼星海（《黃河》的作詞者係光未然，即詩人張光年之筆名），也有一些背景近似之處。冼星海（1905～1945）的國際音樂地位雖遠不及普氏，但卻與普氏一樣，曾經受到西方音樂的影響（冼氏曾旅法六年），也曾為革命熱情與民族主義獻身，同時巧合的是，兩人也都在紅色政權之下，受封過「人民音樂家」的稱號。一九四〇年，冼星海更進而赴蘇聯學習，五年後病故，我手邊沒有資料，無從知悉冼氏在俄的行止，也不知他是否曾與普氏接觸過或受過其影響，但聽過普氏的盛名與樂曲，則應是無庸置疑的。

不過，兩人之間的歧異也甚大。普氏雖然曾被迫或主動的創作過一些「紅色音樂」（如《十月革命二十週年康塔塔》，以及為慶祝史達林六十歲生日而作的康塔塔 *Zdravitsa* 等），但他無論在歌劇、舞劇、交響曲、合唱曲、鋼琴協奏曲及奏鳴曲、小提琴協奏曲，乃至電影音樂等各方面，都有傳諸後世的精心之作，而他結合浪漫主義、現代主義及俄國民族風格的傑出成就，更足以名列世界級作曲家的行列而不朽。

普氏與稍後於他的蕭斯塔高維奇，雖然都面臨過政治壓制與威脅，也都曾不得已，創作過一些歌功頌德或意識型態掛帥的作品，但他們一生的藝術成就卻不因這些作品而失色。從此一角度看來，近代中國音樂家，尤其是身處於革命洪流中的作曲家，卻往往由於狹隘的藝術觀、革命情感及意識型態包袱等限制，未能更大的突破。

當然，藝術成就的高低，還受到作曲家所處音樂環境，及所受音樂陶冶等條件的影響，在近代中國缺乏深厚的樂教背景，而經濟及教育環境又極為落後的情況下，期待世界級的中國作曲家出現，未免過於奢望。但是，從中俄兩國的對比情況看來，同是受到西方文化、革命烽火和共產主義影響的國家，中國作曲界的成績，卻太不成比例了。若要從中國作曲家行列中，找出一支可與拉哈曼尼諾夫、蕭斯塔高維奇等並比的隊伍，恐怕是不易的。

就以冼星海為例，在後人搜集的數百首作品中，泰半係短篇的革命歌曲或愛國歌曲，而大部分歌曲都是在匆匆的幾天內完成的（《黃河》這樣大的曲子，也是在六天日夜趕工下寫完的）。從一九三五至三八年三年中，冼氏一共完成了四百餘首革命救亡歌曲，另外他還寫過多首大合唱及歌劇，創作量和創作速率雖然驚人，但在速成要求與實用目的的鞭策下，樂曲的藝術價值和精緻、深刻，自然也受到極大的斲傷。

即使是冼氏到蘇聯後，所創作的大型器樂曲，如第一、第二交響曲（標題係《民族解放》與《神聖之戰》），也仍是意識型態掛帥下的作品。這兩首曲子我都無緣聽到，但據有關的文字介紹，前者是將「革命現實主義」與「革命浪漫主義」相結合，肯定革命必勝的信念；後者則係有感於德國侵蘇（創作於一九四三年）的憤慨之作，而且是冼氏重病纏身的艱困情況下完成的，由此益可見作曲家的處境不易。

可悲的是，即使是這樣一位忠於紅色政權的作曲家，死後卻仍逃不過革命劊子手的荼毒。文革期間，冼星海的作品，包括《黃河大合唱》遭到了禁制的命運。直到一九七五年，經過毛澤東欽定，紀念冼星海（與聶耳）的音樂會才獲准舉行，但冼氏遺孀的悼念文字，卻仍然不得發表。這對於一位衷心於「革命大業」的音樂家而言，真是沉痛的諷刺。

也許，「讓政治歸政治，讓藝術歸藝術」的理想，在當代有些社會裏，終究只是遙遠的夢想。當此中國音樂家（尤其是演奏家）逐漸在世界樂壇受到重視的時候，我們總該懷抱著「知其不可為而為之」的壯志，多為藝術的獨立生命和永恆價值，積極的呼籲和肯定！

民國八十三年四月

巴碧亞

一

一九九一年八月間，美國總統布希造訪蘇聯，離開首都莫斯科後不久，來到烏克蘭首府基輔，向國會發表演說。布希面對著該地議員要求獨立的告示牌，清楚地告誡所有烏克蘭人民：

「你們要拒斥自殺性的民族主義！」

半個多月後，蘇聯爆發流產政變，總統戈巴契夫經歷四天的拘禁後返回莫斯科，蘇聯共產黨面臨解體，俄羅斯帝國也走向分崩離析的亂局。

八月下旬，繼波羅的海三國之後，烏克蘭正式宣布獨立！俄羅斯總統葉爾欽旋即警告烏克蘭，必須先與俄羅斯商討領土及邊界問題，並要求歸還黑海沿岸港口及克里米亞半島。此一聲明，立即引起烏克蘭當局的強烈抗議，並使政變失敗後的樂觀氣氛一掃而空。「自殺性民族主義」的警語言猶在耳，卻幾乎是一語成讖。

布希總統訪問基輔時，也特別赴巴碧亞 (Babi Yar) 峽谷，向二次大戰期間的死難者悼念。巴碧亞，這塊猶太人的傷心地，正是俄羅斯與烏克蘭民族主義心結的象徵，以及，許許多多蘇聯藝術家和知識分子，努力突破及超越的禁忌。

二

當代最傑出的蘇聯作曲家蕭斯塔高維奇 (D. Shostakovich, 1906～1975)，一九六二年創作了著名的第十三號交響曲《巴碧亞》(op. 113)，並於當年十二月十八日在莫斯科音樂院首演，由著名指揮家孔德拉辛擔綱。兩天後第二次演出，但是第三次演出卻被無限期的延後，表面的理由是獨唱者生病，實際原因卻出在這首交響曲的歌詞上。

蕭氏的第十三號交響曲，和馬勒的許多交響曲一樣，包含獨唱及合唱。《巴碧亞》事實上是一種康塔塔形式的作品，包括五首歌曲，第一首即〈巴碧亞〉，全曲時間約十七分鐘，其餘四首主題分別是〈幽默〉、〈在店中〉、〈恐懼〉和〈生涯〉，時間均稍短，整個交響曲則長達六十五分鐘左右，由一位男低音擔任獨唱，配上男聲合唱和交響樂隊，聲勢十分壯觀，也頗具東正教唱詩班的風格。

蕭氏在處理此曲時，相當重視氣氛的經營，由沉鬱而緊張，由危機四伏而漸趨高昂，最後回復平靜，再經幾番起伏，緊扣心弦，感人至深。

首演之後雖因政治緣故，不尋常的未見官方樂評，過後的專業評論多對樂曲大加讚揚，但是作詞者葉夫楚先柯（1933～2017）卻備受批評，這也是此曲演出大費周折的主因。

一九六二年底第二次演出後，蕭氏在強大的政治壓力下，不得不同意改變歌詞，葉夫楚先柯本人也在極不情願的情況下，默默接受了此一改變。

造成此一改變的真正原因，則必須回溯到一九四一年。

一九四一年六月廿二日，德國納粹軍隊入侵蘇聯，九月十九日，佔領烏克蘭的基輔。五天後，一連四、五日的炸彈，摧毀了基輔市中心的主要街道建築，納粹分子立即散布謠言，將此一爆炸事件歸罪於烏克蘭的猶太人。由於過去史達林的恐怖政策，在烏克蘭造成嚴重的死傷，烏克蘭人又懷疑猶太人為其幫兇，因此納粹乃巧妙運用此一反閃族主義者的反猶情緒，並著手展開了一連串慘無人道的大屠殺。

一九四一年九月廿九日、三十日兩天，為數三萬餘的猶太人，被送往基輔市北郊的巴碧亞峽谷執行死刑。隨後的兩三個月，共有十萬人死於此地，其中九萬人是猶太人，約居基輔市猶太人口的半數。

值得注意的是，當納粹入侵之際，仍有二十萬猶太人居住在基輔，但大部分成年男子都被捕，他遷或隨蘇軍撤退，因此到九月間留下的猶太人多係老人、婦女及孩童，其中大約有三成係年紀小於八歲的幼童，跟隨祖父母留下未走。由於在一九三九至四一年間，德、蘇為同盟關係，因此蘇聯當局刻意封鎖納粹德國在西歐殺戮猶太人的消息。結果，一直遲至猶太人在基輔被捕之際，他們都還以為德軍會將其遷往德國，或送回中東巴勒斯坦一帶安置，卻不知無情的死神已經君臨了。

在猶太人被捕與受難的過程中，雖然有少數的俄羅斯人、烏克蘭人救了一些猶太小孩，使他們得以倖免於難，但其後一生，他們卻多掩飾自己的猶太身分，方得苟全於世。而且，必須一提的是，雖然納粹在四年後即已潰敗，東歐及蘇聯各地的反猶氣氛卻絲毫未衰。一九五〇年代，保加利亞的領導階層曾進行大整肅，目的就是清除領導層中的猶太人。因此，在反猶傳統深厚的烏克蘭紀念巴碧亞，就成為一項十分嚴重與敏感的事了。

烏克蘭血統出身的赫魯雪夫，雖然在史達林死後實施開放修正政策，但對巴碧亞問題，始終抱持強烈反對平反或紀念的態度。一九六二年十二月十七日，也就是蕭斯塔高維奇第十三號交響曲首演的前夕，赫魯雪夫的文化事務總管伊里契夫，還警告蕭氏應取消第二天的演出。蕭氏雖然拒絕，但最後仍不得不屈服，並被迫修改此曲的歌詞。

其中改動的地方有二處，一係第五行至第八行，另一則是第四十三至四十六行。前者係葉夫楚先柯自喻為一流浪在埃及的希伯萊人，改正後的詞句則是這樣的：

我站在這裏就像立足在一口井泉邊，
讓我對我們兄弟般的情感產生信念，
這裏躺著的是俄羅斯人和烏克蘭人；
他們與猶太人一樣葬在同一處墳場裏。

很顯然的，改動後的詞句相當八股，而且有意淡化在這座墳場中，九成死者是猶太人的事實。至於所謂「兄弟般的情感」，更有粉飾太平、掩蓋反猶太主義盛行的意味了。另一處原是葉夫楚先柯自比為巴碧亞的死者，包括老人與小孩，在無聲的吶喊。但這一段則被改為：

我想起俄羅斯的英雄事跡，
以它自己的身軀抵擋著法西斯主義的侵凌；
奉獻微不足道的一點滴，
親愛的俄羅斯為了你的生存與運命。

這段更動的詞句，無疑也可做為「社會主義的寫實主義」藍本，愛國主義情緒洋溢，卻與作者原先的控訴無涉。不過，在此次更動之後，《巴碧亞》的第三次演出就獲准了。

但是，歌詞更動之後，蘇共官方仍不滿意，一九六三年二月十日，第三次演出之後，官方評論出現，認為作曲甚佳，但歌詞仍有缺憾，並乾脆建議蕭氏，最好「大幅度改動歌詞，或者完全揚棄它」。

一個月後，赫魯雪夫在三月八日舉行的一次文藝檢討會議中，公開指責〈巴碧亞〉一詩的不當。他說：

這首詩的作者未能真正展現與譴責法西斯主義者，尤其是該為巴碧亞大屠殺負責的法西斯罪犯。這首詩顯示，似乎只有猶太人才是法西斯惡行下的受害者。然而，希特勒這個屠夫，謀殺了許多的俄羅斯人、烏克蘭人和其他的蘇聯少數民族。這首詩卻顯示，他的作者未能表現出政治上的成熟，而且忽略了歷史事實。……自從十月革命以來，猶太人在蘇聯，享有與蘇聯其他民族一樣各方面的平等權利。在我國並無猶太人問題，想要製造此一問題的人，不過是奴性般的重複他人舊說罷了。

但是，赫魯雪夫的辯解及指責無濟於事，蘇聯的民族紛爭不但未曾稍歇，而且益發激烈。巴碧亞這塊種族殺戮的血腥地，也不但未能如願的改成紀念公園，反被官方派出推土機填平，準備改建為公寓和電視塔。蘇共當局顯然是想將這座大墳場，自人們記憶中永遠除去。

一九六四年十月，赫魯雪夫被整肅下臺，知識界、文藝界的「小陽春」持續了好幾年。第二年的六月，蘇聯國家領導人之一的柯錫金，在拉脫維亞首府里加發表演講，譴責「民族主義、強權沙文主義、種族主義和反閃族主義」。同年十一月二十日，《巴碧亞》交響曲第四次演出。十天後，烏克蘭共和國政府宣布將在巴碧亞立碑，紀念十萬名無辜的死者。這項計畫早在一九五九年即已提出，卻因莫斯科當局的反對，延擱了六年之久。

但是，隨後幾年的國際情勢變化，包括一九六七年六月的中東戰爭，和一九六八年的捷克「布拉格之春」，造成蘇聯當局與以色列及猶太人的關係惡化，巴碧亞紀念碑也因而一延再延。

一九七〇年十二月，一群猶太人在聖彼得堡劫機，試圖逃往國外。一九七一年起，國際壓力不斷要求蘇聯允許猶太人移民，但蘇共當局態度仍然十分強硬。一九七二年，有二十七位猶太人因為在巴碧亞墳地上置花紀念被捕。第二年，有成千的猶太人因試圖在巴碧亞舉行宗教儀式，被警察驅離。在此期間，有關巴碧亞的一些文學作品，也受到各種阻撓，不得刊行。

巴碧亞紀念碑歷經波折之後，終於在一九七六年的夏天完工了。這是一座約三十呎高，幾十個受難者糾結在一起的石像，豎立在一條緩坡的盡頭。紀念碑上有下列的刻文：

一九四一到四三年間，在這裏，德國法西斯侵略者殺害了超過十萬的基輔市民和戰犯。

至於《巴碧亞》這首交響曲的歌詞，則在一九八三年獲准按原先的形式出版，不須再依「欽命」改動歌詞。最近幾年各種版本的交響曲演出，包括羅斯托波維契指揮美國國家交響樂團，及海亭克指揮荷蘭音樂會堂交響樂團演出的歌詞，也均係採取此一原版。在此次全詩出版之際，原作曲者蕭斯塔高維奇已辭世八年，葉夫楚先柯（他並非猶太人）自己則在出版時，加上了一段重要的注言：

巴碧亞是基輔郊區的一處峽谷，希特勒的黨羽在這裏，殲滅了數以萬計的蘇聯人民，包括猶太人、烏克蘭人、俄羅斯人和其他基輔居民。在寫這首詩的時候，巴碧亞一地尚無紀念碑。現在則已豎立了紀念法西斯主義下犧牲者的碑石。

法西斯主義以種族屠殺的手段加害猶太人。現在，在歷史的神奇弔詭下，以色列政府也以種族屠殺的手段，加害巴勒斯坦人，他們已被強行驅離了自己的土地。

三

一九八九年九月下旬，離開了自由化浪潮初動的東歐，我來到了蘇聯，也造訪了基輔市的巴碧亞。由於長期以來聆聽蕭斯塔高維奇的音樂，也關心蘇聯東歐的歷史及時局，當我驅車趕到巴碧亞時，內心感到的不是沉痛，也不是原先預期的感傷，而是淡淡的憂愁與無奈。在巨大的石碑陰影下，感知到人類生命的卑微。十萬人的青塚不過化為一片草場，但是單在烏克蘭一地，這種人命卑賤的殺戮事件，卻已在近代史中出現了好幾回！

一位基輔市的導遊告訴我，每一個烏克蘭人的家庭，在過去半個世紀裏，都經歷了不同程度親離子散的悲痛。有人死於史達林的大整肅，有人在農村集體化過程中不幸湮滅，也有人為納粹所殺，還有人在戰後因 KGB 逮捕而神祕失蹤。因此，每當烏克蘭人要辦結婚喜事時，都要穿戴禮服白紗，到各處的紀念碑追悼死去的親人。因為，往者已矣，但新的生命卻永不能停息。

烏克蘭人的命運多舛，正像是巴碧亞所象徵的猶太人一樣。一九九一年的民主浪潮，雖然敲響了蘇聯共黨的喪鐘，卻也使種族主義和褊狹的族群意識復甦，並在蘇聯各地掀起獨立、反獨立、族群傾軋的巨流。最後，又形成了新的流血、仇恨和冤冤相報的恐怖氛圍。

於是，當世人正莫名的為蘇、東、波的解放而雀躍之際，我卻看到了波羅的海三國的排猶新浪潮，摩達維亞的羅馬尼亞人反俄民族主義，以及南斯拉夫境內不斷惡化的種族問題。在這一波波以民主與獨立為名的鬥爭中，我們看到了一個個藉地區民族主義而崛起的民粹型領袖，葉爾欽、華勒沙、米洛塞維契，正是這不斷擴大名單上的幾個「先行者」。長此以往，東歐與蘇聯的民主前景就不容樂觀，而族裔鬥爭的血腥史，也就要繼續衍生下去了。

因此，我又想起了巴碧亞。經過了兩年的巨幅變革，在新的民族主義風潮下，巴碧亞這座苦難的象徵，又要經歷什麼樣的衝擊呢？是成為烏克蘭人不願再提的恥辱標籤？是轉化而為烏克蘭人與俄羅斯人鬥爭的新標誌？還是因為猶太人的被迫遷離，成為一個遙遠而讓人逐漸淡忘的血痕與印記？

巴碧亞，誰能告訴你？

民國八十年九月十三日　《聯合報》

附錄

巴碧亞

葉夫楚先柯・原作
(Y. Yevtushenko)
周陽山・譯

在巴碧亞上看不到紀念碑
陡峭的峽谷像是粗糙的墓石
我驚嚇著

感覺今天蒼老的像是

像是猶太民族一樣

我流浪在古代的埃及。

我在這裏懸掛於十字架上面對著死亡

仍然負荷著釘痕

感覺自己就像是德雷佛斯一樣。

資產階級的暴民指摘我審判我

我在棒棍之下，被圍困住了，

迫害，指責，詆毀，

穿著華麗的美婦人

尖叫著用洋傘刺戮我的臉

我感覺自己就像畢爾羅斯托克的小男孩一樣

鮮血濺滿了地板。

旅店的暴民領袖變得兇狂起來了

他們嗅著伏爾加酒和洋葱。

我被踢倒在地上，無力抵抗，

我徒然無助的懇求迫害者
他們卻哄笑著：「殺死猶太人，拯救俄羅斯！」
一位糧商毒打我的母親
唉，我的俄羅斯同胞，我雖知
在內心深處你們都是國際主義者，
但也有人弄髒了手
玷汙了你們的令名。
多麼不知羞恥啊
這些反閃族主義者竟公開聲稱他們是
「俄羅斯聯邦的人民」。
我感覺自己正像是安妮・法蘭克一樣
就像是四月初生的新芽一般脆弱
我在戀愛之中無需言詮
但我們卻需要彼此的眷顧
能看到嗅到的是這般偏促！
樹葉和晴天都已遠離，

但我們仍有許多可做的事——
仍然可以輕柔的擁抱彼此
在幽黯的房中！
——「有人來了吧？」
——「不要害怕，那是春天的聲音
春天來了。
向我靠近
快給我你的雙唇！」
——「他們就要破門進來了！」
——「不！這是冰裂的聲音！」
巴碧亞的野草瑟瑟，
樹木警戒著，好似正在進行審判。
這裏彷彿每一樣東西都在無聲的吶喊
當我揭去帽子
感到自己的頭髮正慢慢轉為灰白
我無聲的長嘆。

身下有成千成萬的屍骨
我就是在這裏被殺害的每一個老人
我就是在這裏被殺害的每一個孩子
我的任何一部分都永不忘懷。
讓「國際主義者」狂吼
當世界上最後一位反閃族主義者
終於被埋葬的時候。
我的身上並沒有猶太的血統
但我感到嫌惡憤怒
面對所有的反閃族主義者時
我就是猶太人——
正因如此
我才是一個真正的俄羅斯人！

民國八十年八月譯，首次發表

薩拉耶佛的悲歌

一九八九年東歐變天，兩年後蘇聯解體，從南斯拉夫到捷克斯洛伐克，從巴爾幹、高加索到中亞各地，聯邦與聯盟體制不斷的從內部裂解，民族獨立的風潮，席捲這片曾經赤色的大地。

隨後二十年間，一共出現了二十九個新興國家。其中，經由內戰而分裂的南斯拉夫，一分而為七國，流血屠殺情況最為嚴重。由於民族傾軋、分崩離析，迄今傷痕猶存，血淚斑斑，而問題未解，餘恨難消。

今年夏天，我初訪波士尼亞的薩拉耶佛(Sarajevo)，和赫塞哥維那的莫士塔(Mostar)，看到了戰爭殘存的遺跡，和當前的生活風貌，感觸良多，乃撰此文，供兩岸人民警思。

八月中旬，我搭乘克羅埃西亞航空，自捷克布拉格，經克羅埃西亞(Croatia)首都札格布(Zagreb)，再轉往波士尼亞－赫塞哥維那（簡稱波－赫）的首都薩拉耶佛，全程約五小時。克航一共只有十二架飛機，是袖珍的小國航空公司，但服務不錯，機上可以買到亞得理亞海岸的永久花精油，而在首都機場，也看到了土產的花草酒及罕見的生鮮松露罐。我們到達薩拉耶佛已是下午四時，氣溫高達四十一度，但清晨時分卻直線下降至十五度，足見內陸型氣候溫差之大。

由於前面幾站轉搭公車太費時也太累人，我們決定直接從機場乘計程車赴旅館。二十分鐘後到達，司機索價四十六波士尼亞馬克，約二十三歐元。這是正常車資的兩倍多，但因人生地不熟，我們只有入鄉隨俗，付帳下車。

旅館在回民區的半山腰上，坡很陡，由石頭拼成的馬路，不大好走，但離老城中心很近，幾分鐘就走到山下了。這是在歐洲大陸罕見的傳統回民區，已經有好幾百年的歷史。路邊盡是土耳其式的咖啡座、手工的製銅坊、圓頂的回教寺院和老式的巴札 (bazaar) 集市，路邊坐滿了人，形形色色、目不暇給。來自世界各地的穆斯林婦女，有的全身自上而下用黑布包住，僅留雙眼；有的戴著漂亮的花布頭巾，遮住頭髮；有的穿著回民長衫，色澤亮麗，風貌各異，不一而足。

這是一個充滿異國風情、東西文化交融，看似一片和諧的多民族、多宗教國家。伊斯蘭、猶太、東正和天主教，各教派的教堂寺廟櫛次鱗比，一棟接著一棟，恰似多元包容、四海一家的世界主義 (cosmopolitanism) 理想之城。

一九八四年，薩拉耶佛曾經主辦冬季奧運，名聲全球遠揚；而今，則是在歐洲大陸邊緣，充滿異國風情的「回民角落」，也是歐洲排名前列的文化旅遊城市。就在二十多年前，這裏卻是族群屠殺、教派淩遲的烽火戰場，曾被圍城長達三年半之久，彈痕歷歷，死傷累累。

一九八九年夏天，我曾訪問過南斯拉夫首都貝爾格勒 (Belgrade) 和札格布，這是當時南國境內最大的兩個民族共和國——塞爾維亞 (Serbia) 與克羅埃西亞的首府。這兩個斯拉夫民族講著同一種語言 (Serbian-Croatian)，但因帝國背景的影響，使用不同的文字，分別是俄文的居理耳字母 (Cyrillic alphabet) 和拉丁字母，也就是「同語卻不同文」。

至於宗教方面，兩族則分屬東正教和天主教，雖然信仰同一個上帝，但塞爾維亞親俄羅斯，克羅埃西亞親德奧，長期對抗。一九一四年六月二十八日，塞爾維亞青年普林西比 (Gavrillo Princip) 在薩拉耶佛的拉丁橋畔，刺殺了奧匈帝國王儲費迪南大公，結果引發第一次世界大戰，此地也就以「巴爾幹半島的火藥庫」聞名於世。而在二次大戰期間，塞、克兩族相互廝殺，流血衝突；克羅埃西亞還成立過親納粹的傀儡政府，與塞爾維亞素為世仇。

當年我乘火車從札格布到貝爾格勒，歷時七小時，從乘客互動神情中，就可以清楚感覺到族群間的緊張不安。此後十餘年，情況日益惡化，南斯拉夫終於爆發了全面的內戰，最後分裂成斯洛文尼亞、克羅埃西亞、馬其頓、波—赫、黑山、科索沃、塞爾維亞等七個國家。

一九九二年二月十九日，在波—赫共和國境內的塞爾維亞人，集體缺席抵制的情況下，波士尼亞回民 (Bosnian Muslim) 與克羅埃西亞人，就獨立問題舉行公民投票。投票結果顯示，有九成民眾支持波—赫共和國自南斯拉夫獨立。三月三日，波—赫議會在塞爾維亞人議員缺席的情況下宣布獨立，致使民族矛盾激化。四月六日，就在歐洲共同體承認波－赫共和國獨立的當天，境內五個塞爾維亞人自治區，宣布聯合成立「塞族共和國」，搶先獨立於「新而獨立的波－赫共和國」之外，但依然決定要留在母國「南斯拉夫社會主義聯邦」之內。

塞爾維亞人的獨立行動，立即招致了波－赫政府的鎮壓，但是塞人擁有精良的裝備和武器；而駐紮在波－赫境內的南斯拉夫人民軍（以塞族為主），也發動了對回民和克羅埃西亞人的攻擊。四月七日，南斯拉夫人民軍出動飛機，轟炸了克羅埃西亞人的彈藥庫，武裝衝突驟然升級。衝突由薩拉耶佛向外蔓延，釀成了全面內戰，也開始了長達一千四百二十五天的「薩拉耶佛圍城」，從一九九二年四月五日，一直困守到一九九六年二月二十九日。在此圍城期間，一共有一萬三千九百五十二人不幸罹難。

由於戰亂關係，波士尼亞回民受到慘烈的創傷，在美國積極介入後，簽定了和平協議，由東正教徒的塞爾維亞人，單獨成立「塞族共和國」(Serbian Republic)，信仰伊斯蘭教的回民與天主教的克羅埃西亞人，合組「波赫聯邦」(Bosnia-Herzegovina Federation)，形成一國三族、分而治之的「邦聯式聯邦制」(confederative federation)。薩拉耶佛則係共同首都所在。

我特別乘三號電車，到達當年薩拉耶佛圍城時的「狙擊手巷」(sniper alley)，它在城中央的西側，著名的假日飯店 (Holiday Inn) 一帶。這裏曾是各國戰地記者採訪時聚居的旅館，在圍城期間，他們目睹塞族狙擊手在城郊的山坡上，對城裏回教徒居民無情的殺戮，前後共有一千零三十人受傷、二百二十五人遇害，連負責維安的聯合國部隊也未能倖免。而今，二十多年過去了，仍然可以在大馬路南側的博物館廢墟上，看到明顯的彈痕，記錄著戰爭無情的創傷。

至於老城區的拉丁橋畔，也就是當年普林西比暗殺王儲的現場，現在設立了紀念館，走進這個百來平方米的微型館廳，花不到十分鐘就看完了所有的陳列品。走出門外，就是這座不過三、四米寬的歷史名橋，它經歷著百年滄桑，也承擔著沉重而複雜的歷史詮釋。它的名字，也從拉丁橋改為普林西比橋，又在一九九〇年代內戰之後，因執政者的改變，改回原名拉丁橋。

現在，塞族已被趕出了薩拉耶佛，在東面的「塞族共和國」境內，另外設置了一個「東薩拉耶佛市」。塞族出身的普林西比，也因為政治不正確和族群身分不對盤，從原來的「民族英雄」，被重新譜寫的歷史故意淡忘了。

一九九五年十一月二十一日，在美國的強力主導下，波－赫交戰的各方息兵止戰，在俄亥俄州的空軍基地 Dayton 簽署了「岱頓和平協定」，結束三年多的內戰，並把波－赫劃分為「波赫聯邦」、「塞族共和國」以及夾在兩者中間的「波爾奇科特區」(Brcko District)，形成國中有國、制中有制的特殊體制。

我在假日飯店的對側往西望，美國大使館新穎、超大的建築群佔據了整個街區，看來比後方薩拉耶佛大學校園還要大、還要壯觀。我本想照一張全景，大使館門外的警衛示意禁止，只好收起了相機。但明顯可以看出，美國才是波－赫這個新國家真正的領航者，也是「邦聯式聯邦」政治實驗計畫的創建者和維護者。

在波士尼亞內戰中，共有超過十萬人死亡，其中回民犧牲最為慘重，逾六萬人，另外有二萬五千人是塞族，克羅埃西亞族則有約一萬人。在這裏，也發生了二次大戰結束以來，歐洲境內第一次出現的族群大屠殺（Srebrenica genocide），還挖到了萬人冢。回民不但和塞族交戰，也在南方的莫士塔和克羅埃西亞族進行武裝對抗。當戰爭結束後，北約在波—赫境內繼續駐紮維和部隊，到二〇〇四年底才由歐盟派軍隊接手。

當內戰結束之後，這些信仰伊斯蘭教的斯拉夫族回民，被聯合國正式定名為Bosniak——波士尼亞克族，成為一個新的民族；目前為波—赫境內的第一大族，約居全國人口三百七十萬人的半數。

第二大族塞爾維亞族約佔全國人口的三成，克羅埃西亞族則為一成五。至於宗教信仰的人口比例（伊斯蘭教、東正教與天主教），也與此一數據相符，這是歐洲境內極少數回教人口佔多數的新國家。

據統計，一九九一年波—赫境內原有四百三十三萬人，到了一九九六年銳減為三百九十二萬人，二〇一三年又降至三百七十九萬人；足見歷經戰火蹂躪後，人口一直是負成長。由於內戰因素，導致波—赫GDP減損至少百分之六十，失業率卻高達百分之三十八。二〇一四年各地爆發了被稱為「波士尼亞之春」的全國性抗議運動，群眾對戰後政府的官僚腐化與政治無能，表達了強烈的不滿。據歐盟統計，迄今波－赫的平均國民所得，僅及歐盟各國平均值的百分之二十九，還不到美金五千元。

根據岱頓協定，在波－赫境內，「波赫聯邦」、「塞族共和國」兩個政治實體各自統領一半的國土，分別擁有自己的首都、軍隊、警察、政府組織、國家旗幟和民選議會等不同機制。至於波士尼亞東北的「波爾奇科特區」則為一自治區，直屬於波、塞雙方組成的聯合政府，並由歐盟派員進行國際監管。二〇〇五年起，兩國的軍隊改為統一共管，不再一分為二。波爾奇科特區的國際監管目前也已結束，由當地人民自行管理。

換言之，波－赫已形成一個由美國人設計、監督，歐盟派員管理，兼具聯邦與邦聯雙重特性的特殊政治體制。波－赫主席團（即總統團）係由三人所組成，每人分屬一個主體民族（波士尼亞克人、塞爾維亞人、克羅埃西亞人），任期為四年；各族代表輪流擔任主席團主席（總統）的職位，每人一次八個月，兩年一輪，四年內有兩次擔任輪值主席的機會。

主席團的成員由人民直選，其中「波赫聯邦」選出波士尼亞克族和克羅埃西亞族的主席團成員，「塞族共和國」則選出塞爾維亞族成員。主席團係國家元首，負責提名部長會議主席（即內閣總理——政府首長），並由國會多數決通過。部長會議主席則負責任命各部部長。

我頂著四十度的烈陽，走到城中心的波－赫總統府，看見門口只有一位警衛駐守，態度十分悠閒，而經常在其他國家總統府前表演的軍儀隊交接儀式，在這裏卻看不到。這是一個象徵意義的輪任總統制，恐怕連一般老百姓也搞不清楚，究竟這幾個月是哪一位主席當家吧。

波－赫的國會分為兩院：上議院為「民族院」，有十五位成員，每個民族各五位；法定的開會人數是九人，每一族至少要有三位代表出席才算合法。下議院是「代表院」，有四十二位代表，由比例代表制選出，其中三分之二（二十八位）來自「波赫聯邦」，三分之一（十四位）來自「塞族共和國」。簡言之，這是一個以族群共治、民族配額為基礎的協商民主體制(consociational democracy)。

此外，波－赫的憲法法院掌握著最高司法權，由九名法官組成，其中四人為「波赫聯邦」選出，二人由「塞族共和國」選出，另外三人則由歐洲人權法院負責推選，並且特別規定，這三位法官不可以是波－赫國民或鄰國的公民。

但是，這一套族群共治的協商民主體制，在二〇〇九年卻被歐洲人權法院判決，違反了歐洲人權公約。因為其中只包括波、塞、克這三個主體民族，卻忽略了波－赫境內的少數民族猶太人和吉普賽人（亦稱羅姆人）。基於此，歐盟要求波－赫政府必須修憲，改變對少數民族的歧視。但是波－赫國會對此始終無法達成共識，也未能完成修憲任務。二〇一二年歐盟執委會指責波－赫政府領導人，把主要精力集中放在內部黨爭，而不是爭取加入歐盟的事務上，並且強烈批評他們，在執行歐洲人權法院的判決上無所作為。很顯然，波－赫要想加入歐盟，恐怕還有很長的一段路要走。

散步在熱鬧的薩拉耶佛街頭，人聲鼎沸，治安良好，絲毫看不出這是全歐洲最窮困的新興民主國家，政治鬥爭十分激烈、經濟發展也已陷入困境。我們很難想像，這些友善和樂的波士尼亞人，竟然被迫走上街頭，抗議民主化之後的民選政府貪汙、腐化、無能，並指責他們辜負了選民的殷切期盼。在過去二十多年裏，民選政府蹉跎時光，未能積極改善基礎設施和國民生計，實在不可原諒。

年輕的客旅或許比較敏感，感受到這裏的物價特別便宜，吃東西既方便又美味。一位中年的餐館老闆告訴我，這裏物價低，但食物新鮮，口味多樣化，可說是歐洲之最。但他卻懷念當年的南斯拉夫，這是一個總人口不過兩千多萬的國家，竟然還要分裂成七國，實在是歷史的錯誤。

旅館服務人員告訴我，在城外的「東薩拉耶佛」，和薩拉耶佛城裏不同，完全是另一番景象。但絕大多數的薩拉耶佛居民，因為族群相異和歷史記憶的關係，從未去過近在咫尺的「塞族共和國」。

於是，我們決定一試。

從拉丁橋畔搭上無軌電車一〇三號，經過一些彈痕累累的公寓大樓，半小時後抵達這個塞族人居住的新城。所謂新城，不過是一座通往外地的長途巴士站，站旁有幾家小餐館，但因生意差，有的只供應飲料而不再提供餐點了。再過幾步路，有三兩位老太太在街頭兜售僅有的家當和食品，包括手織毛衣、圍巾、襪子和雞蛋、蔬菜等，至於路旁的零售小舖，多半都已歇業關門了。

我們搭上計程車，去「東薩拉耶佛大學」參觀。這是內戰之後，因族群因素，被薩拉耶佛大學和其他高等學府趕出來的塞族教師，特別新設立的一所大學，專門對塞族學生授課，同時也使用居理耳文字。

車程不到十分鐘，就到了校門口，只看到幾座教學樓，談不上有什麼校園，旁邊另有一家學生餐廳。校舍雖然不算殘破，但就大學而論，規模實在太過單薄。至於留在城內的薩拉耶佛大學，就在美國大使館一旁，雖然建築陳舊，但校園完整、科系齊全，交通也十分方便。這凸顯了戰後「波赫聯邦」的整體資源，比起「塞族共和國」，仍然略勝一籌。

搭公車返回薩拉耶佛的路上，我望著多年來始終未清除的一座座戰爭廢墟，心裏想：獨立或戰爭，難道真是交戰三方在當年僅有的選擇嗎？為何歐洲各大國當時不能立刻介入，斡旋交戰各方息爭止紛，卻為了地緣政治的權力版圖，坐視戰爭持續經年、死傷逾恆，淪為人間的煉獄？而美國除了藉族群配額解決權力衝突外，就沒有想過可以運用其他更好的方式，整合這些曾經長期共同生活在一起，而且使用著同一語言的南斯拉夫各民族？至於波士尼亞克人，在歷經戰爭的慘痛和戰後的蕭條後，又如何面對這個得來不易，卻腐化又失民心的民主化政府？至於塞爾維亞人，過去攻城掠地、好勇鬥狠，又如何可能滿足於當下這個貧困而寡助的「塞族共和國」呢？

面對人口繼續不斷外移和流失、失業率居高不下，政治貪腐無能，當今波－赫人民難道不會反思，他們在一九九二年那場獨立公投時的決定，終究是一樁歷史的、致命的錯誤？

這是薩拉耶佛的悲歌，也是無情的歷史在一個多世紀裏，對波士尼亞人民的另一次殘酷考驗。但對臺海兩岸人民而言，這不但是值得珍視的生命教訓，也是絕不能犯下的致命錯誤。

民國一〇六年九月八日　《閣評網》

保加利亞的反思

中國大陸從一九七八年起推動改革開放，迄今已滿四十年。臺灣地區解除戒嚴，開放多黨民主競爭，也已經歷了三十個年頭。東歐國家自一九八九年起走向自由化、市場化與民主化，已是第二十八年。近日我再次赴東歐各國考察，以親身的經驗，提供第一手的資訊，對兩岸的發展經驗提出反思。

一九八九年夏天，我曾經在匈牙利、南斯拉夫、俄羅斯、烏克蘭、拉脫維亞等國旅行了近一個月，留下十分深刻的印象。當時蘇聯尚未解體，東歐國家仍在共黨的統治之下，社會秩序十分良好，基本生活條件也還算充足，但經濟發展停滯，人民自由度不高，一股蓄勢待發的變革力量，已逐漸浮現。

隨後二十多年，我又去了俄羅斯、拉脫維亞、波蘭、捷克、斯洛伐克、匈牙利、斯洛文尼亞、克羅埃西亞等國多次。這些地區因市場開放和民主化發展，顯得欣欣向榮，而且生機盎然，但也留下許多社會主義時代的舊習氣，顯現歷史的傳承與制度的積弊，還是很難徹底改變。

二〇一四年夏天，我再次訪問東歐各國。當時中東歐各地紛紛舉辦「後共二十五周年紀念」，可是自由化與民主化改革，卻已面臨著嚴峻的挑戰，甚至出現了逆退的危機。其後的三、四年間，更進一步親眼看到了東歐民主化所面臨的困境。

匈牙利著名經濟學家科爾奈(Janos Kornai)曾指出，一九八〇年代後期以來，開啟的民主化與自由化改革，不是一條不會回頭、不可逆轉的單行道，那些具有重要意義的民主變革，也並非既成不變。民主可能根本無法保護它自己，特別是在民主尚未深深紮根的國家。

對臺灣而言，雖然經歷了兩、三次民主轉型及政黨輪政，但民粹威權與民選獨裁的陰影，始終揮之不去，而民主倒退與經濟停滯的困境，也始終存在。

今年夏天，我頭一次訪問保加利亞。保加利亞全國人口七百二十萬人，是古代中亞的突厥民族，與東歐斯拉夫人的混血，保國人的面孔輪廓突兀，形貌與西歐人迥異，而且大多不苟言笑、看起來十分嚴肅。許多老人家還會流露出一種歷經滄桑、心力交疲之感，與同為斯拉夫民族的捷克、波蘭人高大健美，迥然不同。兼以保加利亞文和俄文一樣，使用居里耳字母(Cyrillic alphabets)，與西歐的拉丁字母完全不同，更增添了一層文化上的隔閡。

保國首都索非亞是一個多民族、多文化、多宗教，東西方交匯的城市，人口約有一百五十萬。城裡有壯觀絢麗的恢宏場景，但也留下衰敗、頹廢的另一側面。它比其他中東歐國家的首都和大城市，更具第三世界色彩，也保留了社會主義的遺緒和印記，很明顯缺乏民主轉型後，普遍呈現的市場效率和企業家精神。

我們在索非亞著名的傳統市集——中央市場裏，看到一群臉上沒有笑容、也無心推銷產品的老派店員，既懶得應付顧客，也缺乏工作熱情，對於如何讓自己發家致富，也好像全無興趣。一切都彷彿回到從前、心如止水。

在市中心的政府內閣旁邊，一處位置絕佳的百貨商城裏，我們看到一個個空盪盪、毫無業績、慘淡經營的名店專櫃，顧客十分稀少，似乎隨時都準備倒店關門。

顯然，這是一個經歷了三十年市場化和自由化改革，卻依然充斥著社會主義舊氣息，一切都還是暮氣沉沉的國家。就連保加利亞最著名的玫瑰精油，也是由少數一、兩家企業寡佔，完全不具市場競爭力。在中央市場裏，店家告訴我們，惟恐進貨太多會造成滯銷，如果顧客真的想多買一些玫瑰產品，就必須先付上押金，以免到時候賣不完。連這麼有名的獨門產品，生意都做不好。

無怪乎，保加利亞的年度生產毛額，迄今只有五百二十億美元，還不到臺灣的十分之一，比大陸的偏遠地區還要窮。目前保國民眾平均年度國民所得，只有鄰居捷克人的三分之一，約美金七千元。

我們從捷克的布拉格飛赴索非亞。早上十時，離開布拉格的旅館，轉乘地鐵和機場巴士抵達嶄新的機場。布拉格機場的第一航站，是針對「非申根簽證」國家，需要辦理簽證手續。我們是先飛到慕尼黑、再轉機到保加利亞，所以從專門處理「申根簽證」的第二航站搭機。在這裏，無需辦理任何簽證，直接進場即可，非常便利。

但飛到了慕尼黑之後，才知道在德國的轉機程序非常複雜，我們花了將近半小時，才完成出關手續，轉赴保加利亞的過程中，也才知道什麼是第三等待遇。往索非亞的班機被安排在機場最偏遠的位置，而且沒有電梯，乘客不但要自己提著行李走下四個樓層，還要再搭乘轉運車，移向最遠的登機點。顯然，保加利亞人並未被德國善待。

我們飛到索非亞時，已經過了下午六點。原本以為只要搭半小時左右的地鐵，就可抵達城中心的旅館，但地鐵站附近的工作人員，卻搞不清楚附近的地理環境，也看不懂由拉丁字母寫下的旅舍資料，結果他們的指示一再出錯，我們也就只能跟著一路錯下去，一下爬上爬下，換車來、倒車去，折騰了兩小時後，才抵達原來就近在咫尺的旅館。

旅館所處的位置很好，在城中央猶太教堂的斜對面，也鄰近中央市場和最大的清真寺，房間很大、但設備簡陋，是一個初級的家庭式民宿。

由於索非亞地處高原，陽光充足，城市十分明亮。我們去美術館和民俗博物館看展覽，門票僅一歐元。民俗館展出的，是本地的民族服裝及傳統樂器，有一位老太太在現場編織掛毯，她的兒子移民去了加拿大，生活條件很好，她閒來無事就開始從事傳統編織，每天工作五、六小時，一個月下來只能完成一件作品，收入不過三百歐元。若要符合實際的人力成本，應該一件要賣到一千歐元左右。即使如此，還是很難找到願意接棒的年輕人。

我們也參觀了猶太教會堂（Jewish Synagogue）。這是一座平日大門深鎖、必須安檢之後才可獲准進入的會堂，每人收費一點五歐元。建築古老、優雅而精緻，但參觀的人並不多。此地的猶太人，係中世紀之後來自西班牙和地中海區的塞法丁人（Sephardic Jews），而非德國、波蘭等地的阿希肯那西（Ashkenazi Jews）。我們在附近馬路上，看到了反猶太的納粹十字標記，才新添上不久，足見猶太人在此地仍然必須小心翼翼，以免再受到反猶太主義的迫害。

接下來，我們又去看考古研究所博物館，這是一個偌大的體育館式的展間，從古代的特雷斯文化到希臘、羅馬、拜占廷遺產，時空竟跨越了六、七千年之久！展品包括石像、陶器、金箔、武器、裝飾品，美不勝收、讓人驚豔。整體的感覺是歷史遺跡十分豐富，可說是一個小民族，卻有著深厚的傳統。

除了東正教堂、猶太會堂外，索非亞還有一些清真寺和天主教堂。天主教在此地是信徒很少的小教派，教堂的建築很新，外面特別還加設了鐵欄竿，看來治安不太好，參觀的人也甚少。

此外，還有一座羅馬尼亞人的東正教堂，古老而且狹小，但頗具中古神韻。在東正教堂的對面，是一家二手衣服店，衣物秤斤賣，一公斤重約售十二歐元，這種二手店在索非亞頗為常見。

由於經濟不景氣，從一九九〇年代開始，保加利亞人口一直呈現負成長，到目前為止，年輕人已經移出了至少一百多萬人。據調查，在保國平均一位婦女只生一點四三個子女，比維持人口平衡所需的二點一人要低很多。而且有百分之五十四的新生兒，係由未婚或失婚的婦女所生，這都顯現出人口的警訊。

從德東的德勒斯登乘火車，赴捷克布拉格，火車外面是易北河，風光明媚，山川壯麗。進入捷克境內，開始看到成片外觀鮮明多彩的公寓樓群，都是過去社會主義時代推動的公共建設。我們多次進出捷克，深深感受到它的美麗和樸質。它既保留了斯拉夫民族的浪漫和美感，也兼具日耳曼文化的嚴謹與認真。布拉格市區裡的人氣特旺，連中餐店都有不少家，滿街都可見到華人、韓國人和其他東方人。可是從捷克來到保加利亞，卻完全感受不到這樣的朝氣與生機，同樣是斯拉夫民族，卻顯得保守而凝重，這是由於經濟停滯和人口負成長帶來的陰影。

目前臺灣也面臨著同樣嚴重的人口老化現象，年輕女性拒婚、晚婚和離婚的趨勢日益惡化，新生人口的比例比保加利亞還要更低，已形成真正的國安危機了。近年來，由於少子化現象不斷的惡化，已造成大學的招生人數嚴重不足，許多後段班的大學即將面對停招，甚至被迫關門的窘境。再加上近年來臺灣經濟成長放緩，國內廠商因缺電、缺工和兩岸關係的惡化，被迫縮減規模，甚至不得不選擇出走，這都是值得正視的嚴重警訊。

相對的，在中國大陸，由於長期實施一胎化政策的結果，也已形成人口老化的危機。儘管大陸目前的經濟成長仍十分耀眼，發展成就斐然，但仍不得不正視人口老化所造成的威脅，目前雖已積極開放二胎、甚至多胎化政策，以求達成人口平衡，並促進人口素質的優化，但似乎仍是成效不彰。

看到保加利亞人口負成長的警訊，回頭看臺海兩岸，這也不正是兩岸應共同面對，並省思的大問題？

民國一〇六年九月　《卓越雜誌》

普丁與薩卡希維利：權力與夢幻

俄羅斯聯邦總統普丁，再一次以百分之七十六的支持率高票當選，這是他第十八年執政生涯的開端，預計將會任職至二〇二四年五月。如果當完這一任，他就要成為連續掌權近四分之一世紀的俄國領導人了。很多人不禁要問：總理的任期無限，但總統的任期限制為兩任，普丁究竟是如何辦到的？

一九九九年十二月三十一日，聲望極低的葉爾欽總統透過電視轉播，向俄國人民致歉並宣布辭職，委由時任總理的普丁出任代總統。當時俄羅斯民眾對葉爾欽的支持率，僅剩下百分之二。

三個月後，普丁當選總統，從二〇〇〇年到二〇〇八年，一共當了兩任八年，依法不得再連任。接著，他轉任總理，由原總理梅德維傑夫接手當選總統。二〇一二年，普丁重新獲選總統，此時已先透過修憲，將總統任期延長為一任六年，又可再當兩任。而原總統梅德維傑夫則再次出任總理，並接替他擔任執政的統一俄羅斯黨主席。

普丁從總統轉任總理，再回任總統，至今已是第四任了，他真的將俄羅斯聯邦的半總統制(semi-presidentialism) 玩到了極致。他擔任總統時權力有如帝王，轉任總理後卻又變成內閣首長單獨掌政。半總統制常被翻譯成雙首長制，但實際的運作，卻變成總統獨攬大權，威行專政，普丁雖然專權，民意支持度卻始終高居八成左右。

何以致之？這是因為在一九九〇年代初蘇聯瓦解之後，西方支持的葉爾欽，讓俄羅斯人民經歷了一段長時期的苦日子，在美歐控制的國際組織主導之下，堅持俄羅斯必須厲行市場化改革和休克療法 (shock therapy)，結果造成民不聊生，社會動盪，超高的通貨膨脹率讓人民朝不保夕，吃盡苦頭，俄羅斯國勢也迅速衰退，從全球兩大霸權之一，淪落成貧困的破落大戶。

但普丁上臺之後，卻不願再受西方擺布，而且憑藉著強人作風，雷厲風行，對內重振國威，打擊少數民族分離主義和恐怖行動；對外強勢收編俄羅斯人為主的克里米亞半島，掌握黑海艦隊，恢復了俄羅斯昔日的光榮，也大幅度改善社會治安與民眾生計。儘管西方世界對他極其不滿，全力抵制，卻也是無可奈何。

但是，普丁的擴權卻是不容複製的。喬治亞前總統薩卡希維利的夢碎經驗，正是一個鮮明的例子。

薩卡希維利出生於喬治亞共和國（大陸譯名是格魯吉亞）首都第比利斯市，一九九二年畢業於烏克蘭首都的基輔大學，一九九四年在紐約哥倫比亞大學取得法學碩士學位，一九九五年當選國會議員，二〇〇〇年十月出任謝瓦納澤政府的司法部長，二〇〇一年九月因不滿政府貪汙嚴重而辭職。接著，他組建統一民族運動黨，於二〇〇三年十一月發動顏色革命，逼迫謝瓦納澤總統辭職。

二〇〇四年一月他當選喬治亞總統，採取親美、親西方政策，主張加入歐盟和北約，與俄羅斯之間出現嚴重分歧。二〇〇八年一月，薩卡希維利再次當選總統，逐漸趨向專制和貪腐，也不斷打壓親俄的反對派人士。八月初，他趁普丁出席北京奧運期間，下令喬治亞軍隊出兵，攻打俄羅斯駐軍的南奧塞梯亞自治區（以波斯裔與俄裔為主），引發了俄方的武力反制，最後導致南奧塞梯亞與另一少數民族阿布哈茲共和國，脫離喬治亞而獨立。這顯示薩卡希維利的反俄民族主義行動，不但未蒙其利，反而導致國土淪喪。

二〇一二年，兩任總統的任期將至，薩卡希維利仿效普丁的作法，想轉以總理的身分繼續主政。他推動修憲，把總統大部分職權轉移至總理。未料，在隨後的國會選舉中，他領導的統一民族運動黨失利，敗給反對派喬治亞夢想聯盟，擔任總理的夢想破滅了。緊接著，二〇一三年總統大選，喬治亞夢想聯盟候選人勝出，自此終結了薩卡希維利長期執政之夢。

薩卡希維利的下野，說明因人設制、為個人量身打造的憲改企圖已完全失敗。過去對普丁有利的擴權方案，現在移殖到喬治亞土地上，卻變成了「橘逾淮為枳」，完全是另一回事。

薩卡希維利卸任後，面臨貪腐濫權的指控，逃亡到烏克蘭。二〇一五年五月，烏克蘭總統波羅申科對他伸出援手，賦予他烏國公民權，並任命他擔任敖德薩州的州長，一夕之間，他又從喬治亞前總統變成了烏克蘭官員，這是東歐民主化過程中的異類經驗，也凸顯了國族認同上的荒謬與迷惘。

二〇一六年十一月，薩卡希維利的敖德薩州長沒當多久，又宣布辭職，並組建自己的新政黨新力量運動。去年七月，波羅申科總統下馬威，以薩卡希維利向移民機關提供虛假資訊為由，取消了他的烏克蘭國籍。薩卡希維利又在一夕之間變成了無國籍人士，這真是一段奇異的人生逆旅！

去年九月十日，薩卡希維利和數百名支持者，強行從波蘭進入烏克蘭境內。隨後向移民局申請難民身分和政治庇護，但遭到了拒絕。十二月五日，薩卡希維利被基輔警方逮捕，他本人在一棟大樓樓頂上威脅要自殺，但在警方逮捕行動的一片混亂中，被支持者解救。烏克蘭國家邊防局宣布，薩卡希維利在烏境內屬於非法逗留，執法人員將他遣送至波蘭。

今年一月，薩卡希維利向基輔行政法院提出了上訴，但法院裁定，同意移民局的決定，拒絕為其提供難民身分。他的故鄉喬治亞第比利斯市法院，此時卻以濫用職權罪，缺席判決他三年監禁。

這個心儀普丁的強人政治、卻又想和俄羅斯對著幹的喬治亞前總統，畫虎不成反類犬，今後究竟何去何從？是回喬治亞做階下囚，還是再找下一個肯接納他的國家，成立新政黨，延續他未竟的政治事業？何處才會是他最後的歸宿？

民國一〇七年四月十五日　《閤評網》

華校的智慧與臺灣的考驗

近日我拜訪馬來西亞僑界與華校，從檳城、巴生到吉隆坡，對當地華人社群為華文教育的辛勤付出而感動。在教學資源不足，師資待遇受限的處境下，他們秉持「弦歌不輟，聲聞於教」的理念，始終努力不懈，堅定的延續著華文教育的血脈，與中華文化的薪傳，實在令人敬佩。

在海外第一個臺灣學校——檳城的檳吉臺校，我們參加小學、初中和高中的聯合畢業典禮，看到臺灣子弟哽咽致詞，感謝父母親陪伴他們多年完成了學業，也流下赤誠與感激的淚水。十位優秀的高中畢業生，都考上了臺灣的學府，即將回國就學。然而迎接他們的，卻是當前充滿挑戰機遇與發展變數，而且明顯供過於求的高等教育環境。

在巴生的興華獨立中學，我們看到了純樸的同學，穿着乾淨整齊的制服，向來賓微笑點頭，落落大方，有禮有節，這是在臺灣所罕見的。在這樣環境下培訓出來的華人子弟，近年來為歐美各國及新加坡等大學積極爭取。每年都有許多優秀的畢業生，接受獎學金負笈海外，臺灣各大學也積極到馬國招生，目前來臺就讀的學生總額，多達一萬六千餘人，為全球留臺學生之冠。

同樣令人感動的，是吉隆坡的隆中華獨立中學，以辦學績效卓著而聞名全馬。該校位在住宅區內，相對狹窄的空間裡，竟然有多達五千餘學生，近一百個班級。中華文化的優秀傳承，在此地綿延不絕。

在馬來西亞，獨立中學一共有六十一所，長年以來一直堅持中文與華語教學，馬國政府不予經費補助，全賴華人社會無私的捐輸和支持。儘管條件艱苦，但老師和校方依然盡心盡力，矢志不移，培養出一代又一代優秀的華校子弟，這樣的智慧與善念，怎不令人敬佩與感念？

而今，政府推動新南向政策，積極開拓東南亞華人社會的人脈與管道，如果我們不能繼續堅持中華文化的傳承，以文明正統的傳遞者自期自任，又怎號召華人子弟來臺進修？又如何落實新南向政策？

《尚書．禹貢》曰：「東漸於海，西被於流沙，朔南暨，聲教迄於四海。」是的，聲聞於教，會通四海！我們必須真誠的，向堅持傳遞中華文明的華校與華社致敬，也必須負起責任，好好接起下一棒，努力將華校與僑教子弟教好。這不但是海外華人的智慧抉擇，也是對臺灣的智慧考驗。

民國一〇六年七月十七日　《中國時報》

「中國研究」五十年

——韋慕庭教授訪問錄

近二三十年來，海內外對近代與當代中國的研究蓬勃發展，傳統的漢學領域，已逐漸擴展為涵容開闊的「中國研究」，舉凡史學、哲學、思想史及各類社會科學的觀點與方法，都被廣泛引用與印證到中國事務與論題上。其中，近代與現代史研究的發掘與拓展，為一極根本而重要的工作。近年來臺灣、香港、美國、歐洲、日本等地的學術界，對中國近代史研究掀起熱潮，正足以反映對此一領域的重視。在眾多時賢碩彥中，哥倫比亞大學的退休講座教授韋慕庭先生(C. Martin Wilbur)，允為最受推崇的學者之一。

韋慕庭教授，一九三一年畢業於 Oberlin College，旋入哥倫比亞大學，專攻中國歷史，獲史學博士。韋教授自一九三二年起，就多次在中國大陸及臺灣等地做研究工作。在著作方面，可謂等身，包括專書八冊，論文五十餘篇，書評七十篇以上。其中如早期的《漢代奴隸制度》(*Slavery in China during the Former Han Dynasty 206 B.C.~A.D. 25*)，及近期的《孫中山傳》(*Sun Yat-Sen: Frustrated Patriot*) 等書，均屬西方學界罕見的巨著。尤以對早期民國史、革命人物與中國共產黨起源的研究，可稱當代中國研究之巨擘。韋教授任教哥大近四十年，其間並曾任該校東亞研究所長六年，主持哥大口述中國歷史計畫，對中國現代史研究之倡導，居功厥偉。由於他的學術成就與卓越貢獻，一九七一到七二年，被推選為美國亞洲學會會長。

韋教授於一九七六年自哥大退休，其門生同道特出版專書 *Perspectives on a Changing China: Essays in Honor of Professor Martin Wilbur on the Occasion of His Retirement*，以表崇敬。近年來，他仍不倦於研究，每週均參加哥大的演講會與討論會，對中國問題的關心，數十年如一日，未嘗稍歇。

一九八二年春，筆者在哥大東亞研究所，拜訪了這位慈祥仁厚的長者，晤談多時，就其平生、學術志業，多所請益，歸後並參酌論述著作，草成此文，謹供有志中國研究的前輩同道參考，並向韋教授的學養風範，敬表崇仰之忱。

●

問：韋教授，從早期對漢代的研究，到後來對現代史的專注，您是否可談談興趣移轉的原因？同時，請您就從事「中國研究」的志趣與過程，做一概述。

答：我與中國的關係是很密切的。我在美國出生，卻在中國長大，大學時才回美國就讀。畢業那一年，曾經有三個願望擺在眼前，一是從事心理學研究，一是從事新聞工作，另一則是研究中國史，但幾經考慮，最後我選擇到哥大唸中國史，這是一九三一年的事了。當時，漢學研究範圍很小，多是研究古典中國，人數和學校也很少。一九三二年，我回到中國學語文、找資料，當時也在北京做研究的，還有 Herrlee G. Creel、John K. Fairbank、Derk Bodde、Edgar Snow 等人。兩年後，我回到哥大，提出有關漢代奴隸制的博士論文後，開始在華盛頓的自然歷史博物館，研究中國的考古學。二次大戰爆發後，又一度參與美國政府的工作，由於當時美國對現代中國的知識十分貧乏，我才將研究方向轉移到中國近代史上面。

問：當時美國各大學有關漢學研究的情況，請您介紹一下。

答：當時（一九三一）的研究風氣還是非常貧弱的，在美國的各大學裏，只有 Columbia、Harvard 和 Berkeley 等三校有中國方面的博士課程，培養的人也很有限，大概一年平均只有一位博士畢業。至於一般中文課，班上通常也不到十個學生。漢學研究與中國研究的風氣，要到二次大戰結束後，才逐漸開展起來。

問：那麼當時（大戰以前）研究的主題，偏向於那方面呢？

答：主要在古代史、語文、文學、考據和人類學等方面。至於期刊雜誌，主要只有一份 *Journal of the American Oriental Society*，也是以傳統的漢學領域為主。後來 *Journal of Asian Studies* 崛起，研究題材就廣泛得多了。至於當時主要的研究者，如 Arthur W. Hummel 對清代思想、王際真先生對中國文學、何廉先生對中國經濟，都可說是少數的開創者。

問：談到您自己的研究興趣，是什麼原因使您從事民國早期階段的研究？

答：由於中共的崛起與中國大陸的赤化，使我對中共發展的背景頗感興趣，我編撰的兩本資料文件選輯：*Chinese Sources on the History of the Chinese Communist Movement* 和 *Documents on Communism, Nationalism, and Soviet Advisers in China, 1918~1927*，以及陳公博的 *The Communist Movement in China: An Essay Written in 1924*，都幫助西方學界對這段歷史有較深入的瞭解。另外，我對孫中山先生的革命經歷和策略的改變，也深感興趣，這又促成了後來撰述《孫中山傳》，及有關聯俄容共方面的研究。提到陳公博這本著作，還有一段有趣的掌故。這本書是陳公博一九二四年在哥大的碩士論文，附錄裏搜集了六份早期中共的原始文件。二十多年前，哥大東亞圖書館的一位管理員 Howard Linton 告訴我，他發現了這本書，要我看看，經檢證結果，發覺書中這六份文件，中共已經遺失，大半僅留其中兩件，因此本書自然特別珍貴了。但是其餘四份文件都是孤本，經過仔細研究其真實性後，我們就把這本書列入哥大東亞叢書出版，在一九六〇年和一九六二年先後印行過兩次。很巧的是，一九七八年有一位蘇聯的漢學家 Professor Vladimir Glunin 來美訪問，與我談起這段事情，他說蘇聯方面也保存了這些原始文獻，可以證明陳公博書中的文件都是真實的，因此這本書重印的價值更能肯定了。

問：談到您的另一本書《孫中山傳》，我們知道，對孫中山先生的研究，由於他長期在外國奔走，而革命過程又艱難困頓，因此史料搜羅頗為不易，但您的《孫中山傳》卻突破了許多困難，成為這方面罕見的佳構，請問當初研究的動機是什麼？

答：我想在所有近代中國的領袖中，孫中山可能是最受中國人普遍尊敬的一位。他畢生專注於一項單一的目標——改革中國的政治，改革是孫中山一生的抱負，他使用不同的方法來追尋這項目標的完成。但是，在有關孫中山的研究中，有許多題旨並未被充分瞭解，而我的研究，則是著重在形成孫中山政治人格的重要因素，以及使其政治生活遭受挫折的重要線索，包括他不斷尋求外援，以助中國革命的完成、他的海外活動、聯俄策略等，全書的重點放在他後期的革命經歷上。

問：孫中山先生一生奮鬥的目標，無疑是環繞在他的重要學說——三民主義上的。誠如他自己所說，他的學說是中國傳統、西方學術以及他個人獨創的三者融滙，其中民生主義與民權主義，尤與歐洲民主社會主義有許多相類之處。關於他在思想上，傾向民主社會主義的原因，固然所受西化教育與考察歐美政制有關。晚近研究孫中山先生政治人格的學者中，有些人也指出，這與他童年親歷貧困的生活，並且目睹中國的積弱不振，甚為相關，對於此點，您有何看法？

答：從早期社會化 (socialization) 過程，研究政治人物的成長背景，是很具說服力的。孫中山的傾向民主社會主義，與他早年的經歷自然甚為相關。但他一生所受的外來影響甚為複雜，少年時在檀香山受教育，又赴香港習西醫，以後又為革命奔走日本、美國、西歐、南洋各地，自然受到許許多多來源的影響，所以如果要解釋何者影響較大，就很難有定論了。

問：孫先生雖然受到歐洲的國家社會主義與民主社會主義的影響，但從他的著述與言論看來，對共產主義基本上是持否定態度的，他稱馬克斯是社會病理家而非社會生理家，並且提倡互助論以否定階級鬥爭，都足以證明此點。從這個觀點看來，您對他的聯俄容共政策作怎樣的解釋？

答：孫中山的聯俄容共是我多年來關心的問題，要從他的革命策略，長期以來尋求外援這點來說明。

孫中山不停的環遊世界，主要目的在尋求外援，但大多失望。民國成立後，他的革命活動不斷受到頓挫，因此更希望得到列強的協助。一九二〇年四月，他曾在上海接見美國摩根財團代表，希望美國能支援實業計畫的鐵路建設（他的實業計畫英文譯名是 The International Development of China），但並未成功。民國十年，他在廣州成立中華民國政府，也未獲得美國承認。此外，他曾派人赴德接洽，但也未果。至於其他列強，諸如日本與英國的對外侵略，則使他有所警惕。因此，當第三國際與他接觸後，終有聯俄容共的考慮了。

關於聯俄容共的細節，我的書中有較詳盡的討論。可以肯定的是，孫中山在策略與觀念上，與蘇俄方面有很大的出入，而當時國民黨內對於中共分子的滲透，也有許多爭執與衝突，尤以一九二四年張繼、謝持等人提出對共黨的彈劾案，可說已演變至一高潮。由此觀之，一九二七年的清黨，是早有潛在的原因了。

根據鄒魯《回顧錄》，我們就可瞭解，當時孫中山與蘇聯顧問包羅廷之間，存在著很大的歧見，孫先生不贊成階級鬥爭和工農革命，尤其反對激烈的鬥爭路線，所以如果孫中山仍然在世，容共政策的繼續發展，是頗有問題的。總之，孫中山基本上對共產主義是持懷疑態度的。我在《劍橋中國史》第十二卷上有一章，談到社會革命與民族革命的內在衝突，就是討論北伐前後有關國共之爭的一些問題。

問：您對孫中山先生在辛亥革命中扮演的角色，有何看法？其地位如何？

答：基本上，我同意辛亥革命成功因素是多元的解釋。維新派、會黨、新軍、各地的諮議局與地方士紳，以及革命黨本身都頗具功勞，但孫中山在其中極具關鍵地位，我同意史扶鄰(Harold Z. Schiffrin)教授的觀點，孫中山對革命的最大貢獻，是他的樂觀主義(optimism)，當其他革命同志對革命絕望之際，他仍努力不懈的在海外奔走，運動列強保持中立或予以協助，並且不斷向華僑募款，籌措經費，可說居功實偉。所以當一九一一年十月十三日，美國《紐約時報》刊載有關「武漢起義」來訊時，曾有云：「反滿領袖孫逸仙博士，若計畫未失敗，將被選為總統。」所以，孫先生被視為革命「公認的主要倡導者」

(Undoubtedly its Prime Mover)，實非偶然。

問：最後我們想請教您，對孫中山先生政治發展三階段（軍政、訓政、憲政）的看法，有人認為此三階段，提供了開發中國家政治發展的參考，而臺灣成功的發展經驗，尤足以做為一個範例。但另外也有一種見解，認為在實行程序上，三階段有困難，從近代史上的經驗，您基本上抱何看法？

答：孫中山後期提出軍政、訓政、憲政的說法，是基於革命所受的種種挫折，和軍閥的盤據而提出的。基本上，這是考慮到環境的限制而設計的策略。諸如由各省各縣實行地方自治，藉著民眾教育，啟迪民智，練習會議規範等逐步做起，經歷軍人統治、政黨訓政到最後行憲還政於民，的確有一套實行的程序，這可看出孫中山改革中國政治的用心良苦。

但是，民主政治發展的道途，實在很艱難險阻。以日本為例，今天的成功，是結合著經濟社會的發展、法治教育的落實，以及民主政治文化的健全等因素，才建立起來的，而從日本史裏去觀察，這些因素都有百年以上的根源。因此，今天中國知識分子要談法治社會的樹立、民主政治的穩固發展，必須考慮到這諸多因素，才能使它實現，這也是今天中國人從近代史的經驗中，應有的一項體認，民主的建設是需要長遠努力的。希望中國朋友們，能受到孫中山先生奮鬥精神的啟發，不懈地做下去。

民國七十一年十一月十二日　《中國時報》

哥倫比亞大學的學潮事件

引言

一九六八年六月四日下午三時，紐約市上西城哥大附近的大教堂 Cathedral Church of St. John the Divine 裏，舉行哥倫比亞大學的第二百一十四屆畢業典禮，為數約三千的畢業生，在此接受他們的學位。著名的美國史學者，哥大名教授 Richard Hofstadter 代表校長 Grayson Kirk 發表演講。他步上講臺，緩緩說道：

「長期以來，哥大就一直是我生命裏的一部分……」

就在這時，突然間，一位穿著畢業禮袍的學生站了起來，朝後走去。然後，幾百位畢業生緊跟著他，往教堂外魚貫而出。坐在前排的教授席中，也有一些人回頭加入他們的行列。而此時 R. Hofstadter 的聲音卻仍在沉暗、偌大的教堂裏繼續低迴著，似乎一切事情都沒有發生。

教堂外，是重重的警衛圈，再遠一點，在哥大校門口附近，擠滿了示威學生，他們面對著從教堂步出的行列而雀躍歡呼，似乎見到了英雄歸來。這裏有另一場大學慶典在歡迎著他們——一個反對哥大既成體制的運動，正在進行著最後的高潮。這群異議的畢業生們，在哥大校園的廣場裏，舉行了屬於他們自己，卻不屬於校方的另一場畢業典禮。

這是一九六八年，震驚美國及西方世界的哥大學運事件的尾聲。三百位異議的畢業生依照哥大的傳統，在校園廣場裏舉行自己的畢業儀式，向母校的行政體制，做了離校前最後的強烈抗議。哥大歷史系教授 Alexander Erlich 在校園裏的典禮上致詞，他說為同時舉行的兩場畢業典禮感到困擾，但是如果沒有這一場特殊的畢業典禮，那就更讓人心碎，因為這是為了建立一個美好哥大的新抗爭始點。著名的心理分析學家 Erich Fromm 也告訴在場的學生和家長們，過去幾個月在哥大所發生的大學潮，是在一個日趨僵化的社會中，一場以生命為名的革命。他指出，在當代的社會與教育系統中，人們的自由範疇已日趨於縮減，因此有時在一項戲劇化的行動中，採取較激烈的涉入態度，卻成為唯一有效的行動良方了。Fromm 並引尼采的名言，稱讚學生們的「良心」行動，他鄭重的宣布：

「經常的情況是，一個未喪失心智 (Mind) 的人，是因為他沒有心智可以喪失！」

一個半月之後，哥大校長 Kirk 黯然宣布提前退休，告別了他十五年的校長生涯，同時也為一九六八年學運寫下了句點。

十七年後，平靜的哥大校園裏，另一代學生又開始了一場以正義、道德與平等為名的示威抗議行動，並掀起了全國各大學間反南非白人政權的巨潮。二十一天的靜坐、示威、遊行、抗議，使得一九六八年春天的暴力鬪爭，又引回人們的記憶。究竟，這兩場學運的肇因與過程有那些異同之處，對美國的學運有何影響，同時又反映出怎樣的時代意義，都是值得我們以比較仔細的態度，深切思索的。此一任務，卻必須從一九六八年學運的回顧談起。

一九六八：反體制的鬪爭

一九六八年是美國社會運動史上一個狂飈的時代。四月四日，偉大的民權領袖，主張非暴力策略的黑人牧師 Martin Luther King 遭人殺害身亡，引起整個社會的震撼。四月下旬，紐約市的左派學生與黑人激進派蠢蠢欲動，哥倫比亞大學學生，因為該校欲徵收臨近哈林區的晨邊公園 (Morningside Park) 做為體育館用地，影響到鄰近黑人民眾的社區活動，乃於二十三日中午向晨邊公園進軍，以示抗議。當時，反示威的學生們在一旁對峙。另外，示威學生也激烈地反對哥大與國防工業的關係，尤其反對「防衛分析研究所」(Institute for Defense Analysis, IDA) 設置於該校之內。再者，由於越戰的刺激及種族不平等等項因素的推波助瀾，乃導致一次驚天動地的學潮事件，為美國學運史與校園政治，留下了血腥的汙點與沉痛的回憶。

四月二十三日下午一點半，事件急驟發展，數百位示威學生佔領了大學部教室為主的漢彌頓廳(Hamilton Hall)，將哥倫比亞學院（即哥大的大學部）代理院長 Henry Coleman 押為人質，他們並提出六項要求，分別是：

㈠日前哥大對六名示威學生領袖所作的懲處，必須立即取消，所有參與示威者也應獲得校方的大赦。

㈡ Kirk 校長禁止學生在校內進行示威的禁令，必須取消。

㈢哥大在晨邊公園建築體育館的行動計畫，必須立即停止。

㈣今後校方對學生的懲處行動，必須經由學生與教師們參與的公聽會決定，而且必須合乎「適當程序」(due process) 的原則。

㈤哥大必須與「防衛分析研究所」劃清界限，不僅是書面上如此，也必須在事實上分清關係。校長 Kirk 和校董 William A. M. Burden 都必須辭去他們在防衛分析研究所內的有關職務。

㈥哥大校方應即撤銷，對參與反對體育館示威行動的學生們所提出的法律控訴。

他們聲稱，除非學校應允上述這六項條件，否則將不放棄佔領行動。當天晚間十時，著名的政治學家，也是哥大的副校長 David Truman 宣布校方不接受示威學生的要求，亦即仍將對示威者進行懲處，同時也否決學生將擁有參決校政決策的權利。此外，他也拒絕一位哲學教授的建議，不答應與學生討論談判，藉以使被拘的 Coleman 院長獲釋。

以後幾天的事件發展日益激烈。哥大校方由於深恐事端鬧大，引成流血事件，遲遲不敢召警入校逮捕學生。但另一方面，Kirk校長卻也不願對示威學生讓步。在示威學生方面，則開始發生了黑白分裂，黑人學生進一步邀請哈林區附近的黑人民眾，加入示威佔領的行列。二十五日清晨，佔據漢彌頓廳的白人學生被黑人驅走，轉而佔領了哥大的行政中心婁氏圖書館（Low Library，但該館早已不做圖書館用），並佔據了校長Kirk的辦公室。當天下午三時，被拘執的Coleman院長獲釋。許多哥大教授們此時也開會決定，反對允許領導示威的「民主社會學生團」(Students for a Democratic Society, SDS) 繼續在校內活動。著名的文學評論家，也是哥大的文學教授崔林 (Lionel Trilling) 即表示，這種激烈的學生活動，將導致學園秩序的嚴重破壞，但同時教授們也多半反對召警入校以平息學潮。在學校行政當局方面，校長Kirk最擔心的，並不是在他的辦公室翻箱倒櫃的激進白人學生，而是佔據漢彌頓廳的黑人激進分子，因為一旦處理不善，黑白種族流血事件就要爆發，而處於哈林區邊，與黑人關係一向不睦的哥大更是危在旦夕了。此時，許多紐約市重要的黑人政治領袖，也被請來校園，擔任黑人學生與校方之間的聯絡人，但校方卻始終只接受示威者的要求之一，可撤除對他們的法庭控訴，卻無法接受另一項要求，即不受校規懲處。Kirk校長特別指出，哥大的處理措施具有全國性的示範效果，如果公然對佔領校園建築的學生施以特赦，將使得全國各地的學潮一發而不可收拾，因此這一原則必須堅守。

在僵持之中，局勢有進一步的發展，紐約市的警察開始滿布校園，但並無任何逮捕行動。二十四日深夜，建築系館 (Avery Hall) 被建築系學生佔據了。他們宣布支持前一天示威學生提出的六項要求，同時也反對哥大新體育館的建築行動。四小時之後，鄰近的另一棟建築費爾魏德館 (Fayerweather Hall) 也被激進的研究生們佔領。二十五日早晨，哈林區的民眾開始進入哥大遊行示威，支持激進學生，反對示威的學生們也組織起來，試圖奪回費爾魏德館，但未成功。第二天淩晨，另一棟建築數學館 (Mathematics Hall) 又被示威者佔領，情況已完全無法收拾。

從四月二十六日到二十九日這幾天，哥大的教授們幾經嘗試，希望藉以改善校方與學生間的惡劣關係，使佔領行動及早結束，但均因校方堅持原則而告失敗。四月三十日，事件發展到了最高潮，紐約市警察受命攻入五棟被佔建築，逮捕了七百一十二名學生，其中有一百四十八人受傷，學校大部分的課程均告停頓。一週後，學校課業恢復，並宣布對示威學生的法院訴訟將行撤銷，但秩序並未因而恢復，有數以千計的學生由於對校方召警政策不滿，參加了罷課的行列。五月十七日，事件又有進一步的發展，哥大附近社區的激進分子，進據哥大附近校產所屬的公寓，學生在現場靜坐表示支持，抗議校方對社區民眾的漠不關心與惟利是圖（當時有部分校產公寓甚至不供應冬天的暖氣）。結果又有一百餘人被警方逮捕（其中五十餘人是學生）。四天之後，學生們又重新攻佔了漢彌頓廳，抗議校方對示威學生領袖的懲處，激進的學生們指責，一個幫助國防機構製造殺傷武器，「陷害」越南人民，並侵佔附近民房，罔顧社區民眾福祉的哥大校方，絕無權處罰任何學生。他們要求校方對所有的肇事學生一律赦免。結果卻又是一次激烈的暴力場面，有一百三十餘位學生被捕，但這次大學潮也在清除這次佔據行動後，終於告一段落。

哥大學運中幾次戲劇性的發展，正是一九六〇年代激進學生運動與民權運動的寫照。示威學生們所反對的，是整個學校與政治社會體制，所採取的手段則是「以暴易暴」。由於哥大當局一方面深恐學運演成流血事件，不敢立即召警處理；另一方面，又不肯採納教授與黑人領袖們的折衷建議赦免學生，終於使事件一發不易收拾。在這次大學潮中，示威與反示威的學生，均以組織性的力量相對抗，再加上召警入校，造成了嚴重的暴力流血場面。最後的結果，則是校方與示威學生兩敗俱傷。示威的學生領袖中，如 David Gilbert, Mark Rudd 等，在被哥大開除後，對民主體制已完全不存信念，最後竟走入暴力恐怖運動組織「氣象人」(Weatherman) 中去。哥大校方則不得不放棄「晨邊公園」體育館的計畫，至今晨邊公園已淪為搶犯的「勝場」了。同時哥大由於此一事件的教訓，開始著力改善與社區民眾的關係，設在校內的「防衛分析研究所」，也不得不脫離與哥大的關係，另遷他地。這些複雜的「既成體制」問題，並未因此事件得到徹底的解決。多年來，哥大與美國大財團的複雜關係，以及在南非的巨額投資，一直未能根本改善，十七年後終於演成另一次學潮事件的主題。

一九八五：溫和的體制內改革

如果說一九六八年的哥大學潮是一次激烈學生反「體制」(establishment) 的行動，那麼一九八五年的學潮，則可說是一次「體制內的改革」。它不但反映了一九六〇與一九八〇兩代青年運動的異同，同時也顯示了哥大校方在處理態度上的基本差異。現任哥大校長 Michael Sovern，在一九六八年時是法學院教授，也是由教授組成處理與調解學運的執行委員會主席。鑑於一九六八年的經驗與教訓，他在這次學運事件上的處理方式，無疑是比較審慎的。

最近幾年，由於南非境內黑白衝突與流血事件不斷發生，人權情況未能改善，白人政權遭到國際間強烈的指責，全美各地的反南非示威也未嘗稍停。許多學校（如哈佛大學）和地方政府（如紐約州政府），均表明不在任何歧視南非黑人的美國公司中投資，亦即如果美國公司在南非，未能致力於改善及加強黑人福祉，則投資的學校或機構，將變賣其所擁有的股票，宣布撤資 (divestment)。哥大校方亦受此一影響，於一九七八年規定，不得增加在南非的間接投資，以三千九百萬美元為其最高限額。另外，這些公司在南非也必須不違反上述改善黑人福利，增進黑人權益的原則。但後來發現，在哥大所投資的公司中，仍有四家違反了上述的要求。另外，學生們也查出，在哥大的二十四位校董中，有四分之三的人在南非均有巨額的財務利益。基於此，全面從南非撤資的要求，也就成為哥大校方頭痛的難題，並成為一九八五年哥大學運及全國學潮的焦點了。

四月四日，也就是金恩逝世十七年紀念日，哥大的四百位學生，在「自由南非聯盟」(Coalition for a Free South Africa) 領導下，封閉了當年示威爆發點漢彌頓廳的入口，靜坐示威，要求哥大校董們立即以書面聲明，公開對南非撤資問題的態度。學生們要求哥大在三年內，逐步撤除所有在南非的間接投資（共二十七家公司，總投資額約值三千三百萬元）。在示威者當中，有七位學生已先為此事進行了十一天的絕食抗議。其中有數人後來還多次送醫院急救，所幸無人發生嚴重的病痛。

哥大校方對示威的反應是，從經濟原則來考慮，學校的生意不能不做，何況撤資的直接結果，是減少黑人的工作機會，對黑人權益並無幫助。校長 Sovern 引證在一九八三年他親赴南非，贈與黑人主教 Tutu 榮譽博士學位之事，證明哥大絕無歧視黑人之舉。同時，哥大還多次聲明，強烈反對南非政府的黑白分離 (apartheid) 政策，藉以證明哥大的態度是政經分離，雖然該校強烈反對南非的白人政權，卻不能以撤資之舉，影響黑人福祉和學校本身的利益。

在示威學生這一方，則以實際的數據反駁校方的說詞。他們指出，美國各公司在南非投資所雇用的勞工，實僅及南非勞動人口的百分之一（約六萬人）。其中僅有四分之三，遵守由美國民權領袖 Leon H. Sullivan 所提出的黑人福利原則，即 Sullivan Principles，因此全面撤資行動對黑人福祉的影響甚微。另一方面，此一撤資行動若能掀起全國性的浪潮，則因南非對美國經濟依賴甚巨（美國在南非雇用勞工雖少，但投資金額則高達一百五十億美元），勢必對白人政權構成直接威脅，進而逼其改善黑白分離政策，賦與黑人較多的基本權利。同時，曾接受諾貝爾和平獎與哥大學位的 Tutu 主教也告訴西方世界，如果今後兩年內，南非政府再不改善黑人地位

(賦與黑人投票權、居住自由權、工作平等權、婚姻自由權等),西方世界應全面的經濟制裁。以一位號召和平運動的黑人領袖尚堅持如此,則哥大校方強調黑人福利的說詞,也就不易折服人心了。

雖然示威學生所提三年逐步撤資的條件甚為溫和,立場也合理而堅定,但哥大校方卻置之不理。在僵持的狀態下,學生們佔據漢彌頓廳的做法卻變成非法行動了。示威領袖們此時則聲稱,漢彌頓廳另有地道可供出入,因此不致因大門被佔據而影響課業的進行,但在示威開始的第一週內,卻仍造成一時教學秩序上的混亂,有少數課程乃不得不暫時告停。校方基於此一理由,乃對示威學生發出校規懲處函,同時向紐約州法院提出訴訟,告發學生。四月七日,也就是示威的第四天,一位法官發出了通告,勒令示威者撤離漢彌頓大廳出口,學生們卻依然盤坐,不為所動。同一天,哥大的一批年輕教授們也組織起來,開會要求校方審慎行事,不得召警入校,以免十七年前的流血事件重演。據統計,有兩百多位教授們對學生的示威行動表示公開支持,但相對於哥大五千餘位教師而言,只佔一小部分而已。

四月八日,七位絕食抗議的學生們,在與校長 Sovern 見面後,宣布結束十一天的絕食抗議,但此時靜坐示威行動依然進行,並已吸引了全國的重視。紐約地區與全國電視網,以及遠道來自日本的新聞工作人員,幾乎每日派員做現場報導。四月十日,紐約市的一名法官,接受代表示威學生的律師們的要求,要求哥大不得召警入校,校方不得以武力驅走靜坐示威的學生。

同時，示威學生也與校長開始進行談判，要求校方對所有示威者一律實施特赦，不做任何懲處。但 Sovern 校長只答應，對其中初犯校規者給予「觀察」(probation) 處分，至於其他故犯者仍要處置，雙方間的疏通乃告破裂。

四月十五日，示威進入了高潮。前民主黨總統候選人，以金恩接棒人自任的黑人牧師 Jesse Jackson 來到哥大，在濛濛細雨中，發表了一場慷慨激昂的演講，他以煽動的語調，懾人的氣勢，吸引了近兩千聽眾的注目。他特別稱讚現場的示威者，足為道德與正義的表率，他們要求平權的呼聲，已吸引了全美國人民的重視。同時他也強烈指責哥大的南非投資，乃是一種出賣節操 (prostitution) 的行為。在演講之後，Sovern 校長與 J. Jackson 會面，保證哥大將撤資行動與長春藤盟校各校長會商，決定今後的行動。

在這段示威期間，哥大示威的發展動向吸引了全國各大學的重視，加州柏克萊、史丹佛和波士頓的哈佛、MIT 等四十餘校，相繼發生波瀾壯闊的抗議學潮，紛紛要求各校校董會撤除在南非的投資，同時也發生了多次警察逮捕與暴力流血的事件，多人受傷。但在哥大校園內，始終相安無事。每天為數兩三百（有時多至四百）學生靜坐在臺階前，發表演講、唱歌和呼口號，著名歌手 Pete Seeger 也曾來唱歌助陣。每天傍晚，則有許多來自各地的民運領袖、退伍傷兵和當年的哥大學運領袖到現場演講、打氣或傳授經驗。此外，還有許多律師和退休法官義務為學生們服務，與學校或法院溝通。到了夜間，活動停止，許多學生挑燈夜讀，準備即來的期末考，最後席地而眠。

示威活動一共持續二十一天，其中最高潮是四月十八日的社區民眾大遊行。在示威學生的組織與輿論的助援下，三千餘學生與附近的社區民眾，在校園外分南北二支隊伍集合，進軍哥大示威。進入校園後，他們繞往哥大的校政中心（當時正舉行一場校友晚會），高呼口號，要求儘速全面撤資，最後遊行到漢彌頓廳前，舉行了一場熱烈而有秩序的示威大會。值得注意的是，參加這場示威的民眾，不但包括了附近哈林區的黑人，而且也廣及紐約和外地的白人社團、地區工會、和平團體和白領階級，這顯示了反南非白人政權的氣氛，是普及於社會各界的。這正是此次全國各校園反南非示威的最重要聲援力量，也可以說，在反黑白分離政策與全面撤資的要求下，示威學生與社會中的正義力量結合起來了。這股力量最後終於推波助瀾，造成三個月後美國國會提案通過，對南非採取廣泛的經濟與道義制裁行動。

雖然哥大的示威學運，引起了全國的重視與共鳴，但在校內示威的學生卻不得不向法律低頭。由於哥大校方對撤資問題毫無讓步之意，而且不斷向法庭爭取，制止學生繼續示威，四月二十二日，示威者在紐約州最高法庭的禁制下，不得不宣布於二十五日晚間結束行動，並於該晚將所有睡具、棉被和障礙物搬離，結束了為期三週的和平示威。雖然哥大的示威行動不得不提前結束，但此時如火如荼的示威、抗議、遊行，正在西岸各大學校園裏熱烈的展開，僅柏克萊一地，就有逾六千人的大示威遊行，雖然加州大學校董會和哥大校方一樣，拒絕全面撤資，但它所受到的民意及輿論壓力，也是空前嚴重。這或許是當初示威領導人與冷漠的旁觀者，都無法料想得到的。

四月二十五日晚上，Sovern 校長宣布如無意外發生，將自法院撤除對示威學生的控訴，但校規懲處仍將進行。第二天，紐約市曼哈頓中城，五十三位哥大師生在 Rolls Royce 公司前示威，遭到警方逮捕，原因是 Rolls Royce 的董事長 Samuel Higgenbottem，同時也兼任哥大校董會的主席。這些示威者在二十一天的校園抗議行動中，因輿論的壓力與哥大的審慎，未受警察的拑制，但一出校門後，還是逃不掉逮捕之累（但他們迅即獲釋），這也可說是一種無奈的弔詭了。

哥大學運最後的高潮，發生在五月十五日的畢業典禮上。由於校方拒絕發給十二位參與示威的畢業生文憑，畢業典禮進行時，有一百五十位畢業生在 Sovern 校長演講前，集體憤而離席，他們手執著「立即撤資」的旗子和標誌，步行到漢彌頓廳前，和十七年前的老規矩一樣，舉行了另一場屬於自己的畢業典禮。（漢彌頓廳在示威期間，已被示威者改名為「曼德勒廳」，以紀念南非的民權領袖 Nelson R. Mandela，他已執身囹圄逾二十三年。Mandela 現年六十六歲，是南非 African National Congress 的領袖。他主張三項原則：1. 統一的南非；2. 黑人在中央議會中擁有代表權；3. 一人一票。另外他也主張與南非白人和平共存，共享權力，以建立一個多民族社會。曼氏被南非政府判處終身監禁。目前拘執於 Cape Town 附近的一所監獄 Pollsmoor

Prison 中。）

在「曼德勒廳」前，哥大的駐校牧師 William Starr 稱頌示威者，為憲法第一條修正案（保障言論自由、和平集會與請願的權利等），增添了具體的實踐光輝。社會系的助理教授 Eric Hirsh 也譴責哥大校長與行政當局，將撤資問題看得微不足道。一位來自南非的哥大學生，則感謝示威學生所做的一切，她還說：「如果連我們來自南非的學生，都不能說服 Sovern 校長撤資的話，又有誰能？」

在這場典禮上，畢業生接受了一紙黃色的「南非自由憲章」，象徵他們的畢業文憑。另外，他們也遙贈 Nelson R. Mandela 榮譽博士學位，表彰他在南非的人權運動。在場觀禮者約四百人，場面雖比十七年前要小一些，但也繼承了一個抗議的獨立傳統。在現場有一位畢業生感嘆的說道：「在哥大，我們學到了柏拉圖以來許多偉人與智者的箴言，卻不曾用它們來改變我們的思想與行動。可是教育絕不應僅止於課堂之內，它必須及於我們的靈魂。基於此，這一場異議的畢業典禮乃是重要的。」

這段話，不僅是他個人的心聲，事實上也觸及了許多人的內心深處。雖然哥大並未因學生的示威抗議而撤資，示威者恐怕也難逃校規的懲處，但是他們的影響卻是積極而深遠的。六月間，美國在南非投資的 Sullivan 原則的設計人，黑人民權牧師 Leon H. Sullivan 在國會中作證，強烈指責南非政府毫無改善黑人權利的誠意，他並且鄭重否定了自己所提原則的適用性，要求美國企業全盤的撤資，以經濟抵制來對抗白人政權。六月中，眾議院終以二百九十五對一百二十七票，通過對南非實施廣泛的經濟制裁。七月十一日，參議院更以八十對十二票的壓倒性多數，通過制裁行動。雖然雷根政府誓言反對兩院的決議，並主張以外交的說服，而非實質的對抗行動來解決此一問題，但面對龐大的校園抗議、社會異議與國會壓力，美國各階層對南非的態度勢將改弦易轍。從此點觀之，哥大學運所激盪出的浪潮，自然是影響久遠的。

從激進到溫和：兩次學運的比較與詮釋

比較兩次學運的差異，最明顯的莫過於改革目標與手段的分野。一九六八年學運的發展背景，正如 Immanuel Wallerstein 所指出的，包括了三項同時進行的社會運動：黑權運動、和平反戰運動和文化解放運動。在這三項社會運動的推動下，哥大學潮夾雜著反體制、反越戰、反白人沙文主義的怒潮，採取了激烈的佔領校舍的方式，逼迫校方讓步，期使保守的學校行政體制，劃清與國防工業的界限，改善與社區黑人民眾的關係，放棄體育館的建築行動，以及賦與學生較大的權利。雖然哥大校方對學生的多項要求，一直採取峻拒的態度，甚至最後還召警鎮壓，但它所付出的代價也極為慘重。一方面，它激起了學生們的反抗情緒，製造了更大的罷課學潮；另一方面，它也引起了教師們的不滿，認為以武力壓制學生，絕非教育之道，最後更進而導致許多優秀的名教授離開哥大，使得哥大的學術名聲受到相當大的影響。從另一角度觀察，一九六八年學運也造成了一些積極的影響。首先，教師與學生們在校政決策上，擁有了較大的發言權，Faculty Senate 成立了，對行政體制發揮了相當大的監督功能。在一九八五年學潮開始時，Faculty Senate 就要求校方不得召警入校，這代表參與管道的確已經增大。其次，當年示威學生所提出的第四點要求：學校處分學生時，必須經過公聽會與適當程序的原則，日後也獲得肯定與實現。一九八五年五月下旬，哥大在召開處分示威學生的公聽會時，代表校方控告學生的律師，與代表學生抗辯的律師們，均獲得了充分的、公開的發言機會，雖然最後的決策權仍在校方，但公開的監督程序已經制度化了。第三，哥大在學生與輿論的壓力下，不得不向示威者的要求低頭，從此切斷了（起碼表面上如此）與國防工業的直接關係，也放棄了在黑人社區中建築體育館的計畫。最後，處理學運不當的 Kirk 校長甚至下臺退休，均顯示了學運所造成的深遠影響。

相對於一九六八年的學運，一九八五年的靜坐示威，啟示了另一層意義。如果說一九六〇年代是 Hippies 的時代，一九八〇年代則稱得上是 Yuppies 當道的年頭。Yuppies 是年輕、專業化的都市新興中產階級的代稱，認同既成的社會體制，講求效率，喜好裝扮，追求時髦與庸俗化，尤為其共同特色。但是與 Yuppies 的潮流相比較，哥大學潮中的年輕學生們，卻擁有一股在 Yuppies 身上所找不到的正義感、人道襟懷與理想主義精神。雖然，他們跟 Yuppies 在某些方面一樣，肯定社會體制存在的事實，也瞭解達成目的必須憑藉有效的手段，更知道必須運用組織與傳播的力量，擴大運動的影響力，但他們卻絕不認同雷根上臺所代表的保守主義浪潮。基於此，一九八五年的學運，雖然在法律的權威前倏然而止，而且也引起了許多政治冷漠的保守師生不滿，參與者甚至還可能難逃校規的裁判，但他們成為全美反南非白人政權浪潮的重要推動者，也成為全球正義與人權運動的忠實見證人。就此點來看，哥大的校規懲處不過是巨潮中的一點煙波，示威學生才是真正的最後勝利者。幾年之後，或許哥大真正不得不撤除它在南非的投資，即使不如此，它也將以改善黑人的福祉做為條件，以求繼續保留一些資產。無論如何，它的南非投資與黑人政策都會受到更多的監督，步調也不得不更為審慎。這正說明，過去二十一天的靜坐、示威、絕食、抗議，並不是白費了。

然後，我從自由與權威、世界觀與歷史觀等比較觀點，進一步詮釋兩次學運的異同及其影響。

一九六八年學運，依照領導者「民主社會學生團」事後的解釋，乃是一場革命性的起義(insurrection 或譯暴動)。示威者認為，美國政府與哥大校長都是邪惡統治階級的化身，為了從異化(alienation)中尋求解放，他們必須激勵革命意識，放棄改革幻想，以具體的暴動形式，在哥大校園內建立起民主公社(commune)。他們不但要求哥大切斷與國防機構的關係，減輕對第三世界人民的殺戮及陷害，而且也要哥大放棄體育館的建築行動，改善與社區租戶的關係，維護黑人及社區民眾的基本權利。更進一步，他們還曾向校方要求，取消校董會與行政體制，以學生自治方式接管校政，除了財政事務由專職人員負責外，其餘均由學生監管。這種激烈的鬥爭要求，不僅顯示了左翼意識型態的偏執，也充分說明了示威社團所要求的自由，乃是否定一切既成權威體制，企圖在無政府的基礎上，尋求解放，再造社會秩序。他們秉持著狂飆的革命熱情，以絕對主義的道德信念，否定一切與其立場相異的政治、社會與意識觀點，並將所有尋求改革的措施及觀念，斥之為「布爾喬亞的偽善」。他們堅信，除了暴力革命之外，美國社會中正義的力量將無法伸張，美國的既成體制將無以改善，美國帝國主義對第三世界的侵凌，也將永不休止。基於這種獨斷的絕對主義信念，這些左派示威者眼光中的世界，也夾雜了一種偏執的、一廂情願的奇異色彩。他們堅決認為，由於與美帝國主義分道揚鑣，「在古巴，種族主義與文盲已經消失了；在中國大陸，飢饉已經被克服了；在越南，人民戰爭更將永不屈撓、持續不止」。進一步，他們更以為不斷革命的時代已經來臨了，因此要以英勇的正義鬥士身分，與統治集團的國家警察相對抗，使哥大的校園鬪爭成為革命的起點，也使學生們成為美國社會變遷與解放的先驅者、領頭人。

在十七年後的今天，我們重顧上述示威者的世界觀與革命觀，實在有太多的感慨。首先必須承認，無論是美國整個國家或哥大的既成體制，都存在著許多人們習以為常的汙垢，唯有通過改革的行動與觀念的革命，才可能使其逐漸改善，因此示威學生們所批評的體制問題，乃是不容隱諱的。但是，另一方面，激進示威者所堅持的絕對主義信念，卻與民主的基本原則毫不相容。這種以革命鬪士與社會良心唯一代言人自居的獨斷立場，造成了一種不肯妥協，甚至無法容納雅言的危險性格，其極端發展，則是常言所謂的「順我者昌，逆我者亡」。凡是與自己基本立場相違的觀點，都可以用「資產階級偽善者」，或「帝國主義同路人」等簡單的論斷加以抹殺，其最後結局則必然是硬碰硬的流血犧牲了。

在這種獨斷的道德主義引導下，暴力鬪爭獲得了合法化的基礎，一切民主形式與內涵，都可以被簡單的，以資產階級與帝國主義的框框架架加以解釋。在他們的眼中，一個合理、進步的美國社會，只有在用武力推翻當權階級，並以另一階級取代後，才能實現。他們當然知道，僅僅在哥大校園一隅，建立起「民主公社」，絕不可能成功，因為整個社會仍然控制在他們的「敵人」之手。因此，他們只以「起義」稱呼自己的行動，而不直接稱之為「革命」，但他們卻相信，這場暴力已經觸及到真正的革命意識了。

就革命意識這一層面而言，領導示威的學生們的確已是真正蘊涵於胸，他們卻不能真正面對美國社會的現實——美國根本就不是革命者登場之地。社會主義、共產主義及其他左翼運動，在歐洲曾經造成巨大的波瀾，至今影響仍巨，但在美國從不曾有過可相比擬的機會與環境。美國工人階級的主流，熱衷的是增加工資和福利，卻不是階級鬪爭和革命意識，他們並不想推翻現有的社會制度，更不想追隨學生的領導者，以求實現一個「正義」的社會。事實上，美國工會領導下組織化的工人階級，一直是一股反革命的力量。因此，美國社會中縱然一直存在著一些左翼的組織，如「美國社會主義工人黨」、「美國工人黨」、「美國共產黨」等，但並未成為工人群眾中的主導力量。相對西歐的社會民主黨、勞工黨等，美國一直都沒有龐大的工人階級政黨，更沒有以革命意識為標榜的大型工會。缺乏工人階級做為後盾，這些充斥著革命熱情的示威學生們，又如何能掀起一場由被壓迫階級推翻當權階級的革命呢？

退一步，即使不以工人階級為號召對象，而以黑人和都市貧民為目標，示威者的革命目標仍然不切實際。遙遠的越南戰爭，見其名不知所以的國防研究機構，對於一般貧民與黑人而言，實在是不痛不癢。唯有哥大苛刻的房租政策和房東嘴臉，才真正能激起他們的憤怒，但這些黑人與貧民所採取的，也僅止於騷動或暴力抗議，卻不是以組織性的革命力量，要求推翻整個社會與政治制度。因此，抗議意識雖已掀起，仍與革命意識相距十分遙遠。如何運用組織性的力量，持續喚起貧民與黑人的革命意識，恐怕是示威領導者久思不得其解的難題吧？

示威領導者所面臨的困境，不僅僅是對國內群眾的革命力量分析不足，對國際革命經驗的瞭解，也呈現了嚴重的缺憾。示威領導者對古巴、越南與中共的瞭解，實在是幻覺與綺想者多，真切者少。他們輕易地把大陸文革理想化，將越南革命正義化，將古巴卡斯楚政權彩衣化，這種不分表裏，隨意將共產黨的官方宣傳，視為實然與當然的做法，真可讓來自第三世界的人民啞然失笑。固然，美國絕非某些移民眼中的天堂，也不是保守主義者眼中的「上帝之城」，但是，反過來卻將社會主義革命美化、「天堂化」的做法，恐怕更令人不明就裏。更重要的是，這些示威領導人從不真正思索，社會主義革命成功後的新階級專政、官僚化、腐化和政權壓迫等問題，也不認真從蘇聯、中共與東歐共產主義革命的經驗中，思索政治參與、人民自由與社會福利等實質的課題。這樣輕易地將自己現有的制度成就全盤否定，然後輕易地追尋一個模糊的烏托邦幻影，不但說明在認知途徑上的困難，也充分顯示革命意識型態與絕對性道德主義的深重囿限。今天，在新的中國學、古巴學或越南學的知識基礎上，不少當年的左翼狂熱者，或許已經覺得今是而昨非了，但我們不要忘記，還有許多人仍然在昔日的意識型態框架下，堅信「人民戰爭」必勝，「不斷革命」必勝。當年哥大示威的領袖之一，David Gilbert 就是一個好例子。

D. Gilbert 是一九六八年示威領導者「民主社會學生團」的領袖。在哥大召警入校鎮壓學生後，他對美國民主的信念完全喪失，一年之後，隨「民主社會學生團」走出校園，希望以街頭革命的方式，朝建立無產階級的社會而努力。在短短一、兩年之內，他與哥大及巴納女子學院（哥大女校）的幾百名學生，組織了激進社團「氣象人」，以暴力和示威向社會體制顛覆。「氣象人」組織在七〇年代後，進入地下活動，人數銳減，從三百人縮至五十人，他們堅信革命與共產主義，是促進社會唯一之途，並從事縱火、爆破和暴力攻擊。截至七〇年代末期，它被迫解散為止，據警方統計，該組織至少已從事二十五次爆炸行動。「氣象人」是一個真正徹頭徹尾的革命組織，不僅學習暴力鬥爭和爆破技術，而且完全打破了核心家庭的觀念，要求性解放和雜交，並以團體為其認同對象。根據 Gilbert 自述，「氣象人」是一個白人為主、反帝的武力組織，以越南革命與黑人解放為其主要目標，但他認為這個組織最嚴重的問題，還是走進了一般白人左翼團體共同的困境：未能與民族解放鬥爭相結合，未能將武力鬥爭堅持下去。Gilbert 自己後來就更進一步，走入黑人暴力組織中，並宣布在美國南方成立一個黑人國家 the Republic of New Africa，並曾向美國的既成體制正式宣戰。

一九八一年十月間，Gilbert 和他的同夥，在紐約州的藍領區 Rockland County，因持槍搶劫並殺害銀行運鈔警衛隊被捕，依照 D. Gilbert 的講法，他們是為革命經費而進行「徵用」(expropriation) 行動，因為這些錢是剝削者所積累的，他們徵用為抵抗統治階級。在法庭中，Gilbert 等人拒絕為自己辯護，不發一言，表示否定既成體制的合法性與權威性。此外，他們還高喊著「解放這塊土地」(Free the Land)，要求法庭允許他們，穿印上「支持新非洲自由鬥士」(Support New African Freedom Fighters) 字樣的衣著。最後法庭將其判處七十五年監禁，相當於三個刑期的無期徒刑。

D. Gilbert 目前監禁於紐約上州的監獄中，他的激進觀念至今絲毫未改，而且堅信在七十五年監禁期中，帝國主義終將銷亡。這項預言現在誰也無法斷言對錯，但不論其革命前景或意識型態立場如何，我們卻始終無法瞭解，為什麼一群號召革命的左翼份子，竟會選擇一個以藍領階級為主的地方銀行下手，而且傷害無辜？這種藉革命之名，不計手段是非，甚至與其革命意識型態（為工人階級當家作主）完全相悖的極端做法，究竟能夠說服何人？這種暴力主義的作風，即使不套上恐怖主義之名，也實在與其相距不遠，這也說明了在極端的革命信念下，手段的是是非非已經完全沒有判準，走上了這一步，夫復何言！

當然 D. Gilbert 只是一個極端的例子，但他的革命運動，無疑是源自哥大當時的經驗。當年在哥大參與示威的人群中，大部分都已在六〇、七〇年代的狂飆之後，走回社會既成體制中去了。有些人進入華爾街的投資公司，有些人走入律師行業。對他們而言，革命與學運早已是遙遠的記憶。十七年後，當另一代的哥大學生，發起抗議學潮之際，他們當年的熱情重又掀起了。為數一、兩百名的當年示威參與者回到哥大，並以實際的經驗與行動，支援新的示威者。其中最重要的，莫過於肯定以社會體制所接納的和平抗議、輿論宣傳等手段，爭取校園內外社會力量的支持。新一代的示威者清楚認識到，手段與目的有著同等的重要性；目的的崇高是一回事，達成目的的手段，更必須合法而為社會體制所接納。因此，他們以具體的事例和證據，反駁哥大校方的說詞，也以和平的靜坐、示威與抗議，爭取一般大眾的支持。在他們的心目中，自由與權威不再是截然相尅的兩極。當權威體制 (authorities) 的合法性動搖時，必須訴諸更高的權威——憲政原則、人民公意與輿論力量的制裁，修正不合正義與合法性原則的權威體制。另一方面，權威體制（哥大校方）也清楚的知道，若訴諸武力或強制力維繫權威功能的運作，必定將使學生與群眾大失信心，甚至將使其權威性面臨全盤崩潰的危機，造成兵戎相見或「假權威」的橫行局面。因此，他們寧可運用拖延、僵持、談判與說服等和平方式，減輕維繫秩序所需的成本，使學生對抗者減少群眾基礎，或失去對抗的耐性，最後自動潰敗。雖然這樣的期待並未實現，而且由於美國輿論與民意機構的潮流所趨，不得不使哥大行政體制做了相當程度的退讓，但至少他們的審慎做法，已使校園內的緊張狀態大為減低，也使當年的暴力對峙場面不再出現。從歷史的眼光來看，這無疑是一項進步的經驗。

對於學生而言，他們運用憲法所賦與的言論自由權，與校園內的權威原則「學術自由」，發言抗議，自然合乎了服從最高權威的原則。藉用此一權威原則向既成權威體制抗爭，更是揭露了後者的「假權威」面目，使其不合理、不合法的層面益形曝光。在五月間示威結束後，處分學生的公聽會上，當校方的律師指控學生們，違反哥大校規中的相關條款時，學生的律師們就紛紛以憲法與國際間的正義觀，反駁校方的指控，並進一步質疑校規的合法性和有效性。這就像是許多剛步入民主制度的國家中，時時有人會以憲法賦與的權利，否定一些法規的效力。支持這種做法的人，強調的是憲政至上或憲法主義，並否定「惡法亦法」的效力。反對者則認為，為了維繫社會秩序與法律的安定性，有時憲政原則應作必須的犧牲或作彈性的運用。堅持民主自由的人，當然會否定這樣的做法，他們認為唯有肯定最高的憲政權威後，人們的自由與權利才能獲得真正的保障，法律的權威也才能穩定奠立。基於此，哥大校規的權威性，在已面臨質疑的現階段，校方如何應對，如何自圓其說，已成為一個長遠的後遺課題了。即使哥大當局仍然堅持校規的有效性，並依此來處分學生，但其中被質疑的條款，日後勢必成為師生們與校內

Faculty Senate 關注的焦點。若從特定的角度來看，由於此一影響，一種類似大法官會議（審核法律與判案的合法性），與司法審查 (judicial review) 制度的設計，審核校規本身的合法性，也有可能日後在各大學校園內，被鄭重的提出來。若果如此，則校園民主的境界又將大為提高了。

當然，校園民主不可能完全等同於政治社會內的民主。師－生間的關係也不能等同於人民－官吏、公民－代議士之間的關係。至少，教師獨立審核學生求知能力與效果的權利，就不容受到其他民主原則的抹殺，學業的成就判準，也不能由學生自己決定。另外，學生的校園參政權利亦有其局限，至少它就無法和公民參政一樣，以選舉方式推翻政府，或自行組黨以爭取執政。在現階段的校園民主經驗中，我們還無法想像，學生們如何可以爭取權利與機會執掌校政（過去某些「自修大學」的設計，都不是制度化的長遠之舉）。但是，從哥大事件發展的經驗來看，一種類似「司法審查」的設計，卻有可能在校園中逐漸推行。譬如說，校規的制訂與執行，就應受到經過民主原則產生的 Faculty Senate 及 Student Government 的監督，其中至少 Faculty Senate 應擁有制衡之權，Student Government 也應允許獲得建議、抗議與申復之權。當然，此一制度的發展目前尚未成熟，詳情尚難逆料，但是卻有可能成為美國校園政治的下一階段課題，使學生政治的發展，呈現更多制度化的建樹。

無論從內政或國際的角度來看，哥大的校園運動，和美國各大學學運的發展一樣，目前都處於一個新的時代。從國內層面觀察，美國社會與政治運動的發展，將繼續成為學生們關心的焦點，並成為今後學運的重要主題。從反戰徵兵、反核運動、黑權與女權，乃至學債與貸款政策，以及學校與社區居民的關係等，都可能再度引起校園內的大波瀾。從國際的角度看，學生們世界觀的擴張，與外國學生人數的增加，也將使校園政治日趨國際化。舉凡尼加拉瓜與薩爾瓦多的革命、伊朗的回教基要主義(fundamentalism)與反柯梅尼運動，乃至印度錫克族與土耳其阿美尼亞人的分離抗議運動等，均將或大或小成為學運的主題，如果因緣際會，勢力迅速蓬勃發展，未始不會像這次哥大的反南非學潮一樣，間接、直接發生了全國性的影響，並造成美國外交政策上的重大調整。從這樣的角度看來，校園政治與學生運動的發展，實在是值得我們密切注意並細心研析的課題。

最後，簡單總結自己對這兩次哥大學運的基本觀點，那就是：反體制的革命，必須配合時機與廣大的民眾浪潮，方能與時俱進。虛妄與誇張的非現實態度，只能造就無謂的犧牲和枉死的冤魂。在社會緊張與階級傾軋仍可舒緩之際，切勿輕言革命。在改革機會尚存在的環境裏，讓人們保持對民主與自由的信心，戮力於實質的建設，並在漸進發展的基礎上，進行觀念的變革。

哥大的新學潮已經進入尾聲，一九六八年的抗爭也已經進入歷史，我們期待下一階段的學生運動，能以更穩健的步驟，為觀念的變革與體制的進步，奠定豐碩的建樹。

後記：一九八五年哥大學運的結局，是哥大校董會在半年後議決，將自南非全面撤資。從此，哥大校園立即恢復往昔的平靜，但全美各地的反南非浪潮，卻在學生與校方的對立中，全面的掀起來了。

民國七十五年十二月　《當代中國與民主》

人文叢書

◎我心萬古心——我怎樣做學問

黃永武 著

本書以三十餘篇散文隨筆，和讀者交流做學問的方法。作者依據己身經驗配上實證趣例，力避虛腔空調、高蹈抽象，只求親切明白，將幾番親赴學術深淵裡尋覓驪龍頷珠的試探過程，坦誠地奉獻出來。治學必須務本務實，不取巧求速效，才能有屬於自身的「特識」與「發明」；必須不畏難、具耐力，才有探驪得珠的可能；必須凝精結神，才有登峰造極的機會，奔向文學旅途的大目標——求真、求善、求美，創造文學繼起的生命。書中例證相輔相成，在淺顯雅潔的字句中，引領讀者體會古典詩歌的精粹。

◎好句在天涯——我怎樣寫散文

黃永武 著

本書是作者文心的自我剖解，坦誠敘述個人特色極為殊異的寫作之路，娓娓道出志於文學六十年來，十年一變，奇趣橫生。凡寫作的精妙境界，有幽光就指明幽光，有金針就度人金針，既開示初學，亦引導風尚，如何在提筆時，將廣大的涉世經驗，賦以歷史感的深度與哲理性的高度，又如何不斷超越自己的過去，得以領會天下無盡的新知，感受生活無窮的美趣。

◎池邊影事

杜忠誥 著

本書作者既是揚名國內外的書法家，也是古文字學專家。他的學問涉獵廣博，尤其融攝東方儒、道、釋的學術精華而不立涯岸，是通識入門的絕佳引導。本書集學者散文與藝術家現身說法於一編，兼具知性的實用與感性的審美功能；且知見端正，既有獨到的洞察力，又有高度的批判性，是能啟人靈智，值得一讀的好書。

人文叢書

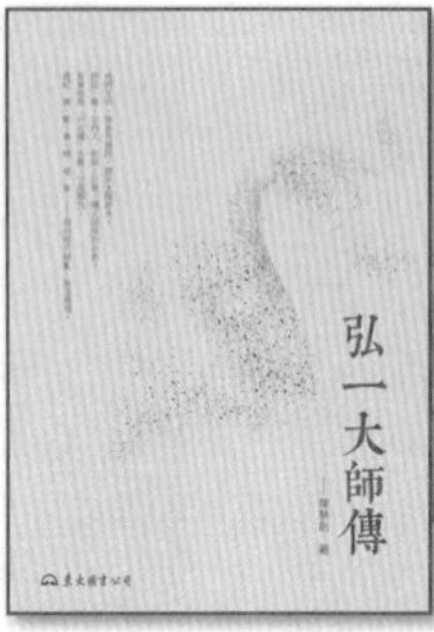

◎弘一大師傳

陳慧劍　著

弘一大師是中國近代藝術史上的奇才，也是近代佛教史上的律學高僧。他的一生，出家之前三十九年，倜儻風流，多彩多姿，不僅開創了中國近代戲劇史的先河，也為音樂教育寫下了輝煌的一章。出家之後，斷然放下世俗的牽絆，獻身於佛道的深入與修行，作苦行僧，行菩薩道，以身教示人，再為佛門立下千峰一月的典範。他的人格之光，已為海峽兩岸形成高山仰止的景觀，在學術界，「弘學」一詞已廣泛流傳於中國文化人的心靈之間。本書完整呈現弘一大師的生命歷程，有緣人如能一讀此書，必將為你的生命注入無限的清涼與感嘆。